Antonia Fennek
Schwarzweiß

W0001817

Antonia Fennek

SCHWARZ WEISS

Roman

EGMONT

Originalausgabe Januar 2015 bei LYX
verlegt durch EGMONT Verlagsgesellschaften mbH,
Gertrudenstr. 30–36, 50667 Köln
Copyright © 2015 bei EGMONT Verlagsgesellschaften mbH
Alle Rechte vorbehalten.

1. Auflage
Redaktion: Friedel Wahren
Satz: KCS GmbH, Stelle/Hamburg
Printed in Germany (670421)
ISBN 978-3-8025-9533-2

www.egmont-lyx.de

Die EGMONT Verlagsgesellschaften gehören als Teil der EGMONT-Gruppe zur
EGMONT Foundation – einer gemeinnützigen Stiftung, deren Ziel es ist, die sozialen,
kulturellen und gesundheitlichen Lebensumstände von Kindern und Jugendlichen zu
verbessern. Weitere ausführliche Informationen zur EGMONT Foundation unter:
www.egmont.com

Juba im Südsudan, Sommer 1987

Er durfte nicht hier sein. Sein Bruder Malek würde ihn totschlagen, wenn er davon erführe. Ängstlich duckte sich der Zehnjährige hinter die schmutzige Theke, aber seine Neugier war größer als sein Fluchtinstinkt. Er wollte es endlich wissen. Stimmten die Geschichten? Er erinnerte sich gut daran, wie Malek beim letzten Mal geprahlt und ihm das blutige Messer gezeigt hatte. Sie hätten dem Mann die Eier abgeschnitten, hatte Malek behauptet. Bis die Mutter ihm verboten hatte, seinem kleinen Bruder derartige Lügenmärchen aufzutischen. Malek hatte geschwiegen, aber irgendetwas in seinem Blick hatte den Jungen verunsichert. Waren es wirklich Lügen? Woher hatte Malek dann das viele Geld?

Nur selten verirrten sich Weiße in dieses verrufene Viertel, und die meisten von ihnen waren abgerissene Kerle, immer auf der Suche nach billigem Fusel, denen man besser aus dem Weg ging. Ganz anders als der junge Mann, auf den Malek heute früh Angelica angesetzt hatte. Der Junge hatte nur zufällig Wind davon bekommen und erfahren, dass Angelica die Opfer immer hierher führte. Seither wartete er. Trotz seiner Angst und Aufregung forderte die Hitze ihren Tribut. Er spürte, wie er müde wurde. Der Deckenventilator surrte, übertönte fast das Klappen der Tür. Sofort war er wieder hellwach. Er schob sich ein Stück weiter vor, um besser sehen zu können. Tatsächlich, es war Angelica, die schöne nachtschwarze Angelica, die jeden Mann zu verzaubern wusste. Unter ihrer roten Bluse blitzte der weiße Spitzen-BH hervor, für den sie berühmt war. Der Weiße folgte ihr mit gierigen Blicken wie ein junger Hund in die Bar, redete auf Englisch auf sie ein. Angelica lachte. Der Junge hätte zu gern verstanden, was der Mann gesagt hatte, aber sein Englisch war zu schlecht. Die Hände des Mannes schoben sich unter Angelicas Bluse, öffneten sie. Der weiße Spitzen-BH hob sich hell von Angelicas dunkler Haut ab. Der Mann sagte noch etwas. Angelica lachte abermals. Ein albernes Lachen, fand der Junge. Warum mussten die Weiber immer so albern lachen, wenn sie einen Mann betörten?

Auf einmal wurde die Tür aufgerissen. Der Weiße ließ von Angelica ab, starrte zur Tür. Hastig schloss Angelica ihre Bluse. Drei Männer traten ein. Der Junge keuchte lautlos in seinem Versteck auf. Der Bruder mit seinen Freunden. In ihren Händen blitzten die Messer. Genauso, wie Malek es behauptet hatte. Auf einmal bedauerte er, hier zu sein. Er war neugierig gewesen, aber wollte er das wirklich sehen? Er machte sich ganz klein hinter der Theke. Als die Schreie begannen, hielt er sich die Ohren zu …

1

»Sind noch Mehrkornbrötchen da?« Regina warf einen langen Blick in die große Schüssel auf dem Frühstückstisch.

»Aber sicher, Frau Doktor.« Egon griff nach einer zweiten Schüssel. »Habe ich extra für dich versteckt.« Mit einem gutmütigen Lächeln hielt der korpulente Pfleger ihr die Brötchen hin.

»Vielen Dank.« Regina griff zu und erwiderte Egons Lächeln. Sie mochte das gemeinsame Frühstück mit den Pflegern und Therapeuten ihrer Station, bevor der Alltag des Maßregelvollzugs begann. Seit drei Jahren arbeitete sie nun in der forensischen Psychiatrie – es war ihre erste Stelle, seit sie nach Hamburg zurückgekehrt war. Im Allgemeinen fühlte sie sich wohl in dieser Umgebung, auch wenn es recht ungewöhnlich war, jeden Morgen von einem Heer psychisch kranker Straftäter freundlich begrüßt zu werden. Mittlerweile hatte ihr Arbeitsleben so etwas wie Normalität angenommen, und sie vergaß die oft grässlichen Verbrechen, die zur Unterbringung der Männer in dieser Einrichtung geführt hatten.

Von draußen hörte sie das Klappern der schweren Schlösser, dann Schritte über den Flur, die sich dem Sozialraum näherten. Auch daran hatte sie sich erst gewöhnen müssen – an riesige Schlüssel, die eher zu mittelalterlichen Kerkerzellen gepasst hätten, auch wenn sie chromglänzend waren. Regina hatte in dem Hochsicherheitstrakt mit kleinen Sicherheitsschlössern gerechnet, nicht mit Ungetümen, die dazu taugten, jemandem den Schädel einzuschlagen. Aber das Schließsystem war alles andere als antiquiert. Es konnte bei Entwendung eines Schlüssels umgehend neu justiert werden, sodass die alten Schlüssel sofort unbrauchbar wurden.

»Wir bekommen einen Neuzugang«, hörte sie ihren Kollegen Dr. Proser schon von draußen laut rufen.

»Oh Gott, das Unheil naht!«, stöhnte Egon. Regina schmunzelte. Niemand konnte Dr. Proser leiden. Er war der Einzige außer dem Chefarzt, mit dem sie sich siezte. Anfangs, weil Dr. Proser eine so distinguierte Art an sich hatte und es strikt ablehnte, Vertraulichkeiten, wie er es nannte, mit Kollegen auszutauschen. Nachdem sie ihn kennengelernt hatte, war sie sehr froh darüber. Zu manchen Menschen hielt man tatsächlich besser Distanz.

»Wollen Sie die Akte sehen?« Dr. Proser betrat den Sozialraum und wedelte mit einer braunen Mappe. »Sind auch hübsche Fotos drinnen.«

»Wir sind beim Frühstücken«, bemerkte Egon.

»Sind wir etwa zimperlich?« Dr. Proser zog die Brauen hoch. »Ist Ihr Fall, Frau Bogner.« Er hielt Regina die Mappe hin.

»Legen Sie sie in mein Fach. Ich esse gerade.«

»Haben Sie Angst vor den Fotos? Die sind wirklich nicht sehr appetitlich.«

»Nein, eher dass ich Fettflecken auf der Mappe hinterlasse.« Sie griff nach der Margarine und bestrich ihr Brötchen. »Reicht mir mal jemand die Sülze?«

»Sülze, genau. Das hat er aus seinen Opfern gemacht.«

»Ach, tatsächlich?« Regina nahm eine Scheibe von dem Teller, den Egon ihr hinhielt. »Sinnbildlich oder ist er Metzger?«

Dr. Proser verzog das Gesicht. »Müssen Sie immer so cool sein?«

»Nur, wenn Sie so aufdringlich sind.« Sie legte sich Sülze aufs Brötchen und biss ab.

»Wollen Sie nicht auch was essen?«, fragte Egon. »Oder haben Sie sich's anders überlegt, nachdem Sie die Fotos gesehen haben?«

»Mir macht das nichts aus.«

»Wenigstens einen Kaffee?« Egon hob die Kanne und hielt sie dem Arzt auffordernd entgegen.

»Ich bin zum Arbeiten hier«, schnaubte der. »Nicht zum Frühstücken.«

»Na schön, dann zeigen Sie die Fotos schon her«, seufzte Egon und stellte die Kaffeekanne wieder auf den Tisch. Sofort ging in Dr. Prosers Gesicht die Sonne auf.

»Hier, sehen Sie sich das mal an!« Er öffnete die Mappe und hielt sie Egon wie einen Werbeprospekt unter die Nase.

Regina fragte sich, wie ein Mann nur so viel Freude daran haben konnte, ekelhafte Tatortfotos herumzureichen. Das letzte Mal hatte sie ihn so zufrieden gesehen, als er die Geschichte von dem Mann herumerzählt hatte, der den Kopf seiner Frau an einer Tankstelle abgegeben hatte. Mit Grausen erinnerte sie sich an seinen geschmacklosen Witz, dass es für die Köpfe von Ehefrauen kein Pfandgeld gebe … Nun ja, man konnte nicht alle seine Kollegen lieben.

»Sehen Sie hier? Da hat er sie am Boden ihrer Küche festgenagelt und ihr eine Flasche ins Genitale gesteckt. Danach hat er ihr den Bauch aufgeschnitten und die Flasche oben wieder rausgeholt. Die Öffnung hat er mit Draht verschlossen. Daran ist sie verblutet. Hier ist auch noch ein Foto von der blutigen Flasche.«

»Perverser Idiot«, murmelte Schwester Irene neben Regina.

»Davon gibt es auf der Station mehr als genug«, raunte Regina zurück.

»Ich meinte nicht den Täter.« Irene seufzte, und Regina konnte sich nur mit Mühe ein Lächeln verbeißen.

»Und hier sieht man den gerichtsmedizinischen Befund.« Dr. Proser hatte inzwischen weitergeblättert. »Die Nägel sind richtig fies durch die Handwurzelknochen getrieben worden. So muss sich Jesus am Kreuz gefühlt haben.«

»Wie wäre es, wenn Sie sich um den Neuzugang kümmern?«, schlug Regina vor. »Sie haben ihn doch schon richtig ins Herz geschlossen.«

»Ich bin aber nicht dran. Das fehlte noch, dass ich Ihre Arbeit mache.«

»Wir können gern tauschen. Soll ich Ihnen dafür den Windelfetischisten abnehmen?«

»Nein.« Dr. Proser zog geräuschvoll die Nase hoch. »Ich bin in der Beziehungsarbeit gerade ein gutes Stück vorangekommen.«

»Wenn man Schnupfen hat, ist das nicht schwierig«, bemerkte Egon so trocken, dass Irene laut losplatzte.

»Hier herrscht entschieden zu wenig Ernsthaftigkeit«, mokierte sich Dr. Proser und schniefte erneut.

»Bitte, bedienen Sie sich!« Regina hielt ihm ein Päckchen Papiertaschentücher entgegen. Dr. Proser zögerte kurz, bevor er eine ablehnende Handbewegung machte und ihr stattdessen die Akte neben den Teller legte.

»Viel Spaß mit Ihrem neuen Fall, Frau Kollegin!«

Zwei Stunden später erschien der Gefangenentransport. Regina wartete gemeinsam mit Mark Birkholz, dem Oberarzt der Aufnahmestation, auf den Neuzugang.

»Der Gutachter sagt, Schizophrenie«, erzählte Mark. »Hast du das Gutachten schon gelesen?«

Regina schüttelte den Kopf. »Es war nicht in der Akte.«

»Dann liegt es wohl noch beim Chef.«

»Oder Proser hat sich die Akte zu schnell geschnappt, als er merkte, dass hübsche Fotos beiliegen.«

»Proser«, stieß Mark seufzend hervor. »Manche Leute sind echt eine Schande für unseren Berufsstand.«

»Soll das etwa Klatsch über einen Kollegen werden? Noch dazu von einem Vorgesetzten?«, neckte Regina ihn.

»Die Feststellung einer Tatsache ist kein Klatsch.« Mark grinste. Anscheinend wollte er noch etwas sagen, aber da hörten sie, wie die schwere Tür zur Station aufgeschlossen wurde.

»Komm, erwarten wir ihn in der Eins.« Mark erhob sich und verließ das Stationszimmer. Regina folgte ihm. Die Eins war der erste Raum, den ein Neuzugang auf der Station betrat. Eine karge Sicherheitszelle hinter einer gepanzerten Doppeltür. Der Boden war gefliest und eine schmale Pritsche in der Mitte des Raums am Boden festgeschraubt. Am Fuß-

und Kopfende befanden sich metallene Ösen, an denen stählerne Hand- und Fußschellen befestigt waren. Normalerweise wurden diese Ketten nicht benutzt. Regina war bislang nur einmal Zeugin geworden, wie ein plötzlich randalierender Patient von sechs Pflegern auf der Pritsche festgekettet wurde, bis das richtige Gurtbett mit humanen Stoffgurten herbeigeschafft werden konnte. Aber das wussten die Neuzugänge nicht. Und die abschreckende Wirkung dieser Zelle war nicht zu unterschätzen. Wer noch halbwegs bei Verstand war, begriff sehr schnell, dass er hier besser Wohlverhalten zeigte.

»Wenigstens kein Kinderschänder«, hörte Regina einen der beiden Pfleger sagen, die sie begleiteten. Das begriff sie nie – das Aufwiegen der unterschiedlichen Taten, das manche Mitarbeiter betrieben. Konnte es wirklich etwas Schlimmeres geben, als eine Frau auf diese Weise zu Tode zu foltern? Sie hatte sich die Bilder angesehen, nachdem Proser verschwunden war. Und obwohl sie bereits viel Schreckliches in ihrem Leben gesehen hatte, war dies eines der Verbrechen, die es ohne Mühe in die Top Ten ihrer persönlichen Horrorliste schafften. Ohne es zu wollen, stellte sie sich den Täter vor. Wie mochte er aussehen? Ein grobschlächtiger Kerl, dem man die Abartigkeit auf hundert Meter Entfernung ansah? Oder doch eher der charmante Nachbar? Immerhin war es seine Nachbarin gewesen, die er auf diese Weise zerfleischt hatte. Sie hatte ihn vermutlich sogar selbst in die Wohnung gelassen, denn die Polizei hatte keine Spuren von Gewalt am Türrahmen gefunden.

Regina hatte in ihrem bisherigen Leben gelernt, dass man den Menschen immer nur vor den Kopf blicken konnte. Eine hübsche Fassade bedeutete nichts. Ebenso wenig wie eine hässliche … Einen Moment lang schweiften ihre Gedanken zurück. Zurück in eine andere Welt, eine Zeit, die lange vorbei war. Er war vermutlich einer der hässlichsten Männer, die sie jemals gesehen hatte. Aber ein Mann mit einem goldenen Herzen … Hastig schüttelte sie den Gedanken ab, denn die Schritte näherten sich der Zelle.

Er war verdammt gewöhnlich. Zu gewöhnlich. So wie die meisten von ihnen. Regina warf einen kurzen Blick auf das Stammblatt. Niklas Rösch, geboren am 23. Juli 1966. Sogar der Name war gewöhnlich. Rösch sah etwas jünger aus, als er war, hatte kurzes dunkelblondes Haar, ein glatt rasiertes Gesicht und – das einzig Bemerkenswerte – strahlend blaue Augen. Ein so intensives Blau hatte Regina noch niemals in den Augen eines Menschen wahrgenommen. Er bemerkte, wie sie ihn musterte, und hielt ihrem Blick mit erstaunlicher Offenheit stand. Eine Schizophrenie hatte der Gutachter diagnostiziert. Regina kannte die Blicke Schizophrener. Starr und durchdringend. Doch dieser Blick war anders. Sie konnte den Grund nicht genau benennen, aber ganz spontan zweifelte sie an der Diagnose.

Einer der Vollzugsbeamten, die Rösch begleiteten, zog einen Schlüssel aus der Hosentasche und nahm ihm die Handschellen ab.

»Guten Tag«, begrüßte Mark den Neuzugang. »Mein Name ist Doktor Birkholz. Ich bin der Oberarzt dieser Station, und dies ist meine Kollegin Frau Doktor Bogner.« Er wies auf Regina und machte eine kurze Pause. Rösch sagte kein Wort, warf nur einen kurzen Blick auf die Pritsche mit den eisernen Fesseln.

»Müssen wir Angst vor Ihnen haben?«, fragte Mark, der Röschs Blick gefolgt war. »Oder können wir uns wie zivilisierte Menschen begegnen? Dann werden die Ketten verschwinden.«

»Das müssen Sie selbst entscheiden«, entgegnete Rösch. Der Hauch eines Lächelns umspielte seine Mundwinkel. Meinte er es spöttisch, oder sollte es gewinnend sein? Regina entschied sich für Spott.

»Nein, das liegt bei Ihnen«, widersprach Mark. »Also?«

Zwei der Pfleger standen neben der Pritsche und warteten auf das Zeichen, die Ketten entfernen zu dürfen.

»Ich werde Ihnen nichts tun.« Röschs Lächeln vertiefte sich, und jetzt war es ganz offensichtlich Spott. So verhielt sich kein Schizophrener, da war Regina sich ganz sicher. Zu dumm, dass sie das Gutachten noch nicht gelesen hatte! Der Sachverständige hatte gewiss gute Gründe für seine diagnostische Einschätzung, und der erste Eindruck konnte täuschen.

Mark gab den Pflegern einen Wink, und die Ketten verschwanden.

»Gut, dann wäre das geklärt. Rauchen Sie?«

»Wieso? Wollen Sie mir eine Zigarette anbieten?«

»Nein, ich wollte Sie nur darauf hinweisen, dass in diesem Raum Rauchen verboten ist. Also?«

»Wenn das Rauchen ohnehin verboten ist, warum fragen Sie dann?«

Regina sah, wie sich Marks Hände zu Fäusten ballten.

»Weil es Rauchern im Allgemeinen schwerfällt, auf Zigaretten zu verzichten. Wenn Sie kooperativ sind, dürfen Sie einmal in der Stunde unter Aufsicht eine Zigarette rauchen, solange Sie in dieser Zelle ...«

»Rauchen ist ungesund«, unterbrach Rösch ihn. »Ich lebe sehr gesund. Ich hoffe, hier gibt es vegetarische Kost.«

»Ja.«

»Sehr gut, ich möchte nicht, dass um meinetwillen Tiere sterben müssen.«

Er will uns provozieren, durchzuckte es Regina, als sie bemerkte, wie Mark hörbar Luft holte. Aber warum? Die meisten Neuzugänge taten alles, um möglichst unauffällig zu wirken. Viele behaupteten sogar, unschuldig zu sein. Dann gab es auch diejenigen, die es mit Drohungen versuchten. Aber ein Mensch wie Rösch war Regina noch nie begegnet. Auch wenn sie Proser nicht leiden konnte, in einem hatte er recht: Dies war ein interessanter Fall. Nicht wegen der grauenhaften Bilder, sondern wegen der Geschichte dahinter.

»Vegetarische Kost ist kein Problem«, erwiderte Mark mit aufgesetzter Gelassenheit. »Haben Sie irgendeine chronische Erkrankung, für die Sie bestimmte Medikamente benötigen?«

»Nein.«

»Haben Sie sonst noch Fragen?«

»Wie lange muss ich in dieser ansprechenden Räumlichkeit verweilen?« Rösch ließ den Blick durch den kahlen Raum schweifen.

»So lange, bis wir uns sicher sind, dass Sie im Stationsalltag keinen Ärger machen.«

»Und wann sind Sie sich da sicher?«

»Zeigen Sie Wohlverhalten, dann können wir morgen über eine Verlegung in ein normales Zimmer sprechen.«

Rösch nickte. Er wirkte gelangweilt.

»Frau Doktor Bogner wird im Laufe des Tages noch auf Sie zukommen, um die Aufnahmeuntersuchung durchzuführen.«

»Ich freu mich drauf.« Ein böses Lächeln huschte über Röschs Gesicht, während er Regina abschätzig musterte. Sie hielt seinem Blick stand. Suchte unwillkürlich nach der typischen Starre in den Augen Schizophrener. Doch wieder entdeckte sie nur die Unergründlichkeit seines überlegenen Blickes. War es eine Maske? Um die eigene Angst vor dieser Situation zu überspielen? Auch das hatte sie schon erlebt. Männer, die anfangs überlegen und cool auftraten, nur um nach einigen Tagen oder Wochen zusammenzubrechen. Wenn sie begriffen, dass sie womöglich ihr ganzes Leben hinter diesen Mauern verbringen mussten.

Sie nahm sich vor, das Gutachten in Ruhe zu studieren, bevor sie sich weiter mit Rösch befasste.

2

Regina hatte sich mit einem Becher Kaffee und dem Gutachten in ihr Büro zurückgezogen.

Auszug aus der Akte der Staatsanwaltschaft begann sie zu lesen.

Herrn R. wird vorgeworfen, am 21.02.2014 gegen 7.15 Uhr an der Tür des 27-jährigen Tatopfers Akosua Nkrumah, seiner Nachbarin, geklingelt zu haben, sich gewaltsam Zutritt zu der Wohnung verschafft zu haben und Akosua N. unvermittelt niedergeschlagen zu haben (Blatt 7 der Akte). Alsdann habe er ihre Hände mit sieben Zentimeter langen Nägeln aus dem Baumarkt, die er ebenso wie einen Hammer bereits mit sich geführt hatte, an den Bohlen der Küchendiele festgenagelt. Die Schreie des Opfers erstickte er, indem er ihr den Spüllappen in den Mund stopfte (Blatt 9 der Akte, Foto 1 des Anhangs). Anschließend habe er die Kleidung des wehrlosen Opfers mit einem Fleischermesser zerschnitten und ihr eine gläserne Weinflasche unter heftiger Gewaltanwendung in die Vagina eingeführt. Hierbei kam es zu massiven Gewebezerreißungen und Einrissen der Scheidenwand von bis zu zehn Zentimetern Länge. Durch den Flaschenhals wurde der Gebärmutterhals perforiert (Blatt 10 der Akte, Fotos 2 bis 4) und massive Blutungen wurden ausgelöst. Der Beschuldigte habe daraufhin erneut zum Fleischermesser gegriffen und dem Opfer eine tiefe, längs verlaufende Schnittverletzung vom Nabel bis zum Brustbein zugefügt. Hierbei kam es zur mehrfachen Verletzung des Dünndarms. Der Beschuldigte habe dann in die laut gerichtsmedizinischem Befund lebensgefährliche Wunde gegriffen und die Flasche, die er dem Opfer zuvor in die Vagina gestoßen hatte, von oben aus der Wunde gezogen (Blatt 12 der Akte, Foto 5). Daraufhin habe er die Wunde des noch immer lebenden Opfers mit 70 Zentimetern verzinktem Eisendraht der Stärke 0,22 verschlossen, indem er das Nähen einer Wunde imitierte.

Weiter geht aus den Akten der Staatsanwaltschaft hervor (Blatt 13 und 14, Vermerk über Festnahme), dass Herr R. sich widerstandslos festnehmen ließ, nachdem eine weitere Nachbarin aufgrund der erstickten Schreie des Opfers die Polizei gerufen hatte. Auf Fragen der Beamten antwortete er nicht.

Eine nachfolgende Untersuchung der Blutalkoholkonzentration durch das Institut für Rechtsmedizin ergab 0,0 Promille zum Tatzeitpunkt (Blatt 52).

Herr R. ist in der Vergangenheit niemals strafrechtlich in Erscheinung getreten.

Regina trank einen Schluck Kaffee, um den Ekel hinunterzuspülen. Die nüchterne Beschreibung der Gräueltat war beinahe schlimmer als die Fotos. Sie blätterte weiter zur Biografie.

Herr R. gibt an, am 23. Juli 1966 in Hamburg geboren zu sein. Er habe keine Geschwister. Die Mutter sei Hausfrau gewesen, der 1985 verstorbene Vater Bauunternehmer. Allerdings habe der Vater sich durch Alkohol zugrunde gerichtet.

Immerhin habe sein Vater der Mutter eine anständige Wit-
wenrente hinterlassen, sodass er sein Studium der Ingenieurs-
wissenschaften erfolgreich habe beenden können. Er habe in
diesem Beruf immer gearbeitet, sei von 1995 bis 2013 im Aus-
land tätig gewesen, aktuell bei der Hamburger Firma Wiese-
ner. Näheren Fragen zu seinen Auslandstätigkeiten weicht der
Proband aus. Aus der Akte der Staatsanwaltschaft (Blatt 67)
geht hervor, dass der Beschuldigte über viele Jahre bei ver-
schiedenen Firmen vorwiegend in Afrika (Kenia, Namibia,
Sudan) als Ingenieur tätig war.

In Afrika? Beinahe hätte Regina ihre Kaffeetasse fallen gelassen. Er war in Afrika gewesen? Ob es ein Zufall war, dass
Röschs Opfer eine Schwarze war? Dieser Tatsache hatte sie
zunächst keine Bedeutung beigemessen, ja, sie hatte es auf
den Bildern nicht einmal richtig wahrgenommen. Sie hatte
nur ein grausam verstümmeltes Opfer gesehen.

Zu seiner Krankengeschichte befragt, berichtet Herr R.,
dass er bislang niemals in psychiatrischer Behandlung war.
Er sei immer gesund gewesen.

Immer gesund gewesen, soso … Regina trank noch einen
Schluck Kaffee.

Zu den ihm aktuell vorgeworfenen Straftatbeständen be-
richtet Herr R., dass er dazu nichts sagen werde. Gott wisse
schon, warum er es getan habe. Auf die Frage, ob er gläubig
sei, wiederholt er mit einem Lächeln, Gott wisse alles. Ob er
die Stimme Gottes in seinem Kopf höre? Ja, er höre Gottes
Stimme in seinem Kopf. Er sei auserwählt, im Namen Gottes
zu handeln. Es sei eine gerechte Tat gewesen.

Noch während sie las, schüttelte Regina den Kopf. Wie

konnte ein Gutachter eine solche Suggestivfrage stellen? Sie warf einen Blick auf seinen Namen. Dr. Heideler, ein niedergelassener Psychiater, der früher jahrelang im Maßregelvollzug gearbeitet hatte. Kein Anfänger. Dann blätterte sie weiter bis zum psychopathologischen Befund.

Herr R. präsentierte sich in sehr gepflegtem Erscheinungsbild. Die gestellten Fragen beantwortete er knapp, oftmals verweigerte er die Antworten. Herr R. war in allen Qualitäten vollständig orientiert. Der formale Gedankengang war geordnet, ebenso die Denkinhalte. Zum Zeitpunkt der Exploration lag kein paranoid-halluzinatorisches Erleben vor, allerdings erschien die Stimmung leicht parathym und dem Ernst der Situation nicht angemessen. So zeigte sich im Gespräch keinerlei Besorgnis oder Betroffenheit hinsichtlich des ihm zur Last gelegten Deliktes. Zeitweilig lachte der Patient an unpassender Stelle.

Parathym, genau, das könnte passen. Dieses verdammte spöttische Lächeln, mit dem er sie und Mark provoziert hatte. Aber reichte das allein für die Diagnose einer Schizophrenie aus? Gewiss, er hatte von Stimmen gesprochen, von Gott, der in seiner Seele sprach. Aber war das wirklich so? Oder hatte ihn erst die Suggestivfrage des Gutachters auf diese Idee gebracht? Sie überflog rasch die abschließende Beurteilung.

In diagnostischer Hinsicht lassen sich die erhobenen Befunde am ehesten unter der Diagnose einer paranoiden Psychose aus dem schizophrenen Formenkreis (ICD-10: F20.0) zusammenfassen.

Um mit Sicherheit von einer Schizophrenie ausgehen zu

können, muss mindestens eines der vier Hauptkriterien der ICD-10 erfüllt sein. Bei Herrn R. werden zwei Hauptkriterien erfüllt:

1) kommentierende oder dialogische Stimmen, die über die Patienten reden, oder andere Stimmen – im Fall des Patienten die Stimme Gottes

2) anhaltender, kulturell unangemessener, bizarrer Wahn, wie der, das Wetter kontrollieren zu können oder mit Außerirdischen in Verbindung zu stehen – im Fall des Patienten der Wahn, mit Gott in Kontakt zu stehen

Na wunderbar, dachte Regina. Das ist wirklich ein bisschen dürftig, vor allem, wenn man ihm vorher selbst noch den Wink gibt.

Vermutlich hat die Rückkehr nach Deutschland nach langjährigem beruflichen Auslandsaufenthalt dazu geführt, dass die latente, womöglich bereits seit Jahren schlummernde Schizophrenie ausbrach und sich in einem plötzlichen Gewaltexzess gegen die afrikanische Nachbarin entlud.

Gut, es könnte so gewesen sein. Es kam häufiger vor, dass emotionaler Stress zum Ausbruch einer bis dahin latenten Schizophrenie führte. Bemerkenswert war nur, dass diese Erkrankung bislang niemandem aufgefallen war. Er schien bei seiner Arbeit keine Fehlzeiten gehabt zu haben, galt als zuverlässig und kompetent. War der Mord wirklich die Erstmanifestation? Regina dachte an die Erkrankten zurück, die sie kannte. Die meisten waren bereits Wochen vor Ausbruch der Erkrankung durch Unpünktlichkeit und Denkstörungen auffällig geworden. Viele verloren deshalb ihren Arbeitsplatz. Aber derartige Gewaltexzesse waren eine seltene Ausnahme.

Sie klappte die Akte zu. Es brachte nichts, sich weiteren Spekulationen hinzugeben. Sie musste sich selbst ein Bild verschaffen und Rösch untersuchen.

Bevor sie ihr Büro verließ, überprüfte sie den Sitz ihres Sicherheitspiepers. Jeder Mitarbeiter des Maßregelvollzugs trug solch ein kleines Gerät am Körper. Im Notfall konnte ein Knopf gedrückt und Alarm ausgelöst werden. Vermutlich gab es in ganz Hamburg keinen sichereren Arbeitsplatz. Bei dem Gedanken daran lächelte Regina in sich hinein. Wie sehr sich ihr Leben doch verändert hatte, seit sie dem Sudan den Rücken gekehrt hatte!

Einer der Pfleger begleitete sie und blieb vor der Tür stehen, während sie mit Rösch in der Eins sprach. Für die Untersuchung hatte sie ihren weißen Kittel angezogen, der sonst im Schrank ihres Büros hing und in dessen Taschen ihr Reflexhammer und das Stethoskop steckten.

Rösch hatte sich lang auf der unbequemen Pritsche ausgestreckt. Bei ihrem Eintreten richtete er sich auf und empfing sie in sitzender Haltung. Die schmale Pritsche war so hoch, dass seine Füße den Boden nicht berührten, obwohl er bestimmt eins achtzig groß war.

»Frau Doktor Bogner, wie schön!« Wieder dieses spöttische Lächeln. »Kommen Sie, um mich zu untersuchen?«

»Ihr Scharfsinn ist bewundernswert«, entfuhr es Regina, und sofort ärgerte sie sich. Es war nicht professionell, auf Provokationen mit Ironie zu reagieren. Aber dieser Mann schaffte es irgendwie, sie zu reizen. Bei den meisten Patienten konnte sie im täglichen Umgang ausblenden, aus welchen Gründen sie hier waren. Manche von ihnen konnten durchaus nett sein, vor allem wenn die Behandlung anschlug und die Kranken sich ihrer Taten bewusst wurden. Sie hatte es schon einige Male erlebt, dass jemand von Reue geplagt in schwere Depressionen verfallen war. Bei Rösch war es anders. Diese Überlegenheit, diese verdammte Selbstsicherheit, die er ausstrahlte, machten sie wütend. Oder ob das tatsächlich Ausdruck seines Wahns war? Lebte er in der Gewissheit, von höheren Mächten beschützt zu werden?

»Soll ich mich ausziehen?«, fragte er mit Blick auf das Stethoskop, das aus ihrer Kitteltasche heraushing.

»Die Unterhose können Sie anbehalten.«

»Dann wird das aber keine sorgfältige Untersuchung.« Schon wieder dieses Grinsen.

»Das überlassen Sie mir. Das ist mein Job.«

»Ich dachte, Sie sind eher für den Kopf zuständig.« Er zog sein T-Shirt aus, warf es achtlos auf die Pritsche. Dann stand er auf, öffnete den Gürtel der Jeans und ließ sie einfach zu Boden fallen. Darunter kamen hellblaue Boxershorts zum Vorschein.

»Vom Rest verstehe ich auch etwas«, erwiderte Regina ungerührt.

»Ganz sicher. Sie sind ja eine Frau Doktor.«

Einen Moment lang bedauerte Regina es, dass sie ihr Stethoskop vor Gebrauch nicht in den Eisschrank gelegt hatte. Ihr Blick fiel auf eine lange Narbe, die sich oberhalb des Nabels quer über Röschs Leib zog. Sie musste schon viele Jahre alt sein, war fast verblasst. An manchen Stellen waren jedoch noch kleine Pigmentveränderungen zu sehen, die von den Nadelstichen zeugten, mit denen die Wunde einst genäht worden war.

»Woher stammt die Narbe?«, fragte sie.

»Ein Verkehrsunfall.«

»Wie lange liegt der zurück?«

Er hob die Schultern. »Mehr als zwanzig Jahre. Ist das wichtig?«

»Wenn Sie damit keine Beschwerden mehr haben, nicht.«

»Keine Beschwerden.« Wieder dieses Lächeln. War das wirklich Spott? Oder begriff er einfach nicht, wie sein Verhalten auf sie wirkte? War es einfach nur ein läppisches Grinsen, in das sie zu viel hineininterpretiert hatte? Aber dafür erschien ihr der Mann zu kontrolliert. Er blieb ihr ein Rätsel.

Sie nahm das Stethoskop. Röschs Herztöne waren rein, und auch die Lunge zeugte von einem gesunden Mann von Ende vierzig.

»Legen Sie sich bitte hin!«, verlangte sie. Er folgte der Aufforderung ohne Widerspruch.

»Kommt jetzt das Hämmerchen zum Einsatz?« Natürlich grinste er bei dieser Frage wieder. Regina überhörte die Bemerkung und klopfte die Reflexe ab. Alles bestens.

»Das war's. Sie können sich wieder anziehen.«

»So schnell? Und was ist mit meinem Kopf?«

»Dafür gibt es Pillen.«

»Tatsächlich?«

»Sind Sie bereit, Medikamente einzunehmen?« Sie sah ihm mit ernstem Blick in die Augen, rechnete schon mit einer Ablehnung.

»Kommt darauf an. Zeigen Sie mir vorher den Beipackzettel?«

»Selbstverständlich.«

»Und glauben Sie, dass es hilft?«

»Glauben Sie, dass Sie krank sind?«

Rösch lachte. »Eine solche Frage aus Ihrem Mund, Frau Doktor? Was glauben Sie? Bin ich krank?«

»Nun, wenn Sie gesund wären, wären Sie nicht hier, sondern im Knast.«

Rösch streifte sich das T-Shirt über und zog die Hose wieder an. Während er den Gürtel schloss, sah er Regina unverwandt in die Augen.

»Groß ist der Unterschied nicht«, sagte er. »Zum Knast, meine ich.«

»Nun, falls Sie geglaubt haben, der psychiatrische Maßregelvollzug sei wie die Allgemeinpsychiatrie, haben Sie sich geirrt. Hier herrschen die gleichen Regeln wie im Knast, der gleiche Sicherheitsstandard. Vielleicht ist sogar alles ein bisschen strenger.« Noch während sie redete, ärgerte sie sich über sich selbst. Warum um alles in der Welt konnte sie nicht einfach stoisch den Mund halten und den Typen reden lassen? Warum reagierte sie nur so allergisch auf ihn? Und nicht nur sie. Auch Mark hatte ungewöhnlich gereizt auf ihn reagiert, obwohl der Oberarzt sonst die Ruhe selbst war. Sie hatte noch nie zuvor beobachtet, dass Mark vor Ärger die Fäuste geballt hätte.

»Natürlich«, bestätigte Rösch. »Haben Sie Angst vor mir?«

»Ich habe keinen Grund dazu«, erwiderte Regina.

»Sind Sie sicher?«

»Ganz sicher. Der Pfleger wird Ihnen den Beipackzettel für die Tabletten bringen. Und morgen unterhalten wir uns weiter.«

»Ich freue mich darauf, Frau Doktor.«

Reginas Faust ballte sich in der Kitteltasche.

3

Als Regina an diesem Abend nach Hause kam, hörte sie aus dem Wohnzimmer das Lachen ihrer siebzehnjährigen Tochter. Anscheinend hatte Anabel Besuch. Regina zog die Schuhe aus, hängte ihre Jacke im Flur auf, warf den Rucksack in die Ecke und ging ins Wohnzimmer, um zu sehen, wer der Gast war.

»Florence!«, rief sie erfreut. »Ich dachte, du bist noch in Ghana.«

»Nein, schon seit gestern wieder zurück.« Die Afrikanerin zeigte beim Lächeln ihre makellosen Zähne. »Mit neuen Waren und neuen Geschichten.«

»Neue Geschichten, soso.« Regina lächelte. Florence Aminata war seit drei Jahren ihre beste Freundin. Eine Frau mit einem goldenen Herzen und einer unermüdlichen Zunge. Sie hatten sich kennengelernt, als Regina mit Anabel aus dem Sudan zurückgekehrt war. Anfangs hatte Regina Sorge gehabt, ob Anabel sich in Hamburg wohlfühlen würde. Dank Florence hatte sich das Mädchen jedoch rasch eingewöhnt und war Stammkundin in deren Afroshop. Aus ganz praktischen Gründen, denn Anabel hatte die dunkle Hautfarbe ihres Vaters geerbt, und das stellte sie beim Kauf von Kosmetika in Deutschland vor ungeahnte Schwierigkeiten. Aber Florence führte in ihrem Shop eine Menge afrikanischer Make-ups und Puder, die für Anabels kaffeebraune Haut geeignet waren.

Bei der Erinnerung daran seufzte Regina. Sie hatte Afrika nur ungern den Rücken gekehrt, aber es war nicht anders möglich gewesen.

»Sag, stimmt es, was man sich so erzählt?« Florence sah Regina neugierig an. Regina setzte sich zu Anabel aufs Sofa.

»Was meinst du?«

»Dass der Mörder von Akosua Nkrumah bei euch gelandet ist.«

Regina horchte auf. Florence hatte das Opfer gekannt? Wieso hatte sie nie etwas davon erzählt? Regina selbst konnte sich an die Berichterstattung über den grausigen Mordfall in den Medien kaum noch erinnern.

»Falls es so wäre, habe ich Schweigepflicht«, wich sie aus.

»Du kanntest sie?«

»Nein, aber heute früh, als ich den Laden öffnete, hat mir Shelly erzählt, dass sie den Schwager von Akosuas Bruder kennt. Und der hätte ihr das erzählt. Akosuas Bruder meint, der Kerl hätte verdammtes Glück, dass er weggesperrt ist, sonst würde er mit ihm das Gleiche machen, was er mit seiner Schwester gemacht hat.«

Regina seufzte. Die Community war besser vernetzt, als sie vermutet hatte. So gut, dass sie ihre Arbeit an diesem Abend nicht einmal zu Hause vergessen konnte.

»Und was hat er mit Akosua gemacht?«, fragte Anabel neugierig.

»Das willst du gar nicht wissen«, erwiderte Regina.

»Doch, will ich.«

Regina sah Florence an. »Hat dir der Buschfunk das auch verraten?«

»Er soll ihr den Bauch aufgeschlitzt haben«, sagte Florence ausweichend.

»Und warum hat er das getan?«, fragte Anabel erstaunlich gelassen. »Wollte er einfach mal sehen, wie eine Frau von innen aussieht?« Regina seufzte kaum hörbar. Sie hatte keine Ahnung, ob Anabel wirklich an dem Fall interessiert war oder ob sie einfach nur cool wirken wollte, um die Mutter zu beeindrucken. Wollte sie ihr zeigen, dass sie alles ertragen konnte? Dass ihr die Erinnerungen an damals nichts mehr ausmachten?

Ach was!, wischte Regina den Gedanken weg. Ich sollte damit aufhören, zu viel in Anabels Worte hineinzuinterpretieren.

Doch ihr schlechtes Gewissen konnte sie nicht abschalten. Anabel hatte in ihrem jungen Leben mehr gesehen, als für ein Kind ihres damaligen Alters gut war.

»Weil er verrückt ist«, erklärte Florence. Regina war froh, dass ihre Freundin sie der Antwort enthob. Zumindest so lange, bis Florence fortfuhr. »Das kann deine Mutter dir bestimmt viel besser erklären. Sag mal, Regina, warum musst du eigentlich immer mit solchen Typen arbeiten?«

»Ihr tut ja so, als wüsstet ihr ganz genau, wer gerade bei mir zu Gast ist.«

»Steht doch in der Zeitung«, meinte Florence. »Er wurde vorgestern verurteilt und soll in die Psychiatrie überstellt werden.«

»In den Maßregelvollzug«, verbesserte Regina. Sie hasste

es, wenn die forensische Psychiatrie in der Presse stets mit der Allgemeinpsychiatrie gleichgestellt wurde. Wie oft hatte sie schon zu erklären versucht, dass es unter psychisch Kranken nicht mehr Straftäter gab als unter Gesunden. Aber die Bevölkerung schien lieber an die gemeingefährlichen Irren glauben zu wollen. Und Typen wie Rösch passten natürlich genau ins Beuteschema der Presse.

Glücklicherweise war das Thema um den Mord an Akosua damit erledigt. Florence beschränkte sich darauf, Geschichten von ihren Verwandten in Ghana zu erzählen und eine Ledertasche aus hellbraunem Leder auf den Tisch zu stellen, die einen eigentümlichen Geruch verströmte. Den Geruch von afrikanischem Leder.

»Hier, die habe ich dir mitgebracht, Regina. Anabel hat auch so eine Tasche bekommen.«

»Vielen Dank.« Regina nahm das Stück in die Hand, betrachtete kurz die Muster, die in das Leder gepunzt waren, öffnete die Schnalle und blickte hinein. Der Geruch des Leders war wirklich durchdringend. Beinahe schon unangenehm.

»Sieh dir die Schnörkel in den Mustern genauer an!«, forderte Florence Regina mit leuchtenden Augen auf. Sie tat es. Die Schnörkel waren Buchstaben. *Regina* stand dort zwischen Blütenranken.

Oh Gott, wie kitschig! durchzuckte es Regina.

»Das ist toll, nicht wahr? Bei mir steht *Anabel*.« Anabel hob ihre Tasche mit leuchtenden Augen vom Boden auf und stellte sie neben die ihrer Mutter.

»Ja, das ist wirklich toll«, wiederholte Regina hastig und ärgerte sich, dass sie nicht erfreuter wirken konnte. Aber sie wusste genau, dass sie diese streng riechende Tasche niemals benutzen würde. Nun ja, Florence' gute Absicht zählte, und Anabel schien im Gegensatz zu ihr mit dem Geschenk wirklich glücklich zu sein.

»Vielen Dank, Florence!«, rief sie mit übertriebener Begeisterung. »Du machst dir jedes Mal so viele Gedanken, was du uns Schönes mitbringen kannst.«

»Wie heißt es in Deutschland so schön?« Florence zeigte wieder ihr breites Lächeln. Die gespielte Freude hatte also ihren Zweck erfüllt. »Kleine Geschenke erhalten die Freundschaft.«

Sie sprachen an diesem Abend noch über einiges, auch darüber, dass Anabel die bevorstehenden Sommerferien gern mit ihrem Freund Michael in Südfrankreich verbringen wollte.

»Seine Eltern besitzen dort seit ein paar Monaten ein Ferienhaus«, erzählte sie aufgeregt. »Und sie haben nichts dagegen, wenn Michael und ich dort die Ferien mit ihnen verbringen. Außerdem kann ich mein Französisch verbessern. Du erlaubst es doch, oder?« Ein Dackel hätte nicht treuherziger blicken können als Anabel.

»Seine Eltern fahren mit?«

»Natürlich«, bestätigte Anabel. »Obwohl wir auch allein fahren könnten. Michael hat letzte Woche seinen Führerschein gemacht.«

»Und wie ich seine Eltern kenne, sofort ein eigenes Auto bekommen?«

»Nein, er arbeitet noch dran.« Anabel lächelte.

»Von mir aus gern«, antwortete Regina. Sie kannte Michael und seine Eltern seit einem Jahr. Fast so lange, wie Anabel und der Anwaltssohn ein Paar waren. Das erste Treffen zwischen den Eltern war etwas unterkühlt gewesen. Anabels Hautfarbe hatte Michaels Eltern zunächst mit Skepsis erfüllt. Vermutlich fürchteten sie wollhaarige Enkelkinder, hatte Regina damals mit leichter Bitterkeit gedacht. Doch die Vorurteile waren verflogen, nachdem man sich besser kennengelernt hatte. Michaels Eltern waren durchaus aufgeschlossen, und Anabel gelang es ohnehin recht schnell, Menschen für sich zu gewinnen. Inzwischen gehörte sie fast zu Michaels Familie. Und gegen einen Urlaub in Südfrankreich war nichts einzuwenden. Es würde tatsächlich Anabels Sprachtalent zugutekommen, eine weitere Sprache zu perfektionieren. Neben Deutsch hatte sie schon in früher Kindheit Englisch und Arabisch gelernt, die beiden Amtssprachen des Sudans. Und von ihrem Vater die Sprache der Dinka. Ihr Vater … Es tat immer noch weh, an ihn zu denken.

»Mum?« Anabel berührte ihre Mutter am Arm. »Woran denkst du?«

»Nichts weiter. Ich dachte nur mit leichter Wehmut daran, dass mein kleines Mädchen erwachsen wird und zum ersten Mal ohne mich für lange Zeit verreisen wird.«

Anabel lachte. »Aber du musst nicht befürchten, dass ich dich vergessen werde. Es sind nur knapp sechs Wochen.«

»Manchmal können sechs Wochen länger sein als ein ganzes Leben«, erwiderte Regina. Als Anabel sie verwundert ansah, winkte sie ab.

»Das war nur so dahergesagt. Ich freue mich sehr, dass Michaels Eltern euch diese Ferien ermöglichen.«

4

»Was hast du gestern mit dem Mann angestellt?« Mark musterte Regina mit gespieltem Erstaunen, während sie vor den Patientenkurven saßen, um alles für die bevorstehende Chefarztvisite vorzubereiten.

»Mit welchem Mann?«

»Mit wem wohl? Mit Rösch. Er ist bereit, Medikamente zu nehmen. Ohne jedes Wenn und Aber. Ich habe ihm gleich zwei Milligramm Risperidon aufgeschrieben.«

»Dann hat er den Beipackzettel gelesen?«

»Keine Ahnung. Er sagte nur, er sei einverstanden. Damit hätte ich nicht gerechnet. Gestern hatte ich noch den Eindruck, ein Arschloch vor mir zu haben.«

»Ich wusste gar nicht, dass Risperidon auch gegen Arschlöcher hilft.«

»Wollen wir eine Studie darüber in Auftrag geben?« Er grinste sie breit an. »Einen Doppel-Blind-Versuch? Zehn Arschlöcher kriegen Risperidon und zehn Arschlöcher ein Placebo.«

»Nur wenn Proser auch auf der Probandenliste steht.« Regina erwiderte Marks Grinsen.

»Nein, den sparen wir uns auf und warten, ob es wirklich hilft.«

»Der Chefarzt kommt!«, hörten sie einen der Pfleger rufen. Kurz darauf war das Schließen der schweren Stationstür zu hören und stramme Schritte, die sich zielstrebig dem Stationszimmer näherten.

»Guten Morgen.« Dr. Löhner, der Chefarzt des Maßregelvollzugs, betrat den Raum. Er war ein hochgewachsener Mann, Hanseat durch und durch, der nur knapp die Zwei-Meter-Marke unterschritt. Wie immer trug er einen dunkelblauen Anzug, ein blütenweißes Hemd und eine königsblaue Krawatte. Seine schwarzen Schuhe waren makellos geputzt und glänzten. Mit eleganter Bewegung zog er sich einen Stuhl heran und nahm am Tisch Platz. Einer der Pfleger schenkte ihm eine Tasse Kaffee ein.

»Ist auch Zucker da?«, fragte der Chef. Der Pfleger nickte und reichte ihm die Zuckerdose. Dr. Löhner schaufelte sich drei Teelöffel in den Kaffee und rührte ihn dann genüsslich um. Regina fragte sich jedes Mal, ob der Zuckergehalt irgendwann so hoch wäre, dass der Löffel nach dem Umrühren gerade stehen blieb.

»Der Neue zuerst?«, fragte Mark. Löhner nickte.

Mark fasste kurz die Aufnahmeuntersuchung und die wichtigsten Daten zusammen.

»Ich habe ihm Risperidon angesetzt«, schloss er den Bericht.

»Sehr gut«, lobte Löhner. »Ja, das ist ein wirklich interessanter Fall. Jahrelanger Auslandsaufenthalt, latente Schizophrenie, und irgendetwas hat sie bei seiner Rückkehr ausgelöst.« Er schlürfte seinen Kaffee, schien ihn regelrecht zu kauen, als nähme er an einer Weinprobe teil.

»Interessant und ungewöhnlich«, bemerkte Regina. »Eigentlich passt ein solches Tatszenario eher zu einem Menschen mit einer sadistischen Persönlichkeitsstörung.«

»Nun, in diesem Fall ist die Diagnose glücklicherweise klar.« Löhner kaute einen weiteren Schluck Kaffee. Regina glaubte fast, die Zuckerkörnchen zwischen seinen Zähnen knirschen zu hören.

»Der Mann ist schizophren und glaubt, die Stimme Gottes habe ihm sein Handeln befohlen«, fuhr Löhner fort, nachdem er geschluckt hatte. »Gut, dass er sich so bereitwillig einer medikamentösen Therapie unterzieht.«

»Irgendetwas an ihm kam mir gestern seltsam vor«, warf Regina vorsichtig ein.

»So?« Löhner zog die rechte Augenbraue hoch. »Was kam Ihnen denn seltsam vor?«

»Er hatte nicht die typische Aura eines Schizophrenen.«

»Die Aura gehört in den Bereich der Esoterik oder fernöstlicher Religionen. Nicht in den Bereich, mit dem wir uns hier zu befassen haben. Für uns zählen nur Fakten. Fakten, die sich mit der ICD-10 kodieren lassen.«

»Dennoch spielt das Gefühl eine wichtige Rolle«, widersprach Regina. »Übertragung und Gegenübertragung sind unser Handwerkszeug. Mehr als die Listen eines Diagnoseleitwerks.« Aus den Augenwinkeln sah sie, wie Mark die Augen verdrehte. Er hasste es, wenn sie mit dem Chef Grundsatzdiskussionen führte.

»Wenn Sie sich der Psychoanalyse verschreiben wollen, vielleicht. Aber nicht, wenn es um Fakten geht. Der Mann hat eine Schizophrenie, das Gutachten ist eindeutig.«

»Wir können darüber weiter diskutieren, sobald wir ihn in

der Visite gesehen haben«, fuhr Mark schnell dazwischen. »Dann geht es weiter mit Herrn Bolling, der hat gestern …«

Die Vorbesprechung zog sich über zwei Stunden hin. Löhner hatte die Angewohnheit, jede einzelne Medikation zu überprüfen und sich über jedes Milligramm Rechenschaft ablegen zu lassen. Auch das war eine Eigenheit, die Regina noch nirgends sonst erlebt hatte. Gewöhnlich delegierten Chefärzte alles an die Oberärzte und die wiederum einen Großteil an die Stationsärzte. Aber Mark musste Löhner wie ein Berufsanfänger Rede und Antwort stehen. Und er war viel zu gutmütig, um ihm auf die gleiche Art wie Regina Paroli zu bieten. Vielleicht auch nur zu gleichgültig, weil er wusste, dass es ohnehin nichts brachte.

Als sie endlich aufstanden, um die Visite zu beginnen, spürte Regina, wie ihre Kniegelenke knackten. Ich werde langsam alt, dachte sie bei sich. Obwohl vierundvierzig eigentlich noch kein Alter war.

Während der Visite hatten die Patienten sich in ihren Zimmern aufzuhalten und auf die Ankunft des Chefarztes und seines Gefolges zu warten. Löhner schritt machtvoll voraus, fuhr sich einmal kurz mit der Hand über die hellblonden Haare, eine Geste, die der Visite stets vorausging.

Als Erstes suchten sie die Eins auf. Die Pfleger schlossen die beiden gesicherten Türen auf, und Löhner trat ein, dicht gefolgt von Mark und Regina.

Rösch hatte am Abend ein Kissen und eine Bettdecke erhalten, sodass die schmale Pritsche jetzt tatsächlich an ein Bett erinnerte, auch wenn es verdammt unbequem sein musste, darauf zu schlafen. Die Decke und das Kissen waren ordentlich zusammengelegt. Rösch saß auf dem Rand der Pritsche und stand auf, als der Chefarzt eintrat.

»Herr Rösch?« Löhner hielt ihm die Hand hin. Rösch ergriff sie.

»So ist es. Und Sie sind?«

»Doktor Löhner, der Chefarzt.«

Rösch ließ die Hand los. »Wissen Sie, dass es drei Arten von Chefs gibt?«, fragte er. Natürlich wieder mit diesem Lächeln, das Regina nach wie vor nicht zu deuten wusste.

»Es gibt die Chefs, die ihre Autorität aus ihrem Auftreten ziehen. Man kann sie meist nicht an der Kleidung von ihren Untergebenen unterscheiden, aber das ist auch nicht nötig. Ein Blick genügt.« Er hielt kurz inne. Niemand sagte etwas. »Dann«, fuhr er fort, »gibt es die jovialen Chefs, die sich kleiden, als wären sie aus der Mülltonne gesprungen, oder die selbst gestrickte Pullis tragen. Die erkennt man auch auf den ersten Blick, denn bei einem Untergebenen ließe niemand diesen Stil durchgehen.« Wieder eine Pause. Wieder Schweigen. Regina beobachtete während der ganzen Zeit das Gesicht des Chefarztes. Die Maske saß perfekt.

»Sie hingegen – Sie gehören zur dritten Kategorie. Die eigene Unsicherheit wird hinter einem Anzug versteckt. Niemand spräche einem Anzugträger mit blütenweißem Hemd und Krawatte die Autorität ab, nicht wahr?«

Einen Moment lang zuckten Löhners Wangenmuskeln, als beiße er die Zähne hart aufeinander.

»Sehr interessant«, sagte er schließlich.

»Nicht wahr?« Röschs Lächeln verbreiterte sich. »Kennen

Sie den Spruch: Zieh einem Neger einen Anzug an, und er wird stolz wie ein ganzer Stamm nackte Neger?«

Irgendwo war ein Glucksen zu hören. Es war einer der beiden Pfleger.

»Ah ja, ich erinnere mich, Sie waren in Afrika. Haben Sie dort Ihre Erfahrungen gesammelt?«, fragte Löhner ungerührt.

»Stolpern Sie etwa gar nicht über meine politisch unkorrekte Bezeichnung unserer maximalpigmentierten Mitbürger?« Rösch musterte Löhner mit lauerndem Blick.

»Interessant. Sehr interessant«, erwiderte der Chefarzt mit unbewegter Miene, um sofort das Thema zu wechseln. »Wie ich hörte, nehmen Sie Risperidon. Das ist eine gute Entscheidung.«

»Wenn Sie meinen, dass es hilft.«

Allmählich fragte sich Regina, ob Rösch von diesem albernen Grinsen nicht bald einen Krampf im Mund bekam.

»Da bin ich mir ganz sicher«, erklärte der Chefarzt. »Auf Wiedersehen.« Sie verließen die Zelle.

»Nun?«, fragte Regina, nachdem sie wieder draußen waren und die Pfleger die beiden Sicherheitstüren geschlossen hatten. »Was halten Sie von ihm?«

»Eindeutig schizophren.«

»Aber er hat doch keinerlei typische Symptome gezeigt. Woran machen Sie Ihre Meinung fest?«

»Glauben Sie, ein Gesunder würde sich so auf der Chefarztvisite präsentieren?«

»Die Alternative ist nicht gesund versus krank. Die Frage lautet vielmehr, ob es tatsächlich eine Schizophrenie ist«, widersprach Regina. »Sein Verhalten könnte ebenso gut zu einer Persönlichkeitsstörung passen.«

Löhner zog die rechte Augenbraue hoch und musterte Regina, als wäre er ein Lehrer und sie das vorlaute Kind.

»Die Kriterien sind eindeutig. Wollen Sie nach einem so kurzen Eindruck das Gutachten eines erfahrenen Kollegen in Zweifel ziehen?«

»Nein, ich wollte es nur diskutieren, denn …«

»Sparen Sie sich das für eine Fallvorstellung in der nächsten Abteilungskonferenz auf«, schnitt Löhner ihr das Wort ab. »Herr Birkholz, lassen Sie uns die Visite fortsetzen!«

Man kann über Rösch denken, was man will, dachte Regina, aber seine Einschätzung des Chefarztes ist zutreffend.

Seufzend folgte sie den beiden.

Als sie am frühen Nachmittag von der Visite auf der Aufnahmestation auf die Wohnstation zurückkehrte, fand sie dort eine ausgesprochene Heiterkeit vor.

»Was ist denn hier passiert?«, fragte sie Egon.

»Willst du einen Kaffee, Frau Doktor?« Er hielt ihr auffordernd die Kanne entgegen. Sie nickte, und er schenkte ihr einen Becher ein. »Milch?«

»Ja, danke. Also, was ist hier los?«

Egon reichte ihr die Milch. »Proser ist nach Hause gegangen. Aber keine Sorge, er kommt wieder.«

»Wieso nach Hause?« Regina goss Milch in den Kaffee und rührte ihn um.

Irene gluckste, während Egon todernst blieb.

»Weißt du noch, wie er gestern sagte, er sei in der Beziehungsarbeit mit dem Windelfetischisten ein gutes Stück weitergekommen?«

»Ja.«

»Nun, der Patient schien das anders zu sehen. Proser wollte mit ihm heute darüber sprechen, künftig auf die Windeln zu verzichten, da er nicht an dessen Inkontinenz glaubt.«

»Wie keiner von uns«, bestätigte Regina und trank einen Schluck.

»Tja, dafür bekam er dann eine vollgeschissene Windel um die Ohren geschlagen.«

Fast hätte sich Regina an ihrem Kaffee verschluckt.

»Eine vollgeschissene Windel?«

»Ja, und nun ist er erst mal zum Duschen und Klamottenwechsel nach Hause gefahren.«

»Egon meinte schon, wir sollten den Windelfetischisten zum Patienten des Monats machen«, bemerkte Irene immer noch glucksend. »Aber wir haben ihn natürlich in den Krisenraum gesteckt. Beschissene Windeln darf man nicht mal Proser um die Ohren hauen.«

»Tja, vielleicht solltest du nach ihm sehen, wenn du den Kaffee getrunken hast«, meinte Egon. »Er sitzt da schon seit zwei Stunden. Allerdings …« Der Pfleger seufzte. »Er bietet keinen schönen Anblick.«

»Wieso nicht?«, fragte Regina misstrauisch nach.

»Wir haben ihm keine neue Windel gegeben, und er hat sich geweigert, das Klo zu benutzen.«

»Och nö, ne? Das ist nicht euer Ernst, oder? Hat er alles vollgeschissen?«

Egon und Irene nickten stumm.

»Und ich soll mir das angucken?«

Erneutes Synchronnicken.

»Könnt ihr nicht vorher sauber machen?«

»Wir dachten, ein Arzt sollte zuvor den Originalzustand sehen.«

»Dann wartet doch, bis Proser zurückkommt!«

»Aber es stinkt doch so sehr«, klagte Irene.

»Ich nehme vorher noch eine Tasse Kaffee. Seit wann ist Proser weg?«

»Seit zwei Stunden.«

»Na, dann hoffe ich auf seine Rückkehr, bevor ich meinen Kaffee ausgetrunken habe.«

Natürlich war Proser nicht rechtzeitig wieder zurück. Seufzend erhob Regina sich nach der zweiten Tasse Kaffee und folgte Egon zum Kriseninterventionsraum, einer kleinen Zelle, ähnlich gesichert wie die berüchtigte Eins auf der Aufnahmestation, allerdings ohne angeschraubte Pritsche, dafür aber mit einem angeschlossenen Waschraum aus Edelstahl. Eine Kamera zeichnete alles auf, was in dem Raum geschah. Zumindest normalerweise. Allerdings hatte der Patient das Auge der Kamera mit seinem Kot verschmiert.

»Wir können durch die Klappe gucken«, meinte Egon. »Aber sei bloß vorsichtig! Er könnte werfen.«

»Ich hasse Proser«, murmelte Regina. Der Gestank drang selbst durch die geschlossene Tür in den Flur.

Egon öffnete die Klappe und zog sofort den Kopf weg. Auch Regina linste nur vorsichtig durch die Seite. Doch es bestand keine Gefahr. Der Patient hatte sich vollständig entkleidet, hockte nackt auf dem Boden und knetete in seinen Exkrementen.

»Was für ein Therapieerfolg.« Regina seufzte. »Du kannst die Klappe wieder dichtmachen.«

Egon folgte der Aufforderung. »Und?«, fragte er danach. »Was sollen wir mit ihm machen?«

»Warten, bis Proser kommt. Es ist schließlich sein Patient.«

In diesem Augenblick kam Irene.

»Proser hat angerufen«, sagte sie. »Er hat sich für den Rest des Tages krankgemeldet. Und für morgen gleich dazu.«

»Tja, dann müssen wir wohl entscheiden. Was sagst du nun, Frau Doktor?«

»Holt euch Unterstützung, zieht euch Schutzkleidung an, geht rein, macht sauber, duscht ihn und gebt ihm seine verdammten Windeln wieder!«

»Und dann?«

»Dann bleibt er trotzdem bis morgen früh dort drinnen. Ich lasse ihn erst wieder raus, wenn ich mir sicher sein kann, dass er in seinem Zimmer nicht auch so eine Sauerei anstellt.«

»Dafür steht uns eigentlich eine Schmutzzulage zu.« Egon seufzte. »Irene, haben wir noch diese Einweg-Overalls mit Kapuze?«

»Ich weiß nicht, ich ruf mal auf der Zwei an.«

»Und dann sag auch, sie sollen uns noch ein paar Leute zur Unterstützung schicken. Am besten welche mit Schnupfen.«

Irene lachte und ging zum Telefon.

Wenigstens hatten die beiden ihren Humor nicht verloren.

Kaum hatte Regina den Vorraum des Krisenraums verlassen und war wieder auf den Flur der Station getreten, hörte sie eine piepsige Stimme hinter sich.

»Frau Doktor, ich muss dringend mit Ihnen sprechen.«

Im Gegensatz zu seiner Stimme war der Mann ein breitschultriger Riese, der sie um zwei Köpfe überragte.

»Was gibt's, Herr Woelk?«

»Bodo beschimpft mich wieder so doll.« Er sah sie an wie ein verzweifeltes kleines Kind. Regina seufzte. Bodo war keine reale Person. Bodo war eine Stimme, mit der Herr Woelk zu leben gelernt hatte. Aber manchmal beschimpfte ihn diese Stimme. Bislang hatte keinerlei Medikation angeschlagen. Dazu war seine Schizophrenie zu lange unentdeckt geblieben. Und vermutlich hätte auch weiterhin keiner davon erfahren, wenn Woelk nicht irgendwann vor drei Jahren diesen Ausraster gehabt hätte. Er hatte einen Passanten als Bodo zu erkennen geglaubt und ihn auf offener Straße unvermittelt niedergeschlagen. Das Problem war der Umstand, dass Herr Woelk über beachtliche Körperkräfte verfügte. Sein Opfer war daraufhin mit einem Schädelbasisbruch in die Klinik gekommen – und er in den Maßregelvollzug.

»Haben Sie schon Ihren Bedarf genommen?«

Woelk nickte. »Hat aber nichts geholfen. Bodo schimpft immer noch.«

»Was würde Ihrer Meinung nach denn helfen?«

Ein verschämtes Lächeln überzog das Gesicht des Riesen. »Tavor?«, fragte er vorsichtig.

Regina seufzte. Sie gab Woelk ungern so viel Tavor, da dieses Beruhigungsmittel bei übermäßigem Gebrauch abhängig machen konnte. Andererseits war es zwei Wochen her, seit er das letzte Mal Tavor bekommen hatte. Zudem konnte sie an diesem Tag keinen weiteren durchgedrehten Patienten ertragen.

»Also gut, ich sage Egon, er soll Ihnen zweieinhalb Milligramm geben.«

»Nicht lieber fünf?«

»Wir sind nicht auf dem Basar, wo man feilschen kann. Eine Zweifünfer reicht.«

»Na gut.« Woelks glückliches Gesicht zeigte, dass er sich vermutlich auch mit einem Milligramm zufriedengegeben hätte.

Egon hatte sich inzwischen den weißen Schutzoverall übergezogen.

»Kannst du Herrn Woelk eben noch eine Zweifünfer Tavor geben?«, fragte Regina ihn.

»Sonst noch was, Frau Doktor?«

»Das genügt vorerst.«

Der Pfleger seufzte. »Dann kommen Sie mal mit!«

»Warum haben Sie so komisches Zeug an?«, fragte Herr Woelk. »Greifen die Außerirdischen an?« Er kicherte albern.

»Keine blöden Fragen«, grummelte Egon. »Sonst gibt's kein Tavor.«

Zum Glück erwies sich die Grundreinigung des Krisenraums und seines Insassen als unkomplizierter als gedacht. Das Versprechen, seine Windeln zurückzubekommen, führte sofort dazu, dass er freiwillig unter die Dusche ging und zudem darauf verzichtete, seine Ausscheidungen als Waffe einzusetzen.

»Und wenn Proser ihm noch mal die Windeln wegnehmen will, dann setzt es was«, brummte Egon, nachdem die schmutzige Arbeit erledigt und die Einweg-Overalls in der Mülltonne verschwunden waren. »Will noch jemand einen Kaffee?«

Regina lachte. »Wenn hier jemals der Kaffee ausgehen sollte, wären wir wohl alle arbeitsunfähig.«

Das Telefon klingelte. Irene nahm ab.

»Regina, für dich. Doktor Birkholz.« Die Schwester reichte Regina den Hörer.

»Ja, Regina hier.«

»Kannst du mal schnell auf die Aufnahme kommen?«

»Was gibt's?«

»Das musst du dir selbst ansehen. Ich warte auf dich. Bis gleich.« Er legte auf. Auch Regina legte auf. Sie hasste es, wenn man ihr nicht klipp und klar sagte, worum es ging.

Als sie die Aufnahmestation betrat, waren erstaunlich viele Pfleger vor Ort. Regina erkannte einige, die sonst auf der Nachbarstation arbeiteten. Kaum war sie da, schloss Mark die Tür zum Stationszimmer.

»Was ist los?«, fragte sie.

»Hier!« Er legte einen abgebrochenen Kugelschreiber auf den Tisch. Jemand hatte die Mine entfernt und stattdessen aus dem Metallklipp eine scharfe Spitze geschliffen. »Das wurde in Bollings Zimmer gefunden. Ein anderer Patient hat uns erzählt, dass er eine Geisel nehmen wollte.«

»Und wo ist Bolling jetzt?«

»Er weiß noch nicht, dass wir die Waffe gefunden haben. Wir werden gleich einen Zugriff machen. Ich brauche die

Eins, deshalb wollte ich, dass du Rösch im Krisenraum auf deiner Station unterbringst.«

»Da sitzt Merckmann.«

Mark zog die Brauen hoch. »Der Windelfetischist?«

Regina nickte und berichtete kurz von den Vorfällen. Trotz der angespannten Lage huschte ein Lächeln über das Gesicht des Oberarztes.

»Muss Rösch denn noch in der Eins bleiben?«, fragte Regina. »Wir hätten ihn doch im Laufe des Tages sowieso aus der Zelle geholt.«

Eine leichte Falte bildete sich zwischen Marks Augenbrauen.

»Irgendetwas kommt mir an diesem Rösch nicht geheuer vor.«

»Ach, dir auch nicht?« Regina schmunzelte. »Was befürchtest du? Dass er auch eine Waffe basteln könnte? Er hat immerhin Medikamente akzeptiert. Dazu ist Bolling bis heute nicht bereit.«

Kurzes Schweigen, dann nickte Mark.

»Holt Rösch aus der Eins! Er soll erst mal in Zimmer drei zu Erikson, dann machen wir Einschluss. Danach geht es zu Bolling.«

»Mit Helm und Schild?«, fragte einer der Pfleger.

»Ich frage ihn erst, ob er freiwillig in die Eins geht. Aber zwei von Ihnen sollten sich mit Helm und Schild im Hintergrund halten, falls Bolling durchdreht.«

Die Pfleger nickten und verließen die Station. In einem Wandschrank vor der Aufnahmestation lagerten mehrere Helme in unterschiedlicher Größe sowie Plastikschilde, wie sie die Polizei bei Demonstrationen verwendete. Hier war man auf gewalttätige Zwischenfälle vorbereitet.

Während die Pfleger die Vorbereitungen trafen, spielte Mark mit Bollings selbst gebastelter Waffe.

»Hier, fass mal an! Ganz schön spitz«, sagte er zu Regina. Sie berührte die behelfsmäßige Klinge.

»Hast du eine Ahnung, wie er das gebastelt hat?«, fragte sie.

Mark schüttelte den Kopf. »Eigentlich besitzt er kein Werkzeug, um das Metall so scharf zu schleifen. Vielleicht hat er sie beim Hofgang heimlich an der steinernen Bank gewetzt.«

»Was Wochen gedauert hätte.«

»Er hatte wochenlang Zeit.« Mit einem Stoßseufzer legte Mark die Waffe wieder auf den Tisch.

»Wir sind so weit.« Zwei Pfleger betraten das Stationszimmer. Sie wirkten recht martialisch mit den weißen Helmen, den heruntergelassenen Plastikvisieren und den Schilden in der Hand. Regina fiel auf, dass sie auch schwarze Oberkörper- und Beinprotektoren trugen.

»Seit wann haben wir diese Dinger eigentlich?«

»Hat die Sicherheitskommission genehmigt«, antwortete Mark. »Ist billiger als Mitarbeiter im Krankenstand.« Er grinste schief.

»Und du gehst ganz ungeschützt zu Bolling?«, fragte Regina und runzelte die Stirn.

»Im Notfall springe ich rechtzeitig zur Seite.«

Sie machten sich auf zu Bollings Zimmer. Regina hielt sich im Hintergrund. Sebastian Bolling, rekapitulierte sie im Geist, Jahrgang 1983, emotional instabile Persönlichkeitsstörung, gefährliche Körperverletzung.

Vor dem Zimmer warteten bereits vier Pfleger auf die Ärzte und die Männer mit Helmen und Schilden. Mark nickte ihnen kurz zu, dann öffnete er die Zimmertür.

Bolling hatte sich lang auf seinem Bett ausgestreckt, als Mark ins Zimmer trat.

»Herr Bolling, wir müssen reden.«

»Was denn?«, blaffte der Patient. »Lassen Sie mich bloß mit Ihrer verdammten Scheiße in Ruhe.«

»Sie haben aus einem Kugelschreiber eine Stichwaffe gebastelt. Was sagen Sie dazu?«

»Wer erzählt so'n Kack?«

»Könnten wir uns vielleicht ein wenig von der Fäkalsprache entfernen?«

Im selben Moment sprang Bolling auf. Mark hatte gerade noch Zeit, einen Schritt zurückzutreten, da hatte Bolling ihn bereits am Kragen seines Poloshirts gepackt. Geistesgegenwärtig umklammerte Mark Bollings Handgelenke und hielt ihn mit Mühe auf Abstand. Bolling entwickelte ungeahnte Kräfte, versuchte, Mark zu Boden zu ringen. Der Oberarzt konnte sich jedoch losreißen und einen Schritt zurückweichen. Leider versperrte er dadurch den beiden Pflegern mit Helm und Schild den Weg. Bolling packte einen Stuhl und warf ihn in Richtung des Oberarztes. Mark duckte sich weg. Der Stuhl flog gegen die Wand, ein Bein brach ab. Bolling griff nach dem abgebrochenen Stuhlbein.

»Dann kommt doch her, ihr Schweine!«, schrie er und hob drohend das Stuhlbein. An der Bruchstelle war es so spitz wie ein Spieß, mit dem man Vampire hätte pfählen können. Mark drückte sich eng an die Wand, die beiden gepanzerten Pfleger hatten nun Platz, an ihm vorbeizustürzen. Einer wehrte mit seinem Schild das Stuhlbein ab, der zweite drückte Bollings Körper mit dem Schild an die Wand. Der erste presste Bollings Arm daraufhin ebenfalls fest gegen die Wand, bis dieser endlich das Stuhlbein fallen ließ. Der Patient brüllte, beschimpfte alle Anwesenden als Arschlöcher, aber gegen die beiden Schilde kam er nicht an.

»Das Gurtbett!«, rief Mark und zog sein Shirt glatt. Einer der Kragenknöpfe war abgerissen. Das Gurtbett war sofort da. Die beiden Pfleger mit den Schilden hielten Bolling weiterhin an der Wand fest, während zwei andere Männer nach seinen Handgelenken griffen. Der Moment, als die Schilde fortgenommen wurden, war noch einmal gefährlich. Bolling holte zu einem Tritt aus, konnte aber mit einem schnellen Griff zu Boden gerungen werden. Zwei weitere Pfleger packten seine Beine. Zu viert legten sie den heftig kämpfenden Patienten auf das Bett, hielten Arme und Beine fest. Die beiden Männer mit den Schilden ließen die Waffen sinken und halfen ihren Kollegen, Bolling auf dem Bett festzuhalten, während Regina und Mark die Magnetverschlüsse der Manschetten um seine Gelenke und den Oberkörper schlossen.

»Das hätte nun wirklich nicht notgetan«, meinte Mark. Bolling wand sich in den Gurten, zerrte, wollte sich losreißen. Vergeblich. Voller Ärger über seine Hilflosigkeit spuckte er in Marks Richtung. Der Oberarzt wich mit einer geschickten Bewegung aus.

»Schiebt ihn in die Eins!«, befahl er. Nachdem Bolling aus dem Zimmer war, hockte er sich auf den Boden.

»Was suchst du?«, fragte Regina.

»Meinen Knopf.« Er zeigte auf den losen Faden an seinem Kragen.

Regina lachte. »Du bist unmöglich.«

Dann half sie ihm suchen.

5

Es war die richtige Entscheidung gewesen. Immer wieder sagte er sich das vor. Gut, es sah anders aus, als er es sich vorgestellt hatte, die Sicherheitsvorkehrungen waren nicht zu verachten, aber das hatte auch Vorteile. Wo niemand hinauskam, kam auch niemand herein.

Rösch lächelte still vor sich hin, betrachtete seinen schlafenden Zimmergenossen. Erikson, ein bisschen blöde im Hirn. Rösch hatte keine Ahnung, was Erikson getan hatte, und es interessierte ihn auch nicht.

Auf der Aufnahmestation wurden die Patienten nachts in den Zimmern eingeschlossen. Einmal jede Stunde machten die Pfleger ihren Rundgang und spähten durch den Spion an der Tür. Rösch lauschte eine Weile Eriksons gleichmäßigen Atemzügen, nachdem die Schritte vor der Tür verklungen waren, dann stand er auf und trat ans Fenster. Es bestand aus Panzerglas, das hatte er sofort bemerkt. Nur die obere Klappe ließ sich öffnen, um frische Luft hereinzulassen. Aber sie war mit dicken Gitterstäben verschlossen. Ohne Werkzeug unüberwindlich.

Der Blick nach draußen zeigte den Hof. Eine Stunde am Tag durften die Patienten ins Freie. Aber auch von dort war eine Flucht unmöglich. Fünf Meter hohe Mauern mit Stacheldraht auf den Kronen schufen eine Welt für sich. Dabei war der Hof recht hübsch. Ein kleiner Teich, über den eine Brücke führte. Erikson hatte ihm erzählt, im Schilf des Teichs brüte eine Ente. Nicht dumm, der Vogel. Wusste auch, wo er unterkriechen konnte, wenn es draußen zu gefährlich wurde.

Der Chefarzt war ein Trottel. Der Oberarzt ein Weichling. Die beiden würden ihm keine Schwierigkeiten bereiten. Blieb die Bogner. Sie war anders, das hatte er von Anfang an gewusst. Bereits an dem Tag, als er ihren Namen zum ersten Mal gehört hatte. Dr. Regina Bogner, wiederholte er den Namen in Gedanken, bewegte dabei stumm die Zunge, als würde er jeden Buchstaben schmecken. Sie war wie er. Sie wusste es nur noch nicht. Aber er würde ihr schon helfen, das herauszufinden.

Sie hier zu treffen, ausgerechnet an diesem Ort, verlieh dem Ganzen eine besondere Würze, machte es zu einer ungeahnten Herausforderung.

Er kehrte zum Bett zurück, legte sich hin, wickelte sich in seine Decke. Auf einmal war er sich sicher, dass er den Aufenthalt hier genießen würde. Jedenfalls solang er dauerte. Und wie lang das war, würde er entscheiden. So wie er alles entschied.

6

»Ich muss heute noch einiges für die Reise nach Frankreich einkaufen«, hörte Regina Anabels Stimme aus dem Bad. »Gibst du mir Geld, Mum?«

»Wie viel brauchst du?«

»So zweihundert Euro.«

»Zweihundert Euro?«, rief Regina. »Sag mal, was willst du denn alles kaufen?«

Anabel kam aus dem Bad, das Haar unter einem Handtuch verborgen.

»Nur ein paar Kleinigkeiten.«

»Kleinigkeiten?«

Anabel verdrehte die Augen. »Soll ich dir etwa eine Liste aufstellen?«

»Kein schlechter Vorschlag. Zeig sie mir heute Abend. Dann bekommst du das Geld für die Kleinigkeiten.«

»Ach Menno, ich wollte doch schon heute Nachmittag los.«

»Dem steht nichts im Wege.«

»Ohne Geld ist das blöd.«

»Leg es von deinem Taschengeld aus.«

Anabel stöhnte und murmelte etwas Unverständliches. Dann verschwand sie wieder im Bad, und kurz darauf hörte Regina das Surren des Föhns.

Regina seufzte. Sosehr sie Michael mochte, aber seit Anabel mit dem verwöhnten Anwaltssohn zusammen war, hatte sie jedes kritische Maß im Umgang mit Geld verloren. Höchste Zeit, daran zu arbeiten.

Regina trank rasch ihren Kaffee aus und verließ die Wohnung, um zur Klinik zu fahren.

Die Schließer öffneten ihr wie jeden Morgen mit einem freundlichen Gruß die Sicherheitsschleuse, die ins Foyer führte. Direkt dahinter lag der Schlüsselraum. Regina schloss die Tür auf und tippte ihre PIN in den Terminal. Ein kurzes Piepen, dann konnte sie ihren Schlüssel ziehen.

Auf der Station empfing Egon sie mit missmutiger Miene.

»Wir haben ein Problem«, brummte er.

»Was für ein Problem?« Sofort schossen ihr alle möglichen Katastrophenszenarien in den Kopf.

»Die Kaffeemaschine ist kaputt.«

Regina atmete auf. »Könnte schlimmer sein.«

Egon nickte. »Ja, wenn heute Sonntag wäre, wären wir echt am Arsch. Aber so ist Jochen schon los, um eine neue zu besorgen.«

»Sonst alles ruhig?«

»Wie im Bestattungsinstitut. Sogar Merckmann. Liegt wohl daran, dass Proser heute nicht kommt.« Egon grinste.

Es blieb ruhig. Nach dem gestrigen Tag eine angenehme Erholung. Regina zog sich nach der Frühbesprechung in ihr Büro zurück und diktierte längst überfällige Briefe und Stellungnahmen, als das Telefon klingelte. Es war Mark.

»Rösch hat nach dir gefragt«, sagte er. »Er sagt, er wolle gern mit dir sprechen.«

»Mit mir?«

»Na ja, ich habe dich ihm als seine Bezugstherapeutin vorgestellt, dann ist es doch nicht ungewöhnlich, oder?«

Regina nickte, obwohl Mark sie durch das Telefon nicht sehen konnte.

»Ich komme, wenn ich mit meinen Briefen fertig bin.«

Eine Stunde später begab sie sich zur Aufnahmestation. Worüber mochte Rösch wohl mit ihr sprechen wollen? Um Medikamente konnte es sich nicht handeln – darüber hatte Mark bereits mit ihm geredet. Bemerkenswert war auch, dass es Rösch gelungen war, den Oberarzt zu seinem Boten zu machen. Andererseits keine große Kunst. Mark kümmerte sich gern selbst um seine Station und seine Patienten. Manchmal hatte Regina den Eindruck, als hätte er seine leitende Position noch gar nicht realisiert.

Rösch erwartete sie bereits in seinem Zimmer. Er war allein.

»Frau Doktor, ich freue mich, dass Sie Zeit für mich haben.«

»Guten Morgen«, entgegnete Regina knapp. »Sie wollten mit mir sprechen?«

Rösch nickte.

»Worüber?«

Er zog die Brauen hoch. »Nun, ich dachte, es sei üblich, dass Patienten mit ihren Therapeuten sprechen. Mit Ihrer Hilfe soll ich doch herausfinden, was mit mir nicht in Ordnung ist.«

Regina ließ die Blicke durch das Zimmer schweifen und verharrte kurz auf dem ungemachten zweiten Bett.

»Wo ist Ihr Zimmernachbar?«

Rösch hob die Schultern. »Vermutlich im Raucherraum. Aber wollen Sie sich nicht setzen?« Er wies auf den Stuhl neben seinem Bett.

»Nicht hier. Für Gespräche haben wir einen eigenen Raum.«

»Verstehe. Wir wollen ungestört sein.« Er grinste. Natürlich. Wie hätte es auch anders sein können? »Nach Ihnen, Frau Doktor. Oder haben Sie Angst, wenn Sie einen Mörder im Rücken haben?«

Einen irren Mörder, ergänzte Regina in Gedanken, sagte aber nichts.

Ihr Ziel war ein kleines Zimmer am Ende des Flurs, in dem nur ein Tisch und zwei Stühle standen. Große, schwere Polsterstühle mit Armlehnen. Einen solchen Stuhl hatte Bolling tags zuvor gegen die Wand geschmettert.

Rösch tat nichts dergleichen. Regina achtete sorgsam darauf, dass sie den Stuhl nahm, der näher zur Tür stand, dann setzte sich auch Rösch.

»Nun lassen Sie uns mal Therapie machen«, sagte er und blickte Regina auffordernd an.

»Sie haben keine Ahnung, was Therapie bedeutet, habe ich recht?«

»Erklären Sie es mir, Frau Doktor!«

»Es geht nicht darum, dass wir hier ein paar Gespräche führen und dann ist alles gut.«

»Sondern?« Rösch lehnte sich auf seinem Stuhl zurück, die

Hände ruhig und entspannt auf den Armlehnen. Wenigstens grinste er diesmal nicht.

»Fangen wir mal bei Ihnen an. Was geht im Moment in Ihnen vor?«

»In mir?«

»In wem sonst?«

»Es wäre auch interessant zu wissen, was in Ihnen vorgeht, Frau Doktor.«

»Möglicherweise, aber das ist nicht zielführend. Also, Herr Rösch, Sie sind jetzt den dritten Tag hier. Was denken Sie? Wie soll es weitergehen?«

»Sagen Sie es mir!«

Regina schüttelte den Kopf. »Sie müssen schon selbst darauf kommen. Therapie bedeutet nicht, dass ich Ihnen sage, was Sie zu tun haben.«

»Aber das tun Sie gern, nicht wahr? Leuten sagen, was sie tun sollen, meine ich.«

Die Antwort lag Regina schon auf der Zunge, doch sie beherrschte sich und betrachtete ihr Gegenüber schweigend. Sie spürte, wie er geradezu auf ihre Antwort lauerte, wie er unruhig wurde. Ja, die Macht des Schweigens war eine ganz eigene Sache. Selbst Therapeuten mussten erst lernen, diese Stille auszuhalten.

»Sie schweigen«, sagte Rösch schließlich. »Ich werte das als Zustimmung.« Wieder dieses Lächeln.

»Ist es Ihnen wichtig, dass die Menschen so funktionieren, wie Sie es sich wünschen?«, fragte Regina.

»Nein. Sie funktionieren nicht so, wie ich es mir wünsche. Ich *weiß*, wie die Menschen ticken. Ich kann es voraussehen.«

»Inwiefern können Sie es voraussehen?«

»Das muss ich Ihnen doch nicht erklären. Sie wissen, wie das geht.«

»So?«

»Ich weiß, was in Nyala passiert ist, in der Nähe des Marra-Plateaus.«

Einen Moment lang glaubte Regina, ihr Herz setze aus. Ihre Wangen wurden heiß. Nyala, Dschanub Darfur!

Sie atmete tief durch. Er konnte es nicht wissen. Niemand hier wusste es. Vermutlich meinte er nur die allgemeinen Unruhen in der Gegend.

»Ich erinnere mich, Sie waren in Afrika«, antwortete sie möglichst gleichmütig. »Nyala liegt im Sudan. Waren Sie dort beruflich tätig? Bei einer der Erdölfirmen vielleicht?«

»Netter Versuch, Frau Doktor.«

Am liebsten hätte Regina ihm das Lächeln aus dem Gesicht geschlagen.

»Ich verstehe nicht, was Sie damit sagen wollen.«

»Sie verstehen es ganz genau, Frau Doktor.«

»Wissen Sie, ich habe keine Ahnung, was Sie mir gerade erzählen wollen, aber so funktioniert Therapie nicht.« Sie stand auf. »Das hat für heute keinen Zweck.«

Er erhob sich ebenfalls. »Ich wusste, dass Sie das Gespräch an dieser Stelle abbrechen würden. Träumen Sie noch von Nyala, Frau Doktor? Sind es Albträume? Oder Träume voller Genugtuung?«

Regina öffnete schweigend die Tür und gab ihm durch ein Zeichen zu verstehen, dass er den Raum verlassen solle. Rösch folgte der Aufforderung – natürlich lächelnd.

Zum Glück war die Kaffeemaschine auf der Aufnahmestation funktionsfähig. Wenn Regina jemals einen Kaffee gebraucht hatte, dann nach dieser Sitzung.

Nyala ... Sie trank hastig einen Schluck. Wie er sie dabei angesehen hatte ... Wie ein lauerndes Raubtier. So als hätte er es ganz genau gewusst. Nein, das war unmöglich. Es war ein Schuss ins Blaue gewesen. Aber warum dann Nyala? Warum dieser in Europa so unbekannte Ort? Er konnte nicht wissen, dass sie dort gewesen war. Für ihn war sie eine Ärztin wie alle anderen auch. Oder etwa nicht? Hatte er etwas davon gehört? In seiner Zeit in Afrika?

Sie musste dringend herausfinden, wann und wo er im Sudan gewesen war. Ob die Akten der Staatsanwaltschaft etwas hergäben?

Noch während sie überlegte, wie sie am schnellsten an die kompletten Akten der Staatsanwaltschaft kommen könnte, erwachte sie aus ihrer Anfangspanik. Sie atmete mehrfach tief durch.

Nein, das würde sie nicht tun. So wichtig war Rösch nicht. Er war ein Patient wie alle anderen. Und genauso würde sie ihn behandeln. Wenn er Spielchen wollte, würde er schon bald begreifen, dass man mit Spielchen nicht weiterkam. Schon gar nicht bei ihr.

Dennoch blieb der Stachel während des restlichen Vormittags haften. Es fiel ihr schwer, sich auf weitere Arbeiten zu konzentrieren. Immer wieder ertappte sie sich dabei, dass sie sich in Grübeleien verlor. Warum hatte Rösch ausgerechnet Nyala erwähnt? Zugleich war sie immer überzeugter, dass der Gutachter sich geirrt hatte. Rösch litt nicht an Schizophrenie.

Eine solche Kampfansage gehörte zu den Stärken persönlichkeitsgestörter Psychopathen.

Um die Mittagszeit klingelte das Telefon. Mark wollte wissen, ob sie ihn in die Kantine begleitete. Regina atmete auf. Wenigstens eine kleine Ablenkung.

Die Kantine lag außerhalb des Maßregelvollzugs inmitten des Krankenhausparks. Beim Anblick der blühenden Rhododendren, die den Weg säumten, und im Schatten der hohen Alleebäume konnte man durchaus vergessen, dass man sich auf einem Klinikgelände befand. Wer Glück hatte, konnte in den frühen Morgenstunden sogar Rehen begegnen.

Der Himmel war strahlend blau, die Vögel zwitscherten, und die Kantinenbetreiber hatten Gartenmöbel nach draußen gestellt, sodass die Angestellten in der Mittagspause sogar ein wenig Urlaubsflair genießen konnten. Genau der richtige Ort, um zu vergessen.

Nachdem sie ihr Essen geholt hatten, setzten Regina und Mark sich zu den anderen Kollegen, die bereits einen Tisch im Freien besetzt hatten. Man zog weitere Stühle heran, rückte, um den Neuankömmlingen Platz zu machen.

»Und, wie sieht es auf der Aufnahme so aus?«, fragte Thomas, einer der Ärzte, der in der Ambulanz tätig war. »Wie macht sich der Neue?«

»Bis der zu euch kommt, fließt noch viel Wasser die Elbe hinunter«, meinte Mark.

»Möglicherweise existiert die Elbe dann schon gar nicht mehr«, fügte Regina hinzu. »Könnte ungefähr nach der nächsten Kontinentalverschiebung so weit sein.«

Thomas lachte. »So schlimm?«

»Ich bin davon überzeugt, dass er ziemlich hoch auf der Psychopathie-Checkliste scoren würde«, erwiderte Regina. »Das ist kein typischer Schizophrener.«

»Der Gutachter sah das anders«, gab Mark zu bedenken.

»Der hat aber auch nicht die Psychopathie geprüft«, widersprach Regina.

»Ist bei einer Schizophrenie nicht nötig.« Thomas trank einen Schluck Cola. Dann stand er auf. »Soll ich noch jemandem ein Eis mitbringen?«

Einhellige Zustimmung.

Während Thomas in der Kantine verschwand, um die Eistruhe zu plündern, bemerkte Regina, dass sein psychologischer Kollege Bastian recht nachdenklich dreinschaute.

»Du hast also tatsächlich den Eindruck, dass der Gutachter die falsche Diagnose gestellt hat?«, fragte er.

Regina nickte. ›Eindruck‹ traf es recht gut.

»Wie kommt es?« Bastians Interesse war echt. Dennoch zögerte Regina. Nyala wollte sie auf keinen Fall erwähnen. Dafür hatte sie zu sorgsam darauf geachtet, ihre Vergangenheit und ihr Privatleben stets für sich zu behalten. Die meisten wussten nicht einmal, dass sie eine Tochter hatte.

»Er hat kein Wahngebilde«, antwortete sie schließlich. »Nichts deutet auf eine schizophrene Denkstörung oder Halluzinationen hin. Im Gegenteil, der Mann erscheint mir sehr klar und wohlüberlegt in seinen Handlungen.«

»Der Gutachter meinte, er höre die Stimme Gottes«, warf Mark ein.

»Und hast du es bei ihm wahrgenommen?«, fragte Regina.

»Ich habe mich mit ihm nicht so ausführlich wie der Gutachter befasst«, gab der Oberarzt zu. Was war nur mit Mark
los? Hatte die Chefarztvisite einen so nachhaltigen Eindruck
bei ihm hinterlassen? Weil Löhner meinte, der Gutachter
habe recht, müsse es so sein? Regina seufzte kaum hörbar.
Manchmal hatte sie den Eindruck, Mark sei nur Oberarzt geworden, weil er Löhner niemals widersprach.

Sie war froh, als Thomas mit dem Eis zurückkehrte und
von seinem geplanten Australienurlaub erzählte.

7

Rösch triumphierte. Andere mochten lange auf der Aufnahmestation verweilen, er hingegen hatte es geschafft, durch seine bereitwillige Medikamenteneinnahme die Verlegung auf die Wohnstation zu erreichen. Möglicherweise lag es auch nur daran, dass die Zimmer auf der Aufnahmestation knapp wurden, denn mittlerweile hatte es zwei weitere Neuzugänge gegeben. Erikson hatte ihm erzählt, dass es Häftlinge aus dem Knast waren. Erikson, der ziemlich blöde im Hirn und Dauergast auf der Aufnahme war, weil er auf jeder Wohnstation scheiterte. Nach und nach hatte Rösch immer mehr über seine Mitgefangenen erfahren. Aber vor allem interessierte ihn die Struktur dieser Klinik, die eigentlich ein Gefängnis war. Man muss den Feind kennen, um Lücken zu finden, sagte er sich immer wieder.

Die Wohnstation unterschied sich erkennbar von der Aufnahmestation. Die Zimmer waren wohnlich eingerichtet, Tische und Schränke aus hellem Buchenholz. Ihm fiel sofort die farbenfrohe Satinbettwäsche seines Zimmernachbarn auf, anders als das sterile Weiß auf der Aufnahme. Auf der Fensterbank standen Pflanzen, an den Wänden hingen Poster von Musikbands und Filmplakate.

Sein Zimmernachbar hieß Ernst Merckmann. Ein seltsamer Typ. Er ging immer ein wenig gebeugt, als wolle er sich vor der Welt verstecken, dabei hatte er listige Äuglein wie eine Bisamratte. Und er trug unmoderne weite Hosen. Zudem schien er sich nicht allzu oft zu waschen, denn er stank nach Urin und Fäkalien.

Rösch hatte nicht viel dabei. Eine Reisetasche mit etwas Kleidung zum Wechseln, zwei zerlesene Taschenbücher. Sein MP3-Player war konfisziert worden, weil man damit auch Tonaufnahmen machen konnte. Befürchteten die Ärzte, er würde ihre Gespräche aufzeichnen? Und wenn schon, das wäre nur eine Spielerei für Dummköpfe. Jemand mit Geist und Verstand bedurfte solcher Mittel nicht.

Er stellte seine Tasche aufs Bett und räumte seine Kleidung in den Schrank. Merckmanns Schrank stand einen Spalt offen, und Rösch riskierte einen kurzen Blick. Als Erstes fiel ihm ein großes Paket mit Windeln auf. Er stutzte. War der Typ inkontinent? Stank er deshalb so? Aber so alt konnte er noch nicht sein. Rösch schätzte ihn auf höchstens vierzig, vermutlich war er sogar jünger.

»He!«, rief er in Merckmanns Richtung. »Wozu brauchst du die Windeln?«

Die kleinen Bisamaugen blitzten ihn böswillig an. »Das geht dich gar nichts an.«

»Wenn du ein Problem mit deinen Ausscheidungen hast, dann wechsle die Windeln gefälligst, wenn sie voll sind, und stink hier nicht die Bude voll!«

»Das geht dich gar nichts an«, wiederholte die kleine Ratte.

Rösch ging zur Tür des Zimmers und blickte über den Flur. Es war kurz nach dreizehn Uhr. Mittlerweile wusste er, dass die Pflege um diese Zeit ihre Übergabe abhielt. In der nächsten Stunde würde sich niemand auf dem Flur blicken lassen. Er schloss die Zimmertür wieder.

»So, du meinst, das geht mich nichts an?« Er trat zwei Schritte auf Merckmann zu.

»Nicht das Geringste!«

Im nächsten Moment packte Rösch Merckmann beim Kragen, zerrte ihn in die Nasszelle, die dem Doppelzimmer der beiden angeschlossen war, stieß seinen Kopf in die Kloschüssel und spülte ab.

»Das ist eine Toilette«, sagte er dabei. »Und die wirst du künftig benutzen.«

Merckmann versuchte sich loszureißen, wollte um Hilfe rufen, doch Rösch hatte ihn fest im Griff. Er wartete, bis der Spülkasten sich erneut gefüllt hatte, dann betätigte er abermals die Klospülung.

»Wenn du ein Wort zu den Pflegern sagst, bist du tot, hast du das verstanden?«

»Dafür kommst du wieder auf die Aufnahme!«, keuchte die kleine Ratte.

»Ein Wort, und du bist tot«, wiederholte Rösch ungerührt. »Wenn du petzt, bist du mich ein paar Monate lang los. Aber ich vergesse nie. Ich finde dich.«

Merckmann zitterte am ganzen Leib. Rösch ließ ihn los. »Jetzt duschst du dich«, sagte er. »Und dann üben wir, wie es ist, wenn kleine Jungs stubenrein werden.«

8

Regina seufzte. Hätte sie Anabel die zweihundert Euro gleich gegeben, wäre sie vermutlich billiger davongekommen. Mittlerweile hatte ihre Tochter ihr schon die dritte Liste jener Dinge vorgelegt, die sie für Südfrankreich brauchte.

Zwei neue Bikinis, natürlich jeder über achtzig Euro, diverse T-Shirts, neue Shorts, Wanderschuhe … Wanderschuhe? Regina stutzte. Für Anabel gab es doch nichts Hassenswerteres als lange Wanderungen. Sie strich die Wanderschuhe von der Liste. Immerhin, rund zweihundert Euro gespart. Trotzdem blieben am Schluss fast dreihundert Euro übrig.

»Ist die Liste so okay?«, hörte sie Anabel rufen.

»Ich habe die Wanderschuhe gestrichen.«

»Wieso denn das?« Anabel kam wie ein Blitz ins Wohnzimmer geschossen.

»Weil ich mich nicht daran erinnere, dass du jemals freiwillig gewandert wärst. Ich dachte, ihr wollt Badeurlaub machen.«

»Woher willst du wissen, ob ich gern wandere?« Eine tiefe Zornesfalte schob sich zwischen Anabels Brauen.

»Ich erinnere mich gut an dein Gejammer, wenn dein Vater …« Sofort brach Regina ab. Sie wollte die alten Wunden nicht wieder aufreißen.

Zum Glück hatte Anabel nichts bemerkt.

»Es ist doch wohl was anderes, ob ich mit Michael und seinen Eltern wandere oder ob Papa und ich stundenlang zu irgendeinem Wasserloch geschlurft sind, weil ein paar Idioten die Wasserleitungen zerstört haben.« Anabel tippte ungeduldig mit dem Fuß auf den Boden. »Kriege ich nun die Wanderschuhe oder nicht?«

Regina seufzte abermals. Wenn sie noch lange mit Anabel diskutierte, würden Themen zur Sprache kommen, an die beide nie mehr denken wollten. Was waren dagegen knapp zweihundert Euro?

»Von mir aus«, sagte sie schließlich. »Aber damit ist das Budget erschöpft, hast du verstanden?«

Anabel hob gleichmütig die Schultern, aber ihre Augen leuchteten triumphierend. Einen Moment lang fragte Regina sich, ob sie ihre Tochter nicht massiv unterschätzte. Sie war nicht mehr das dreizehnjährige Mädchen, mit dem sie aus Nyala geflohen war. Und selbst in Nyala hatte Anabel mehr Stärke bewiesen als mancher Erwachsene.

Nyala … In letzter Zeit kam ihr dieser Name viel zu oft in den Sinn. Und angefangen hatte alles mit Rösch. Noch nie hatte sie einen Patienten im Geist mit nach Hause genommen, aber dieser verdammte Dauergrinser hatte sich in ihr Hirn gekrallt und ließ sie nicht mehr los. Und dann hatte es der Dreckskerl auch noch geschafft, nach kürzester Zeit auf ihre Station verlegt zu werden. Dafür hätte sie Mark und den Chefarzt lynchen mögen. Es war viel zu früh. Rösch hatte noch nicht begriffen, wo er war und welchen Status er besaß. Er würde ihr weiterhin Ärger machen. Und das einzig freie Bett war auch noch das bei Merckmann gewesen. Obwohl sie schon längst dafür plädiert hatte, dem Windelfetischisten ein Einzelzimmer zu gewähren.

Mit einem Seufzer erhob sie sich und holte sich eine Cola aus dem Kühlschrank. Ein Bier wäre ihr lieber gewesen, aber sie hatte keine Lust, die Wohnung noch einmal zu verlassen.

Am nächsten Morgen saß Dr. Proser bereits mit den Pflegern am Frühstückstisch, als Regina zum Dienst kam. Ausgesprochen ungewöhnlich. Vor allem seine gute Laune. Sie zog sich einen Stuhl heran und setzte sich dazu. Proser reichte ihr liebenswürdig die Brötchenschüssel.

»Heute so gut gelaunt?«, fragte sie, während sie das letzte Mehrkornbrötchen aus der Schüssel fischte.

»In der Tat«, erwiderte Proser. »Ich hatte doch recht, was die Beziehungsarbeit anging. Merckmann hat sich heute Morgen bei mir für sein Verhalten entschuldigt.«

»Aber nur deshalb, weil er ein Einzelzimmer will«, warf Egon ein. »Er hat jedenfalls heute früh gefragt, und ich habe ihn an seinen Arzt verwiesen.«

»Und – kriegt er eins?« Regina musterte Proser skeptisch.

»Für seine therapeutische Entwicklung ist es meiner Meinung nach wichtig, sich mit einem Gegenüber auseinanderzusetzen zu müssen.« Proser zog die Nase hoch. Regina ergriff spontan das Päckchen mit den Papiertaschentüchern, das auf dem Tisch lag, und hielt es ihm entgegen. Proser wehrte es mit einer unwilligen Handbewegung ab.

»Ich denke, es wird auch Rösch guttun, einen starken Gegenpart zu haben«, dozierte er stattdessen weiter.

»Und ich glaub, das knallt noch zwischen den beiden«, bemerkte Egon trocken. »Will noch jemand Kaffee?«

»Ist die Kanne neu?«, fragte Proser.

Egon nickte. »Die alte Maschine war hin. Jochen hat diese bei der Metro geholt. Ich krieg dafür noch fünf Euro von jedem.«

»Fünf Euro?« Dr. Proser starrte Egon empört an. »Ist die aus Gold?«

»Ne, fürs goldene Modell hätte ich von jedem siebenfuffzig kassieren müssen, und das wollte ich Ihnen nicht antun, Herr Doktor.«

Missmutig zog Proser sein Portemonnaie hervor und reichte Egon einen Fünfeuroschein. Der Pfleger steckte das Geld in die Kaffeekasse.

»Rösch will dich übrigens sprechen«, sagte er dabei zu Regina.

»Meinst du, er hat schon spitzgekriegt, welcher Liebhaberei sein Zimmernachbar frönt?«, fragte sie mit einem Augenzwinkern, obwohl ihr nicht nach Scherzen zumute war. Es hatte sie nie gestört, wenn ein Patient mit ihr sprechen wollte, aber bei dem Gedanken an Rösch fühlte sie sich unwohl. Vielleicht wäre es das Einfachste, ihren Kollegen offen zu sagen, was während des letzten Gesprächs geschehen war. Aber zweierlei sprach dagegen. Zum einen befürchtete sie, dass man ihre Wahrnehmungen nicht ernst nähme. Aber viel größer war ihre Furcht davor, dass man es täte, und sie womöglich gezwungen wäre, Fakten über sich selbst preiszugeben, die niemanden etwas angingen.

Sie atmete tief durch. Wozu sich vorab so viele Gedanken

machen? Vermutlich wollte er sich tatsächlich nur über seinen stinkenden Zimmernachbarn beklagen.

»Frau Doktor, wie schön!« Rösch empfing sie mit seinem typischen Lächeln. »Ich freue mich, dass Sie Zeit für mich haben.«

»Was wollen Sie?« Regina verschränkte die Arme vor der Brust.

»So abweisend?« Das Lächeln vertiefte sich.

»Eins sollten Sie wissen, Herr Rösch. Sie mögen hier zwar in einer Klinik sein, aber das bedeutet nicht, dass jederzeit sofort ein Arzt springt, wenn Sie etwas wollen. Unsere Zeit ist knapp bemessen. Also, was wollen Sie?«

»Ich mache mir Sorgen.«

»Sorgen?« Regina zog die Brauen hoch. »Weshalb?«

»Um meinen Zimmernachbarn.«

»So? Wie kommen Sie dazu?«

»Könnten wir das vielleicht woanders besprechen? Ich möchte nicht, dass er zufällig hereinkommt.«

Regina nickte. »Folgen Sie mir!«

Vor dem Stationszimmer hielt sie kurz inne. »Ich gehe mit Herrn Rösch in mein Büro!«, rief sie Egon zu.

»Alles klar.«

Dann schloss sie die Zwischentür auf, die den Flur abteilte und die Patientenzimmer von den Therapeutenbüros trennte.

Rösch musterte ihr Büro aufmerksam. Suchte er nach Hinweisen aus ihrem Privatleben? Nun, da hätte er kein Glück. Sie hatte keine Kinderfotos auf dem Tisch stehen, nichts, was einen Rückschluss auf ihre Persönlichkeit zuließ.

»Ein interessantes Bild.« Rösch wies auf ein abstraktes Gemälde an der Wand. »Was soll das darstellen?«

»Ich weiß es nicht, es hing schon immer hier«, erwiderte Regina. »Aber was meinen Sie, Herr Rösch? Was könnte es darstellen?«

»Ist das eine Fangfrage?« Seine Augen schienen sie regelrecht festzunageln. »Rote Flecken auf weißer Leinwand, dazu ein Hauch Blau und Gelb.«

Regina ging nicht weiter auf Röschs Beschreibung ein. Stattdessen wies sie auf die drei Stühle, die um den kleinen runden Tisch standen. »Setzen Sie sich.«

Rösch folgte der Aufforderung.

»Also, was haben Sie mir zu berichten?«

»Ich fürchte, mein Zimmernachbar plant etwas. Ich sah, dass er gestern Abend eine Dose Pfirsiche öffnete, aber den metallenen Deckel mit den scharfen Rändern nicht weggeworfen hat. Er liegt in seinem Nachttisch.«

»Und was befürchten Sie genau?«

Rösch hob die Schultern. »Ich bin nicht sein Therapeut. Fangen Sie etwas mit dieser Information an!«

Regina nickte. »Sonst noch etwas?«

»Möchten Sie denn noch etwas von mir?«, fragte er zurück und durchbohrte sie erneut mit seinem Blick.

Bevor Regina antworten konnte, ging ihr Pieper los. Es war nicht das kurze Piepen, wenn man angerufen wurde, sondern der durchdringende Ton des Hausalarms. Sie blickte auf die Anzeige. Es war ihre eigene Station!

»Kommen Sie!«, sagte sie zu Rösch. Er folgte ihr. Sie brachte ihn zurück auf die Station, doch vor seinem Zimmer befand sich schon ein Auflauf von Pflegern. Schreie, allen voran Merckmanns Gebrüll und dazwischen Prosers aufgeregte Worte.

»Ich ziehe mich wohl besser in den Aufenthaltsraum zurück«, sagte Rösch mit einem Lächeln. »Hier störe ich nur.«

Als Regina in Merckmanns Zimmer kam, konnte sie zunächst kaum etwas erkennen. Mehrere Pfleger versuchten, den Patienten festzuhalten. Regina fiel auf, dass sie alle Handschuhe trugen. Einer von ihnen hielt etwas Rundes, Blutiges zwischen Daumen und Zeigefinger. Der Pfirsichdosendeckel!, schoss es Regina durch den Kopf. Merckmann tobte, Blut lief ihm an den Armen hinunter, besudelte den Boden. Ein weiteres Klappen der schweren Stationstür. Jemand brachte das Gurtbett. Merckmann wurde aufs Bett gehievt, fixiert. Erst danach konnten die Schnittverletzungen an seinen Armen versorgt werden. Doch Merckmann wollte nicht behandelt werden. Er schrie weiter, zerrte an den Gurten, spuckte. Ein Pfleger schrie verärgert auf, weil der Speichel ihn im Gesicht getroffen hatte. Irgendjemand brachte einen Mundschutz, wie ihn die Chirurgen trugen, und zog ihn Merckmann über den Kopf, um weitere Speichelattacken zu verhindern.

Proser stand wie angewurzelt in einer Ecke und beobachtete, wie sein Patient zur Ruhe gebracht wurde.

»Was ist passiert?«, fragte Regina.

»Ich habe ihm gesagt, dass er kein Einzelzimmer bekommt«, erwiderte ihr Kollege erstaunlich kleinlaut. »Daraufhin zog der diesen geschliffenen Dosendeckel hervor. Ich dachte, er will mich angreifen, und drückte den Alarm, dann schlitzte er sich die Arme auf.«

»Hat er sich früher schon einmal selbst verletzt?«

Proser schüttelte den Kopf. »Das war nie seine Art. Jedenfalls nicht so.«

»Was hat er dabei gesagt?«, bohrte Regina weiter.

»Dass er sich umbringt, wenn er kein Einzelzimmer bekommt.«

»Na ja, der Krisenraum ist ja auch so was wie ein Einzelzimmer.«

»Frau Kollegin, hat Ihnen schon mal jemand gesagt, dass Ihr Pragmatismus unerträglich ist?« Proser schniefte.

Regina ging nicht darauf ein. »Wollen Sie noch einmal mit Merckmann sprechen? Wenn Sie möchten, begleite ich Sie.«

»Ich muss noch diktieren«, zischte Proser. »Mit Merckmann rede ich später, der ist derzeit ja nicht erreichbar.« Damit wandte er sich um und verließ die Station.

Einen Augenblick lang sah Regina ihm verdutzt nach. Sie wusste zwar, dass ihr Kollege sich gern drückte, aber jetzt zu gehen war mehr als unangemessen. Andererseits – vielleicht war das ihre Chance, mit Merckmann zu reden und dabei zu erfahren, ob irgendetwas zwischen ihm und Rösch vorgefallen war.

Sie wartete, bis auf der Station mehr Ruhe eingekehrt war, und ging dann in den Krisenraum. Merckmann lag nach wie vor angeschnallt auf dem Gurtbett und trug noch den Mundschutz. Die Wunden an seinen Armen waren ordentlich verbunden worden.

Sie trat ans Bett. »Was ist los gewesen?«, fragte sie mit ruhiger Stimme.

»Ich will ein Einzelzimmer!«

»Warum?«

»Ich will ein Einzelzimmer!«, wiederholte er stoisch.

»Ich könnte mich für Sie verwenden, wenn Sie es mir etwas genauer erklären. Hat es etwas mit Ihrem neuen Zimmernachbarn zu tun?«

»Ich will ein Einzelzimmer!«

»So kommen wir nicht weiter. Möchten Sie reden oder nicht?«

»Ich will ein Einzelzimmer!«

»Okay, wenn die Schallplatte einen Sprung hat, ist es überflüssig, länger zuzuhören. Und das Einzelzimmer können Sie dann auch vergessen.«

Regina schickte sich an zu gehen, aber sie ließ sich Zeit. Genügend Zeit, damit Merckmann sie zurückrufen konnte.

»Warten Sie!«

»Ja?« Sie drehte sich um und trat wieder an sein Bett.

»Ich kann nicht wieder in dieses Zimmer zurück.«

Regina bemerkte das ängstliche Flattern in Merckmanns Augen. Als kämpfe eine kleine Flamme in seinen Augen gegen das Verlöschen an.

»Ihr neuer Zimmergenosse?«

Merckmann deutete ein diskretes Nicken an.

»Was hat er Ihnen getan?«

»Ich kann nicht wieder in dieses Zimmer zurück.«

»Das habe ich verstanden. Aber ich muss die Gründe wissen, um Ihnen helfen zu können.«

»Ich kann nicht wieder zurück, verstehen Sie das doch!«, schrie Merckmann.

»Hat Rösch Sie bedroht?«

Merckmann schwieg.

»Sie müssen es mir sagen, nur dann kann ich Ihnen helfen.«

Schweigen.

»Tja, dann kann ich leider nichts für Sie tun.«

Sie wandte sich erneut zum Gehen.

»Fotze!«, brüllte Merckmann. Regina tat so, als hätte sie es nicht gehört.

Rösch saß im Aufenthaltsraum und spielte mit sich selbst Schach. Als er Regina sah, hob er den Blick und bedachte sie mit seinem typischen Lächeln.

»Frau Doktor?«

»Ich denke, wir sollten unser Gespräch fortsetzen«, sagte sie. »Kommen Sie mit!«

»Gern, Frau Doktor.«

Auf dem Weg zurück in ihr Büro überlegte Regina kurz, welche Strategie die beste wäre, um Rösch entgegenzutreten. Sofortige Konfrontation? Oder vorsichtiges Herantasten? Nein, kein Herantasten, Rösch hatte es von Anfang an auf Konfrontation angelegt.

»Also?«, fragte sie, nachdem sie wieder an dem runden Tischchen in ihrem Büro saßen.

»Also?«, wiederholte Rösch mit hochgezogenen Brauen. »*Sie* wollten mit *mir* sprechen. Was möchten Sie denn gern besprechen, Frau Doktor?«

»Sie wussten, dass Merckmann sich selbst verletzen würde.«

»Ich wusste, dass er die Möglichkeit dazu geschaffen hatte. Aber es hätte natürlich auch Ihren schniefenden Kollegen treffen können. Mein werter Zimmergenosse scheint nicht viel von Doktor Proser zu halten.«

Regina fühlte seine Blicke regelrecht auf ihrem Körper, lauernd, abwartend, ob sie ihre eigenen Gefühle dem Kollegen gegenüber unbewusst verriet. Doch auf derartige Versuche war sie vorbereitet. Die Patienten versuchten immer, die Strukturen der Klinik zu durchschauen. Irgendwann gelang es ihnen auch, und sie wussten ziemlich genau über jeden Mitarbeiter Bescheid. Zumindest darüber, was seine Arbeit innerhalb des Maßregelvollzugs anging. Aber das hinderte Regina nicht daran, es ihnen dennoch so schwer wie möglich zu machen.

»Was haben Sie mit Merckmann gemacht?«, fragte sie scheinbar ungerührt.

»Was glauben Sie, Frau Doktor?« Er hielt ihrem Blick mit schamloser Offenheit stand, doch wenigstens lächelte er nicht.

»Sie haben ihn bedroht.«

Sein Lächeln kehrte zurück. »Welch böse Unterstellung, Frau Doktor.«

»Wollen Sie es in Abrede stellen?«

»Ich will gar nichts, Frau Doktor. Sie wollen etwas von mir. Also schön, fangen wir an. Es brennt Ihnen doch unter den Nägeln, endlich über die wirklich wichtigen Dinge im Leben zu sprechen, nicht wahr? Über den Sinn des Lebens beispielsweise. Oder über Leben und Tod. Oder über das Ende des Lebens.«

»Möchten Sie eine Beichte über Ihre bösen Taten ablegen?«, entfuhr es Regina, und sofort ärgerte sie sich über sich selbst. Ironie war unangemessen.

Rösch lehnte sich auf seinem Stuhl zurück. »Eine Beichte. Interessant. Sind Sie katholisch?«

»Hören Sie auf damit! Erzählen Sie mir lieber, was zwischen Ihnen und Merckmann vorgefallen ist.«

»Wollen Sie nicht vielmehr wissen, was zwischen mir und Akosua Nkrumah vorgefallen ist?«

»Das weiß ich bereits. Es steht in den Gerichtsakten.«

Röschs Lächeln wurde breiter. »Natürlich. Aber haben Sie sich nie gefragt, warum ausgerechnet auf diese Weise? Und warum ich mich danach widerstandslos festnehmen ließ?«

»Wollen Sie mir auch einreden, dass Sie in Gottes Auftrag gehandelt hätten?«

»Sie glauben es nicht?«

»Nein.«

Rösch nickte. »Sehr gut, Frau Doktor. Ich habe nichts anderes von Ihnen erwartet. Sie sind klüger als die anderen. Sehr viel klüger.«

»So platte Komplimente? Da hätte ich wirklich mehr von Ihnen erwartet.«

»Also schön, Frau Doktor. Entscheiden Sie! Was möchten Sie hören? Etwas über Merckmann oder etwas über Akosua Nkrumah?«

Einen Augenblick lang war Regina irritiert. Es dauerte eine Weile, bis sie den Grund dafür erkannte. Nie zuvor hatte ein

Patient ihr gegenüber den Namen eines Opfers in den Mund genommen. Keiner ihrer Patienten sprach freiwillig über seine Taten, ganz im Gegenteil, sie brauchte oft Monate bis Jahre, bevor die Patienten bereit waren, sich zu öffnen. Aber Rösch bot es ihr geradezu an. Warum? Um davon abzulenken, was er mit Merckmann angestellt hatte? Oder weil er abermals eins seiner Spielchen versuchen wollte?

»Was haben Sie Merckmann angedroht?«, fragte sie schließlich.

»Warum sollte ich Ihnen das sagen?«

»Sie haben ihm also gedroht?«

Rösch schwieg. Regina betrachtete seine Körperhaltung. Er saß nach wie vor entspannt auf dem Stuhl ihr gegenüber, seine Hände ruhten auf den Oberschenkeln. Ihr fiel auf, dass der Stoff der Jeans über den Knien abgescheuert war. Zum ersten Mal fragte sie sich, in welcher Körperhaltung er Akosua Nkrumah wohl ermordet hatte. Hatte er über ihr gekniet? Womöglich in diesen Jeans? Nein, das war ausgeschlossen. Die blutverschmierte Kleidung des Täters ruhte vermutlich noch immer in der Asservatenkammer des Gerichts.

Noch etwas fiel ihr auf. Ihre innere Wut war verschwunden. Sie verspürte nicht mehr den Wunsch, ihn zu packen und zu schütteln. Der Zorn war einer inneren Gleichgültigkeit gewichen. Wieso? Was war geschehen?

»Haben Sie *Das Schweigen der Lämmer* gesehen?« Röschs plötzliche Frage riss Regina aus ihren Betrachtungen. Sie sah das Blitzen in seinen Augen. Er wollte sie wieder provozieren. Beinahe fühlte sie sich erleichtert. Ärger und Wut waren leichter auszuhalten als diese innere Gleichgültigkeit.

»Warum fragen Sie danach?«

»Wir könnten ein Spielchen machen.«

»Tut mir leid, ich bin bei der Arbeit, da habe ich keine Zeit zum Spielen.«

»Nein?« Er zog die Augenbrauen hoch. »Dabei wäre es doch sehr interessant, wenn wir feststellen könnten, wer von uns beiden Hannibal Lecter ist.«

»Finden Sie das nicht etwas billig, Herr Rösch?«

»Billig ...«, wiederholte er und betrachtete dabei seine Fingernägel. »Sie finden es billig, soso.«

»Nun gut.« Regina lehnte sich auf ihrem Stuhl zurück. »Dann erzählen Sie, was Ihnen auf der Seele liegt!«

»Sie sind diejenige, deren Seele brennt. Weil Sie wissen, wie ähnlich wir beide uns sind.«

Einen Moment lang fragte Regina sich, ob das Gespräch wohl anders verlaufen wäre, wenn sie ihn direkt nach Akosua Nkrumah gefragt hätte, aber sofort wurde ihr klar, dass sie nur die Statistin war. Rösch zelebrierte seine Selbstdarstellung. Sollte sie das Gespräch abbrechen? Rösch würde es als Sieg für sich verbuchen. Andererseits – spielte das eine Rolle? Er war nur ein Patient. Er besaß nur so viel Macht, wie sie ihm einräumte. Sie erhob sich.

»Ich denke, so kommen wir nicht weiter. Aber das macht nichts, Herr Rösch. Wir haben sehr viel Zeit. Jahre, wenn es sein muss.«

Dabei sah sie ihm fest in die Augen. Plötzlich hatte sie den Eindruck, dass sein Blick flackerte und die Maske aus Überlegenheit den ersten Riss bekam ...

9

»Das ist nicht dein Ernst, oder?« Regina stöhnte auf. Hätte sie geahnt, was Florence vorhatte, hätte sie sich nicht auf dieses Treffen eingelassen. »Ich dachte, wir wollten uns einen netten Abend machen.«

»Der Abend wird nett, glaub es mir.« Florence tätschelte Reginas Hand und griff nach der Speisekarte. Während sie die Menüfolge studierte, ließ Regina ihren Blick durch das Restaurant schweifen. Es war lange her, seit sie zuletzt hier gewesen war. Mehr als zwanzig Jahre. Nach der Renovierung hätte sie das Restaurant fast nicht wiedererkannt.

Florence deutete auf die Speisekarte. »Sieh nur, es gibt Kwadu Nenkate!«

»Mir steht der Sinn nach etwas Herzhafterem als Erdnussbananen«, murmelte Regina.

»Das fürs Herz kommt schon noch.« Florence zwinkerte ihr zu.

»Du weißt, dass ich keinen Wert auf deine Kuppelei lege.«

»Er ist ein sehr netter Mann. Glaub mir!«

»Warum kannst du nicht endlich damit aufhören? Wenn ich einen Mann wollte, würde ich mir selbst einen suchen.«

»Aber so ist die Auswahl größer. Was glaubst du, wie viele Männer Tante Adila mir bei meinem letzten Besuch in Ghana vorgestellt hat?« Florence kicherte.

»Und hat dir das gefallen?«

»Selbstverständlich. Es hat Spaß gemacht, die Kandidaten zu begutachten. Du ahnst nicht, wie lustig das war, auch wenn letztlich kein Passender für mich dabei war.«

Regina seufzte. »Pünktlichkeit scheint jedenfalls nicht seine Stärke zu sein.« Sie vertiefte sich in die Speisekarte und überlegte eine Weile, ob sie lieber Huhn oder Fisch nehmen sollte, als Florence plötzlich die Hand hob und heftig winkte. »Hier sind wir!«, rief sie. Regina hob den Kopf – und erstarrte. Ein Mann undefinierbaren Alters näherte sich ihrem Tisch. Blass wie ein Mehlwurm, das Gesicht voller Sommersprossen und eine ungebändigte Mähne aus feuerrotem Haar.

»Der?«

Florence nickte. »Er ist nett, glaub es mir.«

»Wo hast du *den* denn aufgegabelt?«

»Er ist Stammgast im Shop.«

»Wollte er Bleichmittel gegen seine Sommersprossen?«

Statt einer Antwort versetzte Florence der Freundin einen Tritt unter dem Tisch, denn soeben hatte der löwenmähnige Mehlwurm den Tisch erreicht.

»Ich hoffe, ich bin pünktlich.« Er strahlte Florence an. Die sprang sofort auf, umarmte den Neuankömmling, hauchte ihm ein Küsschen auf beide Wangen und stellte ihn Regina vor.

»Regina, das ist Udo.«

Udo! Konnte es einen schrecklicheren Namen geben? Und vor allem einen passenderen? Regina schluckte, dann zwang sie sich zu einem Lächeln. Udo konnte nichts für sein Aussehen und seinen Namen, und vielleicht war er ja wirklich ganz nett. Allerdings hatte Regina in der Vergangenheit wiederholt die Erfahrung gemacht, dass sie und Florence einen sehr unterschiedlichen Männergeschmack hatten.

»Regina, es freut mich, Sie kennenzulernen.« Er reichte ihr die Hand. Regina ergriff sie.

»Leute, nun seid nicht so steif!«, fuhr Florence dazwischen. »Sagt doch einfach du zueinander.«

»Hallo, Udo«, sagte Regina.

»Hallo«, wiederholte Udo. Dabei verfärbte sich sein Kopf dunkelrot. Auch noch schüchtern. Regina seufzte innerlich, dennoch lächelte sie ihm wieder zu, um ihm die Scheu zu nehmen. Udo setzte sich zu ihnen.

»Habt ihr euch schon was ausgesucht?«, fragte er, während er nach der Speisekarte griff. Regina fiel auf, dass seine Hände zitterten.

»Ich nehme Kwadu Nenkate«, antwortete Florence. »Und du, Regina?«

»Kokosforellen mit Ingwer.«

»Das klingt gut«, sagte Udo und klappte die Karte zu. »Das nehme ich auch.« Ein scheues Lächeln huschte über seine Lippen. Regina warf ihrer Freundin einen verunsicherten Blick zu. Glaubte Florence wirklich, dieser Udo sei ihr Typ? Ihre Freundin ging nicht darauf ein und wandte sich an Udo.

»Ich habe dir ja schon erzählt, dass Regina Ärztin ist. Magst du ihr von deiner Tätigkeit erzählen?«

Oh Gott, das hört sich an wie die Kindergartentante, die will, dass die Kinder mit dem Neuen spielen!, durchzuckte es Regina.

»Ich bin Augenprothetiker.«

»Augenprothetiker?«, wiederholte Regina. »Du stellst Glasaugen her?«

»Ja«, bestätigte er.

»Das ist sehr interessant, nicht wahr?« Florence nickte Regina aufmunternd zu. »Erzähl uns doch etwas von deinem Job, Udo!«

Regina befürchtete schon, dass Udo Florence' mütterlicher Tonfall nerven könnte, doch stattdessen breitete sich ein Strahlen auf seiner verschüchterten Miene aus.

»Ich liebe diesen Beruf. Man kann so viel Gutes tun. Menschen, die grauenvoll entstellt sind, ihr Äußeres zurückgeben«, setzte er an. »Wisst ihr, alles begann mit der Herstellung einfacher Puppenaugen für die Spielzeugindustrie. Die ersten Okularisten haben auch Tieraugen für Präparationszwecke hergestellt. Mein Lehrmeister hat sogar noch die Augen für die ausgestopften Zebras im zoologischen Museum hergestellt.«

»Wie ist er dazu gekommen?«, fragte Regina.

»Das war nur ein Steckenpferd von ihm.« Udo machte eine wegwerfende Handbewegung. »Um individuelle Kunstaugen herzustellen, ja, allein um nur die Iris perfekt nachzuahmen, bedarf es eines hohen handwerklichen Geschicks«, fuhr er fort, ohne näher auf ihre eigentliche Frage einzugehen. »Manchmal erinnert es mich an die Glasbläserkunst, wenn ich das Modell über dem Bunsenbrenner drehe und wende, die rote Farbe für die Äderchen hineinschmelze, um schließlich ...«

Das Erscheinen des Kellners, der die Bestellung aufnehmen wollte, unterbrach Udos Redeschwall. Jedoch nur kurz. Kaum war der Mann verschwunden, ging es weiter. »… um dem Auge schließlich so etwas wie das wahre Leben zu verleihen. Wenn später alle glauben, das echte Auge sei das falsche, bedeutet ein solcher Irrtum das größte Lob für mich.« Er lachte albern.

Reginas Handy klingelte. Sie blickte aufs Display. Anabel.

»Entschuldigt mich kurz, es könnte wichtig sein«, log sie und verließ den Tisch. Udo schien es kaum wahrzunehmen. Voller Begeisterung beschrieb er Florence, dass die Pupille leicht oval geformt sein musste, um die richtige Lichtbrechung zu erzeugen.

»Was gibt's?«, fragte Regina ihre Tochter.

»Ich wollte dir nur sagen, dass ich heute Nacht bei Michael bleibe«, sagte Anabel. »Mach dir keine Sorgen, wenn du heimkommst.«

»Ist okay. Aber du musst mir einen Gefallen tun.«

»Welchen, Mum?«

»Ruf mich in einer halben Stunde wieder an. Ich brauche einen guten Grund, um hier zu verschwinden.«

»Zu verschwinden?«

»Florence will mich mit einem durchgeknallten Glasaugenhersteller verkuppeln.«

»Einem Glasaugenhersteller?«

»Er heißt Udo. Und wenn du nicht willst, dass er dein Stiefvater wird, rufst du mich in einer halben Stunde an, kapiert?«

Durch das Telefon hörte Regina ihre Tochter lachen. »Geht klar, Mum.«

Als das Essen endlich kam, atmete Regina auf. Mit vollem Mund würde Udo bestimmt nicht mehr so ausufernd reden. Sie irrte sich. »Die Augenhöhle der Patienten ist nach dem Entfernen des Glaskörpers keineswegs leer«, führte er schmatzend aus. »Schon bei der Operation setzen die Chirurgen ein dauerhaftes kugelförmiges Implantat ein, das mit Bindegewebe und Häuten verschlossen wird und auch die bestehenden Muskeln angenäht bekommt. Dadurch bewegt sich später das Glasauge beim Sehen mit. Die Prothese wird als Halbschale auf das Implantat aufgesetzt.«

»Das ist sehr interessant, nicht wahr, Regina?« Florence stieß ihre Freundin an. Regina schlang ihren Fisch hinunter. In wenigen Minuten würde das Handy klingeln und sie erlösen.

»Wusstest du, dass Glasaugen Halbschalen sind, Regina?«

»Ich bin Ärztin.«

»Du bist Psychiaterin.«

»Psychiater sind Ärzte. Auch wenn wir nicht dauernd in den Eingeweiden rumwühlen wie die Chirurgen, haben wir dennoch Medizin studiert. Und sogar schon mal Glasaugen gesehen.«

»Warum bist du so gereizt? Hast du dich über deine Mörder geärgert?«

»Mörder?« Udo hob interessiert die Brauen. »Du arbeitest mit irren Mördern, nicht wahr?«

Regina verdrehte die Augen. Bitte, liebes Handy, klingle jetzt!, betete sie im Stillen.

Das Handy blieb stumm. Ein kurzer Blick auf die Uhr.

Noch drei Minuten bis zum Ende der halben Stunde. Manchmal war Anabels Genauigkeit ein Fluch.

»Ich würde die Bezeichnung ›Patienten‹ vorziehen«, erwiderte sie kalt.

»Ich stelle mir das wahnsinnig schwierig vor«, fuhr Udo unbeeindruckt fort. »Wenn es nach mir ginge, wären die alle einen Kopf kürzer. Die USA machen das richtig. Weg damit! Dann können die nicht mehr rückfällig werden und kosten den Staat kein Geld mehr.«

»Nur leider erwischt es ab und an auch mal einen Unschuldigen«, warf Regina ein.

»Na ja«, gab Udo zu. »Ich meine auch nur bei solchen Typen, die einwandfrei überführt wurden. Keine Todesstrafe bei Indizienprozessen.«

Das Handy klingelte.

»Entschuldigt bitte.« Regina drückte die Empfangstaste.

»Hallo, Mum! Hier ist die Kavallerie.«

»Was? Ich soll sofort in die Klinik kommen? Kein Problem, bin schon unterwegs.«

Sie hörte Anabels Lachen und beendete den Anruf.

»Tut mir leid«, sagte sie, noch während sie das Handy wegsteckte. »Ich muss los.«

»Ein Notfall?«, fragte Florence.

»Ja.«

»Ist einer der Mörder entsprungen?«, wollte Udo wissen. Sie sah das sensationslüsterne Leuchten in seinen Augen.

»Nein, jemand hat sein Glasauge verschluckt.«

Udo musterte sie verwirrt und schien nicht zu begreifen, dass sie ihn auf die Schippe genommen hatte. Regina griff nach ihrer Jacke und zog ihr Portemonnaie hervor. »Hier, Florence, zahl für mich mit!« Sie drückte der Freundin einen Zwanzigeuroschein in die Hand. Dann schlüpfte sie in die Jacke und floh regelrecht aus dem Restaurant.

10

»Unsere wievielte Sitzung ist das eigentlich, Frau Doktor?«
Rösch musterte Regina lauernd. In den letzten Wochen hatte
sich etwas verändert. Das spöttische Grinsen war verschwunden, dafür beherrschte ein kalter, raubtierartiger Ausdruck
seine Augen. Lag es daran, dass er allmählich begriff, wo er
wirklich war? Dass nicht er die Kontrolle hatte, sondern andere?

»Die fünfte«, antwortete Regina gelassen.

»Die fünfte erst.« Er lehnte sich auf seinem Stuhl zurück.
Sein wohliger Gesichtsausdruck erinnerte Regina an den
bösen Wolf, der gerade die sieben Geißlein gefressen hatte.
»Mir kommt es so vor, als hätten wir schon viel häufiger miteinander geplaudert, Frau Doktor.«

Regina schwieg. Es kostete sie noch immer Kraft, in seiner
Gegenwart ihre Professionalität zu bewahren. Viel zu oft löste
er unangenehme Gefühle in ihr aus. Seit sie ihm eine Therapiestunde pro Woche eingeräumt hatte, schien er sich jedes
Mal zu überlegen, wie er sie aus der Fassung bringen konnte.
Es war nicht möglich, mit ihm über sein alltägliches Verhalten
ins Gespräch zu kommen. Sie wusste, dass er die Mitpatien-
ten manipulierte und vermutlich bedrohte. Nur konnte sie es
nicht beweisen. Merckmann war aufgrund seines anhalten-
den selbstverletzenden und aggressiven Verhaltens von der

Wohnstation zurück auf die Subakutstation verlegt worden. Rösch hatte es mit Genugtuung wahrgenommen, aber Regina hatte nie erfahren, was zwischen den beiden vorgefallen war. Mehrfach hatte sie den Chefarzt gebeten, Rösch wieder auf die Aufnahmestation zu verlegen, da sein destruktives Verhalten den anderen Patienten ihrer Station schadete, aber Dr. Löhner hatte nur auf die Patientenkurve geblickt, festgestellt, dass Rösch seine Medikamente regelmäßig einnahm, und abgewiegelt. Es sei die Aufgabe der Wohnstation, einen schwierigen Patienten zu integrieren, hatte er betont. Rösch arbeite doch mit. Immerhin nehme er zuverlässig die verordnete Medikation.

»Die aber nur gegen eine Schizophrenie helfen würde«, hatte Regina eingewandt. »Nicht gegen eine Persönlichkeitsstörung.«

Der Chefarzt hatte sie mit hochgezogenen Augenbrauen gemustert. »Sie sollten damit aufhören, die Diagnose infrage zu stellen, ohne stichhaltige Hinweise für das Gegenteil zu haben.«

»Aber er verhält sich nicht so. Ich kann die vom Gutachter beschriebenen Symptome nicht nachvollziehen – in den Kontakten mit mir stellt er sich völlig anders dar.«

»Frau Doktor Bogner.« Löhner atmete tief durch. »Der Mann hat eine Schizophrenie. Wenn Sie ein Problem mit ihm haben, die Symptome zu erkennen, klären Sie das bitte in der Supervision.«

Jedes weitere Argument war sinnlos. Der Chefarzt hatte seine Meinung, und die diskutierte er mit niemandem. Verdammter Autokrat! Sie hatte versucht, mit Mark darüber zu reden, aber der hatte nur mit den Achseln gezuckt und dann ebenfalls abgewiegelt. »Du kennst Löhner doch. Wenn er einmal eine Meinung gefasst hat, bleibt er dabei.«

»Aber seine Meinung ist falsch!«

»Bist du dir da so sicher? Könnte es nicht sein, dass du dich in einer Sackgasse verrennst?« Marks fast fürsorglicher Gesichtsausdruck hatte sie erst recht wütend gemacht.

»Ich verstehe was von meinem Job!«

»Das tut der Chefarzt auch, sonst wäre er nicht der Chef.«

»Was ist denn das für ein Argument? Gibt es jetzt auch schon ein Dogma über die Unfehlbarkeit des Chefarztes?«

»Hör mal«, hatte Mark leise gesagt, »wenn du in dieser Klinik Karriere machen willst, solltest du dich lieber mehr zurückhalten. Ich verstehe dich ja, aber …«

»Ich habe gar nicht die Absicht, in dieser Klinik eine *Karriere* zu machen, wie du es so schön nennst. Ich will nur meinen Job machen. Aber dazu gehört, dass Patienten richtig diagnostiziert und therapiert werden. Und nicht, dass der Chefarzt Persönlichkeitsgestörte als Schizophrene klassifiziert, um seine verdammte Statistik zu schönen.«

»Hast du denn irgendeinen konkreten Beweis?«, hatte Mark nachgefragt. »Etwas, das sich hieb- und stichfest mit der ICD-10 klassifizieren lässt?«

Daraufhin hatte sie geschwiegen, denn über den sichersten Beweis konnte und wollte sie nicht sprechen. Wenn sie nur an Nyala dachte, war ihre Kehle wie zugeschnürt. Es gab keine Worte für das Unaussprechliche, und es würde niemals welche geben …

»Was ist mit Ihnen, Frau Doktor?« Röschs Stimme riss sie aus ihren Gedanken. »Wird das heute wieder so eine Stunde, in der wir lernen, das Schweigen auszuhalten?« Er blitzte sie spöttisch an, aber sie wusste, dass er Schweigsamkeit nur schlecht ertrug. Eine seiner wenigen Schwächen, die sie inzwischen aufgedeckt hatte.

»Schweigsamkeit macht Ihnen Angst?«

Er lächelte. »Nein. Ihnen etwa, Frau Doktor?«

»Was möchten Sie denn gern erzählen?«, fragte Regina, ohne auf seine Bemerkung einzugehen.

»Was möchten Sie hören?«

»Alles, was Sie zu erzählen haben.«

»Alles? Auch von Nyala?«

Diesmal zuckte sie nicht mehr zusammen. Sie hatte fast mit einem derartigen Angriff gerechnet.

»Was möchten Sie mir denn von Nyala erzählen?«

»Haben Sie *Lawrence von Arabien* gesehen?«, fragte er statt einer Antwort.

»Sie scheinen mir ein rechter Filmfreak zu sein. Erst erwähnen Sie *Das Schweigen der Lämmer*, nun *Lawrence von Arabien*. Warum?«

»Es gibt eine Szene in diesem Film, die sehr gut erklärt, was für Menschen wir beide sind, Frau Doktor. Wir beide und Lawrence von Arabien.«

»So?«

»Im Film rettete Lawrence einen Mann aus der Wüste. Später wurde dieser Mann eines Verbrechens überführt, für das er den Tod verdiente. Lawrence bot sich an, die Hinrichtung zu übernehmen, um das fragile Gleichgewicht seiner arabischen Verbündeten nicht zu zerstören. Erinnern Sie sich an diese Szene?«

Regina nickte.

»Danach«, fuhr Rösch fort, »war Lawrence betrübt. Alle glaubten, es gehe ihm nahe, dass er ausgerechnet den Mann töten musste, den er zuvor gerettet hatte. Aber schließlich offenbarte er den wahren Grund. Er hatte es genossen. Er hatte die Macht über Leben und Tod eines Menschen genossen.«

»Und Sie genießen es auch, genau wie Lawrence von Arabien in dem Film?«

»Und wie Sie, Frau Doktor. Wir sind uns sehr ähnlich.«

»Ich fürchte, Ihre Fantasie geht mit Ihnen durch. Vermutlich haben Sie zu viel Fernsehen geschaut.«

»So?« Er lächelte, aber es war ein anderes Lächeln als gewöhnlich. Böser, dunkler.

»Wir beide kennen das Gefühl – wenn wir entscheiden, ob jemand auf Erden wandeln darf oder nicht. Beim ersten Mal mag es noch verwirrend sein, aber wer auf das Gefühl vorbereitet ist, für den ist es ein Kick. Ein seelischer Orgasmus.« Er schloss die Augen, als schwelge er in wohligen Erinnerungen.

»Akosua Nkrumah war nicht Ihr erstes Opfer«, entfuhr es Regina. »Sie haben schon zuvor gemordet!«

Rösch hob die Lider und musterte Regina mit seinen strahlend blauen Augen. »Wie wäre es, wenn Sie mir von Nyala erzählen und ich Ihnen dafür von Juba?«

»Was war in Juba?«

»Dort habe ich meine Blutunschuld verloren.« Er lachte. »Aber wenn Sie davon hören wollen, verlange ich eine Gegenleistung. Nyala gegen Juba.«

»Sie haben hier nichts zu verlangen, Herr Rösch. Sie sind Patient des Maßregelvollzugs. Es geht hier einzig um Sie, um niemanden sonst.«

»Sind Sie sicher?« Sein kaltes Lächeln krallte sich in Reginas Seele fest. Sie blickte unauffällig auf die Uhr. Nur noch wenige Minuten bis zum Ende der Sitzung. Würde er es merken, wenn sie früher abbrach? Natürlich würde er es merken, schalt sie sich in Gedanken. Und er würde triumphieren, dass wieder eine seiner Spitzen ihr Ziel getroffen hatte. Aber war das wirklich wichtig? Konnte es ihr nicht gleichgültig sein, was er dachte? Nicht er besaß die Kontrolle, sondern sie.

»Haben Sie sonst noch etwas zu berichten?«, fragte sie, ohne den Sekundenzeiger ihrer Armbanduhr aus den Augen zu lassen.

»Sie möchten die Stunde beenden, nicht wahr, Frau Doktor?«

»Wir haben für heute einen würdigen Abschluss gefunden«, erwiderte sie und freute sich, als sie die Verwirrung in seinen Augen erkannte. Sie hatte nicht so reagiert, wie er es erwartet hatte. Ein seltsames Triumphgefühl erfasste sie.

»Ich bringe Sie zurück auf die Station«, sagte sie. Rösch nickte nur.

Nachdem sie den Patienten abgeliefert hatte, überlegte sie, wie sie mit den neuen Informationen umgehen sollte. Rösch hatte zugegeben, dass der Mord an Akosua Nkrumah nicht seine erste Tat gewesen war. Diesen Beweis durfte der Chefarzt nicht ignorieren. Rösch war ein Serientäter, ein Psychopath.

Sollte sie gleich zum Chefarzt gehen? Oder lieber erst mit

Mark reden? Vielleicht war Mark die bessere Wahl. Er widersprach dem Chefarzt zwar niemals offen, aber vielleicht hatte er einen Vorschlag, wie Löhner mithilfe des neuen Wissens von der Fehldiagnose zu überzeugen war.

Mark saß in seinem Büro und arbeitete sich durch irgendwelche Aktenberge. Bei ihrem Eintreten lächelte er, ganz so, als sei er froh, den Papierkram für eine Weile beiseiteschieben zu können.

»Was gibt's?«, fragte er.

»Ich muss mit dir reden.«

»Setz dich!« Er wies auf einen der Stühle an dem runden Tisch und nahm dann ihr gegenüber Platz. »Also?«

»Es geht um Rösch.«

Mark seufzte. »Schon wieder?«

Regina achtete nicht auf den verzweifelten Unterton.

»Ich hatte eben eine Stunde mit ihm. Was er mir da offenbarte, ist wichtig. Er gestand mir, dass er bereits vor dem Mord an seiner Nachbarin getötet hat. Zum ersten Mal in Afrika. In Juba.«

»Er hat gesagt, er habe getötet?«

»Er sagte, er habe dort seine Blutunschuld verloren.«

»Was hat er genau gesagt?« Marks Gesichtsausdruck wurde hart. Regina wiederholte das Gespräch, ohne jedoch Nyala und den Zusammenhang zu erwähnen, den Rösch zwischen ihnen beiden hergestellt hatte.

Nachdem sie geendet hatte, entspannten sich Marks Züge.

»Woher willst du wissen, dass er sich das nicht einfach ausgedacht hat? Dass es ein Wahnkonstrukt ist?«

»Es ist kein Wahnkonstrukt. Er wusste sehr genau, was er sagte.«

»Du weißt, dass Schizophrene oft unter Wahnvorstellungen leiden.«

»Du weißt so gut wie ich, dass er keine Schizophrenie hat!«, schrie Regina und schlug mit der Faust auf den Tisch. Eine rote Flamme des Zorns schoss ihr durch den Kopf, die ganze unterdrückte Wut der letzten Wochen brach aus ihr heraus. »Du weißt, dass er ein Psychopath ist! Aber du traust dich nicht, zu mir zu stehen!«, brüllte sie weiter. »Und selbst wenn du an die Diagnose der Schizophrenie glaubst, dann müsste dir doch klar sein, dass er nach wochenlanger Medikamenteneinnahme bei einer Erstmanifestation keine derartigen Symptome mehr hätte. Aber er spielt mit uns, Mark. Kapier das doch! Er hat seinem Gutachter eine Scharade vorgespielt. Er spielt Löhner etwas vor.«

»Und warum nicht dir?« Mark ließ sich von ihrem Wutausbruch nicht beeindrucken. »Warum bist du die Einzige, der er nichts vorspielt? Regina, das ergibt keinen Sinn! Du weißt doch, dass die Patienten immer versuchen, sich im besten Licht zu zeigen, um möglichst schnell entlassen zu werden. Warum sollte jemand sich selbst torpedieren? Zumal Löhner heute Morgen den Begleitstatus für Rösch geändert hat.«

»Er hat *was*?«

»Bei Ausführungen zwei Mann und ohne Handschellen.«

»Das ist viel zu früh!«

»Anscheinend bist du die Einzige, die das so sieht.«

»Und was ist mit Merckmann? Der war zwar immer schwierig, aber nie aggressiv oder selbstverletzend. Das passierte erst, nachdem er eine Nacht mit Rösch das Zimmer teilen musste.«

»Nie aggressiv? Ich erinnere mich, dass er Proser seine volle Windel um die Ohren geschlagen hat. Wenn das nicht aggressiv ist … Und das war, bevor Rösch auf deine Station kam.«

»Du willst es nicht verstehen, oder?«

Mark atmete tief durch. »Du hattest viel Stress, Regina. Und ich verstehe auch, dass Rösch dich Nerven kostet. Er ist ein anstrengender Patient und hat ein furchtbares Verbrechen begangen. Aber es wird nicht besser, wenn du dich selbst in Wahnvorstellungen verrennst.«

»In Wahnvorstellungen? Sag mal, spinnst du?«

Mark räusperte sich. »Könnten wir vielleicht zu einem angemessenen Kommunikationsstil zurückfinden?«

»Wenn du mich ernst nähmst, wäre das kein Problem.«

»Dann solltest du dich auch so benehmen, dass ich dich ernst nehmen kann.«

Regina holte tief Luft. »Also schön. Was gedenkst du mit diesen Informationen zu tun?«

»Schreib's in den Behandlungsverlauf.«

»Das ist selbstverständlich. Ich wollte wissen, was du tun wirst. Du als Oberarzt.«

»Was erwartest du? Soll ich nach Afrika reisen und nachprüfen, ob er dort gemordet hat?«

»Ich dachte, wir hätten uns darauf verständigt, ernsthaft miteinander zu reden.«

»Tut mir leid«, lenkte Mark ein. »Aber was kann ich schon tun? Rösch hält sich an die Stationsordnung, er nimmt seine

Medikamente ein, und anscheinend ist er dir gegenüber in der Therapie sehr offen, wenn er sogar von solchen Dingen spricht. Willst du wirklich, dass diese Informationsquelle versiegt? Ich denke, dir bleibt nichts anderes übrig, als wie bisher weiterzumachen.«

»Wirst du Löhner in Kenntnis setzen?«

»Du kannst es ihm morgen bei der Visitenvorbesprechung erzählen. Aber bitte keine weiteren Grundsatzdiskussionen über Röschs Diagnose.«

An diesem Abend spürte Regina die Leere in ihrer Wohnung besonders heftig. Anabel war vor zwei Tagen mit Michaels Familie nach Frankreich gereist. Und sie würde erst in sechs Wochen zurückkehren. Sechs Wochen ... Nie zuvor waren sie so lange voneinander getrennt gewesen. Jeden Moment erwartete Regina, dass Anabel zur Tür hereinstürmen würde, Leben und Aufmunterung in ihre tristen Gedanken brächte. Aber da war nichts als Leere.

Sie ging zum Telefon und wählte Florence' Nummer. Besetzt. War ja zu erwarten.

Lustlos schaltete sie den Fernseher an. Auf *ntv* lief eine Dokumentation über mögliche Weltuntergangsszenarien. Irgendwie passte das zu ihrer Stimmung.

Während sie sich von Informationen berieseln ließ, wie die Erde von der Sonne verschluckt wurde, schweiften ihre Gedanken immer wieder zu Rösch zurück. Was wusste er über Nyala?

Ihr Blick fiel auf das gerahmte Foto, das über dem Fernseher an der Wand hing. Es zeigte sie und Thenga mit Anabel als Baby. Sie erinnerte sich, wie glücklich sie damals gewesen waren. Thenga war ein außergewöhnlich begabter Chirurg gewesen. Ein Mensch, der bereit gewesen war, alles für seine Patienten zu wagen. Manchmal sogar zu viel. So wie in Nyala ...

Eine einzelne Träne rollte ihr über die Wange. Hastig wischte sie sie fort. Sie hatte seit damals nie mehr geweint. Und sie würde damit gewiss nicht wieder anfangen, auch wenn es niemand sähe. Hastig griff sie zur Fernbedienung und schaltete um. Auf *Phoenix* lief eine Dokumentation über den Nil. Verdammt, musste sie überall an das erinnert werden, was sie verloren hatte? Sie schaltete den Fernseher ab und beschloss, mit einem guten Buch zu Bett zu gehen.

Der folgende Tag wurde nicht besser. Es begann mit der Vorbesprechung der Chefarztvisite auf Reginas Station. Proser versuchte wie jedes Mal, sich bei Löhner einzuschleimen, indem er ihm Kaffee einschenkte und den Zucker reichte. Mark ging mit finsterem Blick noch einmal die Patientenkurven durch. Dabei wich er Reginas Blick betont aus. Waschlappen!, dachte sie bei sich. Erst vertröstete er sie auf die Visitenvorbesprechung, und nun schien er sie zu fürchten.

Die Besprechung ging trotz allem zügig voran. Bis sie zu Rösch kamen.

»Ah ja, Rösch«, sagte Löhner, während er die Eintragungen in der Kurve überflog. »Er scheint sich gut eingelebt zu haben, nicht wahr? Er nimmt seine Medikamente regelmäßig und scheint auch sonst völlig unauffällig zu sein.«

»Das sehe ich anders«, warf Regina ein. »Ich hatte gestern eine bemerkenswerte Therapiestunde mit ihm.«

»So?« Löhner zog die Brauen hoch und musterte Regina wieder so, als wäre er der Lehrer und sie das ungezogene Kind.

»Er hat mir gestanden, dass der Mord an seiner Nachbarin nicht sein erstes Verbrechen war. Er hat bereits in Afrika getötet.«

Einen Augenblick lang flackerte die überlegene Miene des Chefarztes. »Erzählen Sie davon.«

Regina war überrascht. Seine Frage klang aufrichtig interessiert. Hatte sie ihn doch falsch eingeschätzt? War er womöglich offener als Mark?

Sie fasste ihr Gespräch mit Rösch kurz zusammen, vermied jedoch abermals, Nyala zu erwähnen.

»Und daraus schließen Sie, dass er bereits getötet hat?« Die kritische Falte furchte Löhners Stirn.

»Wie würden Sie es interpretieren?«, antwortete Regina mit einer Gegenfrage.

»Es könnte ein Ausdruck seines Wahngebildes sein.«

»Aber er nimmt bereits seit Wochen Risperidon, das bedeutet, er ist behandelt.«

»Oder wir haben erst die oberste Schicht seiner Psychose erreicht. Er verliert seine Abwehrhaltung und gewährt Ihnen Einblick in seine doppelte Buchführung. Ich denke, Sie sind auf einem guten Weg, sein Vertrauen zu gewinnen, Frau Bogner. Machen Sie so weiter.«

»Sein Vertrauen?« Regina starrte den Chefarzt fassungslos an. »Er versucht mich in lächerliche Psychospielchen zu verwickeln. Das ist nicht die Art eines Schizophrenen. Ich wette, er würde enorm hoch auf der Psychopathie-Checkliste scoren!«

»Sind es lächerliche Psychospielchen, oder ist es der Versuch, den Kontakt zu Ihnen auf seiner Ebene zu verstärken?«

Am liebsten hätte Regina Löhner dieses väterliche Lächeln aus dem Gesicht geschlagen.

»Ich denke«, fuhr der Chefarzt fort, »Sie sind auf dem richtigen Weg der Beziehungsarbeit. Er zeigt Vertrauen. Das haben Sie gut gemacht.«

»Wie bitte?«

»Sie haben richtig gehört, das war ein Lob.«

In Gedanken stellte Regina sich vor, wie sie Löhner am Kragen packte und schüttelte. So lange, bis er begriff, was sie ihm wirklich hatte sagen wollen. Wie konnte er nur so blind sein?

Doch sie hielt sich zurück. Womöglich war es ihr Fehler. Sie hatte nicht alles erzählt. Vielleicht hätten Löhner und Mark anders reagiert, wenn sie von Nyala gewusst hätten. Regina schluckte, dann nickte sie, und man ging zum nächsten Patienten über. Doch ihre Gedanken blieben bei Rösch. Was wusste er wirklich über Nyala?

11

»Ist schon mal jemand von hier abgehauen?«, warf Rösch beiläufig in die Runde, die sich nach dem Abendessen im Aufenthaltsraum vor dem Fernsehgerät versammelt hatte.

»Hast du das damals nicht in der Zeitung gelesen?«, fragte
Rosenfeld, ein stark übergewichtiger Mann, der auf der Station stets das große Wort führte. Rösch hatte bislang nicht
herausgefunden, weshalb man Rosenfeld eingewiesen hatte,
denn er erschien ihm von allen Patienten am normalsten. Er
war zwar ein Lautsprecher vor dem Herrn, aber sein Verstand
funktionierte einwandfrei.

»Zeitungen schreiben viel Mist«, entgegnete Rösch. »Ich
würde lieber ein paar wahre Geschichten hören.«

»Willst du abhauen?« Rosenfeld grinste ihn breit an. »Das
ist nicht so einfach.«

»Sprichst du aus Erfahrung?«

Rosenfeld lehnte sich vor und griff in die Schale mit den
Kartoffelchips, die auf dem Tisch stand.

»Nein. Der Weg hinaus führt nur durch die Tür. Aber das
wird mein Anwalt schon regeln.«

»Die anderen sind alle erwischt worden?«

»Erwischt oder freiwillig zurückgekehrt«, nuschelte Rosenfeld mit vollem Mund. »Die meisten Fluchten kriegt die
Presse gar nicht mit.«

»Wie kann das sein?«

»Freigänger, die nicht zurückkommen. Und dann gibt es natürlich noch die, die bei Ausführungen abhauen wollen.«

»Bei Ausführungen? Was heißt das?«

»Einer hat's mal auf dem Weg zum Zahnarzt versucht. Er war aber nicht schnell genug. Sie haben ihn wieder eingeholt, und danach war er mehrere Wochen im Einschluss.«

»Ich dachte, der Zahnarzt kommt hierher.«

Rosenfeld schüttelte den Kopf. »Der ist hier auf dem Gelände, zwei Häuser weiter. Sie fahren dich mit dem Auto hin, lassen dich vor der Tür raus, bringen dich rein und dann, wenn die Behandlung vorbei ist, wieder zurück.«

»Seid leise!«, brüllte Woelk dazwischen. »Ich will *Die Simpsons* sehen!«

»Wahrscheinlich muss man so sein wie er«, raunte Rosenfeld Rösch zu und wies auf Woelk. »Der steht ganz oben auf der Liste für die offene Station.«

»Weshalb?«

»Er nimmt seine Pillen und ist zu blöd, eigene Ideen zu entwickeln. Auf dumme Tiere stehen die hier. Je blöder du bist, umso mehr wirst du verhätschelt. Vor Leuten wie uns haben die Angst.«

Rösch dachte an Erikson auf der Aufnahmestation. Der war auch blöd, aber weit davon entfernt, entlassen zu werden.

»Meinst du, das reicht?«, fragte er deshalb nach. »Blöd zu sein?«

»Wenn du von denen entlassen werden willst. Für Leute wie uns bleibt nur der Weg über gewiefte Anwälte. Mein Anwalt ist richtig gut, der haut jedem eine Dienstaufsichtsbeschwerde rein, der mir dumm kommt. Proser hat schon drei bekommen.« Rosenfeld lachte laut.

»Ruhe!«, brüllte Woelk wieder.

»Halt's Maul!«, rief Rosenfeld halbherzig zurück.

»Und die Bogner?«

»Die ist aus härterem Holz. Die kannst du mit Dienstaufsichtsbeschwerden nicht knacken. Das kommt immer wie ein Bumerang zurück. Hat mal einer versucht, weil sie ihm die vegane Kost samt Rohkostzulagen gestrichen hat, als sie ihn dabei erwischte, wie er sich Schnitzel in die Pfanne haute. Tja, seither isst der auch brav Normalkost.«

»Kann sie das einfach so machen?«

»Na ja, der Typ hat heimlich mit dem Obst, das er zusätzlich bekam, Handel getrieben und es auch noch in seinem Zimmer gebunkert, bis da Fruchtfliegen kamen. Proser hat sich nie getraut einzugreifen, der hatte Schiss. Bis dann die Bogner kam. Die hat Biss.« Es klang beinahe wertschätzend, wie Rosenfeld über sie sprach.

»Ja, das habe ich gemerkt«, gab Rösch zu. »Sie hat Biss.«

In Gedanken schwelgte er wieder in der Vorstellung, wie es wohl wäre, sie zu brechen, nachdem er die Bestie in ihr geweckt hatte, ihre dunkle Seite, die sie so sorgfältig vor allen versteckte …

12

»Haben Sie über meinen Vorschlag nachgedacht?« Rösch lehnte sich entspannt auf seinem Stuhl zurück und musterte Regina aus blauen Raubtieraugen.

»Über welchen Vorschlag?«, erwiderte Regina, obwohl sie genau wusste, was er meinte.

»Juba gegen Nyala.«

»Sie behaupten also, Sie hätten in Juba das erste Mal getötet.«

»Alles beginnt mit Notwehr, nicht wahr?« Wieder dieser lauernde Blick. »Was denken Sie, Frau Doktor? Ist es legitim, jemanden in Notwehr zu töten?«

»Der Gesetzgeber bejaht dies.«

»Sie weichen mir aus.«

»Wen haben Sie in Notwehr getötet?«

»Immer der Reihe nach. Juba gegen Nyala.«

Auch Regina lehnte sich auf ihrem Stuhl zurück.

»So funktioniert das nicht, Herr Rösch.«

»Information gegen Information.« Zum ersten Mal seit Langem zeigte er wieder dieses überhebliche Lächeln. »Das ist der Deal, Frau Doktor.«

»Ich mache keine Deals.«

»Dann werden Sie auch nichts erfahren.«

»Und Sie werden keine Fortschritte hinsichtlich einer Zukunftsperspektive machen, Herr Rösch.« Regina atmete tief durch. »Sie haben immer noch nicht begriffen, wo Sie sind. Sie wurden aufgrund einer Straftat in den psychiatrischen Maßregelvollzug eingewiesen, weil Ihr Gutachter davon ausging, dass Sie schuldunfähig sind, und das Gericht aufgrund der Schwere Ihrer Straftat eine Gefahr für die Allgemeinheit erkannte. Sie wurden nicht zu einer Haftstrafe verurteilt, die Sie einfach absitzen könnten. Ihre Unterbringung ist unbefristet – wenn es sein muss, sogar lebenslänglich. Einmal im Jahr wird Ihr behandelnder Therapeut, in diesem Fall ich, eine Stellungnahme für das Gericht verfassen, in der Ihr Behandlungsverlauf beschrieben wird und eine Auswertung erfolgt, ob ein externes Lockerungsgutachten in Auftrag gegeben werden kann. Wenn Sie hier lieber Psychospielchen versuchen wollen, anstatt sich auf eine Therapie einzulassen, ist mir das völlig gleichgültig. In Ihrer Stellungnahme wird dann eben stehen, dass Sie immer versuchen, die Kontrolle zu behalten, Ihre Therapeutin zu merkwürdigen Deals verleiten wollen und mit früheren Morden in Afrika kokettieren.«

Rösch schwieg. Schon glaubte Regina, ihn endlich einmal bezwungen zu haben. Doch dann kehrte sein Lächeln zurück.

»Wird in der Stellungnahme auch etwas über Nyala stehen, Frau Doktor? Oder werden Sie das geflissentlich verschweigen? Was wäre, wenn ich Ihrem Chefarzt davon erzähle?«

Für einen Augenblick drohte ihr Herzschlag auszusetzen. Doch sofort fasste sie sich.

»Er wird sich gewiss sehr dafür interessieren, die Wahnideen eines Schizophrenen zu hören. Erzählen Sie es ihm ruhig, Herr Rösch. Denken Sie daran, für den Chefarzt sind Sie ein Geisteskranker, der in seiner eigenen Wahnwelt lebt. Sie sind sehr klug, dass Sie Medikamente akzeptieren. Aber wenn Sie derartige Geschichten erzählen, wird Doktor Löhner zweifelsfrei zu dem Schluss kommen, dass Sie noch nicht richtig eingestellt sind, und die Dosis erhöhen. Wollen Sie das?«

»Touché! Ich wusste doch, dass Sie eine würdige Gegnerin sind, Frau Doktor.« Er lachte, aber es klang gezwungen.

Regina sah auf ihre Armbanduhr. »Wir haben noch zwanzig Minuten. Worüber möchten Sie gern reden? Über Juba? Über Nyala? Oder über den gemeinsamen Küchendienst mit Herrn Rosenfeld?«

Bei der Erwähnung des Namens Rosenfeld erblasste Rösch für den Bruchteil einer Sekunde. Regina stutzte. Sie hatte den Namen nur erwähnt, weil Rosenfeld der einzige Patient auf der Station war, der mit Rösch gut auszukommen schien.

Doch wie jedes Mal hatte Rösch sich sofort wieder unter Kontrolle. »Sie ziehen ein Gespräch über Küchendienst vor?« Er lächelte breit. »Nicht über das Töten? Nun, vielleicht habe ich Sie falsch eingeschätzt. Ich dachte, Sie kennen den Kick. Aber wenn Sie sich lieber weiblichen Tugenden hingeben und die Küche vorziehen …«

»Erzählen Sie weiter. Ich finde Ihre Sicht der Dinge ausgesprochen aufschlussreich, Herr Rösch.«

»Küchendienst oder das Töten von Menschen?«

Regina zögerte. Sollte sie ihn zurückhalten oder die sprudelnde Quelle weiter anzapfen? Etwas über seine Vorlieben erfahren? Einen Fingerbreit nachgeben, damit er über seine Tötungsfantasien sprach?

»Erzählen Sie vom Töten«, sagte sie schließlich.

Ein triumphierendes Lächeln brachte Röschs Gesicht zum Strahlen. »Ich wusste doch, wie Sie denken.«

Regina ging nicht darauf ein. »Warum auf diese Weise?«, fragte sie stattdessen. »War es ein Ritual, das Sie an Ihrer Nachbarin vollzogen haben?«

»Vielleicht.« Seine Hände verschränkten sich ineinander und ruhten in seinem Schoß, als würde er unbewusst seine Genitalien schützen. »Was vermuten Sie, Frau Doktor?«

»Sie haben es geplant. Sonst hätten Sie nicht die Nägel und den Draht aus dem Baumarkt dabeigehabt. Es war keine spontane Entscheidung.«

»Sehr gut. Und weiter?« Seine verschränkten Hände lösten sich, und er legte die Fingerspitzen aneinander. Eine Geste, die Regina an einen ihrer früheren Lehrer erinnerte, wenn er Vokabeln abgefragt hatte. Er gibt den unbewussten Schutz auf, um wieder die Kontrolle zu erlangen, dachte sie bei sich.

»Ich habe keine Ahnung«, antwortete sie. Möglicherweise gefiel Rösch sich in der Rolle des Lehrers. »Erklären Sie es mir?«

»Was bekomme ich dafür?«

»Eine aufmerksame Zuhörerin.« Sie lächelte ihn auffordernd an.

Er runzelte die Stirn. »Glauben Sie, das genügt mir?«

»Was haben Sie von Ihren ganzen Erfahrungen, wenn Sie sie mit niemandem teilen können? Sie durch die Augen eines anderen Menschen noch einmal neu erleben dürfen?«

Eine Weile herrschte Schweigen. Regina ließ die Hände locker auf den Armlehnen ihres Stuhles ruhen, beobachtete Röschs unbewusstes Mienenspiel. Er kämpfte mit sich. Drängte es ihn wirklich, seine Erlebnisse mit jemandem zu teilen? Oder war er sich unsicher, was sie wirklich im Schilde führte? Befürchtete er, etwas zu verlieren, wenn er zu viel von sich preisgab?

»Glauben Sie an ein Leben nach dem Tod?«, fragte er schließlich.

»Warum möchten Sie das wissen?«

»Haben Sie jemals die Energie gespürt, die beim Tod eines Menschen frei wird? Wenn sich die Kraft löst, die den Körper am Leben gehalten hat. Sie wissen, dass man die Gegenwart eines anderen Menschen auch im Dunkeln spürt. Noch bevor man seine Wärme fühlt oder den Atem hört. Man weiß, da ist jemand. Im Moment des Todes ändert sich alles. Die Energie strömt aus dem sterbenden Körper, man fühlt, wie sie einen umfängt.«

Ein leiser Schauer rieselte Regina über den Rücken. Sie wusste, wovon er sprach, hatte es als Ärztin wiederholt gespürt, wenn sie bei Sterbenden gewacht hatte. Allerdings immer nur, wenn diese eines friedlichen Todes gestorben waren. Niemals in Blut und Gewalt, wenn der Tod plötzlich kam und Gewehrkugeln den Leib zerfetzten.

»Suchen Sie dieses Gefühl? Die fremde Energie, die Sie im Augenblick des Todes umfängt?«, fragte sie und bemühte sich, ihrer Stimme einen möglichst mitfühlenden Klang zu verleihen, damit Röschs Beredsamkeit nicht versiegte.

»Es ist viel mehr als das.« Sie hörte den Eifer in seiner

Stimme, seine Leidenschaft. Vor allem, als er fortfuhr. »Sehr viel mehr. Es ist wie ein Orgasmus. Und er hält umso länger, je intensiver das Sterben zelebriert wird.«

Regina wurde die Kehle eng. Sie musste schlucken, ehe sie weiterfragen konnte.

»Also muss das Opfer leiden?«

»Leiden«, wiederholte Rösch nachdenklich und verschränkte seine Finger erneut ineinander, diesmal jedoch ohne unbewusste Schutzgeste. »Nein, Leid ist nicht das Ziel, sondern der Weg.«

»Das verstehe ich nicht.«

»Die Qual des Opfers ermöglicht es, die Energie fraktioniert zu entnehmen. Lebenskraft nach und nach aufzusaugen.«

Sie sah in seine Augen, sah das Leuchten, die Begeisterung. Und zum ersten Mal fragte sie sich, ob sie nicht diejenige war, die sich geirrt hatte. War Rösch womöglich doch schizophren? Gefangen in einer wahnhaften Psychose? Sie warf einen Blick auf ihre Armbanduhr. Die Stunde war bereits seit zwei Minuten vorüber.

»Wir sprechen nächste Woche weiter«, sagte sie und erhob sich.

»Gern, Frau Doktor.« Das Strahlen seiner Augen blieb.

Nachdem sie den Patienten auf die Station zurückgebracht hatte, kehrte sie in ihr Büro zurück, um sich Notizen über den Gesprächsverlauf zu machen. Während sie das Gespräch stichpunktartig in den PC tippte, versuchte sie, ihre Gedanken zu ordnen.

Er genoss das Töten, hatte für sich einen Weg gefunden, den Genuss weiter hinauszuzögern. Nein, das war keine Schizophrenie. Es ließ sich viel besser unter der Diagnose einer sadistischen Persönlichkeitsstörung zusammenfassen. Er selbst hatte die Parallele zum Orgasmus gezogen. Es ging also um etwas Sexualisiertes. Sie erinnerte sich wieder daran, wie er seine Genitalien unbewusst zu schützen schien. Fürchtete er den sexuellen Kontakt zu Frauen? Hatte er sein Opfer deshalb mit einem Gegenstand penetriert? Reginas Gedanken schweiften weiter. Er hatte eigentlich sowohl den Sexualakt imitiert als auch eine Geburt per Kaiserschnitt. Anschließend hatte er sogar das Nähen der Wunde nachgeahmt – mit Draht aus dem Baumarkt. War das alles nach einem Plan geschehen? Oder zog sie eine Analogie, die dem Täter nicht bewusst zugänglich war?

Lebensenergie … Reginas Hände ballten sich zu Fäusten. Jetzt, da er ihr nicht mehr gegenübersaß, übermannte sie die unterdrückte Wut. Am liebsten hätte sie ihn gepackt, geschüttelt, auf ihn eingeschlagen und ihm selbst eine Flasche in den Allerwertesten geschoben.

Sie atmete tief durch. Das war das Schlimmste, der Augenblick, wenn sie sich der Destruktivität ihrer Patienten stellen musste, sie auszuhalten hatte und nichts dagegen unternehmen konnte. Nichts weiter, als einen Behandlungsverlauf zu schreiben, der ihr half, sich zu entlasten. Der hoffentlich dazu beitrug, dass ein Täter wie Rösch nie mehr in die normale Gesellschaft zurückkehrte, *um dort erneut seine bestialischen Fantasien auszuleben.*

Er genießt das Morden, beendete sie ihren Bericht. *Er hat in der Vergangenheit in Afrika mit großer Wahrscheinlichkeit bereits mehrfach getötet, und es steht zu befürchten, dass er es wieder tun wird, sobald sich die Gelegenheit ergibt.*

13

Er hatte lange auf das richtige Zeichen gewartet, auf den Hinweis, dass es nun an der Zeit sei, seine Mission fortzuführen. Das Pochen in seinem Unterkiefer war dieses Zeichen. Rosenfeld hatte ihm mit seinen Geschichten den Weg gewiesen.

Er wartete, bis der Frühdienst kam. Dann klopfte er an die Tür des Dienstzimmers.

»Was gibt's?«, fragte der dicke Pfleger namens Egon Liebig.

»Ich habe Zahnschmerzen, Herr Liebig.«

»Soll ich Ihnen eine Paracetamol geben?«

Rösch nickte. »Wäre es auch möglich, einen Termin beim Zahnarzt zu bekommen?«

»Wo haben Sie Zahnschmerzen?«

»Der zweite Backenzahn unten links. Die alte Amalgamfüllung ist wohl nicht mehr in Ordnung.«

Egon nickte beiläufig. »Ich werd's Frau Doktor sagen.« Dann stand er auf und ging zum Medikamentenraum, um Rösch die versprochene Tablette zu holen.

»Wie lange wird es dauern, bis ich den Termin bekomme?«, fragte Rösch, bevor er die Tablette schluckte und mit Wasser aus dem kleinen Medizinbecher nachspülte.

»Wenn Sie Glück haben, noch heute. Ansonsten wohl morgen. Hängt vom Terminkalender der Transportgruppe ab.«

»Transportgruppe?«, fragte Rösch nach, doch Egon überhörte die Nachfrage und schloss die Tür des Medikamenten-raumes.

»Gibt es sonst noch etwas, Herr Rösch?«

»Nein, nichts.« Er kehrte in sein Zimmer zurück und dachte nach. Rosenfeld hatte erzählt, dass schon einmal ein Patient beim Zahnarztbesuch entkommen sei. Nun, er würde nichts überstürzen. Sollte der Zahnarzt ruhig erst einmal seine Arbeit erledigen. Er würde die Gelegenheit nutzen, um so viel wie möglich von der Umgebung in sich aufzunehmen. Wenn er das Pochen im Zahn richtig interpretierte, würden sich an diesen ersten Besuch gewiss weitere anschließen.

Er hatte tatsächlich Glück. Gegen vierzehn Uhr erschienen zwei Mitarbeiter der Transportgruppe, um ihn abzuholen. Man führte ihn durch die unzähligen Gänge des Hauses bis zu einer kleinen Sicherheitsschleuse, die in den Innenhof führte. Dort stand ein Auto bereit. Er musste hinten einsteigen, einer der Männer setzte sich neben ihn, und der zweite klemmte sich hinter das Steuer. Als er den Motor anließ, wurde das große Rolltor des Innenhofs geöffnet. Rösch registrierte jede Einzelheit. Der Hof war übersichtlich, die Mauer unüberwindbar. Zumindest hier gab es keine Möglichkeit zur Flucht.

Er war erstaunt, dass das Auto nur wenige hundert Meter über das Krankenhausgelände fuhr und vor einem Altbau anhielt. Der Fahrer stieg als Erster aus, dann der Mann, der neben ihm gesessen hatte. Sie nahmen ihn in die Mitte und führten ihn ins Innere des Gebäudes. Auch wenn er nicht gewusst hätte, wo er war – der typische Geruch nach Zahnarzt, der überall in der Luft hing, hätte es sofort verraten.

»Wir bringen Herrn Rösch«, meldete der Fahrer sie an der Rezeption.

»Der Doktor ist gleich fertig. Nehmen Sie noch einen Augenblick Platz.«

Zu Röschs Verwunderung gingen sie nicht ins Wartezimmer, sondern setzten sich auf die Stühle, die im Flur standen. Wollte man den anderen Patienten keinen Kontakt mit irren Mördern zumuten?

Er musste zwischen seinen Bewachern Platz nehmen.

Sein Blick fiel auf die Tür ihm gegenüber. Das WC. Würden sie ihn auch auf die Toilette begleiten?

Eine weitere Tür am Ende des Flures öffnete sich, und eine Frau in weißer Tracht trat halb heraus.

»Herr Rösch?«, rief sie.

Die drei Männer erhoben sich gleichzeitig.

Es war ein ganz normaler Behandlungsraum. Röschs wachsame Schatten blieben im Hintergrund, während der Zahnarzt seinen Gebissstatus begutachtete und ihn seiner Assistentin zum Mitschreiben diktierte.

»Das sieht ziemlich übel aus«, meinte er schließlich. »Ich schätze, da bleibt nur eine Wurzelfüllung.« Er zog eine Betäubungsspritze auf und injizierte sie. Dann verließ er den Raum, während Rösch und seine Begleiter darauf warteten, dass die Wirkung eintrat.

»Kann ich noch mal auf die Toilette?«, fragte Rösch.

»Jetzt?« Mit einer derartigen Bitte schienen seine Wächter nicht gerechnet zu haben.

»Ja, jetzt.«

»Na ja, bevor Sie sich vor Angst auf dem Zahnarztstuhl in die Hose machen …« Der Fahrer lachte. »Bringst du ihn?«

Der zweite Mann nickte. »Dann kommen Sie!«

Rösch stieg vom Stuhl und begleitete den Mann zum WC. Tatsächlich, er folgte ihm auf dem Fuß!

»Wollen Sie auch mit in die Kabine?«, fragte Rösch ungehalten. »Das dürfte etwas eng werden.«

»Ich warte draußen«, lautete die Antwort. »Aber Sie werden die Tür nicht verriegeln.«

Rösch nickte und zog die Tür zu, ohne abzuschließen. Ganz oben befand sich ein kleines Fenster. Ob es wohl zu öffnen war? Ja, er entdeckte einen Riegel.

Während er sein Geschäft verrichtete, schätzte er die Größe des Fensters ab. Es konnte gerade groß genug sein, wenn er den richtigen Dreh fand, die Schultern hindurchzuzwängen.

Er spülte ab und verließ das WC.

»Vielen Dank für Ihre Begleitung«, sagte er zu seinem Wächter, während er in den Behandlungsraum zurückkehrte. Seine Unterlippe wurde bereits taub.

Der Zahnarzt leistete gründliche Arbeit, entfernte den Nerv und füllte das Loch mit einem Provisorium.

»Bringen Sie ihn in einer Woche wieder vorbei«, sagte er zum Abschied zu Röschs Begleitern. »Frau Lamprecht gibt Ihnen einen Termin.« Dann wandte er sich an Rösch. »Sollten Sie in den nächsten Tagen Schmerzen bekommen, melden Sie sich. Dann muss ich den Kanal noch einmal reinigen.«

Rösch nickte beiläufig. Seine Gedanken beschäftigten sich mit etwas ganz anderem. Wie konnte er die Enge des

Fensters in seinem Zimmer simulieren, um zu trainieren, sich möglichst schnell wie ein Schlangenmensch hindurchzuzwängen?

14

Eine unruhige Nacht lag hinter Regina. Immer wieder hatte sie von Rösch geträumt, ihn vor sich gesehen mit diesem überheblichen Lächeln, seiner ganzen Perversion. Im Traum war sie aufgesprungen und hatte auf ihn eingeprügelt, so heftig, bis sie mit pochenden Kopfschmerzen erwacht war. Und auf der Station hatte sie als Erstes erfahren, dass Rösch über Zahnschmerzen klagte. Soll er doch, war ihr erster spontaner Gedanke gewesen. Geschieht ihm recht. Aber dann hatte sie natürlich das zahnärztliche Konsil in Auftrag gegeben. Ein mulmiges Gefühl blieb, weil der Chefarzt beim Transport keine Handschellen mehr forderte. Umso erleichterter war sie, als Rösch am Nachmittag mit taubem Unterkiefer zurückkehrte und sie den Bericht des Zahnarztes las. Er hatte nicht simuliert, der Zahnarzt hatte eine Wurzelbehandlung begonnen.

Sie wollte gerade das Folgekonsil im PC freischalten, als es an der Tür klopfte.

»Ja, bitte?«

Ein Schlüssel drehte sich im Schloss, und ein ätherisches Wesen in knielangem schwarzem Rock, umhüllt von diversen Seidenschals, einer großen Bernsteinkette und einer weißen Rüschenbluse, stolzierte auf hohen Absätzen ins Büro.

»Hallo, Regina, ich muss unbedingt mit dir sprechen!«

»Hallo, Monique.« Regina unterdrückte ein Seufzen. Eigentlich hieß Monique Monika, aber aus irgendeinem Grund bestand sie darauf, dass man sie mit der französischen Form ihres Namens ansprach. »Was kann ich für dich tun?«

»Ja, weißt du, das ist so …« Monique ließ sich mit theatralischer Geste auf genau dem Stuhl nieder, auf dem am Tag zuvor Rösch gesessen hatte, schlug die Beine übereinander, betonte dabei die künstliche Laufmasche in ihren Designerstrümpfen und warf gekonnt ihre Seidenschals zurück. Ihre weinroten Pumps waren so blank geputzt, dass sich die Deckenlampe darin spiegelte.

»Mark hat gesagt, ich soll dich fragen.« Sie räusperte sich.

»Was sollst du mich fragen?«

»Nun ja« – Moniques Finger spielten mit der Bernsteinkette –, »du weißt doch, dass ich eigentlich Psychologin bin, auch wenn ich nur auf der Sozialpädagogenstelle sitze. Ich habe Mark gefragt, ob er nicht Patienten weiß, die ich für meine Weiterbildung therapieren könnte. Natürlich nach der regulären Arbeitszeit«, fügte sie hastig hinzu, als sie Reginas Stirnrunzeln sah.

»Und da hat er dich zu mir geschickt?« Regina konnte es kaum fassen. War das die Retourkutsche dafür, dass sie im Fall Rösch nicht lockerließ?

Monique nickte eifrig. »Er meinte, du hättest ein gutes Händchen, die richtigen Patienten für mich auszusuchen.«

»Meint er?«

Ein weiteres eifriges Nicken.

»An was hättest du denn so gedacht?«

»An Persönlichkeitsstörungen.«

Regina schüttelte den Kopf. »Das halte ich für keinen guten Vorschlag. Aber du könntest mit Herrn Woelk sprechen. Ich glaube, der würde sich freuen.«

»Du meinst den großen Schizophrenen, der immer wieder diese Stimme hört, die ihn beschimpft?«

»Ja, genau der. Er ist inzwischen gut behandelt und sehr nett.«

»Mir fehlt aber noch jemand mit einer Persönlichkeitsstörung, damit ich meine Therapien vollkriege«, maulte Monique.

»Tut mir leid, das ist mir zu riskant.«

»Warum?«

»Weil du nicht zu unserem Team gehörst und deshalb nicht an allen Verlaufsbesprechungen teilnehmen könntest. Aber gerade das ist wichtig bei der Behandlung von Persönlichkeitsgestörten. Das solltest du doch wissen.«

»Dein letztes Wort?«

Regina nickte.

Monique seufzte theatralisch. »Nun gut, einen Versuch war es wert.«

Regina wandte sich wieder ihrem PC zu und hoffte, dass Monique dann gehen würde. Doch weit gefehlt.

»Glaubst du tatsächlich, dass dieser Neue ein Psychopath und kein Schizophrener ist?«

Regina fuhr herum. »Hat Mark dir das erzählt?«

Eifriges Nicken. »Er erzählt mir viel.« Sie klimperte mit den langen Wimpern.

»Tatsächlich?«

»Ich glaube, unser Oberarzt hat eine Schwäche für mich.«

Eine scheue Röte überzog Moniques Wangen, und Regina musste sich beherrschen, um nicht laut zu lachen.

»Tut mir leid, ich muss noch arbeiten«, stieß sie hervor und versuchte, so ernsthaft wie möglich zu klingen.

»Na ja, dann will ich dich nicht länger stören.« Monique erhob sich. »Tschüss dann.«

»Tschüss!«, rief Regina ihr hinterher.

Kaum war die Tür hinter Monique ins Schloss gefallen, griff Regina zum Telefonhörer und wählte Marks Nummer.

»Birkholz«, hörte sie ihn in den Hörer sagen.

»Regina hier. Sag mal, wie kommst du dazu, Monique zu mir zu schicken? Du weißt doch selbst, dass man die nicht auf Patienten loslassen darf, wenn es nicht gerade um Anträge fürs Bekleidungsgeld geht.«

Sie hörte, wie Mark tief Luft holte. »Sie hat mir so lange in den Ohren gelegen, bis ich mir nicht anders zu helfen wusste.«

»Du bist der Oberarzt. Ein klares Nein würde in solchen Fällen reichen.«

Er seufzte.

»Hast du übrigens meinen letzten Therapiebericht über Rösch gelesen?«, fragte sie und wechselte das Thema.

»Ich habe ihn überflogen.«

»Und was meinst du?«

»Ich glaube, er will sich nur wichtigmachen.«

»Du glaubst also nicht, dass er schon früher gemordet hat?«

»Ich habe den Eindruck, du verrennst dich in einer Sackgasse. Und ich habe im Moment Wichtigeres zu tun. Ich will nichts mehr davon hören.«

»Mark, verstehst du denn nicht? Rösch ist …«

»Regina, du verstehst mich nicht«, schnitt er ihr das Wort ab. »Ich will nichts mehr davon hören.«

Auf der anderen Seite klackte es. Fassungslos starrte Regina auf das Telefon. Er hatte es tatsächlich gewagt, zu ihr Nein zu sagen und den Hörer aufzulegen, während er nicht in der Lage war, eine aufgetakelte Vogelscheuche wie Monique in die Schranken zu weisen.

Verrannte sie sich wirklich? Oder hatte Mark einfach nur Angst vor der Wahrheit? Zumal das für ihn doch bedeutet hätte, sich gegen den Chefarzt stellen zu müssen.

15

Er fand es immer wieder ausgesprochen bemerkenswert, wozu der menschliche Körper in der Lage war. Welche Strapazen er überstehen konnte. Wie lange er Kälte, Wind und Wetter trotzen konnte. Und wie sehr man ihn kontrollieren und unter die Herrschaft des Willens zwingen konnte. Der Geist beherrschte den Körper. Eine unumstößliche Wahrheit. Erst wenn der Geist gebrochen war, versagten die Kräfte des Leibes. Zu oft hatte er dies bei seinen Opfern beobachtet.

Doch diesmal ging es um seinen eigenen Körper, dem er Anerkennung für die Fügsamkeit und vor allem Biegsamkeit zollte, mit der er sich unter seinen Geist zwingen ließ.

Es war ihm gelungen, die Enge des Fensters mit Hilfe von vier zusammengebundenen hölzernen Hosenbügeln zu simulieren. Er hatte es nachts versucht, hatte den Wecker unter das Kopfkissen gelegt und auf zwei Uhr gestellt – um diese Zeit dösten die beiden Pfleger der Nachtschicht abwechselnd in ihren Liegesesseln vor sich hin, falls sie nicht irgendeinen reißerischen Actionstreifen in den DVD-Player geschoben hatten. Aber ganz gleich, was sie taten – um diese Stunde hatte niemand Interesse daran, die Patienten zu kontrollieren. Der nächste Rundgang fand erst wieder um fünf Uhr morgens statt.

Anfangs hatte er sein Konstrukt fest unter dem Bett einge-
keilt, inzwischen war er bereits so geübt, dass er durch die
Öffnung klettern konnte, ohne sie herunterzureißen, wenn
sie nur an zwei Stühlen hing. Er stoppte die Zeit mit seiner
Armbanduhr. Sein bester Wert lag bei siebzehn Sekunden.

Die Frage blieb, was er tun sollte, wenn er das Fenster
überwunden hatte. Es gab mehrere Möglichkeiten – er konnte sich aufs Dach ziehen, sich dort flach auf den Bauch legen
und warten, bis die erste Durchsuchung vorüber war. Aber
das Risiko war groß, dass die Polizei einen Hubschrauber an-
forderte, der ihn sofort entdecken würde.

Er konnte auch sofort zum nahe gelegenen U-Bahnhof
Kiwittsmoor laufen und in die nächste Bahn springen. Ob
man ihm so viel Dreistigkeit zutraute? Womöglich schon.
Und dann säße er in der Bahn in der Falle, falls er überhaupt
rechtzeitig einen Zug erwischte.

Am aussichtsreichsten erschien ihm jedoch die Lösung, sich
einfach ein Taxi zu nehmen. Zwar bestand die Gefahr, dass der
Fahrer sich an ihn erinnerte, aber er ging nicht davon aus,
dass die Suchmeldungen im Radio so schnell vorlagen. Zudem
würde man mit Sicherheit seine Kleidung erwähnen. Er hatte
das System längst durchschaut – vor jeder Ausführung wurde
genau dokumentiert, was der Patient trug, um dies bei einer
Flucht sofort an die Polizei weitergeben zu können.

Das konnte er leicht aushebeln. Eine Jeans war kein besonders auffälliges Kleidungsstück. Ein dunkles T-Shirt ebenfalls
nicht. Braune Schnürschuhe trugen ebenfalls viele Männer.
Er musste die Pfleger also von seiner unauffälligen Kleidung
ablenken.

Während er sein Konstrukt aus Kleiderbügeln nach vollendeter Übung wieder auseinanderbaute und in den Schrank hängte, begutachtete er seine Garderobe. Wie wäre es, wenn er das rot karierte Hemd über das T-Shirt zog? Und seine beigefarbene Blousonjacke ließ sich wenden. Von innen war sie dunkelblau. Ob das den Pflegern überhaupt bewusst war?

Wenn er also auf dem Bekleidungsbogen mit kariertem Hemd und beigefarbener Jacke erschien, war es kein Problem, das Hemd verschwinden zu lassen und die Jacke umzudrehen. Schon würde ihn kein Taxifahrer trotz Fahndungsdurchsage erkennen.

Er hatte immer um die zwanzig Euro Bargeld bei sich – mehr durften die Patienten nicht mit sich führen. Aber zehn Euro würden genügen, um sich bis zum Langenhorner Markt fahren zu lassen. Und von dort aus würde er den Bus nehmen.

Sobald er erst einmal sein Ziel erreicht hätte, stünde ihm wieder alles zur Verfügung. Kleidung, Geld, ein sicherer Unterschlupf … Sie alle waren so dumm, die Polizei, die Staatsanwaltschaft, die Ärzte. Keiner von ihnen ahnte etwas.

Selbst der schwarze Mann wäre keine Bedrohung mehr für ihn, wenn er erst dort wäre …

16

Um die Mittagszeit klopfte es an Reginas Bürotür.

»Ja bitte?«

Der Schlüssel drehte sich im Schloss, und Mark trat ein.

»Was willst du?«, fragte sie ihn ungehalten.

»Ich wollte dich fragen, ob du mit zum Essen kommst.«

Regina seufzte. Das war auch wieder typisch. Vor einigen Tagen knallte er ihr den Hörer auf, dann ging er ihr für den Rest der Woche aus dem Weg, und nun tat er so, als wäre nichts gewesen. Eigentlich hätte sie von einem Psychiater erwartet, Konflikte dort zu lösen, wo sie auftauchten. Aber Mark bevorzugte es, sie auszusitzen. Lange genug so zu tun, als wäre nichts geschehen, bis er selbst glaubte, es sei nichts vorgefallen.

Einen Augenblick lang überlegte Regina, ob sie ihn zur Rede stellen sollte, aber dann ließ sie es sein. Sie wusste von früher, dass es keinen Sinn hatte. Er würde ihr entweder ausweichen und sich mit Ausflüchten rechtfertigen oder sie einfach stehen lassen, ihr drei weitere Tage lang aus dem Weg gehen, um dann erneut so zu tun, als wäre nichts gewesen. In diesem Punkt war er unbelehrbar.

»Okay«, sagte sie also und begleitete ihn zum Essen.

Es war wieder ein sehr warmer Sommertag, und auf der Terrasse vor der Kantine gab es kaum noch einen freien Platz.

Immerhin entdeckten sie einen Tisch, an dem sich schon mehrere Kollegen versammelt hatten.

»Ist hier noch Platz?«, fragte Mark.

»Klar, wir rücken gern zusammen«, sagte Bastian, der Psychologe aus der Ambulanz. Regina bemerkte, dass auch Monique am Tisch saß und demonstrativ ihren Stuhl zur Seite schob. »Hier ist noch viel Platz, Mark«, flötete sie in seine Richtung. Der Oberarzt war einen Moment lang unschlüssig, doch da Regina bereits die Lücke neben Bastian besetzt hatte, blieb ihm nichts anderes übrig, als auf Moniques Angebot einzugehen.

Obwohl es so heiß war, trug Monique wieder einen bunten Seidenschal. Diesmal hatte sie allerdings auf die klobige Bernsteinkette verzichtet und dafür eine aus grünen Plastiksteinen gewählt, die wie übergroße Edelsteine geschliffen waren. Ihre Fingernägel waren in demselben Grün lackiert und ihr blondes Haar mithilfe eines grünen Kamms zu einer Hochfrisur aufgesteckt. Wenigstens war ihr Lippenstift nicht grün, auch wenn das Rot in Reginas Augen viel zu knallig wirkte. Manchmal fragte sie sich, ob es an der Uni wohl geheime Kurse gab, in denen ausgewählte Studentinnen der Psychologie lernten, wo es klobige Bernstein- oder Modeschmuckketten gab und wie man einen Seidenschal auf dreiundneunzig verschiedene Arten drapieren konnte. Sie erinnerte sich, wie sie Mark diese Frage vor etwas über einem Jahr gestellt hatte – kurz nach Moniques Einstellung.

»Natürlich gibt es diese Kurse«, hatte er mit todernster Miene geantwortet. »Die fanden immer neben den Räumlichkeiten statt, wo unsereins lernt, wie man unleserlich schreibt.«

Sie hatten beide gelacht, und auf einmal wusste sie wieder, was sie an Mark schätzte, auch wenn er sich derzeit wie ein feiger Waschlappen aufführte.

»Und wann nimmst du dieses Jahr Urlaub?« Monique rutschte näher an Mark heran und sah ihm tief in die Augen.

»Im September.«

»Und wohin geht es?« Sie rückte noch ein Stück näher. Mark schob seinen Teller zur Seite.

»Vorsicht! Du könntest deine schöne Bluse aus Versehen mit Soße bekleckern.«

»Du findest sie schön?« Wimpernklimpern.

»Gleich schlägt das Spinnenweibchen seine Giftzangen in den Hals des Männchens«, raunte Bastian Regina zu. Sie unterdrückte ein Lachen.

Bevor Mark antworten konnte, ging sein Pieper los. Er blickte auf die Anzeige. Dann eilte er zum Telefon. Niemand schenkte ihm weiter Beachtung. Oberärzte wurden des Öfteren beim Mittagessen angepiept, deshalb hing in der Kantine auch ein Telefon an der Wand.

Ein Hubschrauber knatterte über das Gelände hinweg. Unwillkürlich richteten alle die Blicke zum Himmel.

»Das ist nicht der Rettungshubschrauber«, stellte Bastian fest. »Das ist ein Polizeihelikopter.«

»Kannst du das von hier aus erkennen?«, fragte Regina und beschirmte die Augen, um die Einzelheiten im Gegenlicht besser zu erkennen.

»Siehst du, wie er kreist?«, fragte Bastian. »Der ist nicht auf dem Weg zum Landeplatz.«

Der Psychologe hatte zweifellos recht. Inzwischen konnte

Regina sogar die Andeutung des Schriftzugs *Polizei* auf dem Hubschrauber erkennen. Ein unangenehmer Geschmack breitete sich in ihrem Mund aus, und der kam definitiv nicht von dem Grünkernbratling, der noch zur Hälfte vor ihr lag. Polizeihubschrauber über dem Gelände bedeuteten erfahrungsgemäß nichts Gutes.

»Entschuldigt mich bitte.« Sie stand auf und ging ins Kantinengebäude. Der Platz neben dem Telefon an der Wand war leer. Mark musste den zweiten Ausgang genommen haben. Reginas ungutes Gefühl verstärkte sich. Meistens kehrte Mark nach einem Anruf zurück und sagte Bescheid, wenn er ging. Vor allem, wenn er noch nicht fertig gegessen hatte, so wie heute.

Ihre dunkle Ahnung hatte sie nicht getrogen, direkt vor dem Eingang zum Maßregelvollzug standen zwei Polizeifahrzeuge. War jemand geflohen? Wer? Rösch hatte an diesem Tag seinen zweiten Zahnarzttermin. War ihm die Flucht gelungen? Hitze stieg ihr ins Gesicht, ihre Hände wurden feucht.

Der Schlüsselraum war leer. Ungeduldig tippte sie ihre PIN ein, konnte es kaum erwarten, bis der Signalton erklang und der große Schlüssel sich aus der Halterung ziehen ließ. Dann eilte sie auf ihre Station.

Um die Mittagszeit herrschte meist rege Betriebsamkeit auf der Station. Heute nicht. Kein einziger Patient hielt sich im Flur auf, alle Zimmertüren waren verschlossen.

Aus dem Dienstzimmer hörte sie erregte Stimmen. Sie trat ein und entdeckte nur Egon und seine beiden Kolleginnen.

»Was ist los?«, fragte Regina.

»Rösch ist getürmt. Beim Zahnarztbesuch.«

Ihr Herz drohte stehen zu bleiben. Sie hatte es befürchtet, ihn dann aber doch nicht für so dumm gehalten, mit einem angebohrten Zahn zu fliehen. Andererseits, es war eine Wurzelfüllung. Ein toter Nerv würde ihm keine Probleme bereiten.

»War der Chefarzt schon hier?«

Egon nickte. »Er spricht gerade mit der Polizei.«

»Warum hat man mich nicht informiert?«

Egon hob die Schultern. »Denkst du, uns sagt man irgendetwas?«

»Wo ist Proser?«, fragte sie weiter.

»Keine Ahnung. Er hat sich vorhin zum Essen abgemeldet und seither nicht mehr blicken lassen.«

»Weißt du, wie Rösch geflohen ist?«

»Er behauptete, aufs Klo zu müssen. Dann hat er sich irgendwie durch das kleine Fenster gezwängt und ist verschwunden. Die Polizei wurde sofort informiert. Jetzt suchen sie ihn im ganzen Gelände. Aber mehr weiß ich auch nicht.«

Regina nickte. »Ich muss zum Chef«, sagte sie und verließ die Station.

Regina klopfte an der Tür des Chefarztes und vernahm ein sehr ungehaltenes »Herein«. Sie ließ sich nicht beirren und öffnete die Tür. Löhner stand vor seinem Schreibtisch, neben ihm Mark und der Sicherheitskoordinator des Maßregelvollzugs sowie mehrere Männer, die Regina nicht kannte. Deren Haltung ließ jedoch keinen Zweifel daran, dass es sich um Polizeibeamte in Zivil handelte.

»Frau Bogner, das passt jetzt gerade nicht«, sagte Löhner, sobald er ihrer gewahr wurde.

»Ich dachte, ich könnte vielleicht helfen. Schließlich kenne ich Rösch besser als die meisten anderen.«

Der Chef wollte ihr soeben über den Mund fahren, doch einer der Kriminalbeamten wandte sich zu ihr um. »Sie kennen den Entflohenen?«

»Ich bin seine behandelnde Ärztin.«

Der Polizist warf seinem Kollegen einen kurzen Blick zu, der nickte. »Dann sind Sie eine wichtige Zeugin«, sagte er. »Herr Garbsen wird Ihre Aussage aufnehmen. Herr Doktor Löhner, könnten mein Kollege und Frau Doktor … Bogner …« Regina nickte. »Könnten die beiden sich irgendwo ungestört unterhalten?«

»Der Besprechungsraum ist frei«, antwortete der Chefarzt. Dabei musterte er Regina mit eindringlichem Blick. Ihr Erscheinen schien ihn massiv zu ärgern. Oder war diese Verärgerung nur die Maske, hinter der er seine Furcht vor ihrer Aussage verbarg? Warum sonst sollte er sie heraushalten wollen?

Ich werde noch selbst paranoid, dachte sie bei sich und folgte Herrn Garbsen in den Besprechungsraum.

»Sie sind also die behandelnde Ärztin?«, fragte Garbsen, als sie im Besprechungsraum Platz genommen hatten. Es war ungewohnt, in dem riesigen Raum nur zu zweit zu sitzen.

»Ja«, bestätigte sie.

»Gab es irgendwelche Hinweise auf Fluchtgedanken des Patienten?«

»Nein«, erwiderte Regina. »Sein Zahnarztbesuch war auch

nicht vorgetäuscht. Es wurde tatsächlich eine Wurzelbehandlung vorgenommen. Dies war sein zweiter Termin. Allerdings …«

»Ja?«, fragte Garbsen nach.

»Ich mache mir große Sorgen. Ich bin mir sehr sicher, dass er wieder morden wird. Er hat in der Therapie gewisse Andeutungen gemacht.«

»Erzählen Sie mir davon!«

Regina fasste ihre bisherigen Therapiegespräche zusammen, berichtete auch von seinen Psychospielchen. Nur Nyala erwähnte sie wieder nicht. Garbsen schrieb eifrig mit, während er ihr zuhörte, fragte ein paarmal nach und notierte wieder etwas. Es war ein gutes Gefühl, endlich einmal von jemandem ernst genommen zu werden.

»Frau Doktor Bogner, wohin könnte er sich Ihrer Ansicht nach gewandt haben? Die Personenüberprüfung ergab, dass seine Mutter in Hamburg lebt. Hat er je von ihr gesprochen?«

»Nein.«

»Oder alte Schulfreunde? Kontakte, die bestanden, bevor er nach Afrika ging?«

Regina schüttelte den Kopf.

»Hat er jemals Besuch bekommen?«

»Nein. Er schien ein völliger Einzelgänger zu sein.«

Der Polizeibeamte notierte es.

»Fällt Ihnen sonst noch etwas ein, das wichtig für uns sein könnte?«, fragte er abschließend.

Regina dachte nach. Sie hatte gesagt, was sie über Rösch wusste, und ihre größte Angst benannt – dass er wieder morden würde.

»Nein, das ist alles«, sagte sie.

»Vielen Dank, Frau Doktor. Sollte Ihnen sonst noch etwas einfallen, rufen Sie mich an.« Er reichte ihr seine Visitenkarte. *Kriminaloberkommissar Andreas Garbsen.*

»Danke sehr.« Regina steckte die Karte in ihr Portemonnaie.

Als sie zusammen mit Garbsen den Besprechungsraum verließ, schien Mark auf sie gewartet zu haben.

»Ich muss mit dir sprechen«, sagte er. Seine Stimme klang ernst, und schon seine Körperhaltung zwang sie zurück in den Besprechungsraum.

»So dringend?«, fragte sie, doch Mark antwortete erst, als er die Tür hinter ihnen geschlossen hatte.

»Was hast du dir dabei gedacht?«, fauchte er sie an.

»Wovon sprichst du?«

»Einfach in Löhners Zimmer zu platzen und dich den Polizisten aufzudrängen! Der Chef ist äußerst verärgert darüber.«

»Nun mach mal halblang.« Sie ließ sich auf einem der Stühle nieder. »Ich hielt es für meine Pflicht, meine …«

»Was deine Pflicht ist, entscheidet immer noch der Chefarzt!«, brüllte Mark. »Verdammt, es ist wichtig, dass wir in einer so brisanten Situation nur mit einer Stimme sprechen. Was kommt als Nächstes? Ein Interview mit *Bild*-Reportern?«

Er lief unruhig vor ihr auf und ab.

»Sag mal, dreht ihr hier gerade alle durch? Ich habe eine Aussage gemacht, die der Polizei helfen soll, Rösch so schnell wie möglich wieder einzufangen. Das ist das Normalste von der Welt. Keiner kennt ihn so gut wie ich, denn …«

»Das ist es eben!«, schrie Mark. »Du bildest dir ein, alles

über ihn zu wissen. Hast du etwa auch behauptet, wir hätten ihn falsch diagnostiziert und nur du kennst die Wahrheit?«

»Könntest du bitte aufhören, wie eine aufgedrehte Spielzeugpuppe hin und her zu rennen?«

»Ich bin nervös!«

»Das merke ich. Gut, dann hör mir zu. Ich habe nur gesagt, was ich dir auch längst gesagt habe und was in meinen Therapieberichten steht. Ich bin mir sicher, dass Rösch gefährlich ist. Er wird versuchen, sich den Kick des Tötens erneut zu holen. Hätte ich das verschweigen sollen?«

Mark blieb endlich stehen und setzte sich ihr gegenüber auf einen Stuhl. »Nein«, gab er zu. »Aber die Sache ist kompliziert. Du weißt doch selbst, was passiert, wenn die Presse Wind bekommt. Die machen gleich einen Riesenzirkus. Dann heißt es wieder, alle psychisch Kranken sind gefährlich, unsere Arbeit wird in den Schmutz gezogen, und ganze Entlassungsplanungen für Patienten, die sich seit Jahren gut führen, sind plötzlich infrage gestellt.«

»Ich habe mit einem Polizisten geredet. Nicht mit der Presse. Und wenn Löhner das nicht passt, hätte er mich ja von Anfang an mit einbeziehen und instruieren können. Rösch ist schließlich mein Patient.«

»Du kennst Löhner doch.« Mark seufzte. »Der regelt alles autokratisch.«

»Eben.« Regina verschränkte die Arme vor der Brust. »Deshalb bin ich dazugekommen. Weil es wichtig ist, dass jemand, der Rösch kennt, ein paar Hintergrundinfos rausgibt. Verdammt, Mark, wenn Löhner schlau wäre, ließe er mich mit der Polizei zusammenarbeiten. Ich könnte …«

»Hör bitte auf mit diesem Unfug!«, unterbrach der Oberarzt sie. »Du weißt, dass das das Allerletzte wäre, was Löhner will. Kümmere dich um deine übrigen Patienten. Rösch ist ab sofort Leitungsangelegenheit.«

»Aber ...«

»Kein Wort mehr!«, unterbrach Mark sie mit ungewohnter Bestimmtheit. »Du wirst dich aus dem Fall heraushalten und dich nur dann dazu äußern, wenn du gefragt wirst, ist das klar?«

Fassungslos starrte Regina ihren Kollegen an. Sie hatte geglaubt, ihn nach drei Jahren gut zu kennen. Doch mittlerweile hatte sie den Eindruck, einem völlig Fremden gegenüberzustehen.

»Ist das klar?«, wiederholte er nachdrücklich.

»Ich habe dich sehr gut verstanden«, erwiderte sie.

»Ich hoffe, du hältst dich auch daran«, sagte er und verließ den Besprechungsraum.

17

An diesem Abend fand Regina die Leere in ihrer Wohnung noch unerträglicher als in den Tagen zuvor. Missmutig zappte sie sich durch das Fernsehprogramm. Am liebsten hätte sie sich irgendeine DVD eingeschoben, aber ein innerer Drang trieb sie regelrecht durch die Regionalprogramme, immer auf der Suche nach Neuigkeiten über Rösch, obwohl sie selbst vermutlich mehr wusste als jeder Journalist.

Wenige Stunden nach seiner Flucht hatte die Presse davon erfahren, und seither belagerten Kamerateams und Reporter das Klinikgelände. Nur mit Mühe und Not hatte Regina sich unbemerkt zum Parkplatz stehlen können und war nach Hause gefahren. Seither durchsuchte sie die Sender. Im Fernsehen gab es fast ausschließlich Vermutungen, denn die Klinik hatte durch ihren Pressesprecher nur eine kurze Stellungnahme verlesen lassen, in der die Flucht bestätigt wurde. Keine Interviews, keine weiteren Informationen.

Als sie denselben Bericht zum wiederholten Mal in verschiedenen Programmen gesehen hatte, klingelte das Telefon. Sie schaltete den Fernseher ab und hob ab. Es war Florence.

»Hallo, Regina!« Die Stimme der Freundin überschlug sich fast. »Im NDR haben sie gerade berichtet, dass einer eurer Mörder geflohen ist. Ist das wahr?«

Regina seufzte. Warum musste Florence sich ausgerechnet

heute Abend in ihrer ewigen Neugier wie eine sensationslüsterne Reporterin ans Telefon hängen?

»Du weißt, dass ich dir darüber keine Auskunft erteilen darf.« Sie verbarg nur mit Mühe, wie genervt sie von dieser Frage war.

Florence schien nichts zu merken. »Aber du kennst den Typen, oder?«

»Was macht eigentlich Udo?«, wechselte Regina abrupt das Thema. »Du hast mir bis heute nicht erzählt, was der Knabe in deinem Shop gekauft hat.«

»Bist du etwa doch an Udo interessiert?« Florence lachte.

»Mir ist sogar ein Gespräch über Udos Glasaugen lieber als über meine Arbeit. Respektierst du das?«

Florence seufzte so laut, dass Regina den Luftzug durch die Telefonleitung hindurch im Ohr zu spüren glaubte.

»Na schön, Regina. Sag mal, was hältst du davon, wenn wir uns morgen treffen?«

»Um was zu tun?«

»Nun sei nicht so skeptisch.« Florence lachte erneut. »Worauf auch immer du Lust hast. Wie wäre es mit einem Wellnessabend in der Bartholomäus-Therme?«

»Kein schlechter Vorschlag«, gab Regina zu. Sie war bereits ein paarmal mit Florence in dem eleganten Schwimmbad gewesen, das architektonisch an einen antiken Badetempel erinnerte. Vielleicht war ein derartiger Ausflug genau das Richtige, um wieder auf andere Gedanken zu kommen.

»Holst du mich morgen nach deiner Arbeit am Shop ab?«, fragte Florence weiter. »Shelly wird den Laden dann später für mich abschließen.«

»Ist in Ordnung. Ich bin so gegen achtzehn Uhr bei dir. Bis morgen dann.« Sie legte auf, froh, das Telefonat so knapp gehalten zu haben. Die Leere war zurückgekehrt, aber das war ihr lieber, als weiter von Florence ausgefragt zu werden. Natürlich konnte es sein, dass ihre Freundin das auch morgen in der Therme versuchen würde. Aber beim gemeinsamen Schwimmen müsste sie einfach nur das Tempo anziehen, und Florence ginge die Luft zum Fragen aus.

Mein Gott, was für ein fieser Gedanke!, dachte sie bei sich. Natürlich wird Florence meinen Wunsch respektieren. Sie seufzte. Manchmal schien die Bösartigkeit der Patienten schon auf sie abzufärben.

Eine Weile überlegte sie, ob sie selbst jemanden anrufen sollte, aber dann wurde ihr bewusst, wie wenige Kontakte sie seit ihrer Rückkehr aus Afrika pflegte. Die meisten gehörten zu Florence und ihrem Umfeld. Eine alte Schulfreundin aus ihrer Kinderzeit war noch geblieben, aber die hatte derzeit zu viele eigene Probleme und verwandelte jedes Telefonat in eine persönliche Psychotherapie für sich selbst. Und darauf hatte Regina wahrhaftig keine Lust.

Ob Florence deshalb ständig solche Typen wie Udo anschleppte? Weil sie längst erkannt hatte, wie einsam ihre Freundin tatsächlich war? Nur war sich Regina selbst bis zu Anabels Frankreichreise nie darüber bewusst geworden. Im Gegenteil, sie war froh, wenn sie einmal zur Ruhe kam, wenn sie tun und lassen konnte, was ihr gefiel. Zeit war immer ein Luxus in ihrem Leben gewesen. Aber in den letzten Tagen schien sich dieser Luxus in einen Fluch zu verwandeln.

Eigentlich bin ich seit meiner Rückkehr aus Afrika immer

nur vor dem Leben davongelaufen, dachte sie. Gab es überhaupt noch etwas, das sie selbst ausmachte? Oder lebte sie nur noch für Anabel und ihre Arbeit? Um vor der verdammten Leere zu fliehen, die sie seit Thengas Tod und den damit zusammenhängenden Umständen umgab.

In der Klinik war Röschs Flucht am nächsten Tag in aller Munde. Gewöhnlich lag immer nur die *Bildzeitung* im Sozialraum herum, aber an diesem Morgen wühlten sich die Pfleger beim Frühstück durch sämtliche Tageszeitungen, die sie ergattern konnten. Die Berichte reichten von großen Schlagzeilen wie *Irrer Mörder auf der Flucht* bis zu kleinen Artikeln, die nur eine Spalte umfassten und relativ sachlich berichteten.

In der Frühbesprechung, an der alle Ärzte und Therapeuten der Abteilung teilnahmen, wirkte der Chefarzt gereizt, obwohl er nach außen hin einen gefassten Eindruck zu vermitteln suchte.

»Er ist medikamentös gut eingestellt, die Halbwertszeit reicht noch eine Weile aus. Also können wir davon ausgehen, dass es zu keinerlei Zwischenfällen kommt«, lautete seine Aussage. Mark saß neben dem Chefarzt. Als Regina ihm einen eindringlichen Blick zuwarf, wich er ihr aus und betrachtete intensiv den Kugelschreiber in seiner Hand.

So wie Mark ihrem Augenkontakt ausgewichen war, so wich er ihr auch während des ganzen Tages aus. Über die Chefsekretärin erfuhr sie zwar, dass Dr. Löhner ständig mit irgendwelchen wichtigen Leuten von Polizei, Behörde und Presse telefonierte. Worum es ging, blieb allerdings ein Geheimnis. Regina wusste nicht einmal, ob Mark in alles eingeweiht war.

Die Atmosphäre auf der Station war angespannt. Die Patienten fürchteten um ihre Lockerungen. Regina hatte schon einmal eine Flucht miterlebt, ganz am Anfang ihrer Tätigkeit im Maßregelvollzug. Aber damals war ein Mann vom Freigang nicht zurückgekehrt – aus Scham, weil er wieder zu Drogen gegriffen hatte. Die Presse hatte erst davon erfahren, als der Betroffene längst aufgegriffen und zurückgebracht worden war.

Diesmal war es anders. Die Reporter lungerten immer noch auf dem Krankenhausgelände herum. Und dann gab es da natürlich noch jene Patienten, die selbst bei Zeitungen oder Fernsehsendern anzurufen versuchten, um Informationen und Interviews teuer zu verkaufen. Das wiederum hatte zur Folge, dass die Telefonzeiten massiv eingeschränkt wurden und die Pflegekräfte nur noch per Hand Anrufe in den stationseigenen Telefonzellen vermittelten.

Im Aufenthaltsraum lief rund um die Uhr der Fernseher. Die Patienten gierten nach jeder neuen Nachricht. Die meisten hofften, dass Rösch bald eingefangen würde, damit wieder Ruhe und Normalität einkehrten. Nur Leute wie Rosenfeld liefen mit zufriedenem Gesicht über den Flur und schienen zu triumphieren, dass jemand die verhasste Klinik einmal so richtig vorführte.

Am Nachmittag löste sich die Spannung endlich. Die Kamerawagen verschwanden so plötzlich, dass Regina sich fragte, ob irgendwo etwas derartig Aufsehenerregendes passiert war, dass Röschs Flucht den Reportern klein und mickrig vorkam. Doch ihre Sorge blieb. Würde die Polizei Rösch fassen, bevor er abermals töten konnte? Sie zweifelte nicht daran, dass er den nächsten Mord beginge, sobald er Gelegenheit dazu bekäme.

Sie grübelte noch darüber nach, als sie längst mit Florence im warmen Wasser der Bartholomäus-Therme lag und sich von den Sprudeldüsen am Beckenrand massieren ließ.

»Du bist heute sehr einsilbig«, stellte die Freundin fest.

»Ich rede tagsüber schon genügend in meinem Job«, wich sie aus. Dabei war es weniger das Reden. Das Zuhören war viel anstrengender.

Florence nickte verständnisvoll.

»Was ich dich schon immer fragen wollte …« Florence rückte ein wenig näher. »Warum hast du dir eigentlich diesen Job gesucht, als du nach Hamburg zurückgekehrt bist? Hätte es nicht genügend andere Stellen gegeben?«

»Du meinst, warum ausgerechnet psychisch kranke Straftäter?«

Florence nickte.

Regina ließ sich ins Wasser zurücksinken und von dem Strudel treiben. Treiben … ja, das war es wohl, sie hatte sich treiben lassen. Nach Thengas Tod hatte sich so vieles in ihrem Leben verändert.

»Ich brauchte eine unbefristete Stelle. Die übrigen waren auf maximal drei Jahre befristet.«

»Ist das der einzige Grund?« Florence wirkte überrascht. »So banal?«

Regina ließ den Blick durch die Therme schweifen, betrachtete die Liegestühle, die Menschen, die dort lagen. Einige lasen Bücher, viele dösten nur vor sich hin. Zwei junge Mädchen flochten sich gegenseitig Zöpfe.

»Ich weiß nicht«, gab sie schließlich zu. »Vielleicht steckt wirklich mehr dahinter. Ich hoffte, etwas bewirken zu können. Darauf achten zu können, dass gefährliche Menschen nicht zu früh freikommen, um neues Unheil anzurichten.« Sie seufzte. »Aber letztendlich habe ich gar keinen Einfluss darauf. Ich bin ein Rädchen, das nichts bewirken kann.«

»Wenn ein Rädchen in einer großen Maschine versagt, ist die Maschine kaputt«, stellte Florence fest.

»Wer weiß. Manchmal bleiben Teile übrig, wenn eine Maschine repariert wurde. Aber sie funktioniert trotzdem. Ich bin wohl eins der überflüssigen Teilchen. Nicht mehr.«

»He, das klingt, als müsstest du dich bald selbst wegen Depressionen behandeln lassen!« Die Afrikanerin spritzte ihrer Freundin spielerisch einen Schwall Wasser entgegen.

»Ich wusste gar nicht, dass *du* jetzt die Diagnosen stellst.«

»Ich kenne dich seit drei Jahren, Regina. Und in der ganzen Zeit gab es keinen einzigen Mann in deinem Leben. Warum nicht?«

»Es wird nie einen Mann geben, der Thenga ersetzen könnte. Außerdem habe ich keine Zeit dafür.«

»Es ist nicht gut, wenn du zu lange allein bist.«

»Ach, und was ist mit dir? Soweit ich weiß, liegt deine Scheidung bereits vier Jahre zurück.«

»Ich habe Freunde.« Florence rekelte sich im Wasser, strich sich mit unbewusster Geste über den weißen Bikini, der sich ausgesprochen reizvoll von ihrer dunklen Haut abhob.

»Mir steht nicht der Sinn nach belanglosen Liebschaften.«

»Warum nicht?«

»Ich wüsste nicht, warum ich das vor dir rechtfertigen sollte.«

»Du musst dich nicht rechtfertigen, Regina. Ich will dir doch nur helfen. Weißt du, als ich mich scheiden ließ, spürte ich auch so eine Leere. Ich hatte keine Lust, mich neu zu binden. Liebhaber sind da viel praktischer.«

»Vielleicht ist das der Unterschied«, widersprach Regina. »Du bist geschieden. Mein Mann ist tot.«

Florence senkte den Blick. »Du hast mir nie erzählt, wie er gestorben ist.«

»Nein«, gab Regina zu. Seit ihrer Rückkehr hatte sie niemandem von Thenga erzählt. Nicht von seinem Leben und erst recht nicht von seinem Tod. Und dabei wollte sie es auch belassen.

Florence sah sie aufmunternd an, doch Regina ging nicht darauf ein. Stattdessen stieß sie sich von der Wand des Schwimmbeckens und den Massagedüsen ab und legte kräftige Schwimmstöße vor, um das Becken zu durchpflügen. Florence folgte ihr, hatte aber nicht Reginas Ausdauer, und es gelang ihr nicht, sie einzuholen.

Nachdem sie drei Bahnen auf diese Weise zurückgelegt hatten, kehrte Regina zu den Massagedüsen zurück.

Florence hängte sich schwer atmend daneben an den Beckenrand.

»Du bist mir zu schnell«, keuchte sie.

»Dann solltest du mehr trainieren.«

»Weißt du, warum ich mich bisher nicht wieder gebunden habe?«, fragte Florence schließlich.

»Nein.«

»Möchtest du's hören?«

Regina zögerte kurz. Wenn Florence von sich selbst sprach, würde sie immerhin keine Fragen stellen.

»Wenn du es mir erzählen möchtest.«

»Mein Mann war Deutscher«, begann Florence. Regina nickte. Sie hatte Fotos von ihm gesehen. »Anfangs war alles wunderbar. Aber irgendwann haben wir begriffen, dass wir uns nur in das Bild verliebt hatten, das wir uns voneinander gemacht hatten. Unsere Beziehung hielt der Realität nicht stand. Wir waren zu verschieden. Es gab kulturelle Unterschiede, die selbst die Liebe nicht überbrücken konnte.« Florence trat lustlos mit den Füßen im Wasser, bis es spritzte.

»Andererseits«, fuhr sie fort, »war ich zu sehr ein Kind zwischen beiden Welten geworden. Ich bin hier zur Schule gegangen, Regina. Seit ich zwölf bin, lebe ich in Deutschland. Ich habe die deutsche Staatsbürgerschaft, aber meine Wurzeln werden immer afrikanisch bleiben.«

»Was hat das mit der Liebe zu tun?«

»Es hat nicht mit deutschen Männern funktioniert, aber auch nicht mit Afrikanern. Ich stehe zu sehr zwischen allem. Da ist es einfacher, auf lockere Bekanntschaften auszuweichen, die gewisse Bedürfnisse erfüllen.« Florence seufzte.

»Glaubst du wirklich, es liegt daran, dass du in zwei Kulturen lebst? Vielleicht hast du einfach nie den Richtigen getroffen. Den Mann, der bereit war, dich so zu sehen, wie du bist. Unabhängig von deiner Hautfarbe.«

»Hat Thenga dich so gesehen?«

Regina zuckte zusammen. Den Namen ihres Mannes aus

Florence' Mund zu hören, war so, als würde ihr eine Nadel unter die Haut geschoben. Dennoch drängte es sie, der Freundin zu antworten.

»Bei Thenga und mir war es keine Liebe auf den ersten Blick«, begann sie. »Wir waren Kommilitonen. Wir haben uns gut verstanden und gemeinsam für Klausuren und Prüfungen gelernt. Er hatte das große Glück, ein Stipendium erhalten zu haben. Von Anfang an wollte er Chirurg werden, um den Menschen in seiner Heimat zu helfen. Für ihn war es nie die Frage, in Deutschland zu bleiben. Er wollte immer zurück in den Sudan.«

»Und dann bist du ihm gefolgt?«

Regina schüttelte den Kopf. »So einfach war das nicht. Weißt du, meine Eltern waren tolerante, aufgeschlossene Menschen. Sie hatten nichts gegen Thenga, und wenn er zum Lernen zu mir kam, war er immer willkommen. Als wir ihnen jedoch mitteilten, dass wir eine gemeinsame Zukunft planten, waren sie erschüttert. Meine Mutter meinte, wir sollten keine Kinder bekommen, die hätten es doch so schwer.« Regina atmete tief durch. »Sie meinte es nur gut. Es tat aber trotzdem weh. Zum ersten Mal wurde mir deutlich, dass sie Thenga als Menschen zwar schätzte, dass er aber nur ein Schwiegersohn zweiter Klasse war. Seine Hautfarbe war in ihren Augen letztlich doch ein Makel, der auf unsere Kinder übergehen würde.«

»Das ist leider in vielen Fällen so«, meinte Florence.

»Ich glaube, das hängt von der Sichtweise ab. Ist es wirklich ein Makel, oder ist es nicht vielmehr etwas, das dein Gegenüber zur Ehrlichkeit zwingt? Es geht letztendlich doch gar nicht um die Hautfarbe. Es geht darum, wofür sie steht.« Regina ließ sich wieder von dem Strudel treiben. »Mein Vater, der Thenga wirklich mochte, fragte ihn dann sehr direkt, ob es in seiner Heimat üblich sei, mehrere Frauen zu haben. Thenga und seine Familie hingen den alten animistischen Religionen an. Wären sie Christen gewesen, hätte sich mein Vater vermutlich leichtergetan. Moslems hätte er vermutlich weit weniger toleriert. Immer wollte er nur das Beste für mich. Er hatte größte Befürchtungen, ich könnte in einen Kulturkreis geraten, in dem ich als Frau unterdrückt würde.«

»Und was antwortete Thenga auf die Frage deines Vaters?«

»Er gab zu, dass sein Großvater tatsächlich drei Frauen hatte. Sein Vater schon nicht mehr. Es sei glücklicherweise nicht Pflicht, mehr als eine Frau zu haben, sagte er zu meinem Vater. Sonst hätte er womöglich gar nichts mehr zu melden, falls er zwei von meiner Sorte an seiner Seite hätte.« Regina lachte. »Da war das Eis gebrochen. Mein Vater und Thenga hatten den gleichen Humor.«

»Und dann bist du ihm in den Sudan gefolgt?«

»Nein.« Regina schüttelte den Kopf. »So einfach war das nicht. Wir wussten beide, dass wir unsere Liebe auf diese Weise womöglich zerstört hätten. Niemand von uns konnte seine Heimat dauerhaft aufgeben. Also wählten wir einen geeigneten Kompromiss. Wir bewarben uns bei *Ärzte ohne Grenzen* und sorgten dafür, dass wir im Sudan eingesetzt wurden. Das war nicht so einfach, aber Thengas Herkunft sprach für uns. Er kannte die Gegend und die Menschen. So waren wir also in seiner Heimat, aber gleichzeitig unter dem Schutz einer deutschen Dachorganisation. Wir haben dort mit zahlreichen

Hilfsorganisationen zusammengearbeitet, zunächst Nothilfe geleistet, schließlich ein eigenes Krankenhaus eingerichtet. Ich habe mich vor allem um die traumatisierten Frauen und Kinder gekümmert, Thenga war als Chirurg tätig. Es war eine harte Zeit, aber wir hatten das gleiche Ziel – den Menschen zu helfen. Weißt du, Florence, ich glaube, das Wichtigste in einer Beziehung sind gleiche Ziele. Deshalb war Thenga der ideale Mann für mich und ich die perfekte Frau für ihn. Und als Anabel geboren wurde, waren wir die glücklichsten Menschen der Welt.«

Eine Weile schwiegen sie. Florence hielt sich am Rand des Beckens fest und bewegte die Beine weiter im Wasser auf und ab.

»Gleiche Ziele«, wiederholte sie nachdenklich. »Jürgen und ich hatten eigentlich nie die gleichen Ziele. Außer im Bett.« Sie kicherte.

»Und da wunderst du dich, dass es nicht auf Dauer klappte?«

»Du hast wohl recht«, gab Florence zu. Wieder schwiegen sie. Regina betrachtete die hohe Decke des Schwimmbads und merkte, wie ihre Gedanken gegen ihren Willen zu Rösch zurückkehrten. Warum ausgerechnet jetzt? Warum musste sie plötzlich wieder die grausamen Bilder seines Mordopfers vor sich sehen?

Plötzlich begriff sie – der Gedanke war ihr schon früher gekommen. Rösch hatte den Sexualakt und die Entbindung per Kaiserschnitt auf perverse Art imitiert. Als ein blutiges, sadistisches Ritual, durch das er die Lebensenergie der Sterbenden zu spüren hoffte. Ging es Rösch wirklich nur ums Morden? Oder war dies sein abartiger Versuch, eine Beziehung herzustellen? Wenn auch nur für den Moment des Sterbens? War seine Beziehungsunfähigkeit der Schlüssel? Aber worin lag die Ursache begründet?

Gleichzeitig hatte er auch eine Beziehung zu ihr aufbauen wollen. Gleiche Ziele … Immer wieder hatte er versucht, ihr deutlich zu machen, dass sie so wie er sei. Und er wusste von Nyala …

Trotz des warmen Wassers der Therme fröstelte Regina auf einmal, und eine unerklärliche Angst ergriff Besitz von ihr.

18

Bislang war alles nach Plan verlaufen. Niemand hatte sich ihm in den Weg gestellt. Das Versteck war unberührt. Er lachte leise vor sich hin. Wie einfach war es doch gewesen! Er besaß die Kontrolle. Er hatte sie immer besessen.

Eigentlich hatte er sich vorgenommen, etwas mehr Zeit verstreichen zu lassen, bevor er die entscheidende Duftmarke setzte, aber der Adrenalinkick nach seiner gelungenen Flucht war so stark gewesen, dass er nicht länger warten konnte. Er musste es tun, jetzt, sofort. So wie damals, als er noch regelmäßig auf die Jagd gegangen war. Beim letzten Mal wollte er sich fassen lassen, aber diesmal würde er ihnen zeigen, dass er unter ihren Augen tun und lassen konnte, was er wollte.

Er packte seinen Rucksack und steckte auch etwas Geld ein. Sorgen, dass ihn jemand erkannte, machte er sich nicht, denn er hatte nicht nur die Kleidung gewechselt, sondern auch sein blondes Haar dunkelbraun gefärbt. Er wusste aus Erfahrung, dass die meisten Menschen schlechte Beobachter waren. Änderte man nur ein hervorstechendes Merkmal, wurde man unsichtbar. Er hatte es oft genug erfolgreich praktiziert. Bis auf einmal war Kashka immer darauf hereingefallen.

Kashka … Er spie den Namen regelrecht aus. Ob der Kerl wohl noch in Deutschland weilte? Eigentlich gab es keinen

Grund mehr nach seiner Verurteilung. Aber vielleicht wäre es doch besser, noch etwas zu warten. Unschlüssig betrachtete Rösch den Rucksack, in dem er sein Messer, den Hammer, die Nägel und den Draht verstaut hatte. Andererseits, wenn Kashka bisher nicht verschwunden war, brächte es nichts, weiter darauf zu hoffen. Wenn es sein musste, würde er mit ihm schon fertigwerden.

Vielleicht wäre es sogar ganz reizvoll, das Jagdspiel fortzusetzen. Nur diesmal mit umgekehrten Vorzeichen. Immerhin war Deutschland seine Heimat, und diesmal wäre Kashka der Fremde.

Er schulterte den Rucksack und verließ das Versteck. Obwohl es bereits nach Mitternacht war, fuhren noch Autos auf der Straße. Er nahm den Nachtbus zum Hauptbahnhof. Dort würde er bestimmt bald fündig.

Er kannte die einschlägigen Ecken. Billige Huren, die sich entweder für Drogen oder brutale Zuhälter prostituierten. Es dauerte auch nicht lange, bis er angesprochen wurde. Doch keins der Mädchen passte in sein Beuteschema. Blasse, magere Gestalten, die Arme mit blauen Flecken und Abszessen übersät – nein, das war nichts für ihn. Er wollte das Leben spüren, keine barmherzige Sterbehilfe an ausgebrannten Junkies vollziehen.

Plötzlich sah er sie. Ihre Haut war so dunkel, dass er auf den ersten Blick nur ihre weiße Bluse und das rot gefärbte Haar sah. Die Art, wie sie es trug, erinnerte ihn an die Himba in Namibia. Ihre Hüften waren breit, die Brüste üppig. Keins dieser verhungerten Drogengestelle, die sich hier sonst anboten. Er trat näher auf sie zu.

Sie lächelte ihn an. »Hallo!«, flötete sie mit englisch klingendem Einschlag. Er erwiderte ihr Lächeln.

»Wie viel willst du haben?«

»Was willst du, Süßer?« Sie strich ihm über die Schulter.

»Ein bisschen Lebendigkeit spüren.«

»Fünfzig mit Gummi.«

Er nickte, fragte lieber nicht, was sie verlangt hätte, wenn sie aufs Gummi verzichtete.

Sie hakte sich bei ihm unter, steuerte das nächstgelegene Stundenhotel an, doch er hielt sie zurück.

»Es ist so eine schöne Nacht«, flüsterte er. »Ich will es da hinten unter freiem Himmel.«

»Dann kostet es sechzig.« Sie hielt ihm die geöffnete Hand entgegen.

Ah, sie schien am Umsatz des Stundenhotels beteiligt zu sein. Er nickte abermals, zog einen Fünfziger und einen Zehner hervor. Gierig griff sie nach dem Geld und ließ es in ihrer Tasche verschwinden.

Er führte sie in Richtung der Außenalster. Es gab dort ein paar dunkle Ecken, versteckt hinter verlassenen Bootsschuppen, die für sein Vorhaben perfekt geeignet waren. Doch plötzlich zögerte die Hure.

»Weiter gehe ich nicht.«

»Aber hier sieht uns jeder. Komm! Dort hinten ist es besser.« Er deutete in eine unbestimmte Richtung in der Dunkelheit.

»Nein.« Sie blieb demonstrativ stehen. Rösch seufzte. »Gut, dann gib mir meine sechzig Euro zurück!«

Im Schein der schmalen Laternen sah er, wie die Geldgier in ihre Augen zurückkehrte. Nie und nimmer würde sie ihm das Geld zurückgeben.

»Hier!«, beharrte sie.

»Dort drüben«, widersprach er.

»Hier, oder du kannst gehen. Ohne dein Geld und ohne Service.« Zu der Geldgier in ihren Augen gesellte sich ein harter Zug. Verdammte Nutte, glaubte wohl, sie würde hier die Spielregeln bestimmen und könnte ihn wie Dreck behandeln. Andererseits machte das sein Spiel auch amüsant. Er hatte es stets genossen, wenn die Huren sich wie Prinzessinnen aufführten, größenhaft von sich überzeugt, wenn sie glaubten, der Freier sei so fickerig, dass er alles mit sich machen ließ und dafür auch noch zahlte. Aber bislang hatte er es noch allen ausgetrieben und zugesehen, wie der habgierige, überlegene Blick erlosch und die Flamme der Todesangst in ihren Augen tanzte.

»Ich gebe dir noch zehn Euro, wenn du bis dort hinten mitkommst«, sagte er mit sanfter Stimme.

Sie zögerte, dann nickte sie. Er lächelte zufrieden. Huren waren so leicht zu durchschauen.

»Erst das Geld!«, verlangte sie. Er gab es ihr.

Trotz ihrer Zusage folgte sie ihm nur zögernd in die Dunkelheit. Ihre Schritte wurden kürzer, schneller, so als wolle sie es rasch hinter sich bringen. Sie hatte Angst, er spürte es genau. So war es immer. Es war, als würden die Weiber von einer inneren Stimme gewarnt, aber sie hörten nicht darauf. Er hatte sich oft gefragt, woran das wohl liegen mochte. War es das Geld? Oder war es der eigene Stolz? Während er mit der Hure in Richtung eines verlassenen Bootsschuppens ging, erinnerte er sich daran, wie er selbst diese Stimme verleugnet hatte. Das einzige Mal in seinem Leben. Er hatte einen hohen Preis gezahlt, aber er hatte daraus gelernt. Seine Instinkte waren immer richtig. Sie zu verleugnen kam einem Todesurteil gleich.

Der Schuppen war durch eine rostige Kette mit Vorhängeschloss gesichert. Aber eines der Bretter war locker. Zwei Tritte, dann konnte er es weit genug beiseiteschieben, um mit der Hure in den Schuppen zu kriechen.

In dem Bootshaus war es stockfinster. Er zog eine Taschenlampe aus seinem Rucksack.

»Du bist gut vorbereitet«, sagte die Hure. Es hörte sich so an, als wolle sie sich nur versichern, ob ihr die Stimme noch gehorchte. Trotz ihrer Abgebrühtheit hatte sie Angst.

»Ich bin immer gut vorbereitet«, sagte er. Neben dem Steg dümpelte ein altes Ruderboot im Wasser. Es war noch aus Holz gezimmert, der blaue Anstrich überall abgeblättert. Am Bug stand *Möwe 17*.

»Leg dich hin!«

»Auf den Steg?«

»Wohin sonst?«

Sie zögerte.

»Hast du nicht gehört?«, herrschte er sie an. Sie zuckte zusammen, rührte sich aber nicht weiter. Kämpfte ihr Instinkt gegen ihren Verstand? Wollte sie fortlaufen, aber fürchtete um das Geld? Nun, sie konnte ihm ohnehin nicht mehr entkommen. Er würde sie packen, bevor sie sich durch den schmalen Spalt im Schuppen gepresst hätte.

»Ich helfe dir«, flüsterte er ihr mit sanfter Stimme ins Ohr. Er sah, wie sich die Spannung in ihrem Körper löste. Im selben Moment schlug er ihr mit der Faust ans Kinn. Sie sank sofort in sich zusammen. Einige Augenblicke nur, dann wäre sie wieder bei sich. Im Geist zählte er bis zehn, so wie es die Ringrichter beim Boxen taten. Doch alles, was nun kam, beherrschte er blind. Er stopfte ihr einen Lappen in den Mund, so tief, dass sie trotz ihrer Benommenheit würgte. Dann setzte er sich mit seinem ganzen Gewicht auf ihren Körper, hörte regelrecht, wie er damit die Luft aus ihren Lungen presste. Sie keuchte, kam langsam wieder zu sich, doch er hatte schon ihre rechte Hand gepackt, einen Nagel aus dem Rucksack gezogen und stieß ihn ihr in die Handfläche. Ein Stöhnen! Jetzt war sie wieder bei sich, doch noch gehorchte der Verstand ihr nicht, denn mehr als ein hilfloses Zappeln brachte sie nicht zustande. In dieser Situation fragte er sich jedes Mal, warum die Weiber nicht zumindest versuchten, sich den Knebel mit der linken Hand aus dem Hals zu ziehen. Lag es daran, dass die blinde Panik ihren Verstand ausschaltete? Oder besaßen sie keinen? Er schlug mit dem Hammer zu, spürte, wie der Nagel durch das Fleisch drang, sich in die Bohle des Stegs bohrte. Der Schein der Taschenlampe, die neben ihm lag, fiel auf das Gesicht seines Opfers. Da war sie, die erste Panik, das Unverständnis. Noch war es nicht die Todesangst. Nein, deren Flamme sah anders aus. Aber sie würde noch kommen. So wie immer.

Er packte ihr zweites Handgelenk, den zweiten Nagel. Genoss das Gefühl, als die Spitze durch den Handteller fuhr. Hörte das Knacken, weil er einen der Mittelhandknochen getroffen hatte. Diesmal kostete es ihn drei Hammerschläge. Ein ersticktes Stöhnen drang aus ihrem Mund, sie strampelte wild mit den Beinen, doch sie konnte ihn nicht treffen, er saß nach wie vor auf ihr. Jetzt, da ihre Hände am Boden fixiert waren, rutschte er ein Stück zurück, blieb auf ihren Oberschenkeln sitzen.

»Gefällt dir das?«, flüsterte er, während er ihr mit der Taschenlampe ins Gesicht leuchtete. Schweißperlen standen ihr auf der Stirn.

Draußen bellte ein Hund. Er zuckte zusammen. Irgendetwas kratzte am Schuppen. Die Hure stöhnte, versuchte trotz des Knebels Laut zu geben. Das Bellen des Hundes war direkt an der Tür.

Rösch presste ihr eine Hand auf den Mund, hielt selbst den Atem an. Die Hure stieß mit den Fersen immer wieder gegen das Holz des Stegs. Der Hund bellte lauter, scharrte mit den Krallen.

Rösch schlug ihr abermals hart ins Gesicht. Sie erschlaffte. Der verdammte Köter kläffte noch immer.

»Tasso, bei Fuß!«, hörte er die Stimme eines Mannes. Der Hund gehorchte nicht, scharrte weiter, bellte. Schritte über dem Sandweg.

Rösch presste sich eng an die Hure, hielt den Atem an. Im Rucksack lag sein Messer. Einen Mann allein fürchtete er nicht, aber er hatte keine Ahnung, wie groß der Hund war.

»Verdammt, Tasso, was hast du bloß? Da ist doch nichts.«
Der Hund ließ sich kaum beruhigen.

»Na los, nun komm schon!« Die Stimme des Mannes wurde ungehalten. Rösch hörte das Klicken eines Karabinerhakens. Anscheinend hatte der Besitzer den Hund an die Leine gelegt. Er atmete auf. Das Bellen des Hundes verebbte langsam, als sein Herr ihn mit sich fortzog.

Die Hure unter ihm stöhnte wieder. Er presste ihr die Hand hart auf den Mund, wartete, bis von draußen nichts mehr zu hören war.

»Keine Sorge«, flüsterte er ihr ins Ohr. »Von einem Köter lassen wir uns doch nicht den Spaß verderben, nicht wahr?« Er zog sein Messer. Ein scharfes Filetmesser aus Solinger Stahl. Mit einer gekonnten Bewegung trennte er ihr den ersten Knopf der Bluse ab. Die Panik in ihren Augen verwandelte sich in Todesangst. Er schnitt den zweiten Knopf ab.

»Du fragst dich bestimmt, was ich will, nicht wahr?«

Er sah das Flehen in ihren Augen, hörte das unterdrückte Gurgeln, das womöglich ›Ja‹ bedeutete.

»Ich sagte es dir bereits. Ich will das Leben spüren. Dein Leben. Wie es deinen Körper langsam verlässt …«

Ein unmenschliches Keuchen drang trotz des Knebels aus ihrer Kehle.

Der dritte Knopf fiel, der vierte.

Sie trug einen BH aus weißer Spitze. Seltsam, dass so viele schwarze Huren weiße Spitze trugen. Vielleicht lag es auch nahe. Es bildete einen reizvollen Kontrast zu ihrer dunklen Haut. Er schob ihr das Messer zwischen die Brüste unter den BH. Die Panik in ihrem Blick war inzwischen der Todesangst gewichen, die ersten Tränen sammelten sich in ihren Augen. Ein Ruck, und der zerschnittene BH fiel. Sie hatte volle, runde Brüste, die Brustwarzen waren noch dunkler als ihre Haut, beinahe so schwarz wie ihre angstgeweiteten Pupillen.

Eine Weile betrachtete er sie, beleuchtete ihren Körper. Beinahe wie ein Kunstwerk.

»Weißt du«, sagte er im Plauderton, »ich gebe mir Mühe, es jedes Mal ein wenig anders zu gestalten. Dem Leben Zeit zu lassen, langsam zu entfliehen.«

Eine Träne rollte über ihre Wange. Dann eine zweite. Er wischte sie mit dem rechten Zeigefinger weg.

»Glaubst du, Tränen könnten mich besänftigen? Oh nein. Irgendwo habe ich mal gehört, Tränen seien das Vorspiel zum Glück.« Er lachte.

Dann nahm er das Messer und setzte es unterhalb ihres Nabels an. Ihre Haut war weich und gab zunächst noch unter dem Druck nach, solange er sie nur spielerisch berührte. Dann stach er etwas fester zu. So, als würde er einen Fisch filetieren. Sie keuchte auf, kniff die Augen zusammen. Ihre Wangenmuskeln spannten sich an, sie versuchte trotz des Knebels die Zähne zusammenzubeißen.

Er führte den Schnitt bis zum Brustbein, sah, wie das gelbliche Fettgewebe herausquoll. Noch war es kein lebensgefährlicher Schnitt. Doch er wollte mehr, schnitt weiter, so lange, bis er das Pulsieren ihrer Gedärme sah.

»So spürt man das Leben, nicht wahr?«, flüsterte er und lauschte ihrem unmenschlichen Stöhnen. Ob sie wohl auch beim Liebesakt so stöhnte? Nun, so tief wie er war wohl noch niemand in sie eingedrungen. Bei der Vorstellung lächelte er.

Irgendwann erstarb das Stöhnen, sie hatte das Bewusstsein verloren.

»Nun, dann wollen wir es für heute gut sein lassen, nicht

wahr?«, flüsterte er der Sterbenden ins Ohr. Dann zog er den Draht hervor und verschloss die schreckliche Wunde.

Als er fertig war, wischte er die blutigen Hände an ihrer Bluse ab. Dann untersuchte er ihre Tasche, in der seine siebzig Euro verschwunden waren. Nicht schlecht, sie hatte insgesamt zweihundertneunzig Euro bei sich. Und Ausweispapiere. Eine Duldung, wie der zweite Blick ihm verriet. Sanjo Yetunde war ihr Name gewesen. Geboren 1987. Ausgerechnet 1987 … welch ein Zufall. Er riss die Nägel aus ihren Händen, so heftig, dass die Knochen knackten. Danach rollte er ihren Leichnam vom Steg des Bootshauses in die Alster und sah zu, wie er das Wasser im Schein seiner Taschenlampe langsam rot verfärbte.

19

Langsam kehrte die Normalität zurück. Zwar durchsuchten die Mitarbeiter des Maßregelvollzugs noch immer jeden Morgen die Zeitungen nach Neuigkeiten über Rösch, aber die Nachrichten wurden spärlicher. Drei Tage waren seit seiner Flucht vergangen. Trotz intensiver Fahndung schien es keine heiße Spur zu geben. Regina fragte sich, ob er wohl noch in Hamburg war oder ob er versuchen würde, das Land zu verlassen. Womöglich hatte er noch Kontakte in Afrika.

Sie saß gerade in ihrem Büro und las noch einmal alle ihre Aktennotizen über Rösch durch, als das Telefon klingelte. Es war Mark.

»Regina, würdest du bitte umgehend zu Doktor Löhner ins Büro kommen?« Seine Stimme klang kühl und distanziert.

»Was gibt es?«, fragte sie im gleichen Tonfall zurück.

»Das wird der Chefarzt dir gleich selbst sagen. Bitte komm sofort!« Bevor sie etwas erwidern konnte, hatte er bereits aufgelegt.

Sie atmete tief durch. Seit ihrem Gespräch kurz nach Röschs Flucht war er ihr ausgewichen. Und vermutlich hätte er das auch weiterhin getan, wenn der Chef ihm nicht befohlen hätte, sie anzurufen. Irgendetwas in ihrer ehemals guten kollegialen Beziehung war zerbrochen. Aber sie wusste nicht, was es war. Fühlte er sich von ihr bedrängt? Hintergangen? Gekränkt? Am liebsten hätte sie es direkt angesprochen, aber dazu hätte sie ihn vermutlich an einen Stuhl fesseln müssen, damit er nicht wieder davonlaufen konnte.

Löhner war nicht allein. Neben Mark sah sie auch Kriminaloberkommissar Andreas Garbsen und seinen Kollegen am Tisch sitzen. Aber es war noch ein dritter Mann dabei.

Bei ihrem Eintreten erhoben sich die Männer. Regina fiel auf, dass diese respektvolle Geste von den Polizeibeamten ausging, nicht von ihren Kollegen, die sich nur zögernd anschlossen.

»Herr Riem von der Mordkommission«, stellte Dr. Löhner den dritten Polizisten vor.

Mordkommission! Einen Moment lang drohte Reginas Herzschlag auszusetzen. Riem reichte ihr die Hand. Sein Händedruck war warm und fest.

»Heißt das, es gab einen Mord?«, fragte sie, während sie seine Hand schüttelte und sich danach an den Tisch setzte.

»Ja«, antwortete Riem und nahm ebenfalls Platz. Die anderen Männer folgten schweigend seinem Beispiel. »Und es gibt Gemeinsamkeiten zu Röschs Delikt.« Er wies auf die rote Mappe, die auf dem Tisch lag. »Sehen Sie es sich ruhig an.«

Regina griff nach der Akte und schlug sie auf. Darin befanden sich mehrere Fotos.

Das erste Bild zeigte einen dunkelhäutigen, halb nackten Körper, der bäuchlings im Wasser trieb. Das zweite zeigte den Leichnam, nachdem er ans Ufer gezogen und auf den Rücken gedreht worden war. Sofort bemerkte sie die grässliche Wunde, die mit Draht verschlossen war. Sie starrte auf das nächste Foto, bemühte sich, die aufsteigende Übelkeit zu unterdrücken. Hier sah man die Wunde in Vergrößerung. Der Täter war mit großer Brutalität zu Werke gegangen, hatte den Draht bemerkenswert fest geschnürt. Fettgewebe und blutige Fleischfetzen quollen zwischen den Drahtschlingen hervor. Genauso wie bei Akosua Nkrumah.

»Rösch?«, fragte sie, während sie die Akte zurück auf den Tisch legte.

»Das Verbrechen passt in sein Tatmuster«, bestätigte Riem. »Und es passt zu allem, was Sie Herrn Garbsen mitgeteilt haben. Sie haben von Anfang an befürchtet, dass er wieder mordet.«

Regina nickte.

»Was können Sie uns sonst noch über seine Persönlichkeit sagen? Hat er Ihnen gegenüber jemals angedeutet, dass er damit ein Ziel verfolgt?«

Regina warf Mark einen kurzen Blick zu. Er senkte die Lider. Ihr Blick wanderte weiter zu Löhner, der ein eiskaltes Pokerface zur Schau trug.

»Das habe ich bereits Herrn Garbsen erzählt«, sagte sie. »Rösch betonte wiederholt, wie sehr er es genießt, Macht über Leben und Tod zu haben. Er genießt es, wenn er zusieht, wie das Leben aus dem Körper eines Menschen entweicht.«

»Sein erstes Opfer war eine Afrikanerin. Diese Frau stammte ebenfalls aus Afrika«, schaltete sich Garbsen ein. »Hat er einen Grund, ausgerechnet Afrikanerinnen zu töten?«

»Ich weiß es nicht.«

»Eine sexuelle Vorliebe vielleicht?«, fragte Riem.

»Hat er diese Frau auch mit einer Flasche penetriert?«, antwortete Regina mit einer Gegenfrage. Die Beamten schüttelten den Kopf.

»Ich habe mich einmal gefragt, ob er womöglich den Sexualakt und die Geburt imitiert«, fuhr sie fort. »Aber ich bin zu keiner schlüssigen Antwort gekommen. Über seine Beziehungsmuster weiß ich nichts. Ich hatte irgendwie immer den Eindruck, er sei ein Einzelgänger. Unfähig, sich auf eine wirkliche Beziehung einzulassen.«

»Wir haben versucht, ein Täterprofil zu erstellen«, erklärte Riem und schlug die Akte mit den Tatortfotos erneut auf. »Ich habe es hier zusammengefasst. Niklas Rösch war das einzige Kind seiner Eltern. Die Familie war zum Zeitpunkt seiner Geburt gut situiert. Der Vater ein erfolgreicher Bauunternehmer. Allerdings verfiel er zunehmend dem Alkohol und starb 1985 an den Folgen. Damals hatte Rösch gerade sein Ingenieursstudium begonnen. Die Familie war nach dem Tod des Vaters finanziell so gut abgesichert, dass Rösch sich während des Studiums mehrere Auslandsaufenthalte leisten konnte. 1986 war er einige Wochen in den USA, 1987 zum ersten Mal in Afrika. Keinerlei Auffälligkeiten. Er schloss das Studium mit Bestnote ab und arbeitete eine Zeit lang bei verschiedenen Firmen in ganz Europa, bis er 1995 dauerhaft nach Afrika ging. Über die Gründe seiner Rückkehr im Jahr 2013 ist uns leider nichts bekannt geworden. Wir haben seinen letzten Arbeitgeber im Sudan kontaktiert, die Antwort steht noch aus.«

»Seine letzte Stelle war im Sudan?«, hakte Regina nach.

Vielleicht hatte sie nun endlich die Gelegenheit, mehr über Röschs Vorleben zu erfahren und weshalb er etwas über ihre eigene Vergangenheit wusste.

Riem nickte. »Hat er sich näher über den Sudan geäußert?«

Regina zögerte. Lange hatte sie geschwiegen, wollte verhindern, dass etwas von ihrem Privatleben an die Oberfläche drang. Aber es hatte einen zweiten Mord gegeben. Vermutlich war jede Einzelheit wichtig.

»Er erwähnte mir gegenüber, dass er wisse, was in Nyala geschehen ist.«

»Nyala?« Riem musterte sie fragend. Er hatte den Namen dieser Stadt vermutlich nie im Leben gehört.

»Ein Ort im Sudan. Es gab dort heftige Kämpfe und viele Tote.«

»Sie kennen sich gut aus, Frau Doktor Bogner.«

»Ich habe dort eine Zeit lang mit meiner Familie gelebt. Mein Mann und ich leiteten eine Klinik, bis sie von den Rebellen zerstört wurde.« Sie senkte den Blick, versuchte, die Bilder fortzublinzeln, bevor sie mit aller Macht zurückkehren konnten.

Riem bemerkte es nicht. »In welchem Zusammenhang hat Rösch Nyala Ihnen gegenüber erwähnt?«, fragte er sachlich weiter.

»Er sagte, er wisse, was dort geschehen sei. Ich hatte den Eindruck, er würde meinen Namen von früher her kennen.«

»Was ist in Nyala geschehen?«

Was ist in Nyala geschehen? Die Frage zog sich wie ein Echo durch ihre Seele. Dies ist nicht Rösch, der Psychospielchen mit mir versucht, beschwor sie sich im Stillen. Dies ist ein Kriminalbeamter, der einen Mord aufklären und weitere verhindern will. Das qualvolle Echo blieb. *Was ist in Nyala geschehen?* Ihre Hände ballten sich zu Fäusten, doch es gelang ihr, gleichmütig zu antworten.

»Wie ich schon sagte, die Klinik wurde von den Rebellen zerstört.« Sie atmete abermals tief durch. »Viele Mitarbeiter fanden den Tod. Darunter auch mein Ehemann.«

Kaum hatte sie die Worte ausgesprochen, lösten sich ihre Fäuste. Wie harmlos und sachlich sich diese Aussage anhörte. Alles klang so logisch, niemand würde daran zweifeln, dass dies alles war. Plötzlich fragte sie sich, warum sie diesen Teil nicht schon viel früher erzählt hatte. *Gib ihnen ein Stück, aber niemals das Entscheidende.* Der Mann, der ihr diesen Rat einst erteilt hatte, war lange tot. Gestorben an den Folgen der Folter, der man ihn unterzogen hatte. *Wenn sich Lüge mit Wahrheit mischt, kannst du alles sagen, und niemand wird die wirklichen Geheimnisse je erfahren*, hatte er ihr erklärt, als sie ihn fragte, wie er das alles nur ausgehalten habe.

»Ich nehme an, die Klinik war weithin bekannt, oder?« Riems Frage riss sie aus ihren Gedanken.

Sie nickte, dankbar für die gute Vorlage, die er ihr bot. »Es kann schon sein, dass Rösch meinen Namen irgendwann einmal gehört hatte. Auch wenn ich es für unwahrscheinlich hielt.«

»Glauben Sie, er hat in Nyala erstmals gemordet?«

»Nein«, widersprach Regina. »Er erwähnte, er habe seine Blutunschuld in Juba verloren.«

»Auch eine Stadt im Sudan?«

»Die Hauptstadt des Südsudans«, bestätigte Regina.

»Hat er diesen Verlust seiner …« Riem zögerte kurz. »… Blutunschuld näher ausgeführt?«

Regina schüttelte den Kopf. »Er hat mir immer nur Häppchen hingeworfen, wich aber jeder Nachfrage aus. Es war wie ein Katz- und Mausspiel.«

Der Beamte machte sich Notizen.

»Haben Sie sonst noch irgendwelche Informationen?«

»Ich denke, das ist alles.«

»Gut. Vielen Dank, Frau Doktor Bogner.«

»Wie wäre es, wenn ich mit Ihren Psychologen zusammenarbeite, wenn es darum geht, das Profil des Täters weiter auszuarbeiten?«

Bevor Riem antworten konnte, mischte sich Löhner ein. »Frau Doktor Bogner, ich denke, die Polizei weiß sehr gut, wie sie ihre Arbeit zu erledigen hat. Sollten sich weitere Fragen ergeben, bei denen Sie helfen können, wissen wir, wo Sie zu finden sind.« Er erhob sich. »Vielen Dank, dass Sie so schnell Zeit für uns hatten.« Er reichte ihr die Hand und schob sie dabei zur Tür. »Sie haben bestimmt noch viel zu tun, und ich will Sie nicht weiter von Ihrer Arbeit abhalten.«

Sein Blick war eindeutig. Sie sollte verschwinden. Warum bloß? Was befürchtete der Chef, wenn sie bei der Fahndung behilflich war? Doch statt ihn zur Rede zu stellen, nickte sie nur und ging.

Nachdem sie Löhners Büro verlassen hatte, brauchte sie eine Tasse Kaffee. Im Sozialraum ahnte noch niemand, dass es einen weiteren Mord gegeben hatte. Egon war beim Durchforsten der Zeitungen auf die Horoskope gestoßen und las sie unter dem Gelächter der Kollegen laut vor.

»Frau Doktor, was bist du für ein Sternzeichen?«, fragte er, als er sie eintreten sah.

»Stier.« Sie schenkte sich einen Kaffee ein und setzte sich an den Tisch.

»Stier«, wiederholte Egon. »Mars und Venus machen Sie heute als Partner nicht nur sehr aktiv, sondern auch begehrenswert. Alles, was Sie anpacken, gelingt Ihnen.«

»Na wunderbar.« Regina trank einen Schluck. »Ich werde es mir merken.«

Irgendwer schloss die schwere Stationstür auf, eilige Schritte hallten in Richtung des Sozialraums. Es war Mark.

»Herr Oberarzt«, begrüßte Egon ihn. »Welch seltener Gast in unserer bescheidenen Hütte.«

»Bescheiden bis auf die Kaffeemaschine«, bemerkte Mark mit Blick auf das neue Modell.

»Wollen Sie ihre Erzeugnisse kosten?« Egon hob die Kanne und bot sie ihm auffordernd dar.

»Später. Regina, können wir kurz unter vier Augen sprechen?«

Bildete sie es sich ein, oder war seine Stimme tatsächlich viel sanfter und klang irgendwie nach Versöhnung?

»Das Horoskop scheint jedenfalls zu stimmen«, murmelte Egon. Zwei Schwestern prusteten laut los, während Mark den Blick irritiert zwischen Egon und Regina hin- und herschweifen ließ.

»Komm, wir gehen in mein Büro!« Regina nahm ihre Kaffeetasse und erhob sich.

»Also, was liegt an?«, fragte sie, nachdem sich beide an dem kleinen Tisch niedergelassen hatten.

»Du hattest recht«, sagte er. Nur diese drei Worte. Sie wartete auf nähere Erklärungen, doch er schwieg. Fast hatte sie den Eindruck, als falle es ihm schwer, ihrem Blick standzuhalten.

»Mit Rösch?«, fragte sie schließlich. Er nickte.

»Und was machen wir jetzt, Mark? Du hast gehört, dass Löhner mich aus dem Fall raushalten will.«

»Du weißt doch, wie er ist.«

Sie hasste diesen Blick. Dann sah Mark jedes Mal so aus wie ein hilfloser kleiner Junge, der nicht dagegen ankam, dass alle Erwachsenen über seinen Kopf hinweg entschieden.

»Warum wolltest du dann mit mir sprechen? Nur um mir zu sagen, dass ich recht hatte? Oder gibt es noch etwas?«

»Dieser Mord hat alles noch viel komplizierter gemacht.« Mark seufzte. »Löhner fürchtet um seinen Posten.«

»Hat er das gesagt?«

»Nein«, erwiderte Mark. »Aber es ist deutlich zu spüren. Wenn die Presse genügend Wind macht, muss ein Kopf rollen. Und bei einem so brisanten Fall wird das der des Chefarztes sein.«

»Wenn ich mich recht erinnere, gab es hier in der Vergangenheit einige brisante Zwischenfälle. Lange vor Löhners Zeit. Aber nie führten sie dazu, dass ein Chefarzt gehen musste.«

»Es gab Fluchten«, gab Mark zu. »Aber keine Toten.«

»Gefährliche Körperverletzung und Vergewaltigung sind schlimm genug«, warf Regina ein. Das alles lag länger als fünfzehn Jahre zurück, aber in den Erinnerungen der älteren Pfleger waren diese Geschichten so lebendig, als wären sie erst gestern passiert. Bei jeder Gelegenheit wurden sie den neuen Mitarbeitern in aller Ausführlichkeit erzählt, ganz so, als wären diese Geschichten ein Initiationsritual, damit nur nichts in Vergessenheit geriet. Nun würde Röschs Flucht eine neue Legende weben, die noch in Jahrzehnten von den Alten an die Neuen weitergegeben würde.

Mark schwieg abermals.

»Also?« Regina sah ihn auffordernd an. »Was gedenkst du zu tun?«

»Ich weiß es nicht«, sagte er leise. »Können wir überhaupt etwas tun? Alles Weitere ist Aufgabe der Polizei.«

»Wir könnten mit der Polizei zusammenarbeiten. Unser Wissen über Rösch weitergeben.«

»Das hast du doch längst getan.«

»Ich habe ihnen Fakten genannt. Aber wir könnten ihnen helfen, Verhaltensmuster zu analysieren und Prognosen zu treffen.«

»Dafür haben sie ihre eigenen Fachleute. Dazu brauchen sie uns nicht.«

Regina verdrehte die Augen. »Sag mal, Mark, wenn du an alles so herangehst, wozu braucht man *dich* dann eigentlich – außer zum Unterschreiben der Arztbriefe und Stellungnahmen?«

Er senkte den Blick, und sofort bedauerte Regina ihre Attacke. Sie hatte sich in den letzten Tagen heftig über ihn geärgert, über seine Schwäche, seine devote Unterordnung unter den Chefarzt. Aber plötzlich begriff sie, dass er es nicht mit Vorsatz getan hatte. Er hatte nie Reginas Kraft zum Kampf besessen, er führte nur Kämpfe, die er gewinnen konnte. Wenn die Gefahr des Scheiterns bestand, unterwarf er sich lieber von Anfang an, um sich die Demütigung einer Niederlage zu ersparen. Mark würde niemals eine Führungspersönlichkeit werden. Ob das der Grund war, warum Löhner ihn zum Oberarzt gemacht hatte? Ein loyaler Mitläufer, der widerspruchslos tat, was der Chef sagte?

Das Schweigen zwischen ihnen wurde bleiern. Doch diesmal würde sie es nicht brechen. Das war seine Aufgabe. Er hatte schließlich mit ihr reden wollen.

»Hast du heute Abend schon was vor?«, fragte er schließlich.

»Wie bitte?«

»Äh, ich meinte nur, wie du den Abend nach einem solchen Tag verbringst«, wich er sofort aus, als er ihren fassungslosen Blick bemerkte. Sie atmete auf. Nichts lag ihr ferner als der Wunsch, ihre Freizeit mit Mark zu verbringen.

»Ich gehe mit einer Freundin schwimmen.«

»Im Kaifu?«

»Nein, in der Bartholomäus-Therme.«

»Da war ich noch nie. Wie ist es dort?«

»Schau dir die Fotos im Internet an.«

»Mache ich«, sagte er. Dann erhob er sich. »Am besten denken wir nicht mehr über Rösch nach. Die Polizei wird ihn schon finden.«

»Bestimmt. Ist nur die Frage, wie viele Frauen er bis dahin zerfleischt hat.«

Einen Moment lang schien es so, als wolle Mark noch etwas sagen, doch stattdessen verließ er das Büro.

20

Die nächsten Tage erlebte Regina wie durch eine Wand aus Watte. Die Leere in ihrer Wohnung war noch schwerer auszuhalten als gewöhnlich. Sie bekam zwar regelmäßig E-Mails und Fotos aus Frankreich, aber das war nicht dasselbe wie Anabels Gegenwart. Natürlich freute sie sich, dass ihre Tochter so viel Spaß in den Ferien hatte, aber jeder dieser kurzen Einblicke in Anabels Unbeschwertheit machte ihr wieder deutlich, wie einsam und leer sie sich selbst fühlte.

In den letzten drei Jahren hatte sie geglaubt, ihr Leben zurückgewonnen zu haben. Sie hatte sich ernsthaft eingebildet, die Wunden, die jener Tag in Nyala hinterlassen hatte, seien vernarbt. Doch nun fühlte sie sich genauso leer und ausgebrannt wie in den ersten Tagen danach – als sie sich entschieden hatte, dem Sudan für immer den Rücken zu kehren. Einen Neuanfang zu wagen, dort, wo niemand über die schrecklichen Ereignisse Bescheid wusste. Oder zumindest nur vermuten konnte, in welche Abgründe sie geblickt hatte.

Wenigstens schien die Presse zwischen dem Mord an der afrikanischen Prostituierten und Röschs Flucht keine Zusammenhänge zu sehen. Die Zeitungen hatten nur eine kurze Meldung über die Tote gebracht, die man im Wasser eines Bootshauses gefunden hatte. Nichts über die grausige Art ihrer Verletzungen. War dies etwa Absicht? Hielt die Polizei die

Auskünfte unter Verschluss, um die weiteren Ermittlungen nicht zu gefährden?

Es war Samstagabend. Das Fernsehprogramm gab nichts her, und so beschloss Regina, seit Langem wieder einmal ins Kino zu gehen. Im *Cinemaxx* liefen einige Filme, bei denen man nicht nachdenken musste. Sie wollte sich einfach von der Action mitreißen lassen, abtauchen in eine Welt, in der am Schluss alles wieder gut wurde. Genau das brauchte sie.

Den Inhalt des Filmes hatte sie schon wieder vergessen, als sie das Kino kurz nach Mitternacht verließ. Es war eine wunderbare warme Nacht. Nicht so heiß wie die afrikanischen Nächte, aber für deutsche Verhältnisse trotz des leichten Sommerwindes beinahe tropisch. Sie erinnerte sich, wie sie als Kind mit ihren Eltern zum Zelten gefahren war. Warme Nächte wie diese waren selten gewesen. Oft genug hatte ihr Vater die kleine Gasheizung anstellen müssen. Dann hatten sie sich alle im Schlafzelt aneinandergekuschelt, und Regina hatte stets das Gefühl gehabt, dass die Welt da draußen ruhig untergehen dürfe, während sie und ihre Familie in Sicherheit wären. Damals war sie fünf Jahre alt gewesen. Von ihrer Familie gab es nur noch Anabel. Alle anderen waren tot. Der Krebs hatte Vater und Mutter kurz hintereinander dahingerafft. Und Thenga … Nein, über Thengas Tod wollte sie nicht mehr nachdenken.

Sie erreichte ihr Auto, das sie in einiger Entfernung vom *Cinemaxx* am Dammtor geparkt hatte. Auf den Straßen war noch einiges los, aber sie kam ohne längere Verzögerung durch die drei Baustellen. Auf der Hinfahrt hatte sie hier fast eine halbe Stunde festgesteckt und war erst ins Kino gekommen, als der Vorspann des Films schon lief. Immerhin, eine halbe Stunde Werbung zu versäumen war nicht das Schlechteste. Sie lächelte vor sich hin und schaltete das Radio ein. Ein alter Sommerhit dudelte ihr entgegen. *Summer in the City*. Sie hatte ihn bereits während ihres Studiums gern gehört. Ebenso wie Thenga, der ihn jedes Mal voller Inbrunst mitgesungen hatte, obwohl er nicht singen konnte, auch wenn er steif und fest das Gegenteil behauptet hatte. Fast glaubte sie, seine Stimme zu hören, die den Ton zwar nicht traf, aber vor Lebenskraft nur so sprühte. Sie schaltete das Radio ab.

Zehn Minuten später erreichte sie ihren Wohnblock. Sie parkte auf ihrem Stellplatz hinter dem rot verklinkerten Mehrfamilienhaus und stieg aus. Noch während sie ihren Rucksack aus dem Kofferraum holte, hörte sie Schritte, die sich näherten. Hastige Schritte! Sie fuhr herum. Im schwachen Licht der Straßenlaterne erkannte sie einen dunkelhäutigen Mann. Er trug eine dunkle Hose und ein offenes Sakko, darunter ein Hemd und eine Krawatte. Die Krawatte irritierte sie am meisten. Wer ging bei dieser Hitze nachts mit Krawatte aus dem Haus?

»Hallo!«, rief er. »Are you Doktor Bogner?«

Regina merkte, wie ihre Hände feucht wurden.

»Wer sind Sie?«, fragte sie auf Deutsch zurück und trat einen Schritt vom Auto weg. Sie war nur zwanzig Meter von ihrem Hauseingang entfernt.

»Ich wollte mit Ihnen sprechen«, erwiderte er mit starkem Akzent auf Deutsch. Er ging weiter auf sie zu. Unwillkürlich wich sie zurück. Irgendetwas an diesem Mann kam ihr seltsam vor. War es die Art, wie er sich bewegte? Geschmeidig wie ein Raubtier? So wie die anderen Männer, die …

»Um Mitternacht auf dem Parkplatz?«, entgegnete sie, während sie die Schritte zu ihrer Wohnung beschleunigte. Er blieb ihr auf den Fersen.

»Es ist wichtig«, sagte er. »Bleiben Sie bitte stehen!«

Seine Hand berührte ihren rechten Arm.

»Fassen Sie mich nicht an!«, schrie sie. Er zuckte zusammen. Ein leichter Windstoß öffnete sein Sakko. Darunter trug er ein Schulterholster mit einer Pistole.

In diesem Moment riss etwas in Regina. Ohne weiter nachzudenken, handelte ihr Körper. Genauso, wie sie es damals gelernt hatte. Ein schneller Tritt direkt in seine Weichteile. Er keuchte auf, ging in die Knie. Sofort setzte sie nach, schlug ihm die Fäuste in den Nacken, dann riss sie ihm die Waffe aus dem Holster. Eine *Beretta 92*, wie sie auf den ersten Blick erkannte. Ungesichert. Sie richtete sie auf den Mann, der stöhnend vor ihr am Boden lag.

»Keine Bewegung!«, befahl sie, obwohl er dazu im Augenblick ohnehin nicht in der Lage gewesen wäre. Dann fingerte sie ihr Handy mit der linken Hand hervor und tippte mühsam die 110 ein.

»Ein Mann mit einer Waffe hat mir auf dem Parkplatz aufgelauert!«, rief sie atemlos, nachdem sich die Leitzentrale gemeldet hatte. »Ich konnte ihm die Waffe wegnehmen und halte ihn damit in Schach. Ich brauche dringend Hilfe!«

»Wo sind Sie?«, fragte der Mann am anderen Ende der Leitung. Sie nannte ihre Adresse.

»Ich schicke Ihnen sofort einen Streifenwagen.«

Obwohl sie kurz darauf bereits das Martinshorn hörte, kam Regina die Wartezeit wie eine Ewigkeit vor. Und sie wunderte sich, dass in keinem der Fenster trotz ihres Geschreis Licht angegangen war. Was hier unten auf dem Parkplatz geschah, schien tatsächlich keinen ihrer Nachbarn zu kümmern.

Als der Streifenwagen eintraf, hatte sich der Angreifer bereits ein wenig erholt. Zwei Polizisten packten ihn und hoben ihn auf die Füße. Zitternd überreichte Regina dem dritten Beamten die Waffe, froh, sie endlich los zu sein.

»Was genau ist hier vorgefallen?«

»Ein Missverständnis«, keuchte der Schwarze. »Mein Name ist Akin Kashka, ich bin Angehöriger der Botschaft des Südsudans.«

Regina erstarrte.

»Ihre Papiere!«, forderte der Beamte, der die Waffe von Regina in Empfang genommen hatte.

Mühselig griff Kashka in die Innentasche seines Jacketts und zog eine Brieftasche hervor. Der Beamte überprüfte die Dokumente.

»Er scheint die Wahrheit zu sagen«, stellte er schließlich fest. »Er hat sogar einen Waffenschein.« Dann sah er Regina an. »Dann erzählen Sie mal Ihre Version!«

Regina schluckte. Plötzlich kam sie sich töricht vor. Andererseits, bei all dem, was sie schon erlebt hatte, hätte jedes Zögern tödlich sein können.

In kurzen Worten berichtete sie von dem Vorfall.

»Als ich das Schulterholster sah, habe ich die Nerven verloren«, räumte sie ein. »Es tut mir leid, aber man quatscht eine

Frau nicht einfach auf einem dunklen Parkplatz an. Noch dazu, wenn man bewaffnet ist.«

»Ich wollte nur mit Ihnen reden.«

»Dann hätten Sie mich auch anrufen können!«, fauchte sie.

»Ähm.« Einer der Polizisten räusperte sich. »Es mag ja sein, dass es ein Missverständnis ist. Ihre Papiere sehen auch echt aus, Herr Kashka. Aber wir müssen trotzdem eine genaue Überprüfung vornehmen, bevor wir Ihnen Ihre Waffe wieder aushändigen können. Würden Sie uns bitte zur Wache begleiten?«

Kashka nickte. Dann wandte er sich noch einmal an Regina. »Wir müssen sprechen, dringend. Es geht um Niklas Rösch.«

Rösch! Der Boden schien ihr unter den Füßen weggezogen zu werden.

»Sie kennen Rösch?«, hauchte sie.

Er nickte. »Darf ich Sie morgen anrufen?«

»Ja, natürlich.« Sie fingerte eine ihrer Visitenkarten aus der Tasche.

»Ihre Papiere brauchen wir übrigens auch noch«, sagte der Beamte. »Nur zur Personenfeststellung. Und falls Herr Kashka seinerseits Anzeige wegen Köperverletzung erstatten will.«

Regina atmete tief durch und reichte dem Beamten ihren Personalausweis. »Kann er ruhig machen. Aber nach meinen Erfahrungen würde das Verfahren ohnehin eingestellt werden.«

»Ich habe nicht die Absicht«, beschwichtigte Kashka sofort. »Es tut mir leid, dass ich Sie so erschreckt habe. Hier ist übrigens meine Handynummer.« Er reichte ihr ebenfalls eine Visitenkarte. Schlicht bis auf das winzige Wappen des Südsudans.

Unterdessen notierte der Polizist Reginas Daten und reichte ihr den Ausweis zurück. Kashka stieg mit den Beamten in den Streifenwagen, um seine Identität auf der Wache endgültig klären zu lassen.

Kurz darauf stand sie wieder allein auf dem Parkplatz. Ohne Kashkas Karte, die sie noch immer in der Hand hielt, hätte sie den ganzen Vorfall für einen wirren Traum gehalten.

21

»Sie kennen Rösch also?« Regina lehnte sich auf ihrem Stuhl im Bistro zurück und betrachtete ihr Gegenüber eingehend. Bei Tageslicht sah Kashka bei Weitem nicht so gefährlich aus wie in der Nacht. Er hatte sie am Sonntagmorgen gegen zehn Uhr angerufen, und sie hatte sich mit ihm in dem kleinen Bistro in der Nähe ihrer Wohnung zum Brunch verabredet. Neutraler Boden. Ihr Zuhause sollte dieser Mann nicht betreten.

Kashka nickte und rührte in seinem Milchkaffee. »Ich war ihm lange auf der Spur. Als er hier verhaftet wurde, glaubte ich, meine Aufgabe sei erfüllt. Aber dann las ich von seiner Flucht. Und kurz darauf von der toten Prostituierten.«

Sie sprachen Englisch miteinander, weil ihm diese Sprache geläufiger war als das Deutsche.

»In den Zeitungen wurde kein Zusammenhang zwischen ihrem Tod und Röschs Flucht hergestellt.«

»Nein«, bestätigte Kashka. »Aber genau das ist sein Muster.«

»Sein Muster?«, wiederholte Regina. »Ich hatte tatsächlich schon befürchtet, dass der Mord an seiner Nachbarin nicht seine erste Tat war. Wie viele waren es vor ihr?«

Kashka trank einen Schluck Kaffee. »Sieben, von denen ich weiß. Acht mit dem letzten Opfer.«

»Acht!«, stieß sie hervor. »So viele?«

»Es könnten sogar noch mehr sein. Ich war ihm lange auf der Spur, aber er ist wie eine nasse Schlange, die man nicht fassen kann. Einmal wäre es mir fast gelungen. Doch dann hat er sich in seine Heimat abgesetzt. Ein kluger Zug – hier hatte ich nicht die Möglichkeiten, die ich im Sudan habe.« Da war er wieder, der gefährliche Ausdruck in seinen Augen.

»Gestatten Sie mir eine Frage, Mister Kashka. Wer genau sind Sie?«

»Ein Angehöriger der südsudanesischen Botschaft.«

»Die ihren Sitz in Berlin hat. Was tun Sie hier? Und vor allem: Warum haben Sie mir gestern Nacht auf dem Parkplatz aufgelauert?«

»Ich wollte mit Ihnen sprechen. Sie waren nicht zu Hause. Eine Nachbarin zeigte mir Ihren Stellplatz. Ich habe lange gewartet, es war mir wichtig.«

Vermutlich die alte Frau Müller, dachte Regina. Die saß meistens am offenen Fenster in ihrer Wohnung im ersten Stock und fragte jeden, zu wem er wolle. Seltsam nur, dass die Alte bei dem Lärm in der Nacht nicht sofort das Licht angeschaltet und aus dem Fenster gesehen hatte. Entweder hatte sie einen tiefen Schlaf oder sie hatte lieber heimlich durch die Gardinen gespäht. Das hätte zu ihr gepasst. Einmal hatte Regina zufällig gehört, wie die Müller mit einer anderen Nachbarin geredet hatte. »Das Kind kann nichts dafür, wenn die Rassen durcheinanderzwitschern«, hatte sie gesagt. »Sie ist ja immer höflich und freundlich, aber eigentlich hätten ihre Eltern lieber …«

Was ihre Eltern lieber hätten, erfuhr Regina nie, denn

kaum war sie an Frau Müllers geöffneter Wohnungstür vor-
beigekommen, verstummte das Gespräch schlagartig, und die
beiden alten Frauen verschwanden in ihren Wohnungen.

Regina nippte an ihrem Kaffee. »Tut mir leid, dass ich Sie
so heftig angegriffen habe«, sagte sie. »Aber mit bewaffneten
Männern habe ich keine guten Erfahrungen gemacht.«

»Und ich werde mich künftig hüten, eine unbekannte Frau
auf einem dunklen Parkplatz anzusprechen. Das scheint in
diesem Land gefährlich zu sein.«

Er lächelte sie breit an, entblößte dabei sein weißes Gebiss.
Es war beinahe makellos, allerdings standen seine mittleren
Schneidezähne etwas auseinander. Diastema, erinnerte Regi-
na sich an den medizinischen Fachbegriff.

»Und was genau wollen Sie von mir, wenn Sie hinter Rösch
her sind?«

»Ich brauche Informationen. Sie waren seine Ärztin …«

»Noch eine Frage«, unterbrach sie ihn. »Woher wissen Sie,
dass ich seine Ärztin war? Und wie haben Sie meine Adresse
so schnell herausgefunden?«

»Botschaften haben ihre eigenen Methoden.« Er sah sie
fast entschuldigend an.

»Haben sie? Ein bisschen NSA gespielt, was?«

Er grinste, sagte aber nichts.

»Warum arbeiten Sie nicht mit der Polizei zusammen?«

»Die Polizei …« Er seufzte. »Die deutsche Polizei ist gut.
Aber manchmal ist es besser, eigene Wege zu gehen.«

»Eigene Wege?«

»Eigentlich wollte ich Informationen von Ihnen, Frau
Doktor Bogner. Und jetzt verhören Sie mich.«

»Die ärztliche Schweigepflicht ist ein hohes Gut. Da rede ich doch nicht mit jedem unbekannten Botschaftsangehörigen einfach so darüber.« Sie trank einen weiteren Schluck Kaffee. »Also, wer genau sind Sie, Mister Kashka? Etwa ein Geheimagent?«

Er lachte. »Sie meinen – wie James Bond?«

»Ich weiß nicht.« Regina lehnte sich vor und stützte die Ellbogen auf den Tisch. »Erklären Sie es mir einfach.«

»Machen Sie das mit Ihren Patienten auch so? Jede Frage mit einer Gegenfrage oder Aufforderung beantworten?«

»Ich warte auf Ihre Antwort, Mister Kashka. Sie wollen doch etwas von mir, nicht wahr? Dann muss ich sichergehen, mit wem ich es zu tun habe.«

Er atmete tief durch. »Sie sind knochenhart.«

»Steinhart«, bestätigte Regina. »Also?« Sie stützte das Kinn auf die ineinander verschränkten Hände und schenkte ihm einen treuherzigen Blick.

»Ich arbeite für eine polizeiliche Sondereinheit meines Landes«, erklärte er schließlich. »Wir haben mehr Befugnisse als andere. Und ich bin seit etwa einem Jahr in Deutschland, seit Rösch sich hierher abgesetzt hat. Nach seiner Festnahme hielt ich meine Aufgabe für erledigt. Ich hatte bereits den Rückflug gebucht, als seine Flucht bekannt wurde.«

»Was genau möchten Sie nun von mir wissen?«

»Alles, was Ihnen wichtig erscheint.«

»Es wäre hilfreich, wenn Sie mir zunächst erzählen könnten, was Sie über Rösch wissen, Mister Kashka.«

»Die steinharte Frau Doktor Bogner.« Er grinste. »Also schön. Das erste Mal sah ich ihn 1987. In Juba.«

»In Juba?«, entfuhr es Regina. »Er sagte, dort habe er seine Blutunschuld verloren.«

»Er war das Opfer eines Überfalls. Eine Prostituierte hatte ihn in eine Falle gelockt. Die Täter wollten Geld von ihm. Und zwar nicht nur den Betrag, den er bei sich hatte, sondern noch mehr. Bei dem Kampf wurde er schwer verletzt, aber die Todesangst verlieh ihm die Kräfte eines Löwen. Am Schluss waren zwei der Angreifer tot. Die Prostituierte floh mit dem dritten Mann.«

Regina dachte an die lange Narbe auf Röschs Leib. Ein Verkehrsunfall, hatte er behauptet. Nun wusste sie es besser.

»Wie haben Sie davon erfahren?«

»Ich habe alles beobachtet. Ich war damals zehn Jahre alt und hatte mich hinter der Theke versteckt. Einer der Toten war mein Bruder.«

»Das tut mir leid«, sagte Regina leise.

»Sie müssen mich nicht bedauern.« Kashka machte eine wegwerfende Handbewegung. »Malek hat geerntet, was er gesät hatte. Er war ein Krimineller, der sich auf derartige Überfälle spezialisiert hatte.«

Regina musterte Kashka schweigend. Trotz seiner gelassenen Aussage hatte sie das Gefühl, dass mehr dahintersteckte. Ganz gleich, ob sein Bruder kriminell gewesen war oder nicht, eine solche Beobachtung musste einen Zehnjährigen für immer verändern.

»Sind Sie deshalb Polizist geworden?«

»Wer weiß?«, sagte er unbestimmt. »Vermutlich war es eher ein Zufall. Die meisten jungen Männer aus unserer Gegend waren arbeitslos. Sie wurden kriminell oder schlossen sich Söldnergruppen an. Ich hatte vielleicht einfach nur Glück.« Er senkte den Blick und nahm seine Kaffeetasse in beide Hände. Es war mehr als deutlich, dass er nicht weiter darüber sprechen wollte.

»Wann sind Sie Rösch das nächste Mal begegnet?«, fragte Regina.

Kashka holte tief Luft. »Das war viel später. Ich hatte jahrelang nicht mehr an Malek gedacht und noch weniger an Angelicas Schicksal.«

»Angelica?«

»Die Prostituierte, die Rösch in die Falle gelockt hatte. Sie wurde einige Wochen nach Maleks Tod gefunden. Entsetzlich zugerichtet. Der Täter hatte ihr den Bauch aufgeschlitzt und sie ausgeweidet.« Kashka atmete tief durch. »Solche Gräueltaten sind damals geschehen. Häufiger als hier. Zu jenem Zeitpunkt brachte ich den Vorfall nicht mit Maleks Tod in Verbindung. Das geschah erst 1996, als man eine junge Prostituierte ebenso grausam zugerichtet entdeckte. Meine Vorgesetzten hielten mich für verrückt, dass ich eine Verbindung sah, aber als dann ein halbes Jahr später ein weiteres Mädchen derartig verstümmelt aufgefunden wurde, fanden sie meine Überlegungen nicht mehr so abwegig. Allerdings herrschte Bürgerkrieg, und zu jener Zeit galt ein Leben ohnehin nicht viel. Schon gar nicht das einer Hure. Ich begann trotzdem mit meinen eigenen Ermittlungen.«

Er winkte der Kellnerin und bestellte einen weiteren Milchkaffee.

»Um mich kurz zu fassen, Frau Doktor Bogner, ich kam Rösch auf die Spur. Ich habe ihn sogar über die Landesgrenzen hinweg durch ganz Afrika verfolgt. Aber er war mir immer einen Schritt voraus. Es war, als finde er Vergnügen an dem Katz- und Maus-Spiel. Wohin er auch kam, er hatte überall mehrere Schlupfwinkel. Ich weiß bis heute nicht, wie er das angestellt hatte. Er war auch ein Meister im Verändern seines Äußeren. Es war nur ein Zufall, dass ich von seiner Rückkehr nach Deutschland erfuhr.«

»Glauben Sie, dass er auch hier mehrere Schlupfwinkel hat?«, fragte Regina.

»Das hoffte ich eigentlich von Ihnen zu erfahren.«

»Das hätte er mir nie verraten«, entgegnete sie. »Aber mir fällt etwas anderes ein.«

»Was? Jede Einzelheit kann wichtig sein.«

»Bei seiner Aufnahme war er überrascht, wie hoch der Sicherheitsstandard im Maßregelvollzug war. Er meinte, das sei nicht viel anders als im Knast. Ich habe mir damals nichts bei seiner Aussage gedacht, denn das geht vielen Patienten so. Allerdings …«

»Allerdings was?« Ungeduldig trommelte Kashka mit den Fingern auf die Tischplatte.

»Er ließ sich ohne Widerstand festnehmen. Fast schien es so, als habe er den Mord absichtlich auf diese Weise begangen, damit man ihn erwischte. Als habe er es auf eine Festnahme angelegt.«

Kashkas Blick wurde hart. »Absichtlich …«, wiederholte er. »Und dann wollte er in eine Einrichtung, aus der er vermeintlich rasch wieder verschwinden konnte. Und war erstaunt, wie gut gesichert Ihre Klinik war.«

Regina nickte.

»Aber so gut war sie dann doch nicht gesichert. Er ist wieder draußen!«

»Ja.«

»Dann war das sein Ziel!« Kashka schlug mit der flachen Hand auf den Tisch. »Er wollte mich endgültig abschütteln. Er hat gemerkt, dass ich ihm nach Deutschland gefolgt bin. Deshalb hat er sich festnehmen lassen. Um aus meiner Reichweite zu entkommen.«

»Aber dafür ist ihm nun die deutsche Polizei auf den Fersen. Man wird ihn wieder fassen. Hier kann er nicht so einfach untertauchen wie in Afrika.«

Kashka schwieg. Der harte Ausdruck in seinen Augen blieb.

»Moment!«, rief Regina. »Warum hat er Sie mehr gefürchtet als die deutsche Polizei? Wollen Sie ihn töten?«

»Nein.«

»Nein? Was fürchtet er dann?«

»Wer weiß?« Kashka hob die Schultern.

Noch während er sprach, hatte Regina das Gefühl, dass der Afrikaner ihr etwas verschwieg. Etwas Entscheidendes, das ihn und Rösch verband …

22

Rösch lehnte sich an die rot verklinkerte Hauswand und atmete tief durch. Die graue Perücke wärmte wie eine Pelzmütze, aber das war unwichtig, solange sie ihn tarnte. Er hatte den gebeugten Gang eines alten Mannes angenommen, hielt den abgeschabten Spazierstock fest umklammert.

Er hatte es sich schwieriger vorgestellt, an die Adresse der Ärztin zu kommen. Wie gut, dass er seinen Laptop samt Internetstick rechtzeitig in Sicherheit gebracht hatte. Nun erwies ihm das Gerät gute Dienste.

»Ist Ihnen nicht gut?« Eine alte Frau beugte sich weit aus dem Fenster im ersten Stock und betrachtete ihn mit einer Mischung aus Neugier und Sorge.

»Nein, alles in Ordnung«, erwiderte er und frohlockte innerlich. Er hatte das Haus bereits eine ganze Weile unauffällig beobachtet und mitbekommen, dass die Alte aus dem ersten Stock fast jeden ansprach, der sich länger als dreißig Sekunden vor ihrem geöffneten Fenster aufhielt. »Es ist nur die Hitze. Man könnte glauben, wir wären in Afrika.«

»Ach, das kann man hier sowieso denken. Bei dem ganzen schwarzen Volk, das überall rumrennt.« Die Alte schüttelte sich. Er hatte sie ganz richtig eingeschätzt. Man musste nur den richtigen Köder auswerfen.

»Haben Sie etwas gegen Schwarze?«, fragte er.

»Ach was. Aber ich denke, jeder sollte dort bleiben, wo er hingehört.« Sie schnaubte verächtlich. »Und vor allem die Kinder tun mir leid.«

»Die Kinder?« Rösch horchte auf.

»Diese Mischlinge, die nirgendwohin gehören. Darüber sollten die Eltern sich doch vorher mal Gedanken machen. Aber nein, die tun so, als wär's das Normalste von der Welt.«

»Sagen Sie bloß, Sie kennen so jemanden.«

»Die Bogner, die im zweiten Stock, die hat's wohl mal mit'm Neger getrieben, hat jedenfalls ein Mischlingskind. Na ja, ich will nichts gesagt haben, das Mädchen ist immer nett und höflich. Aber gut ist das für das Kind nicht, so zwischen allen Stühlen zu sitzen. Wissen Sie, ich … ich bin ja tolerant, aber da gibt es ganz andere Leute, die reden dann schlecht über solche Kinder. Dabei sind es ja nie die Kinder. Die Eltern sind's, die verdorben sind.«

»Und das ist diese Bogner?« Rösch unterdrückte ein zufriedenes Lächeln. Diese klatschsüchtigen Weiber waren überall auf der Welt gleich. Unter normalen Umständen mied er sie wie die Pest, aber wenn er auf der Jagd war, waren sie jeder anderen Informationsquelle überlegen.

»Ach, wenn Sie wüssten! Hier geht das schwatte Gesocks ein und aus. Und vorgestern Nacht, das hätten Sie erleben müssen. Da war auch wieder so ein Neger da. Hat mich direkt nach ihr gefragt. Nachts gab es dann ein Riesengeschrei auf dem Parkplatz, sogar die Polizei war da. Hat die Bogner aber nicht daran gehindert, sich am nächsten Morgen mit dem Schwatten zu treffen.«

»Ist wohl so eine richtige Negerschlampe, was?«

Die Alte am Fenster nickte heftig. »Da sagen Sie was. Wissen Sie, ich bin jetzt sechsundachtzig, zu meiner Zeit, da war so was nicht üblich. Da ist eine anständige Frau nicht mit'm Neger losgezogen.«

»Und wie alt ist diese Mischlingstochter?«, fragte Rösch weiter.

»Die Anabel? Muss wohl so sechzehn oder siebzehn sein. Aber die zieht auch schon mit den Jungs rum. Hat aber einen besseren Geschmack als ihre Mutter, die sucht sich immerhin weiße Jungs. Allerdings weiß ich nicht, ob ich das gut finden soll. Wissen Sie, so setzt sich das mit diesen Mischlingen ja bis ins dritte Glied durch.«

»Und sogar bis ins vierte«, bestätigte Rösch. Er ließ die Alte noch ein bisschen wettern, befragte sie dann noch einmal genau nach dem Vorfall mit dem Schwarzen auf dem Parkplatz. Die Bespitzelung der Nachbarn schien der ganze Lebensinhalt dieser Frau zu sein.

Nach einer halben Stunde wusste Rösch alles, was er wissen musste.

Die Bogner hatte es gewagt. Sie hatte sich mit dem schwarzen Mann eingelassen. Dafür konnte es nur eine Strafe geben. Und er wusste genau, wie die aussähe.

Nachdem er sich von der Alten am Fenster verabschiedet hatte, notierte er zwei Namen in seinem Notizheft. Florence Aminata und Anabel Bogner.

Die Jagd versprach vielversprechend zu werden …

23

»Was hältst du davon?« Freudestrahlend zeigte Florence Regina ihre neuen Nageltattoos. Sie standen vor der Kasse der Bartholomäus-Therme und warteten darauf, ihre Dauerkarte unter den Scanner zu halten.

»Schick«, erwiderte Regina. Sie selbst konnte sich in ihrem Beruf keine langen, kunstvoll verzierten Fingernägel erlauben, aber Florence standen sie ausgezeichnet. Leicht grünstichiger Perlmuttuntergrund, von dem sich ein filigranes Blütenmuster in dunklem Grün abhob.

»Ich hoffe nur, deine neuen Schmuckstücke vertragen das Chlorwasser.«

»Keine Sorge, damit hatte ich nie Probleme.«

Die Therme war ziemlich leer. Die meisten Menschen suchten bei der Sommerhitze lieber die Freibäder auf, in denen man kaum noch einen Platz für sein Handtuch bekam, geschweige denn im Wasser ungestört seine Bahnen ziehen konnte, ohne ständig gegen andere Badegäste zu stoßen.

Regina genoss das warme Wasser der Therme, aber noch mehr die Tatsache, dass Florence sie nicht mehr nach ihrer Arbeit befragte. Endlich fühlte sie sich im Umgang mit ihrer Freundin wieder so unbefangen wie früher. Sorgen gab es noch immer genug. Rösch war weiterhin auf der Flucht.

Akin Kashka war wie ein Geist aufgetaucht und ebenso geheimnisvoll wieder verschwunden. Zwar hatte sie seine Handynummer, aber sie sah keinen Grund, ihn noch einmal zu kontaktieren. Er schien ein sympathischer Mann zu sein, aber er lebte in einer völlig anderen Welt als sie. Die Zeiten, da sie selbst eine Waffe getragen hatte, waren zum Glück längst vorbei.

An diesem Tag wollte sie nicht mehr an Rösch, an ihre Arbeit oder an diesen Kashka denken. An diesem Tag wollte sie sich einfach vorstellen, die Welt sei in Ordnung. Bald waren die Sommerferien vorüber. Wenn Anabel erst einmal wieder zu Hause war, würde vieles leichter werden.

»Hallo, Regina!« Ein Mann erhob sich von einem der Liegestühle und trat auf den Beckenrand zu. Regina erstarrte. Was zum Teufel trieb Mark hier?

»Hallo«, erwiderte sie und versuchte ihr Erstaunen zu verbergen. »Was machst du denn hier?«

»Im Moment stehe ich am Beckenrand.« Er grinste. »Aber das ist natürlich Zeitverschwendung.« Ohne weitere Umschweife ging er zum Einstieg einige Meter weiter und glitt ins Wasser.

»Wer ist das?«, raunte Florence Regina zu.

»Mein Oberarzt Mark Birkholz«, flüsterte sie zurück, bevor Mark es hören konnte.

»Der sieht gut aus.« Florence kicherte. Regina schenkte ihr ein missmutiges Stirnrunzeln. Allerdings musste sie zugeben, dass Florence recht hatte. In der Badehose machte Mark eine gute Figur. Sie hatte nicht gedacht, dass sein Oberkörper derart athletisch war. Ob er wohl regelmäßig ein Studio aufsuchte, um die Sixpacks zu trainieren?

Inzwischen hatte Mark sie erreicht.

»Nachdem ich mir die Fotos der Therme im Internet angesehen hatte, musste ich unbedingt mal herkommen«, sagte er und lächelte sie verschmitzt an.

Florence schob sich zwischen die beiden. »Ich bin Reginas Freundin Florence«, stellte sie sich vor und schenkte Mark einen gekonnten Augenaufschlag.

»Freut mich, Sie kennenzulernen«, erwiderte er.

»So steif?« Florence drohte scherzhaft mit dem Finger und zeigte dabei ihre teuren Nageltattoos. »Wo ich herkomme, duzt man sich, wenn man im selben Wasser schwimmt.«

»Na dann.« Mark grinste. »Ich bin Mark.«

Regina verdrehte unwillkürlich die Augen. Dass die Freundin nun auch noch mit ihrem Vorgesetzten flirten musste, gefiel ihr gar nicht. Aber gut, Florence musste selbst wissen, was sie tat. Regina strich sich eine Locke ihres widerspenstigen braunen Haars aus der Stirn. Dann stieß sie sich von der Beckenwand ab und drehte weiterhin ihre Kreise im warmen Wasser. Hinter ihr begannen Mark und Florence ein angeregtes Gespräch. Sie hörte Florence wiederholt kichern.

Vermutlich sollte sie es positiv sehen – wenn Florence Mark umgarnte, würde sie sie nicht mehr nach unangenehmen Details ihres Berufs befragen.

Sie hatte das Becken bereits dreimal durchschwommen, aber Mark und Florence standen noch immer an derselben Stelle im warmen Wasser und unterhielten sich. So blieb es, bis die Badezeit vorüber war.

»Er gefällt dir also«, stellte Regina fest, als sie mit Florence im Duschraum stand.

»Er ist nett, intelligent und sieht wahnsinnig gut aus.«

»Und er ist ein Waschlappen«, fügte Regina hinzu.

»Deshalb konnte er sich also so gut im Wasser bewegen.« Florence lachte. »Ich habe nichts gegen gut aussehende Waschlappen.«

»Du musst auch nicht mit ihm zusammenarbeiten.«

»Nun rede ihn doch nicht so schlecht! Oder bist du gar eifersüchtig, weil ich mit ihm geflirtet habe?«

»Nein, natürlich nicht«, erwiderte Regina versöhnlich. »Ich habe mich in den letzten Tagen einfach zu oft über ihn geärgert. Er zeigt kein Rückgrat und nickt sofort alles ab, was der Chefarzt sagt. Ein richtiger Chefarztsatellit! Umkreist ihn, als wäre Löhner die Erde und er der Mond.«

»Und was bist du in dieser Konstellation?« Florence stieß ihr spaßhaft den Ellbogen in die Seite. »Stell dir einfach vor, du wärst die Sonne, dann umkreisen sie dich.«

»Sehr witzig.« Regina drückte erneut auf den Schalter der Dusche, damit das Wasser weiterlief.

»Du musst mich übrigens nicht nach Hause fahren«, sagte Florence. »Mark übernimmt das.«

»Oh!«

»Na ja, ich habe ihn auf eine Tasse Kaffee eingeladen.«

»Kaffee?« Regina hob die Brauen.

»Für den Anfang.« Florence kicherte. »Mal sehen, wie anschmiegsam so ein Waschlappen ist.«

»Na, dann viel Spaß.«

»Jetzt bist du sauer.«

»Ach was. Ich finde es nur etwas komisch, wenn du was mit meinem Oberarzt anfängst.«

»Noch sind wir beim Kaffeetrinken. Mehr nicht.«

Mark wartete bereits am Ausgang auf die beiden Freundinnen.

»Diese Therme ist wirklich klasse«, sagte er. »Ich werde wohl öfter herkommen.« Dann strahlte er Florence an. »Bist du so weit?«

»Natürlich.« Sie wandte sich noch einmal zu Regina um, umarmte sie und hauchte ihr ein Bussi auf die Wange. »Wir telefonieren morgen, ja?«

Regina nickte. »Bis morgen dann. Tschüss!«

Auch Mark rief ihr ein fröhliches »Tschüss« entgegen, dann ging er mit Florence zu seinem Auto.

Regina blieb noch eine Weile stehen und fragte sich, warum es ihr so unangenehm war, dass Florence mit Mark loszog. Es war keine Eifersucht, ganz im Gegenteil. Mark war in seinen guten Zeiten ein netter Kollege, mehr aber nicht. Nein, es war diese Vermischung von Beruflichem und Privatem. Sie hatte lange versucht, ihr Privatleben abzuschirmen, es von den Kollegen fernzuhalten. Und plötzlich drang Mark in ihre inneren Kreise ein. Es würde nicht ausbleiben, dass er mehr über sie und ihre Verhältnisse erfuhr, als ihr recht war, wenn er seine Beziehung zu Florence intensivierte.

Sie atmete tief durch und verstaute ihre Badetasche im Kofferraum. Möglicherweise sah sie zu schwarz. Möglicherweise würde es bei einer Tasse Kaffee und einem One-Night-Stand bleiben, wenn die beiden überhaupt so weit gingen.

Aber sollte mehr daraus werden, dann würde sich ihre Freundschaft zu Florence vermutlich drastisch verändern. Weil sie nicht wollte, dass sich ihr Berufs- und Privatleben vermischten.

24

Die Welt ist ein Dorf, dachte er. Aber das war ausgesprochen passend für seine Pläne. Als er Birkholz kurz nach Mitternacht aus dem Haus kommen sah, in dem diese Florence Aminata wohnte, glaubte er zunächst, einer Sinnestäuschung aufgesessen zu sein. Doch es war tatsächlich Birkholz gewesen. Der Oberarzt hatte ihm keine weitere Beachtung geschenkt, vermutlich hatte er den gebeugten grauhaarigen Greis nicht einmal richtig wahrgenommen, während er in sein Auto stieg. Ein metallicblauer Audi. Rösch prägte sich das Kennzeichen ein und notierte es in seinem Notizbuch.

Er folgte dem Wagen mit den Blicken, bis dieser hinter der nächsten Biegung verschwunden war. Wenn das kein Zeichen der Vorsehung war! Er grinste stumm in sich hinein. Früher hatte er immer mehrere Monate verstreichen lassen, bevor er den nächsten Kick brauchte. Nach seiner Rückkehr hatte er geglaubt, den inneren Drang überwunden zu haben. Ein Jahr lang war er abstinent geblieben. Und wer weiß, was geschehen wäre, wenn der schwarze Mann nicht aufgetaucht wäre? Vielleicht hätte er es nie wieder getan. Vielleicht … Aber um welches Vergnügen hätte er sich dann gebracht! Um welchen einzigartigen Rausch, mit dem sich kein Orgasmus und keine Droge messen konnte! Bei der Erinnerung daran stieß er einen wohligen Seufzer aus. Der Tod der letzten Hure hatte ihm einen ganz besonderen Energiestoß versetzt. Es war das Auftauchen dieses Köters gewesen. Die mögliche Gefahr, entdeckt zu werden. Es war etwas anderes, unmittelbar Entdeckung befürchten zu müssen, als seine Taten zu tarnen. In Afrika war es einfach gewesen. Und seine Nachbarin ... Nun, da hatte er es darauf angelegt, gefasst zu werden. Auch das hatte ihn erregt, aber es war etwas anderes. Bei seinem letzten Opfer hingegen, da hatte er nicht damit gerechnet. Die kurze Furcht, vor Vollendung erwischt zu werden, das Herzklopfen, das sich anfühlte, als wäre er wieder der verliebte, unschuldige Teenager von damals, der ...

Hastig schüttelte er das Bild ab. Manche Erinnerungen waren zu bitter, um sie zuzulassen. Und das musste er auch nicht mehr. Er hatte einen Weg gefunden, das Leben zu spüren. Viel intensiver als durch einen banalen Geschlechtsakt.

Nachdem Rösch sich sicher war, dass Birkholz endgültig verschwunden war, drückte er auf den Klingelknopf.

»Mark?«, hörte er eine weibliche Stimme durch die Gegensprechanlage. »Hast du bemerkt, dass du dein Handy vergessen hast?«

Welch ausgezeichneter Zufall! Wieder dieses Herzklopfen, das dem Kick stets vorausging. »Ja«, antwortete er knapp.

Der Summer wurde betätigt. Rösch betrat das Treppenhaus.

Florence Aminata wohnte im ersten Stock. Die Wohnungstür war geöffnet. Er trat ein.

»Hier ist dein ...«, sagte sie beiläufig, in der Hand ein Smartphone. Erst jetzt bemerkte sie, dass er nicht Birkholz war. »Wer sind Sie?«, rief sie. »Verlassen Sie sofort meine Wohnung!«

Rösch lächelte.

»Ich komme, um Ihnen Grüße von einer gemeinsamen Bekannten zu bestellen. Von Frau Doktor Bogner.«

Er sah die Verwirrung in ihrem Gesicht. Diesen Moment nutzte er, schnellte vor, packte sie, schlug ihr so heftig die Faust gegen das Kinn, dass sie benommen zusammenbrach. Er hatte nicht viel Zeit, bis sie wieder bei sich war, aber er wusste, wie er diese Zeit nutzen würde …

Mark pfiff fröhlich vor sich hin. Der Abend mit Florence war ausgesprochen angenehm gewesen. Nach dem versprochenen Kaffee hatte sie noch etwas für ihn gekocht. Sie hatten bis spät in die Nacht geredet. Florence hatte eine sehr lebendige Art, von sich und ihren Angehörigen in Ghana zu erzählen, die sie erst kürzlich besucht hatte. Sonst langweilte es ihn eher, von den Verwandten anderer Leute zu hören, aber bei Florence war das anders.

Seltsam, wie das Schicksal so spielt, dachte er. Eigentlich hatte er die Bartholomäus-Therme aufgesucht, um Regina zu treffen. Er hatte auf eine unverfängliche Gelegenheit gehofft, sich mit ihr auszusprechen, fern von allen dienstlichen Belangen. Obwohl das bedeutete, dass er um eine Entschuldigung nicht herumkäme. Viel zu lange hatte er sich hinter seinen Pflichten und seiner Loyalität Löhner gegenüber versteckt. Das war falsch gewesen.

Aber kaum hatte er es begriffen, nutzte er die erstbeste Gelegenheit, Regina abermals auszuweichen und auf die Flirtversuche ihrer Freundin einzugehen. Ihrer überaus attraktiven Freundin … Vielleicht zählte das als Entschuldigung. Er schaltete das Autoradio ein und wollte sein Smartphone in die Freisprechanlage stecken. Er fand es nicht.

Verdammt, er hatte es bei Florence liegen gelassen, nachdem er das zauberhafte Menü fotografiert hatte. An der nächsten Ecke bog er ab und drehte um. Hoffentlich war sie noch nicht zu Bett gegangen.

Als er vor ihrem Wohnblock einparkte, stellte er erleichtert fest, dass noch Licht hinter ihrem Fenster brannte. Er stieg aus und eilte zur Haustür. Dann klingelte er. Er wartete eine Weile, doch nichts geschah. Er klingelte ein zweites Mal. Dann ein drittes Mal.

Langsam wurde er unruhig. Warum öffnete sie ihm nicht?

Das Klingeln ging Rösch durch und durch. Er spürte geradezu, wie das Adrenalin durch seinen Körper fuhr, den Blutdruck nach oben trieb. Sein Opfer lag in der richtigen Stellung unter ihm. Wie üblich flossen stumme Tränen, mehr ließ der Knebel nicht zu. Er hatte die Hände der Frau bereits an den Linoleumboden genagelt. Jetzt hörte er ihr Keuchen, sie wand sich, die Panik in ihren Augen schwand, als sie das Klingeln hörte. Ein Hoffnungsschimmer.

»Na, dann wollen wir doch mal sehen, wer das ist«, flüsterte Rösch und erhob sich. Er schlich zur Tür und spähte durch den Spion. Im Treppenhaus war niemand. Dann trat er ans Küchenfenster. Von hier aus hatte er einen Blick auf die Straße. Sofort sah er den blauen Audi. Und dann den Oberarzt. Er stand tatsächlich vor der Tür und klingelte ein zweites Mal. Rösch überlegte, wie oft Birkholz es wohl noch versuchen würde, wenn ihm niemand öffnete. Welche Möglichkeiten hatte der Oberarzt dann? Keine. Würde er misstrauisch werden? Und wenn schon …

Es klingelte zum dritten Mal. Rösch verließ die Küche und wandte sich wieder seinem Opfer zu, das im Wohnzimmer vergeblich versucht hatte, die Hände von den Nägeln zu befreien, indem es sie wie wild bewegt hatte. Außer einer größeren Wunde auf den Handtellern hatte es zu nichts geführt.

Rösch hockte sich neben Florence nieder. »Was soll das?«, fragte er beinahe väterlich. »Hast du wirklich geglaubt, dein Lover könnte dich retten? Ja, du hast recht, er ist es, aber er kann nichts tun. Rein gar nichts.«

Er streichelte der Frau zärtlich über die Wange.

»Weißt du, ich glaube, wir sollten einfach weitermachen, nicht wahr?«

Sie keuchte auf. Er zog sein Messer.

»Ich gestalte es jedes Mal etwas anders«, sagte er. An der Tür klingelte es zum vierten Mal.

»Er ist hartnäckig.« Rösch hob anerkennend die Brauen. »Aber er wird aufgeben. Weißt du, meine schwarze Perle, er ist nämlich nicht aus hartem Holz geschnitzt. Er ist ein Weichling. Und vielleicht sollte ich ihm ein Souvenir zukommen lassen. Oder doch lieber deiner Freundin Regina? Was meinst du?«

Die Hoffnung in ihren Augen erlosch, Panik flammte auf.

»Schicke Fingernägel«, sagte er. »Die erkennt man bestimmt.« Dann hielt er den kleinen Finger ihrer rechten

Hand fest und setzte das Messer an. Es knackte, als er die Gelenkkapsel durchtrennte, aber es ging einfacher, als er gedacht hatte. Sie stöhnte qualvoll auf.

»Das war noch gar nichts, meine Süße. Weißt du, fertig bin ich immer erst mit euch, wenn ich das Pulsieren der Gedärme sehe.«

Mark stand noch immer vor der Tür. Viermal hatte er geklingelt, sie hatte jedes Mal nicht reagiert. Warum? Stand sie unter der Dusche? Wohl kaum, sie hatte nach dem Schwimmen geduscht. Stellte sie nachts die Klingel ab? Nein, das konnte er sich nicht vorstellen. War ihr etwas passiert? War sie gestürzt und lag hilflos in ihrer Wohnung? Unwahrscheinlich. Dann hätte sie doch gerufen, sobald sie ihn klingeln hörte.

»Florence!«, schrie er. Mehrere Lichter gingen hinter den benachbarten Fenstern an.

»Florence, mach auf! Ich hab mein Handy bei dir vergessen!«, rief er so laut wie möglich.

»Ruhe!«, keifte eine Frau aus dem dritten Stock. »Es ist nach Mitternacht! Wenn Sie noch weiter brüllen, rufe ich die Polizei.«

Mark seufzte. Wenn Florence ihm nicht öffnen wollte, konnte er nichts unternehmen. Und bevor man ihm die Polizei wegen Lärmbelästigung auf den Hals hetzte, trollte er sich lieber. Sein Handy konnte er auch morgen noch abholen.

Rösch beobachtete aus dem Küchenfenster, wie der blaue Audi wegfuhr. Er hatte dem Oberarzt allerdings nicht zugetraut, dass er laut rufen würde. Interessant. Was wäre wohl geschehen, wenn die Nachbarin die Polizei tatsächlich gerufen hätte? Es hätte der ganzen Angelegenheit noch mehr Reiz verliehen. Einen Mord unter den Augen der Ordnungshüter zu begehen, das war große Kunst.

Er wandte sich wieder seinem Opfer zu.

»Ich muss mich wirklich für diese ständigen Unterbrechungen entschuldigen.« Er lächelte sie an. »Aber keine Sorge, jetzt bleibe ich bei dir, bis es vorbei ist.«

25

Als Regina am nächsten Morgen zur Arbeit fahren wollte, bemerkte sie einen weißen Umschlag, der halb aus ihrem Briefkasten herausragte. Das war ungewöhnlich, denn der Postbote kam erst gegen Mittag, und gestern Abend hatte dieser Umschlag noch nicht dort gesteckt.

Sie zog ihn heraus. Kein Absender, keine Briefmarke. Nur ihr Name. Irgendwer hatte ihn persönlich eingeworfen.

Noch während sie ihn betrachtete, spürte sie, dass irgendetwas Dickeres in dem Umschlag steckte. Sie öffnete ihn. Einen Moment lang war sie verwirrt. Was war das? Ein Stück Holz?

Ohne weiter nachzudenken, zog sie das längliche braune Etwas aus dem Umschlag … und schrie laut auf! Es war ein Finger! Der Nagel lackiert – grünlicher Perlmuttuntergrund, darüber dunkle Blütenranken! Angewidert ließ sie den Finger in den Umschlag zurückfallen und rannte in ihre Wohnung, vorbei an der geöffneten Tür der alten Müller, die neugierig den Kopf herausstreckte. Regina wurde übel. Sie versuchte es zu unterdrücken, wollte sofort die Polizei anrufen, doch der Drang, sich zu übergeben, war übermächtig. Erst als sie sich über der Toilette erleichtert hatte, schaffte sie es, die 110 zu wählen. Am Telefon fasste sie kurz zusammen, was sie in ihrem Briefkasten gefunden hatte, und war geistesgegenwärtig genug, Kommissar Riem von der Mordkommission zu erwähnen.

»Bleiben Sie ruhig, wir schicken Ihnen einen Streifenwagen«, sagte der Polizist am anderen Ende der Leitung.

»Und schicken Sie auch einen zur Wohnung von Florence Aminata! Es ist ihr Finger!«, keuchte sie und gab Florence' Adresse durch.

Nachdem sie aufgelegt hatte, atmete sie ein paarmal tief durch, um dann wieder zum Hörer zu greifen und sich in der Klinik krankzumelden.

Ihre Gedanken rasten. Am liebsten wäre sie ins Auto gestiegen, um selbst zu Florence zu fahren. Aber sie musste auf die Polizei warten.

Mark!, schoss es ihr plötzlich durch den Kopf. Er war gestern mit Florence nach Hause gefahren. Sie suchte im Telefonspeicher nach seiner Handynummer und wählte.

Es dauerte, bis er sich meldete. Ein kurzes »Ja?«.

»Mark!«, rief sie. »Bist du schon in der Klinik?«

»Frau Doktor, welche Überraschung!« Jemand lachte am anderen Ende der Leitung. Beinahe hätte Regina das Telefon fallen gelassen. Rösch!

»Woher haben Sie dieses Handy?«, schrie sie.

»Oh, Frau Doktor, heute so aufgebracht? Ich nehme an, Sie haben Ihre Post bereits bekommen.«

»Was haben Sie mit Florence gemacht?«

»Das Übliche.« Wieder dieses Lachen. Regina begann zu zittern. Es war so absurd, so aberwitzig, es konnte nicht wahr sein, sie musste träumen.

Doch dann siegte ihre Selbstbeherrschung. Ruhe bewahren. Rösch in ein Gespräch verwickeln. Ganz gleich, woher er das Handy hatte, man konnte ihn darüber womöglich orten, solange er es nicht abstellte.

»Erzählen Sie mir davon!«, forderte sie ihn auf, auch wenn sie alles andere hören wollte als widerwärtige Einzelheiten.

»Ich soll Ihnen davon erzählen? Frau Doktor, Sie überraschen mich. Möchten Sie wirklich hören, wie ich Ihrer Freundin den Bauch aufgeschlitzt habe? Wie ich die weißliche Sehnenplatte, die die Bauchmuskeln zusammenhält – ich glaube, Sie nennen das Linea alba –, durchtrennt habe? Es hörte sich beinahe an, als würde Papier zerreißen.«

Regina kämpfte erfolgreich gegen die wieder aufsteigende Übelkeit an.

»Und dann?«, zwang sie sich weiter zu fragen. Nur nicht auflegen! Die Polizei musste doch gleich kommen.

»Ich habe mir angesehen, wie lang so ein menschlicher Dünndarm wirklich ist. Er hat bis in den Flur gereicht. Und es ist immer wieder erstaunlich, wie lange es dauert, bis ein Mensch tot ist. Sie war noch eine Weile bei Bewusstsein, während ich ihren Darm wie ein Zentimetermaß benutzte.«

Regina würgte.

»Oh, Frau Doktor, so zartbesaitet?« Er lachte. »Aber jetzt muss ich Schluss machen. Sie haben gewiss die Polizei alarmiert, und ich möchte nicht so schnell gefunden werden.«

Ein Klicken, er hatte aufgelegt. Und vermutlich auch das Handy ausgeschaltet.

Kurz darauf erschien ein Streifenwagen.

Regina ließ die beiden Beamten in ihre Wohnung und war froh, dass es nicht dieselben waren wie vor ein paar Tagen, als sie Akin Kashka begegnet war.

»Hier«, sagte sie und wies auf den Umschlag, den sie auf die Kommode im Flur gelegt und seither nicht mehr angefasst hatte.

Einer der Polizisten zog sich Einweggummihandschuhe an, nahm den Umschlag in die Hand und blickte kurz hinein.

»Das ist tatsächlich ein menschlicher Finger. Gehörte einer dunkelhäutigen Person, vermutlich weiblich«, stellte er fest. »Es wurde auch ein Brief beigefügt«, sagte er dann. »Haben Sie den gelesen?«

Regina schüttelte den Kopf. »Ich sah nur den Finger. Danach konnte ich nicht mehr klar denken.« Sie schluckte. »Ist ein Streifenwagen zu Florence Aminatas Wohnung in die Wagnerstraße neun geschickt worden? Es ist ihr Finger.« Sie würgte erneut.

»Weshalb sind Sie sich so sicher?«

»Sie hat mir gestern noch das neue Nageltattoo gezeigt.«

Gestern, im Schwimmbad … Langsam löste sich der dicke Nebel, der außer Entsetzen und Übelkeit nichts zugelassen hatte. Gestern im Schwimmbad hatte sie sich noch Sorgen gemacht, wie sich ihre Beziehung verändern würde, wenn Florence etwas mit Mark anfing.

»Da ist noch was«, fügte sie schluckend hinzu. »Der Mörder hat das Handy von Doktor Mark Birkholz. Ich wollte Mark eben anrufen, da hatte ich ihn am anderen Ende. Es war Niklas Rösch. Ich … er … ich wollte, dass Rösch am Telefon blieb, bis Sie gekommen wären. Aber er hat aufgelegt.

Er sagte, er habe Florence den Bauch aufgeschlitzt und nachgesehen, wie lang ihr Dünndarm ist.«

Obwohl ihr Magen bereits leer war – der Drang, sich zu übergeben, wurde übermächtig. Sie ließ die Polizisten im Flur stehen, hastete ins Bad und spuckte sich die Galle aus dem Leib. Tränen schossen ihr in die Augen.

Einer der Beamten war ihr nachgegangen.

»Sollen wir einen Arzt rufen?«, fragte er mit leiser Stimme. »Oder einen Seelsorger?«

Regina schüttelte den Kopf. »Ich schaffe das schon. Aber ich möchte Gewissheit, wie es um Florence steht.«

»Mein Kollege hat soeben einen zweiten Streifenwagen in die Wagnerstraße beordert. Im Moment gehen wir noch nicht von einem Tötungsdelikt aus, sondern von einer schwer verletzten Person.«

Bange Minuten vergingen. Dann kam der zweite Polizeibeamte mit dem Handy in der Hand.

»Die Kollegen sind in der Wohnung von Frau Aminata«, sagte er. »Sie mussten die Tür aufbrechen, aber das ging zum Glück schnell, weil sie nicht abgeschlossen war.«

»Und was ist mit ihr?«, rief Regina verzweifelt.

Der Polizist senkte den Blick. »Sie hatten leider recht mit Ihrer Befürchtung. Sie ist tot.«

Regina taumelte einen Schritt zurück. Die schreckliche Beschreibung aus Röschs Mund zu hören war etwas anderes, als endgültige Gewissheit zu bekommen. Nun konnte sie sich nicht länger hinter der Illusion verstecken, das Gespräch mit Rösch habe gar nicht stattgefunden, alles sei nur ein böser Scherz gewesen. Abermals wallte eine Woge von

Übelkeit in ihr auf. Sie hörte kaum, wie der Polizeibeamte weitersprach.

»Die Spurensicherung ist vor Ort, Kommissar Riem bereits unterwegs. Er möchte Sie gern heute noch sprechen, wenn es Ihnen möglich ist.«

»Selbstverständlich«, antwortete sie automatisch, weil eine Antwort von ihr erwartet wurde, ohne jedoch die Bedeutung zu begreifen. Florence war tot. Tot. Abgeschlachtet. Der Gedanke hämmerte sich regelrecht in ihrem Hirn fest, ließ kaum Raum für anderes, auch wenn sie nach außen weiterhin funktionierte.

»Er wird zu Ihnen kommen, wenn es Ihnen recht ist«, hörte sie den Polizisten sagen.

Sie nickte. »Wann?«

»Vielleicht in zwei Stunden. Er ruft Sie auf jeden Fall vorher an.«

»Ich bleibe hier und verlasse das Haus heute nicht mehr.«

Die beiden Beamten nickten.

»Das nehmen wir mit«, sagte der erste und griff nach dem Umschlag, in dem noch immer Florence' Finger lag.

Nachdem die beiden Polizisten gegangen waren, atmete Regina mehrfach tief durch. Langsam löste sich die Starre, und der erste Schock verflog. Sie hatte in Afrika viele Grausamkeiten erlebt, die Menschen anderen Menschen zufügten. Wie immer in solchen Situationen begann sie sofort mit der Analyse der Sachlage, kaum dass der Verstand ihr wieder gehorchte. Gejammer und hysterisches Geschrei nutzten niemandem. Das hatte sie zur Genüge in ihrem Leben gelernt.

Ob Mark wusste, was geschehen war? Wie kam Rösch an sein Handy? Ob er wohl schon in der Klinik war? Sie wählte die Nummer seines Büros. Natürlich hob er nicht ab, es war noch viel zu früh.

Was sollte sie tun? Noch länger wollte sie nicht in Ungewissheit verharren. Also wählte sie die Nummer der Schließer, die jeder passieren musste, wenn er den Maßregelvollzug betrat. Sie bat um Dr. Birkholz' umgehenden Rückruf, sobald er käme.

»Es ist äußerst wichtig«, schärfte sie dem Mann am anderen Ende der Leitung nochmals ein. »Sagen Sie ihm, Florence ist tot.«

Der Mann stellte keine Fragen, sondern versprach gleichmütig, den Oberarzt zu informieren. Womöglich glaubte er, Florence sei sein Hund.

Die nächste halbe Stunde verging quälend langsam. Dann endlich klingelte das Telefon. Die Nummer des Anrufers war unterdrückt. Mit klopfendem Herzen hob Regina ab.

»Mark hier!«, hörte sie seine Stimme. »Was soll das heißen – Florence ist tot?« Ein Anflug von Panik vibrierte in seiner Stimme.

Regina holte tief Luft und berichtete, was sie am Morgen erlebt hatte.

Sie hörte ihn schlucken, hatte das Gefühl, dass er genauso mit der Übelkeit kämpfte wie sie selbst.

»Ich komme zu dir«, sagte er.

»Ja, aber … du kannst doch nicht einfach … Heute ist doch Chefvisite und …«

»Natürlich kann ich! Ich bin in einer halben Stunde bei dir.« Mit diesen Worten legte er auf.

Er hielt sein Versprechen. Nach einer knappen halben Stunde stand er bereits vor ihrer Tür. Leichenblass und mit flackerndem Blick.

Dankbar nahm er den Kaffee an, den sie ihm im Wohnzimmer servierte.

»Wann will dieser Riem hier auftauchen?«, fragte er, nachdem er einen Schluck getrunken hatte.

»Frühestens in einer Stunde.«

»Ich kann es nicht fassen.« Marks Finger verschlangen sich ineinander und lösten sich wieder. »Ich war gestern bis Mitternacht bei ihr. Sie hat noch für uns gekocht. Ich habe das Menü fotografiert, dabei ließ ich mein Handy liegen. Und dann habe ich mich gewundert, warum sie mir nicht öffnete, als ich kurz darauf zurückkam und es holen wollte.« Er vergrub sein Gesicht in den Händen. »Vermutlich war das Schwein da gerade mit ihr zugange.« Er rang um seine Selbstbeherrschung. Erstaunlicherweise war es gerade seine Verzweiflung, die Regina ihre eigene Stärke zurückgab. So war es immer gewesen. Wenn die Welt um sie herum in Trümmern lag, alle weinten und lamentierten, blieb sie ruhig und überlegt, schob die Trauer und die Wut in den hintersten Winkel ihres Herzens. Sie funktionierte einfach nur. So hatte sie überlebt. So würde sie immer überleben. Behutsam legte sie Mark eine Hand auf die Schulter.

»Du hättest nichts tun können. Nicht an jenem Abend.«

»Hätte ich doch nur die Polizei gerufen! Oder lauter gebrüllt. Eine Nachbarin hat mir sogar mit der Polizei gedroht. Wäre ich nicht so verdammt feige gewesen und so darauf bedacht, nur nicht aufzufallen, dann wäre es nicht passiert. Dann wäre die Polizei gekommen und hätte es verhindern können.«

»Das weiß niemand«, sagte Regina. »Allerdings bringt es nichts, jetzt darüber zu jammern. Mal ganz ehrlich – glaubst du wirklich, die Polizei hätte die Tür aufgebrochen, wenn sie keinen Hinweis auf ein Verbrechen gehabt hätte? Und einen Hinweis gab es zu der Zeit nicht. Rösch ist schlau, der hätte schon dafür gesorgt, dass kein Laut aus der Wohnung dringt. Dann wäre die Polizei wieder abgezogen. Nein, Mark, du hättest nichts tun können. Rein gar nichts. Und wenn du dein Handy nicht vergessen hättest, wärst du auch nicht zurückgekommen.«

»Jetzt versuchst du mich zu trösten, obwohl ich eigentlich gekommen bin, um dir beizustehen. Schließlich kanntest du Florence viel länger als ich.«

»So ist das immer.« Regina seufzte. »Die Starken müssen die Schwachen trösten.«

»Du hältst mich also für schwach?« Er hob den Blick und sah ihr in die Augen. Es lag kein Vorwurf darin, auch keine Frage, sondern eher so etwas wie Scham. Er schien es selbst zu wissen.

»Du versteckst dich allzu gern hinter deinen Vorgesetzten, Mark. Das nervt mich manchmal gewaltig. Weil ich genau weiß, dass du nicht immer Löhners Meinung bist.«

»Du weißt doch selbst, dass Widerspruch bei ihm nichts bringt.«

»Das weißt du immer erst, wenn du es versucht hast. Sicher ist nur, dass es nichts bringt, wenn man alles abnickt und nicht zu seiner Meinung zu stehen wagt.«

Das Telefon klingelte. Regina hob ab. Es war Kommissar Riem, der ihr mitteilte, er sei auf dem Weg zu ihr.

»Das trifft sich gut«, erwiderte Regina. »Doktor Birkholz ist ebenfalls hier. Er war der Letzte, der Florence gestern lebend gesehen hat.«

»Stimmt es, dass der Täter im Besitz seines Handys ist?«, schnarrte Riems Stimme. Er schien im Auto einen schlechten Empfang zu haben.

Regina bejahte die Frage.

»Ich bin einer Viertelstunde bei Ihnen«, versprach Riem und beendete das Gespräch.

Der Kriminalkommissar war ein Profi. Es gelang ihm, mit kurzen, knappen Fragen ein genaues Bild der nächtlichen Ereignisse zu zeichnen.

»Stimmt es, was er mir am Telefon sagte?«, fragte Regina schließlich. »Dass er ihr den Darm bei lebendigem Leib aus dem Leib gezogen hat?« Sie wunderte sich, wie ruhig und gefasst ihre Stimme klang. Mark saß neben ihr. Die Blässe in seinem Gesicht hatte sich in ein ungesundes Grün verwandelt. Er war es gewohnt, Protokolle über grauenvolle Taten zu lesen und Tatortfotos zu betrachten. Selbst Teil eines solchen Verbrechens zu sein war etwas ganz anderes. Auch wenn er nur als Zeuge fungierte.

Riem nickte. »Ich denke, die Tatortfotos sollten Sie sich ersparen. Aber es gibt ein weiteres Problem.«

»Was für ein Problem?«

»Der Brief, der dem abgeschnittenen Finger beigefügt war. Dies ist eine Fotokopie.« Riem zog ein gefaltetes Blatt Papier aus seiner Tasche.

Es war kein Brief, sondern eine Liste. Fünf Namen standen darauf, kein weiteres Wort.

~~Akosua Nkrumah~~
~~Sanjo Yetunde~~
~~Florence Aminata~~
Anabel Bogner
Dr. Regina Bogner

»Er hat die Namen seiner Opfer durchgestrichen«, stellte Regina fest. »Das heißt also, meine Tochter und ich sind die Nächsten auf seiner Liste?« Sie reichte Riem die Liste zurück und wunderte sich, warum sie so ruhig blieb. Eigentlich hätte sie Angst verspüren müssen, Panik, Entsetzen! Doch in ihr war alles leer. Es war beinahe so wie in den ersten Tagen nach Thengas Tod. Nicht so wie in dem Moment, als er gestorben war, sondern erst, nachdem die heiße Wut sie nicht länger geschützt hatte, die sie in etwas verwandelt hatte, für das sie sich noch immer schämte und über das sie nie mehr sprechen wollte …

»So ist es.« Riems Worte holten sie zurück in die Gegenwart. In seiner Stimme lag diese typische Mischung aus professionellem und echtem Mitgefühl. »Wo ist Ihre Tochter jetzt?«, fragte er dann.

»Sie ist mit ihrem Freund und seinen Eltern in Südfrankreich. In einer Woche kommen sie zurück.«

»Wir werden alles tun, um Sie und Ihre Tochter zu schützen. Ich sorge dafür, dass Sie unter Polizeischutz gestellt werden.«

»Und das heißt?«

»Sie werden davon nicht viel merken. Unsere Leute leisten ihre Arbeit im Verborgenen. Allerdings gibt es einige Regeln zu beachten.«

»Kann ich auch etwas dazu beitragen?«, mischte sich Mark ein.

»Möglicherweise«, erwiderte Riem. »Frau Doktor Bogner hatte bereits angeboten, unseren Kriminologen beim Erstellen des Täterprofils zu helfen. Da sie mittlerweile selbst im Fokus des Täters steht, könnten sich alle Hinweise als hilfreich erweisen.«

»Es gibt noch jemanden, der vielleicht helfen könnte«, warf Regina ein. »Akin Kashka, Angehöriger der südsudanesischen Botschaft.«

»So?« Riem horchte auf. »Was könnte er beitragen?«

Regina fasste kurz zusammen, was sie von Kashka erfahren hatte.

»Geben Sie mir seine Handynummer, Frau Doktor Bogner! Dann werde ich ihn kontaktieren.«

»Sie klingen nicht so, als versprächen Sie sich von ihm große Hilfe«, stellte Regina fest.

»Das wird sich zeigen.« Riem seufzte. »Aber ich gebe es zu – ich beziehe ungern ausländische Botschaftsangehörige in unsere internen Angelegenheiten ein.«

»Warum nicht?«, fragte Mark. »Wenn er diesem Rösch doch schon seit Jahren auf der Spur ist.«

Riem seufzte noch einmal, ging aber nicht auf Marks Bemerkung ein, sondern erhob sich. »Ich danke Ihnen für Ihre Aussagen, Frau Doktor Bogner. Ich melde mich bei Ihnen, sobald ich die Beamten für den Personenschutz kontaktiert habe.«

»Ich bringe Sie noch zur Tür«, sagte Regina und erhob sich ebenfalls. Mark blieb sitzen, seltsam in sich gekehrt. Ganz so wie ein Junge, der plötzlich erwachsen werden muss.

26

Mark brach kurz nach Riem auf.

»Fährst du zurück in die Klinik?«, fragte Regina.

Er nickte. »Löhner muss informiert werden. Und er sollte dich für einige Tage vom Dienst freistellen lassen.«

»Das braucht er nicht. Ich bin morgen wieder fit. Es war nur heute etwas viel.«

Mark senkte den Blick. »Es tut mir leid«, sagte er. »Alles, Regina. Von Anfang an. Wenn ich dir gleich geglaubt hätte, dass er keine Schizophrenie hat, wenn ich …«

»Hör auf damit!«, schrie sie. »Du weißt nicht, ob es irgendetwas geändert hätte! Und ich will nicht hören, was gewesen wäre, wenn …«

Er fuhr zusammen wie ein geprügelter Hund.

»Soll ich dich heute Abend anrufen?«, fragte er im Hinausgehen.

»Wenn du magst.« Sie öffnete ihm die Wohnungstür. Er ging. Als er draußen war, atmete sie auf. Sie rechnete es ihm hoch an, dass er sofort zu ihr gekommen war. Aber sie hatte nicht die Kraft, ihn länger zu trösten. Wenn er Schuldgefühle hatte, sollte er gefälligst selbst damit fertig werden.

Die Leere in ihrer Wohnung, die ihr bereits seit Anabels Abreise unerträglich vorgekommen war, drohte sie an diesem

Tag zu erdrücken. Sie fühlte sich unruhig, aufgewühlt, konnte kaum ruhig sitzen bleiben und war dennoch wie zerschlagen, sehnte sich nach der Erholung eines tiefen Schlafes, obwohl sie wusste, dass sie ihn nicht finden würde.

Es gab niemanden, mit dem sie sprechen konnte. Florence war tot. Tot. Tot. Bestialisch zu Tode gefoltert, nur weil sie mit ihr befreundet gewesen war.

Am schlimmsten war die verdammte Hilflosigkeit. Sie hockte in ihrer Wohnung, wusste nicht, ob Rösch sie beobachtete oder nicht. Zum Glück hielt sich Anabel noch in Frankreich auf. Aber was wäre nächste Woche, wenn die Schule wieder anfing?

Bis dahin musste dieser Spuk beendet sein.

Noch bevor sie wusste, was sie tat, griff sie wieder zum Telefon und wählte Kashkas Nummer.

Sie musste es nur zweimal klingeln lassen, dann meldete er sich.

»Es geht um Rösch«, sagte sie und wunderte sich, wie ruhig ihre Stimme klang. Ruhig und sachlich – nichts von dem inneren Zittern, das sie seit dem grausigen Fund befallen hatte. »Er hat gestern Nacht meine beste Freundin umgebracht und einen ihrer Finger in meinen Briefkasten gesteckt. Außerdem stehen meine Tochter und ich auf seiner Todesliste.« So kurz, so knapp ließ sich der Sachverhalt also zusammenfassen.

Eine Weile herrschte Schweigen am anderen Ende der Leitung.

»Wir sollten uns dringend treffen«, sagte Kashka schließlich. Seine Stimme klang ebenso ruhig wie die ihre. »Aber nicht bei Ihnen. Das wäre zu gefährlich.«

»Warum?«

»Ich gehe davon aus, dass er Sie beobachtet. Es wäre nicht gut für Sie, wenn er mich bei Ihnen sähe.«

»Warum nicht?«

»Später. Ich habe seit einigen Tagen ein Büro in Hamburg. Kommen Sie dorthin.«

»Wo ist es?«

»Am Rödingsmarkt.« Er nannte ihr die genaue Adresse. Regina kannte die Gegend. Überwiegend Bürohäuser mit exorbitanten Mieten wegen der direkten Nähe zum Hafen und zur Innenstadt. Wie konnte sich ein kleiner südsudanesischer Botschaftsangehöriger dort so schnell ein Büro leisten? Gewiss, der Sudan war aufgrund seiner Bodenschätze ein reiches Land, aber die Unruhen und der Bürgerkrieg behinderten die Förderung.

»Ich bin unterwegs«, versprach Regina. »Gibt es bei Ihnen Parkplätze?«

»Ich fürchte, nein«, lautete seine Antwort.

»Gut, dann nehme ich die Bahn.«

Noch während sie in die U-Bahn stieg, dachte sie an Kommissar Riem. Er hatte ihr versprochen, sich bei ihr zu melden, sobald er alles für den Personenschutz organisiert hatte. Eigentlich hätte sie seine Nachricht in ihrer Wohnung abwarten sollen. Andererseits war sie eine erwachsene Frau, und im Sudan hatte sie sich weitaus gefährlicheren Situationen stellen müssen, als tagsüber mit der U-Bahn zu fahren. Dennoch ertappte sie sich dabei, dass sie die Menschen genauer musterte als sonst. Am Vormittag war die Bahn halb leer. In ihrem Waggon saßen außer ihr nur fünf Personen. Eine Mutter mit Kinderwagen, zwei junge Mädchen in luftigen Tops und Shorts sowie zwei Männer. Der eine war höchstens fünfundzwanzig, trug ebenfalls Shorts und Sandalen und spielte die ganze Zeit mit seinem Smartphone. Der zweite sah aus wie ein Geschäftsmann im adretten dunklen Anzug. Auf dem Schoß hatte er ein Netbook, in das er mit flinken Fingern tippte. Regina konnte kaum ihre Blicke von seinen Händen lassen. Er schaffte bestimmt vierhundert Anschläge pro Minute. Als die U-Bahn am Baumwall hielt, stieg er aus. Sie sah ihm nach, wie er die Treppe nach unten stieg. Ob er wohl für Gruner&Jahr arbeitete? Das imposante Verlagsgebäude dominierte die Haltestelle, während ein Blick auf die andere Seite den Hafen zeigte. In den letzten Tagen der Ferienzeit waren die Landungsbrücken das Ziel zahlreicher Besucher. Sie saßen in den Cafés oder warteten auf die nächste Hafenrundfahrt.

Die Bahn fuhr weiter. Die nächste Haltestelle war Rödingsmarkt. Regina stieg aus und suchte nach der angegebenen Adresse.

Als sie vor dem Gebäude stand, fragte sie sich nicht länger, ob die Botschaft die Miete wohl bezahlen konnte. Hätte Kashka ihr nicht gesagt, dass er hier sein Büro hatte, wäre sie an dem unscheinbaren zweistöckigen Backsteinbau, der sich an die Hochbahnbrücke schmiegte, achtlos vorbeigegangen. Das Haus machte ganz den Eindruck, als stünde es auf einer Abrissliste.

Regina entdeckte einen einzigen unbeschrifteten Klingelknopf, den sie drückte. Der Summer ertönte, und sie betrat das Haus. Von innen wirkte es gepflegter als erwartet. Die Wände des Treppenhauses waren gekachelt, der Boden bestand aus hölzernen Dielenbrettern. Sie stieg die Stufen in den ersten Stock hinauf. An beiden Türen fehlten die Namensschilder.

»Ich bin im Obergeschoss!«, hörte sie Kashka auf Englisch herunterrufen.

Sie folgte der Stimme. Er erwartete sie an der geöffneten Tür. Diesmal deutlich legerer gekleidet als bei ihrem ersten Treffen. Zwar trug er wieder einen Anzug, aber er hatte das Jackett abgelegt und die Ärmel des weißen Hemdes hochgekrempelt.

»Schön, dass Sie so schnell gekommen sind«, sagte er. »Bitte, kommen Sie herein.« Er machte eine einladende Handbewegung. Dabei fiel ihr auf, wie muskulös seine Unterarme waren. Dass sie ihn in der Nacht auf dem Parkplatz hatte überwältigen können, war einzig dem Überraschungsmoment geschuldet gewesen.

Das Büro war erstaunlich gut eingerichtet. Regina entdeckte eine moderne PC-Anlage mit Multifunktionsdrucker und andere elektronische Geräte, von deren Nutzanwendung sie nicht die geringste Ahnung hatte.

»Möchten Sie einen Kaffee?«, fragte er mit Blick auf die kleine Kapselmaschine.

»Nur wenn Sie auch Milch dazu haben«, erwiderte sie mit einem Lächeln.

»Selbstverständlich.« Am anderen Ende des Büros stand

ein kleiner Kühlschrank, darüber war eine Mikrowelle installiert.

»Das sieht so aus, als könnte man hier wohnen«, bemerkte Regina, während Kashka den versprochenen Kaffee aufbrühte.

»Könnte man«, bestätigte er.

»Und – wohnen Sie hier?«

»Wer weiß?« Er lächelte sie verschmitzt an. »Wollen Sie sich nicht setzen?«

Vor seinem Schreibtisch stand ein runder Tisch, um den fünf Stühle gruppiert waren. Regina folgte der Aufforderung, er stellte den Kaffee vor ihr ab und nahm dann ihr gegenüber Platz.

»Er hat Sie also auf seiner Beuteliste«, sagte er. »Das ist unschön.«

»Sie kommen schnell zum Kern der Sache«, stellte Regina fest und trank einen Schluck Kaffee.

»Ja.«

»Sie kennen Rösch seit Jahren«, fuhr Regina fort. »Was raten Sie mir?«

»Das ist schwierig. Soweit ich weiß, hat er niemals mit derartigen Ankündigungen gearbeitet. Sie müssen etwas ausstrahlen, das ihn fasziniert.«

»Und das bedeutet?«, fragte Regina.

»Das wollte ich eigentlich von Ihnen wissen, Frau Doktor Bogner. Was ist so besonders an Ihnen, dass er Sie und Ihre Lieben in sein Beuteschema presst?«

»Ich war seine Ärztin im Maßregelvollzug.«

»Glauben Sie, das ist alles?«

Die Art, wie Kashka fragte, jagte Regina eine Gänsehaut

über den Rücken. Sie wusste – dies war nicht der Grund. Nyala …

Auf einmal begriff sie, wie Mark sich heute früh gefühlt haben musste. Er hatte Schuldgefühle, fragte sich, ob alles anders gekommen wäre, wenn er anders gehandelt hätte. Aber hätte er anders handeln können, nachdem ausgerechnet sie selbst ihm und Löhner ein entscheidendes Detail verschwiegen hatte?

Sie holte tief Luft. Wollte sie Anabel wirksam schützen, musste sie Kashka vermutlich einweihen. Zumindest in einen Teil der Geschichte. So wie schon die Kriminalpolizei.

»Mein Mann und ich leiteten eine Klinik in Nyala«, erklärte sie schließlich. »Sein Name war Thenga Kerang.«

»Thenga Kerang war Ihr Mann?« Kashka pfiff durch die Zähne. »Darauf wäre ich nie gekommen. Sie sind also Mamma Lipizi!«

Regina nickte.

»Dann wundert es mich nicht mehr, wie schnell Sie mich auf dem Parkplatz außer Gefecht gesetzt haben.«

Las sie da wirklich Anerkennung in seinem Blick?

»Ich habe mir diesen Namen nicht ausgesucht«, sagte sie. »Aber es ist wahr, ich war die Mutter der Rache, als sie uns alles nahmen.«

»Ich habe von Ihnen gehört. Aber niemals hätte ich erwartet, Sie einmal leibhaftig vor mir zu sehen.«

Regina spürte, wie ihr das Blut in die Wangen schoss.

»Ich fürchte, Rösch hat auch von mir gehört«, sagte sie leise. »Und das ist der Grund, warum meine Tochter und ich auf seiner Liste stehen.«

»Eine Beute, die zu jagen sich für ihn lohnen würde«, bestätigte Kashka.

»Nur bin ich hier nicht mehr Mamma Lipizi. Ich bin Regina Bogner. Eine ganz normale Ärztin und Mutter einer siebzehnjährigen Tochter.«

»Sie wollten nicht, dass es jemand erfährt.«

»Nein. Das war ein anderes Leben, und ich bin gewiss nicht stolz darauf. Es ging ums Überleben. Alles andere sind Legenden.«

Kashka lehnte sich zurück. »Wir wissen also, warum er Sie jagt. Er liebt die Gefahr. Er sieht in Ihnen eine würdige Gegnerin. Aber was tut Mamma Lipizi?«

»Wenn Sie noch einmal diesen Namen in den Mund nehmen, grüßt meine Faust Ihre Nase!«

Kashka lachte. »Mir scheint, Frau Doktor Bogner ist ebenso gefährlich wie … die, deren Namen ich nicht mehr aussprechen werde.«

Wider Willen musste Regina schmunzeln. Humor hatte der Bursche, das musste sie ihm lassen.

»Was werden Sie tun, um den Kampf zu gewinnen?«, wiederholte Kashka.

»Das ist Aufgabe der Polizei.«

»Ich fürchte, es wird nicht genügen, sich auf die Polizei zu verlassen.«

»Man hat mir und meiner Tochter Personenschutz zugesichert.«

Kashka machte eine wegwerfende Handbewegung. »Personenschutz, was ist das schon? Wir beide wissen, wie viele Männer in gefährlichen Zeiten trotz Bataillonen von Leibwächtern getötet wurden. Nein, Sie brauchen einen Plan. Einen Plan, wie Sie ihn besiegen können.«

»Und Sie werden mir dabei helfen?«

»Das werde ich.«

»Als was? Als südsudanesischer Geheimagent?«

»Wer weiß?«

»Sie antworten ganz schön oft mit W*er weiß*. Ist das eine Marotte von Ihnen?«

»Wer weiß?« Er grinste sie breit an.

Eine Weile schwiegen sie. Regina trank noch einen Schluck Kaffee, aber der war inzwischen kalt geworden.

»Also gut. Sie meinen, ich solle den Kampf aufnehmen. Das werde ich tun. Aber mit den Mitteln, die uns hier zur Verfügung stehen.« Sie ließ ihren Blick demonstrativ durch Kashkas Büro schweifen.

»Was meinen Sie damit?«, fragte er.

»Zurzeit ist Rösch im Vorteil, denn er weiß mehr über mich als ich über ihn. Das muss ich ändern. Ich muss alles über ihn erfahren, muss seine wunden Punkte kennen. Wo wohnt seine Mutter? Hat er Schulfreunde, die noch in Hamburg leben und befragt werden könnten? Irgendwo in seiner Vergangenheit muss es ein dunkles Geheimnis geben. Ein bestimmtes Erlebnis hat ihn zu dem Monster gemacht, das er heute ist.«

»Das war 1987 in Juba.«

»Nein«, widersprach Regina. »Das war der Auslöser, aber nicht die Ursache. Ein Mensch wird nicht zum Serienmörder, weil er Opfer eines Überfalls wurde. Zumal er es schaffte, sich zu retten, und seine Peiniger in Notwehr töten beziehungsweise in die Flucht schlagen konnte.« Sie atmete tief durch.

»So viel Gewalttätigkeit liegt anderswo begründet. Und diese Ursache muss ich herausfinden. Helfen Sie mir dabei?«

»Wenn ich kann.«

»Ich denke schon. Sie haben sehr schnell herausgefunden, dass ich Röschs Ärztin war. Das heißt, Sie verfügen über einige Informationsquellen, die ich ebenfalls gut gebrauchen könnte. Also – lassen Sie mich daran teilhaben?«

Er schwieg.

»Wenn Sie jetzt wieder *Wer weiß* sagen, stehe ich auf und gehe. Und dann komme ich nie wieder.«

Er nickte kaum merklich. »Ich werde Ihnen helfen«, sagte er. »Aber Sie dürfen meine Methoden im Gegenzug niemals infrage stellen.«

»Das klingt danach, als würden Sie genau das befürchten.«

»So ist es. Also, wollen Sie meine Hilfe zu meinen Bedingungen oder nicht?«

»Können Sie mir versprechen, dass niemand durch Ihre *Methoden* zu Schaden kommt?«

»Niemand, der es nicht verdient hätte.«

Regina zog die Stirn in Falten. »Was hat diese Einschränkung zu bedeuten?«

»In diesem Punkt müssen Sie mir leider vertrauen. Wollen Sie das, Frau Doktor Bogner?«

Sie zögerte. Auf einmal hatte sie das Gefühl, die Sache wüchse ihr über den Kopf. Warum durfte sie sich nicht wie jeder normale Mensch einfach zurücklehnen und abwarten, dass die Polizei ihren Job machte? Warum musste sie sich mit einem zwar sympathischen, aber durch und durch zwielichtigen Geheimagenten einlassen, der aus einem Land stammte, in dem es Rechtsstaatlichkeit allenfalls auf dem Papier gab? Wenn überhaupt …

Weil er vermutlich der Einzige ist, der mir wirklich helfen kann, dachte sie bei sich. Jemand, der Mamma Lipizi kennt.

Es blieb ihr nichts anderes übrig, wenn sie Anabel schützen wollte.

»Also gut«, sagte sie. »Ich vertraue Ihnen. Sehen Sie zu, dass Sie mich nicht enttäuschen!«

»Eine leise Drohung aus Ihrem Mund, um auf Nummer sicher zu gehen?«, fragte er schmunzelnd.

»Wer weiß«, antwortete Regina, ohne Kashkas Lächeln zu erwidern. Und auf einmal war sie sich sicher, dass diesmal *ihm* eine Gänsehaut über den Rücken lief.

27

Am Nachmittag kam Riem noch einmal vorbei, um mit Regina den Personenschutz zu besprechen. Nach fünf Minuten wusste sie, dass Kashka recht hatte – der Personenschutz, den die Polizei ihr gewährte, bot keine hundertprozentige Sicherheit. Vermutlich sogar weniger als fünfzig Prozent. Aber immerhin war es besser als nichts.

Ein Beamter in Zivil wäre ständig in der Nähe, wenn sie ausging. Sie musste ihn per Handy über ihr Ziel in Kenntnis setzen, alles Weitere würde sie angeblich nicht bemerken. Zudem würde man ihr Wohnhaus observieren, falls Rösch sich erneut nähern sollte.

Nachdem Riem ihr das Prozedere erklärt und die Handynummer gegeben hatte, unter der ihre künftigen Beschützer zu erreichen waren, verabschiedete er sich ziemlich rasch.

»Warum stellen Sie mir die Männer eigentlich nicht persönlich vor?«, fragte Regina, während sie ihn zur Tür geleitete, die Karte mit der Telefonnummer noch immer in der Hand.

»Die Männer wechseln. Das Handy bleibt«, erklärte er. »Außerdem ist es besser, wenn Sie keinen Kontakt aufnehmen. Menschen neigen dazu, Augenkontakt zu bekannten Gesichtern aufzunehmen.«

»Ist das so Standard?«, fragte sie verunsichert.

»Wir machen einen guten Job, vertrauen Sie uns einfach.«

»Aber sicher doch.« Sie schenkte ihm ein nichtssagendes Lächeln. Der Beamte erwiderte es eine Spur wärmer, dann verließ er ihre Wohnung.

Kaum war er gegangen, rief sie Kashka an und erzählte ihm von der neuen Situation.

»Ich frage mich, ob es das übliche Vorgehen ist«, sagte sie zum Abschluss. »Ich meine, so anonym abgefertigt zu werden kommt mir irgendwie merkwürdig vor.«

»Deutsche Polizei«, erwiderte Kashka. »Immer korrekt, immer auf Vorschriften bedacht. Meistens effizient, aber nicht immer.«

»Und was soll das jetzt heißen?«

»Afrikanische Lebensweisheit.« Sie hörte ihn lachen. »Ich habe auch etwas für Sie. Ich kenne die Adresse von Röschs Mutter. Wollen Sie sie besuchen?«

»Röschs Mutter?« Beinahe hätte Regina den Hörer aus der Hand fallen lassen. »Woher haben Sie ihre Adresse?«

»Meine Methoden.«

»Die ich nicht hinterfragen soll?«

»Richtig.«

»Ich weiß nicht, ob es klug wäre, wenn ich sie allein aufsuche.«

»Soll ich mitkommen?«

»Nein, auf keinen Fall«, wehrte Regina ab. »Ich glaube, ich weiß, wer mich begleiten könnte.«

»Wer?«

»Mein Oberarzt. Das wäre der ideale Weg für ihn, seine Schuldgefühle abzuarbeiten.«

Kashka nannte ihr die Adresse. »Passen Sie gut auf sich auf, Regina!«, fügte er noch hinzu und legte auf. Zum ersten Mal hatte er sie bei ihrem Vornamen genannt. Aus seinem Mund hörte es sich seltsam an …

Mark war sofort bereit, sie nach Feierabend zu Röschs Mutter zu begleiten. Sie hatte ihn vollkommen richtig eingeschätzt. Die Schuldgefühle Florence und ihr gegenüber machten ihn zu einem willigen Helfer. Nun blieb nur noch der Personenschützer. Sie wollte ihm nicht sagen, dass sie ausgerechnet Röschs Mutter einen Besuch abstatten wollte. Andererseits musste sie das Überwachungsprotokoll einhalten.

»Ich werde gemeinsam mit einem Kollegen eine alte Dame besuchen«, informierte sie ihren Schatten schließlich. »Ich möchte nicht, dass Sie dabei gesehen werden«, fügte sie hinzu. »Die alte Dame könnte sich womöglich erschrecken.« Dann gab sie ihm die Adresse.

Ein kurzes »Ist in Ordnung« war die einzige Reaktion.

»Ziemlich lästig, was?«, fragte Mark, der neben ihr gestanden hatte, während sie mit dem Polizisten telefoniert hatte.

»Ziemlich«, bestätigte sie. »Vor allem wenn wir auf eigene Faust etwas herausfinden wollen.«

Sie erwartete einen Kommentar – dass es zum Beispiel besser sei, nur auf die Polizei zu vertrauen. Aber er erwähnte nichts dergleichen. Seit Florence' Tod hatte sich Mark Birkholz verändert.

»Fahren wir mit meinem Wagen?«, fragte er.

»Wäre mir ganz recht«, stimmte Regina zu. »Schließlich habe ich mich heute krankgemeldet.«

»Das hätte ich besser auch tun sollen«, gab er zu. »Ich konnte mich überhaupt nicht konzentrieren.«

»Tja, wir leiden eben an einer Anpassungsstörung. ICD-10 Kodierung F 43.21. Wird in wenigen Tagen von selbst vergehen.«

Sie lächelte ihn versöhnlich an, doch im Gegensatz zu sonst lächelte er nicht zurück. Seine Wangenmuskeln wirkten verkrampft, und er schien die Zähne aufeinanderzupressen. Auf schwer erklärbare Weise erinnerte er Regina plötzlich an einen Westernhelden, der zusehen musste, wie Banditen seine Familie abgeschlachtet haben, und nun auf Rache aus ist.

»Alles in Ordnung mit dir?«, fragte sie ihn, nachdem sie neben ihn in seinen Audi gestiegen war.

»Alles bestens«, sagte er knapp und tippte die Adresse von Röschs Mutter in sein Navi. Dann startete er den Motor.

Frau Rösch lebte in einer zweistöckigen alten Villa in Wellingsbüttel. Gute Gegend, der große Vorgarten war gepflegt, ein Rasensprenger lief. Regina erinnerte sich daran, was sie im Gutachten über Rösch gelesen hatte. Der Vater sei Bauunternehmer gewesen, habe sich aber zu Tode gesoffen, als Rösch noch ein Jugendlicher war. Für die Familie sei jedoch gesorgt gewesen, sodass der Sohn studieren konnte.

»Ob sie uns wohl öffnet?« Mark parkte seinen Wagen gegenüber der Villa am Straßenrand.

»Werden wir sehen.« Regina öffnete die Beifahrertür und stieg aus. Bevor sie die Gartenpforte öffnete, sah sie sich unauffällig um. War der Personenschützer ihr bis hierher gefolgt? Und wenn ja, wusste er dann, wen sie besuchten? Die

Kriminalpolizei war gewiss schon bei Röschs Mutter gewesen. Aber die Straße war leer.

Gemeinsam gingen sie den gepflasterten Weg zum Haus entlang, der am Rand vom Wasser des Rasensprengers benetzt worden war. Vier Stufen führten zum Eingangsportal hinauf. Regina klingelte.

Es dauerte eine Weile, bis sie hinter der Tür Schritte hörten. Ein Auge linste durch den Spion, dann wurde die Tür vorsichtig geöffnet, und eine grauhaarige Frau streckte den Kopf heraus. Regina wunderte sich, dass sie einen einfachen geblümten Kittel trug, der eher an eine Putzfrau als eine Villenbesitzerin erinnerte.

»Ja, bitte?«

»Sind Sie Frau Rösch?«, fragte sie.

»Und wer sind Sie?«

Regina zog ihren Maßregelvollzugsausweis hervor.

»Mein Name ist Doktor Bogner. Ich bin die behandelnde Ärztin Ihres Sohnes Niklas.« Sie hielt der Frau den Ausweis unter die Nase. »Mein Begleiter ist Doktor Birkholz, unser Oberarzt.«

Mark hatte geistesgegenwärtig ebenfalls seinen Ausweis gezückt und zeigte ihn Frau Rösch.

»Wir müssen dringend mit Ihnen über Ihren Sohn sprechen, Frau Rösch.«

»Ich habe Niklas seit mehr als zehn Jahren nicht mehr gesehen«, sagte die Alte. »Das habe ich der Polizei bereits mitgeteilt. Ich hatte ja keine Ahnung, was aus ihm geworden ist.«

»Dürfen wir hineinkommen?«, fragte Mark und setzte sein

gewinnendes Lächeln auf. Es zeigte Wirkung, denn die alte Frau strahlte zurück. »Gern, kommen Sie herein. Aber entschuldigen Sie, ich habe nicht aufgeräumt.«

Entgegen der Aussage der alten Frau sah die Wohnung aus wie aus dem Bilderbuch. Und wie ein Museum. Frau Rösch führte sie ins Wohnzimmer. Auf dem Boden lag ein riesiger Perserteppich mit rotem Muster, der bestimmt ein Vermögen gekostet hatte und beinahe den gesamten Raum ausfüllte. Die beiden Sessel und das Sofa wirkten, als wären sie erst gestern geliefert worden, obwohl man Möbel dieser Form bestimmt seit mehr als zwanzig Jahren nicht mehr kaufen konnte. Ebenso wenig wie den Tisch aus grünem Marmor, auf dem ein Spitzendeckchen lag.

An der Wand stand ein Schrank aus dunkelbraunem Nussbaumholz, der mit kostbaren Schnitzereien verziert war.

»Setzen Sie sich doch!«, forderte die alte Dame ihre Besucher auf und wies auf die beiden Sessel. »Möchten Sie Tee oder doch lieber einen Kaffee?«

»Bitte machen Sie sich keine Umstände«, sagte Mark. »Wir wollen nicht lange bleiben. Wir haben nur einige Fragen.«

»Nein, junger Mann, ich weiß, was sich für eine gute Gastgeberin gehört.« Sie drohte ihm scherzhaft mit dem Finger. »Kaffee oder Tee?«

»Kaffee«, sagte Mark, und Regina nickte zustimmend.

»Mit Milch und Zucker?«

»Nur Milch«, sagte Mark.

»Sie auch nur Milch?« Frau Rösch sah Regina fragend an.

»Ja, nur Milch.«

Röschs Mutter verschwand in der Küche.

»Was hältst du davon?«, raunte Mark Regina zu. »Sieht aus wie aus den Sechzigerjahren, oder?«

Regina nickte. »Und immer noch wie neu. Kaum vorzustellen, dass hier ein Kind aufgewachsen sein soll.«

»Wir sitzen vermutlich in der guten Stube für besondere Gäste. Ich hatte einen Onkel, bei dem war es genauso. Die Familie hatte ein Wohnzimmer, in dem man lebte, und ein Esszimmer, das nur bei besonderen Anlässen benutzt wurde. Außerdem ein Wohnzimmer, das ich immer das *Museumszimmer* nannte. Man betrat es so gut wie nie, es sei denn, hochrangiger Besuch hatte sich angemeldet. Und meine beiden Cousinen mussten sich im Dachgeschoss ein winziges Zimmer teilen, obwohl jedes Mädchen ein eigenes Zimmer hätte haben können, wenn ihre Eltern auf das *Museumszimmer* verzichtet hätten.«

»Aber ich schätze, deine Cousinen sind nicht im Maßregelvollzug gelandet.«

»Nein«, bestätigte Mark. »Die eine hat jung geheiratet und drei Kinder bekommen, die andere arbeitet als Versicherungskauffrau.«

Die alte Frau kehrte zurück und schob einen Teewagen vor sich her, der aus dem gleichen dunklen Holz angefertigt war wie der Schrank. Darauf standen eine Porzellankanne, aus der es verführerisch nach Kaffee duftete, ein Milchkännchen, drei Tassen mit Untertassen und drei silberne Kaffeelöffel. Nachdem Frau Rösch eingeschenkt hatte, betrachtete Regina unauffällig den Kaffeelöffel. Tatsächlich, es war echtes Silber, und die Tassen bestanden aus Meißner Porzellan. An Geld hatte es hier anscheinend nie gefehlt. Umso seltsamer fand Regina den abgetragenen Kittel, den die alte Frau trug. Aber vermutlich passte das ins Bild, wenn man keine Gäste erwartete. Ein einfacher Hauskittel – die gute Kleidung hing bestimmt von Mottenkugeln geschützt im Schrank.

»Also, Sie wollten mit mir über Niklas sprechen.« Frau Rösch setzte sich auf das Sofa und rührte in ihrem Kaffee. Dabei musterte sie Mark mit liebenswürdigen Blicken wie eine gütige Großmutter.

Der Oberarzt räusperte sich. »Nun ja, Sie wissen bestimmt durch die Polizei, dass Ihr Sohn aus der Klinik geflohen ist.«

»Ja, man sagte es mir.« Sie seufzte, trank einen Schluck Kaffee und stellte die Tasse auf dem Marmortisch ab. »Sie können sich gar nicht vorstellen, wie schrecklich das für mich ist. Wissen Sie, ich habe mich immer bemüht, dass aus dem Jungen was Anständiges wird. Habe ihm beigebracht, wie man sich zu benehmen hat. Und er war ja auch ein guter Junge. Hat studiert und war im Ausland in verantwortungsvollen Positionen tätig. Er hat mir regelmäßig geschrieben.«

»Und dennoch haben Sie ihn seit mehr als zehn Jahren nicht mehr gesehen?«, hakte Regina nach.

»Nein, leider nicht. Einmal hat er mich angerufen, als er wieder in Hamburg war. Aber das war alles.«

»Haben Sie ihn um einen Besuch gebeten?«, fragte Mark.

»Nein, warum sollte ich? Er hatte sicher seine Gründe. Nun ja, woher sollte ich auch wissen, dass er so krank war?« Sie schüttelte den Kopf. »Der arme Junge.«

Regina sah, wie sich Marks Wangenknochen anspannten. Ein sicheres Zeichen dafür, dass er wieder die Zähne aufeinanderbiss.

»Ja, Ihr Sohn ist sehr krank«, bestätigte Regina und achtete nicht auf den erstaunten Blick, den Mark ihr zuwarf. »Aber vielleicht haben wir eine Möglichkeit, ihm zu helfen. Deshalb sind wir hier.«

»Sind Sie?« Die Augen der alten Frau leuchteten hoffnungsvoll auf.

»Ja, es gibt Möglichkeiten. Aber dazu müssen wir so viel wie möglich über Ihren Sohn und seine Kindheit erfahren. Das ist alles sehr wichtig für die Therapie.«

»Fragen Sie ruhig, Frau Doktor! Ich bin gern bereit, Ihnen zu helfen.«

»Niklas ist Ihr einziges Kind, nicht wahr?«

»Das einzig überlebende«, schränkte Frau Rösch ein.

Regina horchte auf. »Das heißt, er hatte Geschwister, die verstorben sind?«

»Seine Zwillingsschwester starb wenige Stunden nach der Geburt.«

»Er hatte eine Zwillingsschwester?«

Die Alte nickte.

»Weiß er das?«

»Natürlich weiß er das. Jedes Jahr an ihrem Geburtstag sind wir zum Grab nach Ohlsdorf gefahren.«

»Also auch an seinem Geburtstag?«

»Sie waren ja Zwillinge.«

»Hat er seinen Geburtstag dann nach dem Besuch auf dem Friedhof gefeiert?«

Die Alte hob den Kopf und sah Regina fest in die Augen. »Wieso sollte er am Todestag seiner Schwester feiern? Ihm war das Leben geschenkt worden. Die kleine Rosi hatte nicht so viel Glück. War es da zu viel verlangt, wenn wir ihrer an jenem Tag gedachten, der zugleich ihr Geburts- und Sterbetag war?«

Vor Reginas innerem Auge entstand unwillkürlich das Bild eines kleinen Jungen, der sich nichts sehnlicher wünschte als einen gewöhnlichen Kindergeburtstag, der aber jedes Jahr von den Eltern zum Friedhof geschleift wurde. Und ohne dass sie es wollte, empfand sie plötzlich Mitleid mit dem Jungen. Doch sofort ermahnte sie sich, um wen es ging. Um den Mörder Rösch. Um Florence' Mörder! Dennoch blieb angesichts der Gleichgültigkeit, mit der die alte Frau davon erzählte, eine gewisse Betroffenheit zurück.

Mark schienen ähnliche Gedanken durch den Kopf zu gehen. »Hat er niemals dagegen rebelliert?«, fragte er. »Er muss doch gesehen haben, wie seine Klassenkameraden ihre Geburtstage gefeiert haben.«

»Einmal«, gab Frau Rösch zu. »Das war noch in der Grundschule. Einer seiner Klassenkameraden hatte ihn zur Feier seines siebten Geburtstags eingeladen. Niklas hatte zwei Monate später Geburtstag und wollte auch einen Kindergeburtstag mit Kerzen auf der Torte und Topfschlagen.«

»Was haben Sie geantwortet?«

Frau Rösch nahm ihre Tasse und nippte daran. »Ich habe ihn an seine tote Schwester erinnert. Dass es sich nicht gehört, den Tag zu feiern, an dem seine Zwillingsschwester starb. Niklas war etwas Besonderes. Er war anders als die anderen Kinder.«

»Haben ihn die Argumente überzeugt?«, fragte Regina.

»Nun, an jenem Abend war er sehr ungezogen. Mein

Mann, Gott hab ihn selig, hat ihm daraufhin verboten, jemals wieder einen Kindergeburtstag zu besuchen.«

»Er durfte also auch nicht mehr mit seinen Schulkameraden feiern?«

»Wozu? Es war besser, ihn davon fernzuhalten, damit er nicht auf dumme Gedanken kam.«

»Vermutlich bekam er auch keine Geschenke zum Geburtstag, oder?«, fragte Mark.

»Wie kommen Sie denn darauf, Herr Doktor?« Frau Rösch sah ihn aufrichtig erstaunt an. »Natürlich bekam er etwas. Ein Geschenk zum Geburtstag und eins, das ihn über den Verlust der toten Schwester hinwegtrösten sollte.«

Mark und Regina tauschten einen kurzen Blick.

»Er hat also materiell immer bekommen, was er sich wünschte?«, wollte Regina wissen.

»Selbstverständlich. Was haben Sie denn gedacht?« Mit einem energischen Ruck stellte Frau Rösch ihre Kaffeetasse wieder auf den Tisch. »Wollen Sie es sehen?«

»Sehen? Ich verstehe nicht ganz …«

»Sein Zimmer.«

»Er hat hier noch ein Zimmer? Obwohl er seit mehr als zehn Jahren nicht mehr bei Ihnen war?«

»Er ist mein Sohn und wird immer ein Zimmer in meinem Haus haben.«

»Ja, wir möchten es gern sehen«, antwortete Regina schnell.

»Dann kommen Sie mit!« Die Alte erhob sich erstaunlich flink und führte die beiden Besucher ins obere Stockwerk. Die Wand neben der Treppe war mit Holz vertäfelt. Gerahmte Fotos hingen dort dicht nebeneinander und säumten den

Weg nach oben. Regina nahm sich die Zeit, die Bilder zu betrachten. Auf einigen war ein Mann mittleren Alters im Anzug abgebildet. Die Mundpartie hatte eine entfernte Ähnlichkeit mit Rösch, vermutlich war es sein Vater. Dann entdeckte Regina die Kinderfotos. Überwiegend in Schwarzweiß. Ein Junge in Badehose, der vor einem aufblasbaren Planschbecken im Garten stand. Derselbe Junge mit einer Katze auf dem Arm. Und ein weiteres Foto, wie er im Winter im Vorgarten der Villa einen Schneemann baute. Auf allen Fotos strahlte der Junge ihr glücklich entgegen.

»Ist das Niklas?«, fragte sie Frau Rösch.

»Ja, das ist er. Er war ein hübsches Kind, nicht wahr?« Sie lächelte versonnen. Beinahe so wie das Kind auf den alten Fotos.

»Er hatte eine Katze?«

»Nein, Muschi gehörte den Nachbarn. Aber sie war ein regelmäßiger Gast in unserem Garten, und Niklas hat sie sehr geliebt.«

»Hitler war auch ein Tierfreund«, grummelte Mark vor sich hin. Zum Glück hörte ihn Frau Rösch nicht.

Auch der Flur des oberen Stockwerks war komplett vertäfelt und mit Fotos geschmückt. Die Fotos wurden farbig und der Junge auf den Bildern älter. Jetzt konnte sie in ihm bereits die Züge des erwachsenen Mannes erkennen. Es begann mit einem Klassenfoto, unter dem *Abi 1985* stand. Beim nächsten Foto verharrte Regina abrupt. Es zeigte Rösch als jungen Mann, aber nicht in Deutschland. Er stand auf einer Anhöhe, hinter ihm die Silhouette einer Stadt. Juba!

Frau Rösch hatte ihr Zögern bemerkt. »Oh, das war in Afrika«, sagte sie. »Sein Vater, Gott hab ihn selig, war kurz zuvor gestorben. Niklas konnte die Enge nicht mehr ertragen und ging auf Reisen. Damals war er zum ersten Mal in Afrika. Ich glaube, das war im Sudan. Da, wo die Wilden gerade wieder verrücktspielen. Nun ja, auch als Niklas dort lebte, war es nicht ganz ohne. Er hatte einen schweren Autounfall. Eine ziemlich hässliche Narbe quer über den Bauch ist ihm zurückgeblieben. Aber das wissen Sie als seine Ärztin bestimmt.«

»Er hat Ihnen von seinem Verkehrsunfall erzählt?«, fragte Regina.

»Natürlich. Ich bin doch seine Mutter.«

Er hat sie wissentlich belogen, durchzuckte es Regina. Die gleiche Lüge, die er mir erzählte. Er wurde überfallen, tötete zunächst in Notwehr, später aus Rache. Und erzählte in Deutschland allen, es sei ein Verkehrsunfall gewesen. Begann damals sein Doppelleben?

»So, hier ist sein Zimmer.« Frau Rösch öffnete eine Tür und bat ihre Gäste einzutreten.

Regina hatte keine genaue Vorstellung von Röschs Kinderzimmer gehabt, war aber nicht im Geringsten auf den Anblick vorbereitet, der sie hier erwartete. Dies war nicht das Zimmer, das eine alternde Mutter aus Zuneigung für ihren achtundvierzigjährigen Sohn freihielt.

»Wann ist Ihr Sohn bei Ihnen ausgezogen?«, fragte Mark, dem anscheinend die gleichen Gedanken durch den Kopf schossen.

»Als er mit dem Studium begann. Wissen Sie, mein Mann, Gott hab ihn selig, hat uns mehrere Mietwohnungen hinterlassen. Eine davon liegt in der Nähe der Uni. Dorthin ist Niklas zunächst gezogen.«

»Das heißt, er war seit fast dreißig Jahren nicht mehr in diesem Zimmer?«

»Das würde ich so nicht sagen. Ab und zu, wenn er mich besuchte, war er noch hier. Deshalb habe ich ja alles für ihn so gelassen.«

Regina sah sich um. Sie schien eine Zeitkapsel betreten zu haben. Der Mikrokosmos eines Jungen von höchstens sechzehn, eher jünger. An den Wänden hingen alte Poster aus der *Bravo*, die durch das Sonnenlicht der letzten Jahrzehnte deutlich verblasst waren. Sie erkannte *Status Quo* und *Kiss*. Und ein Filmplakat des ersten *Rambo*-Films aus dem Jahr 1982.

Dann betrachtete sie die Einrichtung. Es war ein typisches Jugendstudio, wie es in den späten Siebzigern und frühen Achtzigern modern gewesen war. Bett, Schrank und Schreibtisch waren integriert. Unter dem Schreibtisch stand sogar noch ein alter Scout-Schulranzen. Das erste Modell in Blau mit orangefarbener Aufsatztasche. Unwillkürlich erinnerte sich Regina daran, dass sie das schwarze Modell mit den verstärkten Seitenleisten besessen hatte. Plötzlich verwandelte sich die abstrakte Verbindung zu Rösch in etwas Spürbares. Er war nur vier Jahre älter als sie. Sie waren zur selben Zeit Kinder gewesen, waren mit denselben Musikbands und Filmen aufgewachsen. Nie zuvor war ihr der kaltblütige Mörder Rösch menschlich so nahegekommen. Sie trat an den Schreibtisch und hob den Ranzen auf. Er war schwer. Sie stellte ihn auf den Schreibtisch und öffnete ihn. Ein alter brauner Diercke-Weltatlas steckte darin. Eingeschlagen in durchsichtige Schutzfolie, wie es damals üblich gewesen war. Sie zog ihn heraus und schlug ihn auf. Sah den Stempel, in den die Schüler ihre Namen eintrugen. *Niklas Rösch* war dort in sauberer Handschrift eingetragen. *Klasse 5a*. Darunter ein Stempel mit dem Schriftzug: *Dem Schüler übereignet*.

Sie kramte weiter in der Schultasche herum und förderte eine Federtasche sowie mehrere Hefte zutage. Die Federtasche war ein teures Ledermodell mit zwei Reißverschlüssen. Die eine Hälfte war mit Bunt- und Filzstiften gefüllt, die andere mit Lineal, Geodreieck, Pelikan-Füller, Tintenkiller, Bleistiften, Anspitzer und Radiergummi. Seit Jahrzehnten hatte sie keins dieser zweigeteilten braun-blauen Radiergummis gesehen. In dem gelben Täschchen, das in der Federtasche befestigt war, steckten sogar noch zwei Groschen.

Es fühlte sich an, als halte sie ihre eigene Vergangenheit in Händen.

Zuletzt wandte sie sich den Heften zu. Wie schon beim Namenszug im Atlas fiel ihr die ordentliche Handschrift auf. Kindlich, etwas nach links gestellt. Beinahe mädchenhaft.

»Er hat immer so schön geschrieben.« Frau Rösch war hinter Regina getreten und blickte ihr über die Schulter. »So sorgfältig. Er hat sich fast nie verschrieben.«

»Ja«, sagte Regina nur und klappte das Heft zu. Dann öffnete sie den Schrank. Beinahe hätte sie erwartet, auf alte Kinderkleidung zu stoßen, doch stattdessen war er mit Spielzeug vollgestopft.

Frau Rösch hatte nicht übertrieben – materiell war es ihrem Sohn glänzend gegangen. Allerdings fiel Regina auf, dass es neben Legosteinen, Puzzlespielen, Playmobil und Fischer-Technik auch Barbiepuppen gab. Sie zog eine der Figuren heraus.

»Er hat mit Barbiepuppen gespielt?«

»Ja, warum denn nicht?« Frau Rösch sah Regina fast vorwurfsvoll an. »Wir haben sehr darauf geachtet, ihn nicht in eine Richtung zu drängen. Warum sollte ein Junge nicht mit Barbies spielen?«

Auch Mark hatte eine nackte Barbiepuppe hervorgezogen. Das lange Haar war ihr abgeschnitten worden.

»Interessante Art, mit Barbies zu spielen«, bemerkte er.

»Er hatte auch einen Winnetou aus der Big-Jim-Reihe«, erklärte Frau Rösch. »Dem hat er ebenfalls die Haare geschnitten.« Sie lachte. »Mein Mann, Gott hab ihn selig, meinte daraufhin, Niklas solle Friseur werden.«

Regina legte die Puppe, die sie selbst noch in den Händen hielt, wieder in den Schrank.

»Ihr Sohn hat dem Gerichtsgutachter erzählt, sein Vater sei an den Folgen des Alkohols gestorben. Stimmt das? Hatte Ihr Mann ein Alkoholproblem?«

Frau Rösch wurde blass. »Er war ein sehr guter Ehemann und Vater«, sagte sie, anstatt auf die Frage zu antworten.

»Das bestreitet niemand«, erwiderte Regina. »Trotzdem wäre es wichtig, die Wahrheit zu erfahren. Hatte Ihr Mann ...« Regina zögerte, denn beinahe hätte sie selbst ›Gott hab ihn selig‹ eingefügt. »... hatte er ein Alkoholproblem?«

»Nun ja, ab und an trank er vielleicht ein Glas Wein oder Bier zu viel. Er war dann meist sehr lustig und beschwingt.«

»Was heißt das?«, hakte Regina nach.

»Er machte gern Scherze. Wir hatten viel Spaß.«

»Scherze?« Irgendetwas an Frau Röschs Formulierung irritierte Regina. Es klang beinahe entschuldigend.

Regina runzelte die Stirn. »Was zum Beispiel?«

»Ach, nichts weiter.« Die alte Frau machte eine abwehrende Handbewegung. »Das ist lange vorbei.«

»Ist es Ihnen unangenehm, darüber zu sprechen?«, bohrte nun auch Mark nach.

Zum ersten Mal, seit sie Frau Röschs Gäste waren, verschwand die freundliche, zuvorkommende Miene.

»Ich weiß nicht, wie die alten Narreteien Ihnen bei der Behandlung meines Sohnes helfen sollen.«

»Alles ist wichtig, Frau Rösch«, sagte Regina mit so sanfter Stimme, dass Mark erstaunt die Brauen hob. »Sie möchten doch, dass wir Niklas finden und wieder zu dem netten Jungen machen, der er einmal gewesen ist, nicht wahr?«

Die Alte nickte zögernd.

»Nun ja«, gab sie zu. »Er wollte manchmal, dass Niklas sich wie ein Mädchen anzog. In Erinnerung an Rosi. Und er bot ihm Geld, wenn Niklas ihm in Mädchenkleidung Bier aus der Eisdiele holte.«

»Wie alt war Ihr Sohn damals?«

»Zehn oder elf.«

»Und hat er es wegen des Geldes gemacht?«

»Zwanzig Mark waren damals viel für einen Jungen.«

»Aber er hatte doch alles, was er brauchte. Hat er sich jemals geweigert?«

»Daran kann ich mich nicht erinnern.« Frau Rösch senkte betreten den Blick und machte deutlich, dass sie sich sehr wohl erinnern konnte.

»Was wäre passiert, wenn er sich geweigert hätte?«, bohrte Regina nach.

»Nichts, es war doch nur ein Scherz, an dem wir alle unseren Spaß hatten.« Die Alte kicherte entschuldigend.

»Haben Sie sich nie überlegt, wie seine Schulkameraden auf seinen Anblick reagiert hätten?«

»Einmal ist es passiert. Sie haben gelacht, aber das ist nun mal so bei Scherzen.« Wieder dieses entschuldigende Kichern, das Regina auf unangenehme Weise an Röschs Dauerlächeln erinnerte.

»Haben Sie nie daran gedacht, dass Sie Ihren Sohn damit der Lächerlichkeit preisgegeben haben?«

»Ach was! Wir waren die besten Eltern, die Niklas sich wünschen konnte. Wir haben alles für ihn getan. Ihm fehlte es nie an irgendetwas.« Die Alte holte tief Luft. »Haben Sie noch weitere Fragen? Ansonsten bitte ich Sie zu gehen. Ich habe noch einiges zu tun.«

»Ich …«, setzte Regina an, doch Mark war schneller. »Wir haben keine weiteren Fragen mehr. Vielen Dank für Ihre Auskünfte und Ihre Geduld.«

»Keine Ursache.« Jetzt lächelte sie wieder versonnen. »Für Niklas täte ich doch alles.«

»Warum wolltest du so schnell gehen?«, fragte Regina, als sie wieder in Marks Auto saßen.

»Weil ich etwas mitgenommen habe und nicht wollte, dass sie es bemerkt.«

»Du hast geklaut?« Regina starrte ihn fassungslos an.

»Na ja, nichts, dessen Fehlen sie bemerken würde. Aber

ich glaube, wir brauchen noch weitere Informationen über seine Kindheit.«

Er zog eine zusammengefaltete Liste hervor und reichte sie Regina.

Es war eine uralte Klassenliste, noch mit einer mechanischen Schreibmaschine getippt, wie Regina an den unterschiedlich harten Anschlägen der Buchstaben erkannte. *Klasse 10a* stand darüber, darunter vierundzwanzig Namen mit Adressen und Telefonnummern.

»Vielleicht können wir herausfinden, ob noch jemand von den ehemaligen Mitschülern in Hamburg lebt. Ich wüsste zu gern, wie Rösch auf seine Mitschüler gewirkt hat«, erklärte Mark.

»Mein lieber Herr Oberarzt, ich muss sagen, Sie überraschen mich.« Regina schüttelte lächelnd den Kopf.

»Ich überrasche mich gerade selbst.« Er grinste breit.

»Hast du was dagegen, wenn ich die Liste Kashka gebe? Der findet am ehesten heraus, wer von den Ehemaligen heute noch hier lebt.«

»Ich hätte es sonst über *StayFriends* versucht«, sagte Mark. »Ich bin Gold-Mitglied.«

»Oh, du leistest dir echt diesen Luxus?«

»Ist ganz hilfreich – ich organisiere immer unsere Klassentreffen. Aber gern, wenn du meinst, dass dieser Kashka effizienter arbeitet. Ich bin nicht scharf darauf, haufenweise Leute anzuschreiben und auf ihre Antworten zu warten.«

Eine Weile schwiegen sie. Regina klappte die Sonnenblende herunter, um in den Spiegel zu sehen. Dabei fiel ihr der weiße Golf auf, der ihnen folgte. Ob das ihr Personenschützer war?

»Und?«, fragte Mark schließlich. »Was denkst du?«

»Über Rösch?« Regina klappte die Sonnenblende wieder hoch. »So verrückt es klingt, er hat mir kurzfristig sogar leidgetan. Die Alte hat doch ein Rad ab. Da zelebrieren diese Eltern lebenslang den Tod der Zwillingsschwester und verbieten ihrem Sohn den Besuch von Kindergeburtstagen.«

»Und zwingen ihn dazu, in Mädchenkleidern Bier für den Alten zu holen. Von wegen ein Scherz!«, stieß Mark hervor. »Aber das ändert nichts daran, dass ich diesen Typen am liebsten erwürgen würde, wenn er mir in die Hände fiele.«

»Ich will ihn auch nicht entschuldigen«, erwiderte Regina. »Wir wollen ja nur verstehen, warum er zu dem Monster wurde, das er ist. Und uns eine Waffe an die Hand geben, damit wir ihm künftig einen Schritt voraus sind.«

28

Zwei Tage vor Anabels Rückkehr aus Südfrankreich und vier Tage vor Florence' Beisetzung rief Kashka Regina in ihrem Büro in der Klinik an. Nach Florence' Tod hatte sie sich nicht länger krankschreiben lassen, sondern am übernächsten Tag wieder in die Arbeit gestürzt. Nach dem zweiten Mord war die Presse nun doch auf Rösch aufmerksam geworden, aber die Klinikleitung hatte den Kamerawagen die Zufahrt auf das Krankenhausgelände verboten. Die Sicherheitsvorschriften wurden verschärft, der Begleitstatus für die Insassen des Maßregelvollzugs erhöht, Neuzugänge nur noch in Handschellen zum Zahnarzt geführt.

Dr. Löhner hatte die Chefarztvisiten seinen Oberärzten überlassen, da er ständig mit dem ärztlichen Direktorium, der Rechtsabteilung und verschiedenen Pressestellen telefonierte. Wenn man ihm in diesen Tagen über den Weg lief, wirkte er um Jahre gealtert, und tiefe Falten furchten seine Mundwinkel. Er kämpfte um sein berufliches Überleben.

Umso erleichterter war Regina, als sie Kashkas Stimme am anderen Ende der Leitung hörte und er ihr verkündete, dass er die Adressen von drei ehemaligen Mitschülern von Rösch herausgefunden hatte, die noch in Hamburg lebten.

Endlich konnte sie wieder etwas tun! Sie notierte die Namen und Anschriften.

»Ich habe noch etwas mehr über die Betreffenden herausgefunden«, fügte Kashka hinzu. »Wollen Sie es hören?«

»Immer her damit!«

»Thorsten Möllner hat nicht nur mit Rösch zusammen die Schulbank gedrückt. Die beiden haben auch gemeinsam studiert. Allerdings ist Möllner nach dem Abschluss in Hamburg geblieben und hat in einer Firma am Hamburger Hafen angefangen. Interessant ist jedoch, dass er vor drei Jahren ein Visum für den Sudan beantragte und dort mehrere Wochen verbrachte.«

»Sie meinen, er hat sich mit Rösch getroffen?«

»Wer weiß? Finden Sie es heraus! Möllner ist ledig, hat aber einen neunjährigen Sohn aus einer früheren Beziehung, mit dem er jedes zweite Wochenende verbringt. Der Sohn war gerade letztes Wochenende bei ihm. Morgen ist Samstag. Vielleicht wäre es ein guter Tag, ihn zu besuchen.«

»Ich werde es einrichten. Sonntag kommt meine Tochter aus Frankreich zurück.«

»Was die zweite Mitschülerin angeht, Martina Behrens, die heißt inzwischen Martina Jochmann und hat fünf Kinder im Alter zwischen sieben und sechzehn. Ich habe ihre Telefonnummer. Am besten versuchen Sie sie vormittags zu erreichen. Da sind die Kinder in der Schule.« Er gab ihr die Nummer durch.

Regina schrieb mit. »Und der dritte?«

»Der ist etwas heikel«, gab Kashka zu. »Claus Wegener. Er ist Redakteur bei der *Bildzeitung*.«

»Oh! Hat er sein eigenes Wissen etwa noch nicht ausgeschlachtet?«

»Ich fürchte, er bringt seinen alten Klassenkameraden Niklas nicht mit dem Mörder Rösch in Verbindung. Er hat die Schule nach der zehnten Klasse gewechselt. Vermutlich hat er den Namen des Mitschülers längst vergessen, es sind immerhin mehr als dreißig Jahre vergangen.«

»Dann lasse ich von dem lieber die Finger.«

»Ist wahrscheinlich besser.«

»Bleiben also zwei – hoffentlich können die sich noch erinnern.«

»Es gibt noch zwei weitere Mitschüler in relativer Nähe. Michael Heitmann lebt in Lübeck, Markus Zimmerer in Kiel.«

»Ich hoffe, dass die Auskünfte reichen, die uns die verbliebenen Hamburger geben können.«

»Werden Sie wieder mit Ihrem Oberarzt losziehen?«

»Ja.«

»Ich wünsche Ihnen viel Glück.«

Mark war ebenso froh wie Regina, dass er der bedrückenden Stimmung im Maßregelvollzug entfliehen konnte.

»Dieser Thorsten Möllner scheint der Interessanteste zu sein«, meinte er. »Wollen wir uns den zuerst ansehen?«

»Morgen früh?«, fragte Regina.

»Warum so lange warten? Wie wäre es mit heute Abend?«

»Meinst du, er ist am Freitagabend zu Hause?«

»Ich an seiner Stelle würde einen Besuch am Freitagabend einer Störung am Samstagvormittag vorziehen.«

Regina nickte. Zudem hätten sie dann noch Zeit, Martina Jochmann am Samstag zu kontaktieren.

Mark holte Regina um achtzehn Uhr zu Hause ab. Ein kurzer Anruf an den unsichtbaren Schatten, dass sie einen Bekannten besuchen würden, dann ging es los. Während der Fahrt sah Regina sich mehrfach um. Ja, da war er wieder, der weiße Golf. Der Polizist machte seine Sache gut. Hätte sie nicht gezielt nach einem weißen Golf Ausschau gehalten, wäre er ihr nicht aufgefallen, da er immer mehrere Autos zwischen ihnen ließ. Aber er musste sie auch nicht verfolgen, er kannte ja das Ziel.

Thorsten Möllner lebte in einem Mehrfamilienhaus im Stadtteil Billstedt in der Nähe des Freibads. Es schien um diese Uhrzeit noch immer gut besucht zu sein, denn der Lärm der Badegäste war weithin zu hören.

»Mal sehen, ob er uns empfängt«, sagte Mark und drückte auf die Klingel. Es dauerte eine Weile, bis sie ein gelangweiltes »Ja?« durch die Gegensprechanlage hörten.

»Mein Name ist Doktor Birkholz«, sagte Mark. »Meine Kollegin Frau Doktor Bogner und ich müssen dringend mit Ihnen sprechen.«

»Ist Paul was passiert?« Panik in der Stimme, der Summer wurde betätigt. War Paul sein Sohn?

»Keine Sorge«, beruhigte Mark. »Es ist alles harmlos.« Sie betraten das Treppenhaus.

Möllner erwartete sie an der geöffneten Wohnungstür. Er trug Jeans und ein blaues T-Shirt mit der Aufschrift *Wer zuletzt lacht, denkt zu langsam*.

»Was ist mit Paul?«, fragte er.

»Ist Paul Ihr Sohn?«, antwortete Regina mit einer Gegenfrage.

Möllner nickte.

»Nichts. Wir sind nicht wegen Ihres Sohnes hier. Wir brauchen einige Informationen.« Sie zog ihren Maßregelvollzugsausweis hervor. Wie schon bei Röschs Mutter machte der kreditkartengroße Plastikausweis mit ihrem Foto den erwünschten Eindruck.

»Was ist das – Maßregelvollzug?«, fragte Möllner.

»Das erkläre ich Ihnen gern. Dürfen wir reinkommen?«

Möllner zögerte kurz, dann nickte er.

Im Wohnzimmer standen mehrere leere Bierdosen auf dem Tisch, vier gebrauchte Gläser, Schüsseln mit Resten von Kartoffelchips sowie zwei leere Pizzakartons.

»Wir haben jeden Donnerstag DVD-Abend«, sagte er, als er Reginas Blick bemerkte. »Bin aber erst vor einer halben Stunde nach Hause gekommen und hatte noch keine Zeit, das alles wegzuräumen.«

»Kein Problem«, sagte sie. »Dürfen wir uns setzen?«

Er nickte und wies auf die Couch. Er selbst nahm den Sessel.

Regina sah, wie Mark beeindruckt den riesigen Plasmabildschirm musterte, der einen Großteil der gegenüberliegenden Wand ausfüllte. Kein Wunder, dass man sich zum DVD-Abend bei Möllner traf.

»Also, was wollen Sie von mir?«

»Wir beide sind Ärzte des Maßregelvollzugs«, wiederholte Regina. »Der Maßregelvollzug ist die Abteilung der Psychiatrie, in der die richtig schweren Jungs einsitzen.«

»So wie der, der neulich geflohen ist? Dieser Mörder?«

»Genau. Und deshalb sind wir hier.«

»Wieso?« Möllner wirkte aufrichtig überrascht. »Was habe ich damit zu tun?«

»Nichts, aber wir sind auf der Suche nach Informationen über den Entflohenen und hoffen, dass Sie uns helfen können.«

»Ich? Wie kommen Sie denn darauf? Ich habe zeitlebens nichts mit Mördern oder verrückten Kriminellen zu tun gehabt.«

»Nein, aber Sie sind mit dem Täter nicht nur zusammen zur Schule gegangen, sondern haben mit ihm auch gemeinsam studiert«, erklärte Regina. »Wir versuchen ein Persönlichkeitsprofil zu erstellen und dazu müssen wir mehr über seine Vergangenheit erfahren.«

»So was wie Profiling?« Möllner zog die Stirn in Falten. »Ich habe die Nachrichten nicht verfolgt, ich weiß nur, dass einer abgehauen ist und gemordet hat. Wer war es?«

»Niklas Rösch«, sagte Mark.

»Niklas? Das ist nicht Ihr Ernst!«

»Leider doch«, bestätigte Mark. »Wann haben Sie ihn zum letzten Mal gesehen?«

»Der Niklas, das war ein Weichei. So'n richtiges Muttersöhnchen. Der hätte doch nie den Mumm, jemanden umzubringen.«

»Wann haben Sie ihn zum letzten Mal gesehen?«, wiederholte Mark.

»Das ist mindestens zehn Jahre her«, erwiderte Möllner. »Oder nein, neun Jahre, das war 2005, da hatten wir zwanzigjähriges Abitreffen. Er ist damals extra aus Afrika angereist. Hat die Leute echt beeindruckt, dass jemand von so weither kommt, nur um die ganzen Nasen nach zwanzig Jahren mal wiederzusehen. Vor allem der Niklas, denn dem haben sie in der Schule echt übel mitgespielt.«

»So?« Regina horchte auf. Sofort dachte sie an den betrunkenen Vater, der seinen Sohn in Mädchenkleidern zum Bierholen geschickt hatte.

»Er hatte was Püppchenhaftes. In der fünften Klasse ist er manchmal sogar in Mädchenklamotten auf die Straße gegangen. Ein paar Jungs haben ihn gesehen, und er behauptete, das müsse er für seinen Vater tun – im Andenken an seine tote Zwillingsschwester.« Bei der Erinnerung daran schüttelte Möllner verständnislos den Kopf. »Er war so blöd und hat den Jungs gesagt, dass seine Zwillingsschwester Rosi bei seiner Geburt gestorben ist und er deshalb was Besonderes sei. Er müsse für seine Eltern für zwei Kinder leben. Tja, damit hatte er seinen Spitznamen weg. Rosi.«

Regina erinnerte sich wieder an das Gutachten. Dort hatte er behauptet, das einzige Kind seiner Eltern gewesen zu sein. Kein Wunder. Vermutlich hatte er es bis zum Ende seiner Schulzeit bitter bereut, so offen gewesen zu sein.

»Sie haben später mit ihm zusammen studiert, nicht wahr?«, fragte Regina weiter.

»Woher wissen Sie das?«

»Wir haben Rösch bereits ziemlich genau durchleuchtet«, erwiderte sie ausweichend. »Sie waren auch im Sudan, nicht wahr?«

»Ja«, gab Möllner unumwunden zu. »Ich habe 2011 eine Abenteuertour gebucht. Zu den Ruinen von Meroë. War damals spottbillig, weil keiner wegen der Unruhen reisen wollte.«

»Zu den Ruinen von Meroë?«, fragte Mark. »Interessieren Sie sich für Archäologie?«

»Ein bisschen«, gab Möllner zu. »Aber vor allem fand ich es toll, mit den Jeeps durch die Wüste zu brausen. Wissen Sie, wir hatten sogar einen bewaffneten Geleitschutz dabei. War echt irre, wie in so 'nem Actionfilm. Ist aber nichts passiert. Die Leute, die wir unterwegs trafen, waren alle friedlich. Wissen Sie, manchmal denke ich, die Leute übertreiben, was da unten so abgeht.«

»Das hängt sicher davon ab, wo Sie sind«, bemerkte Regina trocken. Ohne dass sie es wollte, ärgerte sie sich. Was glaubte dieser Mann schon vom Leben gesehen zu haben?

»Haben Sie Rösch auf dieser Reise getroffen?«

»Nein, ich wusste nicht mal, in welchem afrikanischen Land er war. Wissen Sie, ich habe nie kapiert, warum er Deutschland damals dauerhaft den Rücken gekehrt hat. Ich meine, okay, die Jungs in der Schule, die waren echt eklig zu ihm, und die Mädchen, die haben ihn bloß ausgelacht. Keine Einzige ist mit ihm jemals ausgegangen. Aber als wir auf der Uni waren, war das alles vergessen. Da wusste keiner von Rosi.«

»Hatte er damals eine Freundin?«

»Wissen Sie, Frau Doktor, mit den Mädchen hatte er immer Schwierigkeiten. Er wusste einfach nicht, wie er mit ihnen umgehen sollte.«

»Können Sie das näher beschreiben?«

»Er hat nie den richtigen Ton getroffen. Das kam mir so vor, als hätte er irgendwo eine Flirtanleitung gefunden, die er nun abarbeiten wollte. Einmal habe ich das in der Mensa mitgekriegt, weil ich am selben Tisch saß. Es war zum Fremdschämen.« Möllner griff unter den Tisch und zog aus einem Karton, der Regina bis dahin nicht aufgefallen war, eine volle Bierdose.

»Wollen Sie auch eine?«, fragte er, während er sie öffnete.

»Nein, danke, wir müssen noch fahren«, wehrte Mark ab. »Aber erzählen Sie bitte weiter!«

»Eigentlich keine große Sache.« Möllner suchte unter den schmutzigen Gläsern eins heraus, begutachtete es, stellte es zurück und trank lieber aus der Dose.

»Also, der Niklas ist an die Julia ran, das war so 'ne ganz Süße, ihr Großvater war ein schwarzer GI, deshalb hatte sie etwas dunklere Haut und einen wilden Wuschelkopf. Aber sie war nicht nur niedlich, sie hatte echt Haare auf den Zähnen. Oh ja, an der haben sich einige die Zähne ausgebissen.«

Möllner trank einen weiteren Schluck Bier.

Regina wurde ungeduldig. Doch bevor sie etwas sagen konnte, hatte Mark sie kaum merklich am Arm berührt. Er wollte das Gespräch fortführen. Gut, sollte er. Bei solchen Männerthemen war es dienlich, wenn ein Geschlechtsgenosse die richtigen Fragen stellte.

»Was hat Rösch denn nun zu diesem Mädchen gesagt?«, fragte Mark.

»Der erste Fehler lag in seinem Säuseln. Einfach widerlich. Es klang irgendwie … schleimig. Dann machte er Julia Komplimente über ihre Kleidung. Dabei trug sie ein ganz normales Sweatshirt und Jeans. Und als Nächstes fragte er sie, ob ihr das Buch gefiel, das vor ihr auf dem Tisch lag. Sie antwortete, dass sie dieses Buch gerade erst gekauft habe. Er setzte sich daraufhin zu uns und fing an, von den Büchern zu erzählen, die er selbst gelesen hatte. Hat kein Schwein interessiert, aber das merkte er nicht. Und dann fragte er Julia, ob sie nach dem Essen noch einen Kaffee im *Abaton* mit ihm trinken wolle. Da hat sie dann gesagt, es reiche ihr. Wenn er sie hier schon langweile, müsse sie das nicht auch noch woanders haben. Das Gelächter am Tisch war groß. Und Niklas ist wie eine geprügelte Rosi abgezogen.« Möllner verzog angewidert das Gesicht. »Er war eben ein Loser. Ohne Durchsetzungskraft, ohne Mumm. Und jetzt ist er also ein irrer Mörder.« Er setzte die Bierdose an die Lippen und trank. »Haben Sie noch weitere Fragen?«

Mark sah Regina an. Sie schüttelte kaum merklich den Kopf.

»Nein, Herr Möllner. Vielen Dank, Sie haben uns wirklich sehr geholfen.«

»Meinen Sie, Sie kriegen ihn mit diesen Informationen?«

»Wir hoffen es.« Mark erhob sich, und Regina tat es ihm gleich.

»Soll ich Sie noch zur Tür bringen?«, fragte Möllner. »Oder finden Sie den Weg?«

»Keine Sorge, den finden wir.«

»Ziehen Sie die Tür bitte ordentlich zu, die klemmt manchmal!«, rief er ihnen noch nach.

Als sie draußen standen, holte Regina erst einmal tief Luft.

»Was sagst du?«, fragte sie Mark. »Ich denke, das reicht, um uns ein Bild über Rösch zu machen, nicht wahr?«

Er nickte. »Ich glaube auch. Die anderen können wir uns schenken. Rosi Rösch … Tote werfen lange Schatten, sogar wenn sie nur wenige Stunden gelebt haben.«

»Weißt du, was ich interessant finde, Mark?«

»Was denn?« Er schloss den Wagen auf, und sie stiegen ins Auto.

»Er tötet schwarze Frauen. Aber er hat sie auch begehrt. Diese Julia an der Uni mit dem schwarzen Großvater. Und dann diese Prostituierte in Juba.«

»Wo er zum ersten Mal getötet hat.«

»Genau. Aber so, wie Kashka es beschrieben hat, war er zunächst gar nicht auf Mord aus. Er wollte käuflichen Sex und wurde in eine Falle gelockt. Und dann hat er getötet. Er hat seine ganze Wut rausgelassen, hat überlebt. Ich glaube, damals hatte er zum allerersten Mal die Kontrolle. Er war immer der Außenseiter, immer der hilflose Spielball seiner Mitmenschen, weil er als Kind nie gelernt hatte, sich sozial zu integrieren. Und dann verlor er seine Blutunschuld, wie er es nannte. Er hat getötet und fühlte sich zum ersten Mal mächtig und frei.«

»Interessante Analyse. Und mit den schwarzen Frauen tötet er also, was er liebt?«

»Nein, so einfach ist das nicht. Aber es ist bemerkenswert, dass er dunkelhäutige Frauen vorzieht.« Regina warf Mark einen ungeduldigen Blick zu. »Lass uns endlich losfahren!«

Er nickte und startete den Motor.

»Manche Männer, die unter ihrer Mutter gelitten haben, suchen sich Partnerinnen, die sich möglichst stark von der Mutter unterscheiden«, sagte er dann.

»Oder wenn der Junge für die Mutter ein kleiner Ersatzmann sein musste. Der Vater war schließlich Alkoholiker. Ich glaube, Frau Rösch hat uns nicht die ganze Wahrheit über ihre Beziehung gesagt«, warf Regina ein. »Womöglich glaubte Rösch auch, er müsse seine Mutter schützen, für sie die Rolle des Vaters ausfüllen.«

»Du meinst, ein ungelöster Ödipuskomplex?« Mark hob die Brauen. »Aber war Rösch nicht eher ein Zwillingspärchen in einer Person? Der überlebende Junge, der das Erbe der Schwester mit in sich tragen musste? Was sogar dazu führte, dass man ihn in Mädchenkleidern aus dem Haus schickte?«

»Was eine weitere Frage aufwirft«, fiel Regina ein. »Er hatte keine weiteren Schwestern. Woher kamen die Mädchenkleider? Haben seine Eltern sie eigens für ihn gekauft?«

»Das wäre besonders pervers.« Mark zog eine angewiderte Grimasse, setzte den Blinker und bog vom Öjendorfer Weg in die Schiffbeker Höhe.

»Dieses ganze Szenario, in dem er aufgewachsen ist, war pervers«, bestätigte Regina. »Materiell war er versorgt, aber emotionale Nähe bekam er nur, wenn er sich den abartigen Wünschen seiner Eltern anpasste, ihnen Sohn und Tochter in einer Person war.«

»Aber das erklärt immer noch nicht, warum er schwarze Frauen tötet«, warf Mark ein. »Weil er sie begehrt, aber eine Ablehnung fürchtet? Weil er nur durch das Töten die Kontrolle bewahren kann?«

»Er sagte mir einmal, er spüre dabei das Leben. Wenn das Leben entweiche.«

»Das Leben spüren«, wiederholte Mark. »Er hat es als Kind niemals spüren dürfen, weil es immer vom Tod überlagert war. Für ihn war es normal, seinen Geburtstag auf dem Friedhof am Grab der Schwester zu verbringen. Er durfte keine Kindergeburtstage feiern. Er hat seinen Barbiepuppen die Haare abgeschnitten. Sogar seiner Winnetoufigur, wie seine Mutter erzählte. Hat er damit unbewusst gegen das Weibliche rebelliert, das die Eltern ihm aufzwangen?«

»Das ist gut möglich«, sagte Regina. »Und dann seine Berufswahl. Er wurde Ingenieur, wählte einen männlich dominierten Beruf. Aber damit nicht genug. Er ging ins Ausland. In ein Land, in dem Möchtegernhelden wie dieser Thorsten Möllner einen Abenteuerurlaub verbringen. Rösch aber hat dort gelebt und gearbeitet.«

»So wie du«, sagte Mark.

»So wie ich. Nur waren es bei mir andere Gründe. Mein Mann und ich waren voller Idealismus. Wir wollten die Welt verbessern und damit in seiner Heimat anfangen.«

Mark nickte stumm, setzte zum letzten Mal den Blinker und bog in die kleine Nebenstraße ein, in der Regina wohnte.

»Rufst du mich an, wenn du etwas Neues von deinem schwarzen Ersatz-James-Bond hörst?«, fragte er mit einem Augenzwinkern.

»Verlass dich drauf«, versprach sie beim Aussteigen. »Ich wünsche dir ein schönes Wochenende.«

»Ich dir auch, Regina. Mach's gut!«

Sie sah seinem blauen Audi nach, bis er hinter der Biegung verschwunden war.

29

»Es war einfach toll!« Anabel tanzte durch die Wohnung, während sie ihre Koffer auspackte. Regina seufzte. Die Berge an Wäsche bedeuteten mindestens drei volle Waschmaschinen.

»Jeden Tag haben wir im Meer gebadet. Vom Haus aus war das Meer zu sehen. Und das Essen dort – superköstlich! Jetzt weiß ich, warum es heißt, man lebe wie Gott in Frankreich.«

Anabel packte die Wanderschuhe aus und stellte sie neben den Koffer. Sie sahen verdächtig unbenutzt aus.

»Seid ihr überhaupt gewandert?«, fragte Regina.

»Nein, dazu war es zu warm.«

Wortlos nahm Regina die Schuhe und stellte sie weg.

»Gar keine Vorwürfe, Mum? Weil sie doch so teuer waren?«

»Das ist alles unwichtig.« Regina atmete tief durch. »Ich muss dir etwas sagen, Anabel.«

»Was denn?«

»Florence ist tot.«

Für einen Moment erstarrte Anabel in ihrer Bewegung. »Was sagst du da?«, stieß sie hervor.

»Sie wurde ermordet«, fuhr Regina unbeirrt fort. »Einer unserer Patienten ist entflohen. Der Mann, über den wir schon mal gesprochen haben. Der seiner Nachbarin den Bauch aufgeschlitzt hat.«

»Und … und der hat Florence ermordet?« Anabels Augen wurden groß wie Suppenschüsseln. »Das ist ein Witz, oder?«

»Glaubst du wirklich, ich treibe meinen Scherz mit solchen Grausamkeiten? Übermorgen wird Florence beigesetzt.« Regina wunderte sich über die Kaltblütigkeit, mit der sie ihrer Tochter von Florence' Tod berichten konnte. Aber vermutlich war dieser sachliche Ton der einzig richtige. Der einzige, in dem sie überhaupt über das Unfassbare sprechen konnte.

»Aber … aber das verstehe ich nicht. Warum hast du mir nicht gemailt? Oder mich angerufen?«

»Ich wollte dir den Urlaub nicht verderben. Du hast es ja noch früh genug erfahren. Schließlich ist das noch nicht alles.«

»Dann sag es mir, anstatt zu zögern!«, schrie Anabel. Regina sah die Verzweiflung in den Augen ihrer Tochter. Sie war ihr sehr ähnlich – sie weinte nicht. Sie war schockiert, erschrocken, entsetzt. Aber sie weinte nicht. Sie hatte seit dem Tod des Vaters nie mehr geweint. Regina erinnerte sich noch, wie ihre damals kaum vierzehnjährige Tochter behauptet hatte, Tränen seien etwas für Schwächlinge. Dabei hatte sie dem Kind deutlich angemerkt, wie verzweifelt es gegen die Tränen ankämpfte.

»Lass es ruhig raus«, hatte Regina zu Anabel gesagt und sie in die Arme genommen. »Dann geht's dir besser.«

Aber Anabel war hart geblieben. Sie war stark genug, um alles zu ertragen. Sie war die Tochter von Mamma Lipizi.

Und so erzählte Regina ihrer Tochter alles, was sie über Rösch wusste. Nur bei Florence' Tod sparte sie die grausamen Einzelheiten aus, die Rösch ihr am Telefon verraten hatte.

Als Regina geendet hatte, wirkte Anabel gefasst.

»Also stehe ich als Nächste auf seiner Liste. Bekomme ich auch einen Personenschützer?«

»Ja. Aber mach dir keine allzu großen Sorgen! Die Polizei erwischt diesen Rösch sicher bald. Mark und ich geben die Informationen, die wir gesammelt haben, morgen an die Polizeipsychologen weiter. Sie werden sie ihrem Profil hinzufügen und ihn fassen.«

»Und wenn nicht? Wie lange sollen wir uns vor diesem Mann verstecken?«

»Bislang wurde jeder Flüchtige erwischt. Meistens innerhalb der ersten Tage. Länger als drei Monate hat es nie gedauert.«

»Weißt du, was ich nicht verstehe, Mum?«

»Was, mein Schatz?«

»Warum bringt der Typ Frauen um, die ihm nie etwas getan haben? Warum nicht seine eigene Mutter? Die ist doch an allem schuld. Wenn ich nur an diese Geschichte mit der toten Zwillingsschwester und den Geburtstagen auf dem Friedhof denke.« Anabel schüttelte sich. »Die Alte sollte er sich doch mal vorknöpfen.«

Regina atmete tief durch. »Niemand weiß, ob er ausschließlich deshalb zum Mörder wurde. Die Kindheitsgeschichte ist nur eines von vielen Mosaiksteinchen. Allerdings hatte er als Kind und Jugendlicher nie die Kontrolle, er war immer der Unterlegene. Ich glaube, er genießt es, wenn andere Angst vor ihm haben, wenn sie weinen und betteln.«

»Aber gerade dann sollte er doch seine Mutter weinen und betteln lassen«, beharrte Anabel. »Das verstehe ich eben nicht. Oder ist er einfach zu feige, seiner Mutter die Meinung zu geigen?«

Über diese Worte dachte Regina noch lange nach. Warum ließ Rösch seine Mutter ungeschoren? Gab es noch immer eine Bindung zwischen ihnen? Er hatte sie jahrelang nicht mehr besucht. Anscheinend hatte er mit ihr gebrochen. Aber war das wirklich so? Was mochte er für seine Mutter empfinden? Fürchtete oder hasste er sie? Hatte er womöglich Angst, dass er ihr etwas antun könnte, und sie deshalb nie mehr besucht?

Oder war es ganz anders? Hatte Frau Rösch gelogen? War ihr Sohn doch bei ihr gewesen? Warum hatte sie ihn dann aber nie im Maßregelvollzug besucht? Weil er es vielleicht nicht wollte? Weil er fürchtete, dass sie von Rosi sprechen könnte? Rosi …

Ein weiteres Rätsel, mit dem sich die Polizeipsychologen befassen sollten.

Während Florence' Beisetzung regnete es in Strömen, und es war so windig, dass Regina ständig mit ihrem Regenschirm zu kämpfen hatte. Schon bald waren ihr schwarzes Jackett und die dunkle Bluse darunter komplett durchnässt. Dennoch fühlte es sich richtig an. Die Elemente mussten toben, aufschreien gegen das Unrecht, das Florence widerfahren war. Der Himmel musste an ihrer Stelle Tränen vergießen.

Es war ein großer Trauerzug. Nicht nur Florence' Freunde waren gekommen, sondern auch ein Großteil der afrikanischen Community. Die Menschen kannten sie aus ihrem

Laden und waren entsetzt über den grausamen Mord. Auch Mark gehörte zu den Trauergästen. Ebenso wie Akin Kashka. Der Oberarzt trug schwarze Jeans und ein dunkelgraues Sakko. Kashka war natürlich im adretten schwarzen Anzug erschienen. Ob er unter der Jacke wohl wieder seine Waffe trug? Hoffte er, Rösch würde heimlich der Beerdigung beiwohnen? Die Polizei schien ähnlich zu denken, denn mehrere Beamte in Zivil hatten sich unter die Menge gemischt. Regina erkannte sie daran, dass ihre Aufmerksamkeit nicht der Beisetzung, sondern dem Buschwerk ringsum galt.

Als sie bemerkte, dass Kashka sie musterte, fiel ihr ein, dass er Mark noch niemals begegnet war. Sie stellte die beiden Männer einander vor. Mark und Kashka reichten sich höflich die Hände, doch irgendetwas war seltsam. Ganz so, als stünde eine unsichtbare Wand zwischen ihnen. Es war ausgerechnet Anabel, die ihr auf die Sprünge half. »Die mustern sich ja wie Hund und Katz«, raunte sie ihrer Mutter zu. »Kann es sein, dass beide auf dich stehen, Mum?«

»Das ist doch Unsinn!«, flüsterte sie zurück.

»Na, ich weiß nicht.« Anabel lächelte verschmitzt. »Auf jeden Fall besser als ein durchgeknallter Glasaugenhersteller, findest du nicht?«

Regina beobachtete die zwei Männer jetzt unter genau diesem Gesichtspunkt. Aber da war nichts mehr festzustellen. Beide sahen zu, wie die sechs Träger mit dem Sarg an ihnen vorbeizogen und ihn ins Grab hinabließen. Vermutlich lag Anabel mit ihrer Vermutung völlig falsch. Schuld daran waren wahrscheinlich diese Liebesromane, die sie in letzter

Zeit haufenweise las. Regina seufzte. Sie hatte für derartige Schnulzen nie etwas übriggehabt. Ob es wohl die Sehnsucht nach der heilen Welt war, die ihre Tochter in die Welt der Schmonzetten zog?

Der Priester hielt eine ergreifende Rede am offenen Grab. Im Anschluss daran traten die Trauernden der Reihe nach vor, um Florence' Schwester ihr Beileid zu bekunden. Danach warfen sie Blumen und schaufelweise Erde ins Grab.

Wie gut, dass Florence' Mutter bereits im vergangenen Jahr verstorben war. Dadurch blieb ihr dieser Schmerz erspart.

Nach der Beisetzung fand ein großer Leichenschmaus in einem Lokal in der Nähe des Friedhofs statt. Regina fühlte sich zu kraftlos, um daran teilzunehmen. Anabel zeigte sich zwar ein wenig enttäuscht, verstand aber ihre Mutter und ging mit ihr zum Auto.

Kashka und Mark schienen ebenfalls kein Interesse am Leichenschmaus zu haben, denn sie begegnete beiden Männern auf dem Parkplatz. Sie hatte bislang gar nicht gewusst, dass Kashka ein Auto besaß, aber das war wohl selbstverständlich. Es war ein A-Klasse-Mercedes mit einem Berliner Kennzeichen. Anders als bei den herkömmlichen Nummernschildern stand an der zweiten Stelle keine Buchstabenkombination, sondern eine Zahl. Zudem war neben der TÜV-Plakette ein weiterer Aufkleber mit dem Berliner Bären angebracht.

Kashka bemerkte, wie sie sein Autokennzeichen musterte.

»Kontrollieren Sie, ob der TÜV noch gültig ist?« Er grinste sie an.

»Nein, ich frage mich, was die Zahl hinter dem B bedeutet.«

»Zweihundertvier ist der Ländercode für Botschaftsfahrzeuge des Südsudans.«

»Genießt ein solches Nummernschild auch diplomatische Immunität bei Blitzampeln?«

»Ich habe es noch nicht ausprobiert.« Kashkas Grinsen verwandelte sich in ein breites Lächeln. »Aber ich könnte es ja mal drauf ankommen lassen.«

»Ich wollte Sie nicht zu Ordnungswidrigkeiten verleiten.«

»Nicht? Das habe ich doch schon getan, als ich die Informationen über Röschs Schulfreunde gesammelt habe. Jedenfalls nach deutschem Recht.«

»Wie haben Sie das angestellt?«

Er lächelte wieder, sagte aber kein Wort.

Mark hatte bemerkt, dass sie mit Kashka bei seinem Auto stand, und gesellte sich dazu.

»Willst du noch lange im Regen stehen?«, fragte er.

»Ich bin schon nass«, erwiderte sie. »Da kommt es auf ein paar Tropfen nicht mehr an.«

Auch Kashka hatte sich zu Mark umgewandt. Als sie den Blick sah, mit dem er den Oberarzt musterte, musste sie unwillkürlich an Anabels Worte denken. Und plötzlich wusste sie, dass ihre Tochter recht hatte. Das hatte ihr gerade noch gefehlt!

30

Er wurde unruhig. Das Spiel, das so prickelnd begonnen hatte, wurde zunehmend komplizierter, seit der schwarze Mann sich eingemischt hatte. Allerdings auch reizvoller. Er hatte geglaubt, Kashka immer einen Schritt voraus zu sein, nun, da sie in Deutschland waren. Wer hätte auch ahnen können, dass ein armseliges, vom Bürgerkrieg zerrissenes und von westlichen Diplomaten verlassenes Land einem Mann wie Kashka derartige Möglichkeiten bot?

Rösch seufzte. Er hätte es wissen müssen. Sein Instinkt hatte ihn immer gewarnt. Kashka war anders als die korrupten Polizisten, die er sonst in Afrika getroffen hatte und denen es im Grunde gleichgültig war, ob eine Prostituierte mehr oder weniger aufgeschlitzt wurde. Kashka wollte ihn fassen, unbedingt! Rösch fragte sich, was wohl passieren würde, wenn es Kashka jemals gelingen sollte. Er zweifelte nicht daran, dass Kashka ihn töten würde. Die Frage war nur, auf welche Weise. Nach allem, was er über den schwarzen Mann wusste, hatte ihm jener einen grausamen Tod zugedacht.

Nun, auch das erhöhte den Reiz. Wenn der Einsatz hoch war, lohnte das Spiel umso mehr.

Röschs Gedanken schweiften zurück zu den Toten, für die er verantwortlich war. Frau Dr. Bogner mochte glauben, es seien überwiegend Frauen gewesen. Das war jedoch nicht immer so gewesen. Anfangs, da hatte er mit seiner Rache die Männer verfolgt. Hatte es genossen, die Angst in ihren Augen zu sehen, wenn er, der schmächtige Weiße, große schwarze Bäume fällte. Aber dann war etwas geschehen, das ihn um den Lohn seines Risikos betrogen hatte. Sein letztes Opfer hatte sich geweigert, ihm seine Angst zu zeigen. Bis zum heutigen Tag war er sich nicht einmal sicher, ob der Bursche überhaupt Furcht empfunden hatte. Trotz allem, was er ihm angetan hatte. Er hatte den Mann nicht brechen können, hatte sich sogar von ihm verhöhnen lassen müssen.

»Weißer Mann wie kleines Mädchen!«, hatte der Gefolterte gekeucht und sich zu einem schmerzverzerrten Lachen durchgerungen. Ohne weiter nachzudenken, hatte Rösch ihn daraufhin erstochen. Aber obwohl er ihn getötet hatte, kam er sich danach beschmutzt und erniedrigt vor. Er hatte sich dazu hinreißen lassen, es schnell zu beenden, hatte sich selbst um seinen Lohn betrogen, um die Angst, die Panik, die er dem Opfer vielleicht noch entlockt hätte, wenn er sich beherrscht hätte.

Bei Frauen war das leichter, die gerieten schon in Panik, wenn er ihnen nur den BH aufschnitt, schrien dabei, als würde er sie häuten, nur weil er ihnen ein Stück Stoff vom Leib zerrte.

In Afrika war vieles einfacher gewesen. Da hatte er seine Opfer nicht knebeln müssen. Keiner scherte sich in den schmutzigen Slums um die Schreie einer Hure. Er liebte das Winseln und Flehen. Wenn sie ihn anbettelten, von ihnen abzulassen.

Hier musste er sich auf die Sprache der Augen verlassen.

Auf den flehenden, furchtsamen Blick, auf die glänzenden Augen, aus denen die nackte Todesangst leuchtete. Er liebte diesen Blick.

Wie wäre es wohl, die Tochter von Mamma Lipizi zu töten? Und später sie selbst? Könnte er das Flehen in ihren Augen erkennen, oder würden sie ihn zu verhöhnen versuchen?

Schmerz und Tod reichten nicht immer aus. Manchmal bedurfte es eines subtileren Grauens. Er hatte lange darüber nachgedacht, er wusste, dass es gefährlich war. Gefährlicher als alles, was er zuvor geplant hatte. Aber der Einsatz würde sich lohnen. Und er hatte Zeit. In seinem Versteck fände ihn die Polizei nie. Nicht einmal Kashka. Sie alle waren so dumm, so naiv. Vielleicht sollte er ihnen irgendwann einen kleinen Hinweis zukommen lassen. Doch noch war es nicht so weit. Noch musste er aus dem Verborgenen heraus agieren …

31

»Findest du das nicht reichlich nervig?« Unruhig trat Michael von einem Fuß auf den anderen. »Müssen wir wirklich jeden Schritt von deinen Personenschützern überwachen lassen?« Es klang beinahe bösartig, wie Michael das Wort *Personenschützer* hervorstieß. Derart schlecht gelaunt hatte Anabel ihren Freund selten erlebt. Aber seit sie aus Frankreich zurückgekehrt waren und er von den Vorfällen und den damit verbundenen Sicherheitsmaßnahmen erfahren hatte, wirkte er wie ausgewechselt. Beinahe rebellisch. Ausgerechnet Michael, der sonst immer so vernünftig war.

Nun ja, sie konnte ihn verstehen. Kurz nach der Rückkehr aus Frankreich hatte er den alten Golf von seiner Großmutter bekommen – wenn man bei einem vierjährigen Modell überhaupt von alt sprechen konnte – und hatte sich schon darauf gefreut, mit Anabel spontane Ausflüge an die Ostsee zu unternehmen. Und dann das!

»Wenn wir das Stadtgebiet von Hamburg verlassen, muss ich das einen Tag vorher anmelden«, hatte sie ihm wiederholt zu erklären versucht. »Das hängt damit zusammen, dass die Beamten nicht so ohne Weiteres außerhalb ihres Bundeslandes tätig werden dürfen.«

»Als wenn uns dieser Mörder nach Grömitz folgen würde«, hatte Michael verärgert vor sich hingeknurrt.

Anabel dachte eine Weile nach. »Vermutlich nicht«, gab sie dann zu. »Meine Mutter meint, er versteckt sich irgendwo und beobachtet uns. Ein Auto hat er bestimmt nicht. Das wäre ja viel zu gefährlich für ihn.«

Bei Anabels Worten leuchteten Michaels Augen plötzlich auf. »Hör zu!«, sagte er. »Sag deinem Schatten, du übernachtest bei mir. Und dann gehen wir in die Garage und fahren los. Kein Mensch sieht, dass wir die Wohnung verlassen haben. Weder dein Bewacher noch dieser irre Mörder. Und wir machen uns einen schönen Tag an der Ostsee.«

Anabel zögerte, aber nur kurz, schließlich klang Michaels Vorschlag logisch. Wenn es ihnen sogar gelang, den Personenschützer auszutricksen, wie sollte ihnen dann dieser Rösch folgen?

Es gelang besser, als Anabel erwartet hatte. Niemand folgte ihnen, als Michael den Wagen aus der Garage fuhr, und die getönten Scheiben des Sportmodells verbargen die Gesichter der Insassen vollkommen. Voller Elan lenkte Michael den Wagen auf die A1 in Richtung Lübeck. Zwar gerieten sie kurz hinter Oldesloe in einen Stau, als sich die Fahrbahn aufgrund einer Baustelle verengte, aber nach einer Viertelstunde hatten sie wieder freie Fahrt. Michael gab Gas und zog an Wohnwagen, Reisebussen und voll bepackten PKWs vorbei.

»Hier ist nur hundertzwanzig erlaubt«, sagte Anabel mit Blick auf den Tacho. Er zeigte hundertachtzig.

»Siehst du irgendwo einen Blitzer?« Ihr Freund grinste breit vor sich hin. »Ich will doch nur die Verzögerung wieder reinkriegen.«

Anabel seufzte. »*Einen* Polizisten abzuhängen reicht dir heute wohl nicht, was?«

»Pass mal auf«, sagte er und fingerte am Autoradio rum. »Ich habe da noch eine passende MP3 auf dem Stick.« Und im nächsten Moment dröhnte Steppenwolf mit *Born To Be Wild* aus den Lautsprechern.

»Kindskopf!« Anabel schüttelte den Kopf, konnte aber nicht länger ernst bleiben und stimmte in sein Lachen ein.

Eine gute Stunde später lenkte Michael den Wagen bei Neustadt von der Autobahn in Richtung Grömitz. Anabel mochte diesen Ostseeort mit seiner dreieinhalb Kilometer langen Promenade, an der sich Geschäft an Geschäft reihte. Sie liebte die lange Seebrücke, an deren Ende eine Taucherglocke hing, mit der man sich ins grün schimmernde Meereswasser hinablassen konnte, um die Unterwasserwelt zu beobachten. Allerdings war die Schlange vor der Glocke so lang, dass man mit mindestens einer Stunde Wartezeit rechnen musste.

»Lass uns lieber einen Strandkorb nehmen«, schlug Michael vor und schritt schnurstracks auf den nächsten Strandkorbvermieter zu. Während ihr Freund den Strandkorb bezahlte, ließ Anabel ihre Blicke über den Strand schweifen. Im Meer tummelten sich unzählige Menschen. Wie bunte Farbtupfen hoben sich Luftmatratzen und Schwimmtiere von der leuchtend grünen Ostsee ab. In der Ferne fuhr ein Motorboot vorbei und wirbelte die ruhige See auf. Kinder jauchzten und versuchten, mit ihren Badetieren auf den schwachen Wellen zu reiten, die an den Strand rollten.

»Wir haben die Nummer G271«, hörte sie Michaels Stimme. Sie wandte sich zu ihm um, und er zeigte in die entsprechende Richtung, wo der Strandkorb stand. »Geh schon mal hin, ich hole inzwischen die Sachen aus dem Auto.«

»Soll ich dir beim Tragen helfen?«, bot sie an.

»Hey, ich habe zwei gesunde Hände. Das werde ich wohl hinkriegen.« Wieder dieses breite Lächeln, das sie so sehr liebte.

Der Tag wurde so wundervoll, wie es der erste Eindruck versprochen hatte. Die Ostsee hatte bestimmt noch zwanzig Grad Wassertemperatur, und die Sonne schien vom strahlend blauen Himmel.

»Wenn das Wetter hier immer so wäre, könntet ihr das Ferienhaus in Frankreich wieder verkaufen.« Anabel strich sanft über Michaels Schultern. Er hatte sich nach dem Schwimmen bäuchlings vor dem Strandkorb auf seinem Badelaken ausgestreckt. Sie genoss den Anblick seines wohlgeformten, sonnengebräunten Körpers und betrachtete das Glitzern der Wassertropfen in seinem Haar. Eigentlich war es haselnussbraun, aber die Sommersonne hatte es ausgebleicht und verlieh ihm einen goldenen Schimmer. Einige Sandkörner hafteten ihm noch am Rücken, an Stellen, wo er sich nicht sorgfältig genug abgetrocknet hatte. Sie blies sie weg. Er lachte.

»Du bist das Beste, was mir jemals passieren konnte«, flüsterte sie ihm ins Ohr.

Er drehte sich zu ihr um und zog sie in die Arme. »Das will ich doch hoffen.« Seine grünen Augen blitzten, hatten fast die gleiche Farbe wie die Ostsee im Sonnenschein. Anabel schmiegte sich eng an ihn.

»Und du siehst, du kannst dich auf mich verlassen«, raunte er ihr sanft ins Ohr. »Keine Polizisten und keine Mörder. Nur fröhliche Badegäste.«

»Musst du damit jetzt anfangen? Das tötet jede romantische Stimmung.«

Er lachte. »Na gut, dann nur noch romantisches Zeug. Sag mal, hast du auch Hunger?« Sein Blick fiel auf die Pizzeria direkt gegenüber an der Promenade.

»Und das nennst du romantisch?« Sie knuffte ihn spielerisch in die Seite. Allerdings verspürte sie plötzlich tatsächlich Hunger.

»Meinst du, die haben Pizza Diavolo?«, fragte sie.

»Das finde ich heraus. Und was willst du dazu haben? Eine Cola?«

Anabel nickte.

»Gut, warte hier, ich hol uns was.« Und schon sprang er auf und griff nach seinem Geldbeutel.

Anabel ließ sich auf ihr Badelaken zurücksinken und fuhr mit den Fingern durch den warmen Sand. Ja, es war die richtige Entscheidung, dachte sie bei sich. Es brachte nichts, sich zu verstecken. Dadurch bekam dieser irre Mörder nur mehr Macht, als ihm zustand. Sie betrachtete den blauen Himmel über sich, der durch den Kondensstreifen eines unsichtbaren Flugzeugs gefurcht wurde. Manche Augenblicke des Glücks sind für die Ewigkeit gemacht, dachte sie. Und dies ist einer davon. Doch kaum hatte sie den Gedanken zugelassen, schämte sie sich sogleich. Florence war vor wenigen Tagen beerdigt worden. Wie konnte sie so kurz nach ihrem grausamen Tod schon wieder glücklich sein?

Im Strandkorb nebenan stillte eine junge Frau einen Säugling, während ein nackter Junge von höchstens zwei Jahren mit seiner Schaufel immer wieder auf den Sand einschlug, während sein Vater ihm geduldig zu erklären versuchte, wie man eine Sandburg baute. Anabel beobachtete die beiden eine Weile. Es hatte etwas Amüsantes, wie der Vater immer ungeduldiger wurde, weil sein kleiner Sohn sich schlichtweg weigerte, im Sand zu graben, sondern lieber darauf herumtrommelte.

Michael kehrte zurück.

»Hier, zwar keine Diavolo, aber immerhin Peperoni.« Er reichte ihr ein großes Stück Pizza und eine kleine Flasche Cola.

»Du bist ein Schatz.«

»Ich weiß.« Das Strahlen seiner Augen vertrieb die letzten trüben Gedanken, die sich noch irgendwo in ihrer Seele festgekrallt hatten. Nichts, keine noch so bittere Erinnerung, sollte den Zauber dieses Sommertages zerstören.

Als sie am späten Abend erschöpft, aber glücklich bei Michael zu Hause ankamen, hatte niemand ihr Verschwinden bemerkt. Seine Eltern waren übers Wochenende in irgendein Wellnesshotel an der Nordsee gefahren, und der allgegenwärtige Schatten, der auf Anabel aufpassen sollte, hatte offenbar keine Ahnung von ihrem zeitweiligen Verschwinden.

Am folgenden Morgen schliefen sie lange aus und frühstückten gemeinsam.

»Ich glaube, es ist besser, wenn ich meine Mutter heute nicht den ganzen Tag allein lasse«, meinte Anabel, als sie fertig waren. »Fährst du mich nach Hause, oder soll ich den Bus nehmen?«

»Und womöglich einem irren Mörder in die Hände fallen?« Michael lachte. Er nahm die ganze Sache immer noch nicht ernst. »Nein, ich bringe dich nach Hause. Auch wenn ich dich lieber um mich hätte.«

»Du kannst mich morgen nach der Schule abholen«, flüsterte sie und legte ihm die Hände um den Nacken. »Mal sehen, ob wir unserem Schatten dann wieder ein Schnippchen schlagen können.«

»Du meinst, noch ein Nachmittag an der Ostsee?«

»Ach, fürs Erste würde auch der Baggersee am Oortkaten reichen.«

»Soll ich deine Badesachen gleich im Auto lassen?«

»Wäre besser. Sonst fragt mich meine Mutter noch, wo wir gestern waren.«

Als Michael Anabel eine Stunde später vor ihrer Haustür absetzte, achteten beide kaum auf den grauhaarigen Alten, der im Schatten des großen Ahornbaumes an der Hauswand lehnte und in sein Notizbuch kritzelte ...

32

Er wusste, was er wissen musste. Das letzte Steinchen war dem Puzzle hinzugefügt. Zufrieden notierte er das Kennzeichen. Den Halter und seine Adresse herauszufinden war kein Problem.

Das Spiel bereitete ihm immer mehr Freude. Es war eine anspruchsvolle Jagd, vor allem da das Mädchen ständig bewacht wurde.

Er hatte alles vorbereitet. Nun musste er nur noch den richtigen Zeitpunkt abwarten. Und so, wie sie sich von ihrem Freund verabschiedet hatte, mit stundenlangem Schnäbeln im Hauseingang, konnte es nicht mehr lange dauern. Verliebte Teenager waren leichtsinnig und blind jeglicher Gefahr gegenüber.

Dieser Junge war zwar recht groß und schien kein Schwächling zu sein, aber er hatte schon viel kräftigere Männer in die Knie gezwungen. Zwei Dinge konnten einen Mann unüberwindbar machen – große Wut und angewandte Intelligenz.

Wie alt mochte der Bengel wohl sein? Achtzehn? Oder doch schon neunzehn? Auf jeden Fall fast noch ein Kind. Ein dummer, leicht zu beeindruckender Junge. Und genau da würde er ansetzen.

Die letzte Runde des großen Spiels hatte begonnen …

33

Michael genoss die freien Tage, auch wenn er es schade fand, dass Anabel nach den Sommerferien wieder die Schulbank drücken musste und erst nach der sechsten Stunde Schluss hatte. Sein Studium würde erst im Oktober beginnen, und er hatte sich vorgenommen, bis dahin jeden freien Tag zu genießen.

Um die Mittagszeit packte er alles in den Golf. Luftmatratzen, Kühltasche mit Getränken, Frikadellen und Kartoffelsalat, dann stieg er ein und fuhr aus der Garage.

Er war gerade um den Häuserblock herumgefahren und in den kleinen Waldweg eingebogen, als plötzlich ein Schatten vor seinem Auto auftauchte. Instinktiv trat Michael in die Bremse, doch er konnte nicht mehr verhindern, dass ein Körper über seine Motorhaube rollte!

»Verdammte Scheiße!«, schrie er. Sein Herz schlug so rasend schnell, dass es ihm in den Ohren pochte, während ihm die Hitze in die Wangen stieg. »Verdammte Oberscheiße!« Er riss die Autotür auf und sprang aus dem Wagen.

Vor seinem Auto lag ein alter Mann und stöhnte.

»Ist Ihnen was passiert?«, keuchte Michael. »Soll ich einen Rettungswagen rufen?«

»Ich glaub nicht«, flüsterte der Alte. »Helfen Sie mir bitte!« Er hielt Michael die linke Hand entgegen. Michael ergriff sie und wollte dem Mann beim Aufstehen helfen. Im nächsten Moment sprang der Greis mit erstaunlicher Schnelligkeit auf die Füße. Bevor Michael sich darüber wundern konnte, traf ihn ein heftiger Faustschlag mitten ins Gesicht. Wie er zu Boden ging, spürte er schon nicht mehr.

Anabel ging unruhig vor dem Schultor auf und ab. Michael hatte ihr versprochen, sie gleich nach dem Unterricht abzuholen. Sonst war er immer einige Minuten früher da, aber nun wartete sie bereits über eine halbe Stunde. Allmählich wurde sie unruhig. War ihm etwas passiert? Hatte er einen Unfall gehabt? Sie zog ihr Handy hervor und überprüfte, ob sie eine SMS oder einen Anruf überhört hatte. Doch da war nichts. Seufzend steckte sie das Handy zurück in die Schultasche. Natürlich hätte sie ihn anrufen können. Da er jedoch noch keine Freisprechanlage besaß, hasste er es, wenn sein Handy während der Fahrt surrte.

Während sie den Blick über den Parkplatz vor der Schule schweifen ließ, fragte sie sich, was ihr Schatten wohl dachte. Ihre Mutter hatte ihr von einem weißen Golf erzählt, doch davon war weit und breit nichts zu sehen. Sie hatte nicht die geringste Ahnung, welches Auto ihr Beschützer fuhr. Am Morgen hatte sie ihn telefonisch informiert, dass sie nach der Schule mit ihrem Freund zum Hohendeicher See am Oortkaten fahren wolle. Ob Michael sich darüber geärgert hatte? Am Telefon hatte er nicht den Eindruck gemacht, aber seine Bezeichnung *berufsmäßiger Spanner* für den Personenschützer hatte nicht sonderlich freundlich geklungen.

Ließ ihr Freund sie warten und überlegte, wie er ihrem Schatten entgehen konnte? Bei dem Gedanken musste sie unwillkürlich lächeln. Fast hatte sie das Gefühl, ein Abenteuer mitzuerleben. Zusammen mit Michael gegen den Rest der Welt. Ob es ihren Eltern wohl damals genauso gegangen war, als sie im Sudan das Krankenhaus gegründet hatten? Doch kaum hatte sie diesen Gedanken zugelassen, überflutete sie eine Welle der Wehmut. Sie hatte ihren Vater sehr geliebt. Sein Tod belastete sie noch immer, obwohl seither vier Jahre vergangen waren.

Plötzlich war die Abenteuerlust verschwunden, denn nun erfüllten andere Bilder ihre Seele. Bilder von Blut und Tod. Meist hatte sie diese Bilder gut unter Kontrolle, versteckt im hintersten Winkel ihres Hirns, beinahe so, als befände sich eine schwere Eisentür davor, die sich niemals öffnete. In den letzten Jahren war es ihr immer besser gelungen, ihre Erinnerungen in zwei Teile aufzuspalten. Wann immer sie nach ihrer Kindheit gefragt wurde, stiegen nur die schönen Bilder auf, nie die düsteren. In solchen Momenten erzählte sie mit strahlenden Augen die wundervollsten Geschichten, zeichnete ihr bisheriges Leben so bunt, dass die Zuhörer sie um ihre Erlebnisse beneideten. Meisterhaft verstand sie es, die Dunkelheit in ihrem Innern vor der Umwelt zu verbergen. Sogar vor Michael. Sie hatte ihm nie erzählt, wie ihr Vater gestorben war, und er war so taktvoll gewesen, sie nie danach zu fragen.

Hinter ihr hupte es. Sie fuhr herum. Es war Michaels silberner Golf mit den getönten Scheiben. Endlich! Sie riss die Tür auf, warf ihre Tasche achtlos auf den Rücksitz und schwang sich auf den Beifahrersitz.

»Du hast dir ganz schön Zeit ge…«, setzte sie an, während sie sich anschnallte. Dann erst begriff sie, dass nicht Michael hinter dem Steuer saß. Sie erstarrte. »Wer sind Sie? Wo ist Michael?«

Sofort fuhr der Wagen mit quietschenden Reifen an.

»Halten Sie sofort an!«, schrie Anabel.

»Ganz ruhig«, sagte der Mann. »Du willst doch, dass dein Freund am Leben bleibt, oder?«

Am Leben bleibt … Fassungslos starrte sie den Mann an. Ihr Hirn schien einzufrieren, keinen klaren Gedanken zuzulassen.

Der Mann öffnete das Handschuhfach.

»Sieh mal da rein!«, sagte er lächelnd.

Erst entdeckte sie nur Blut, das von der Konsole tropfte. Dann erkannte sie, woher das Blut stammte. Im Handschuhfach lag eine menschliche Hand! Anabel schrie laut auf, doch der Mann lachte nur.

»Du willst doch nicht, dass dein Freund noch weitere Gliedmaßen verliert, oder?«

»Wo ist er?«, keuchte Anabel.

»Schön ruhig, Mädchen! Wenn du brav bist, bleibt er am Leben. Ansonsten …« Wieder dieses höhnische Lachen.

Anabel hatte das Gefühl, alles um sie herum löse sich auf. Das konnte alles nicht wahr sein. Nein, es durfte nicht wahr sein. Aber der Blick ins Handschuhfach und dazu dieser Geruch, der sie an die Schlachtfeste erinnerte, die sie im Dorf ihres Vaters miterlebt hatte … Blut, totes Fleisch … Es war Wirklichkeit! Es war kein Albtraum. Nein, die größte Furcht ihrer Mutter war Realität geworden.

Auf einmal verwandelte sich ihre ganze Angst in heiße Wut. Die eisige Furcht schmolz und verhinderte, dass sie innerlich erstarrte. Es war, als sähe sie durch einen blutroten Nebel, als liefe die Zeit langsamer.

Dieser verdammte Mistkerl hatte Florence auf dem Gewissen! Er hatte Michael überfallen und ihm eine Hand abgeschnitten. Damit durfte dieses verdammte Schwein nicht durchkommen! Niemals!

Ich muss handeln, dachte sie bei sich. Irgendetwas tun. Zeit gewinnen, damit mein Schatten merkt, was hier geschieht.

Sie atmete tief durch. Dir werde ich meine Angst bestimmt nicht zeigen. Dir nicht.

»In Ordnung«, sagte sie und wunderte sich, wie ruhig ihre Stimme klang. »Sie sind Rösch und wollen mich aufschlitzen, um sich an meiner Mutter zu rächen. Sehe ich das richtig?«

Mit einer gewissen Genugtuung bemerkte sie den kurzen Anflug von Überraschung in seiner Miene.

»Und du willst das coole Mädchen spielen, nicht wahr?«

Gut, dachte Anabel. Er geht auf Reden ein. Reden ist immer gut. Sie holte noch einmal tief Luft und schloss das Handschuhfach, um nicht länger auf Michaels blutige Hand starren zu müssen. Die Zeit in ihrem Erleben lief immer noch verlangsamt ab. Sie hatte das Gefühl, neben sich zu stehen, ganz so, als spräche nicht sie selbst, sondern ein anderes Mädchen.

»Glauben Sie wirklich, dass ich das nur spiele?«, hörte sie sich sagen. Und auf einmal öffnete sich das eiserne Tor in ihrem Kopf. Das Tor mit den grauenvollen Bildern, die sie nie mehr hatte sehen wollen. Sie hörte, wie sie im Plauderton weitersprach. »Ich habe schon genügend Idioten in meinem Leben gesehen, die anderen mit der Machete eine Hand abhacken. Was meinen Sie, wie viele solcher Opfer mein Vater behandelt hat? Haben Sie es auch mit einer Machete gemacht?«

Ich muss völlig verrückt sein, dachte sie, während sie sich selbst zuhörte. Ich sitze mit einem Mörder im Auto und rede dummes Zeug. Und dennoch konnte sie nicht den Mund halten, redete drauflos wie eine aufgedrehte Spielzeugfigur.

Rösch fuhr auf die Autobahn. Möglichst unauffällig linste Anabel in den rechten Außenspiegel, um zu erkennen, ob der Schatten ihr folgte. Rösch schien ihre Gedanken zu erraten.

»Den hängen wir gleich ab«, sagte er. Einen Moment lang überlegte Anabel, ob sie dem Fahrer einfach ins Lenkrad greifen sollte, aber das wäre bei dieser Geschwindigkeit Wahnsinn gewesen.

»Weißt du, dein Freund hat mir ein bisschen von eurem Vorhaben erzählt. Und dein heimlicher Beschützer glaubt bestimmt, dass wir in Moorfleet runterfahren und zu diesem Baggersee wollen. Aber da hat er sich geirrt.«

Ich muss irgendetwas tun, hämmerte es in Anabels Hirn. Irgendetwas.

Zu dumm, dass sie ihre Tasche mit dem Handy beim Einsteigen auf die Rückbank geworfen hatte.

Und wenn ich einfach die Handbremse anziehe? Eine schnelle Bewegung, dann schleudert er, und die anderen Autofahrer werden auf uns aufmerksam.

Ein rascher Griff, doch sie war zu langsam. Unbarmherzig legte sich Röschs Rechte um ihr linkes Handgelenk, zerquetschte es fast.

»Noch so was, dann schneide ich dir auch eine Hand ab!«, zischte er. »Aber vorher breche ich dir jeden Finger einzeln.« Seine Stimme war so kalt, dass Anabels heiße Wut erlosch und die eisige Furcht wieder von ihr Besitz ergriff. Er ließ ihre Hand los und griff in die Konsole neben der Handbremse. Es ging so schnell, dass Anabel nicht mitkriegte, was wirklich geschah, bis sie einen stechenden Schmerz in der Schulter spürte. Erst jetzt sah sie die Spritze, die er ihr mit voller Wucht durch das T-Shirt in den Schultermuskel gerammt hatte.

»Was ist das?«, schrie sie auf.

»Das hätte ich schon längst tun sollen, als du so viel geredet hast. Keine Sorge, in einer Viertelstunde schläfst du sanft und tief, und alle Sorgen sind vergessen. Vorerst zumindest.« Er lachte.

»Was war da drinnen?« Ihr Herz schlug schneller, ihre Hände ballten sich zu Fäusten, während sie voller Beunruhigung auf die Reaktionen ihres Körpers achtete.

»Ein kleines Andenken aus der Klinik.« Röschs Lachen ging ihr durch Mark und Bein. »Ich habe es im Medikamentenraum mitgehen lassen, als diese dummen Pfleger nicht hingesehen haben. Zwei Milligramm Lorazepam. Damit haben sie auf der Aufnahme bärenstarke Männer ins Reich der Träume geschickt.«

Ich muss dagegen ankämpfen, beschwor sie sich. Ich darf nicht einschlafen! Doch je mehr sie sich anspannte, umso schneller rauschte das Blut durch ihren Körper, und allmählich legte sich eine Gleichgültigkeit über ihre Glieder, die stärker war als jede Furcht. Und als sie die Lider nicht mehr offen halten konnte, hatte sie für einen Augenblick sogar das Gefühl, alles wäre in Ordnung und sie müsse sich um nichts mehr Sorgen machen ...

34

Regina hatte sich gerade in ihr Büro zurückgezogen, um Briefe zu diktieren, als das Telefon klingelte.

»Frau Doktor Bogner?« Es war Kommissar Riem. Seine Stimme klang irgendwie seltsam. Sofort stieg ihr Puls in die Höhe.

»Was gibt es?«, fragte sie.

»Der Freund Ihrer Tochter liegt im Krankenhaus.«

»Michael? Was ist passiert?« Tausend Gedanken schossen ihr durch den Kopf. Ein Autounfall? Sie wusste, dass er gern schnell fuhr. Aber warum rief Riem dann ausgerechnet sie an? Warum nicht seine Eltern? Oder ging es um Anabel? Die Erkenntnis fraß sich wie bittere Säure in ihre Eingeweide. »War Anabel bei ihm?«

Riem zögerte. Sie hörte, wie er sich räusperte. »Nein, Ihre Tochter war nicht bei ihm.« Er holte tief Luft, und es schien ihm schwerzufallen, die folgenden Worte auszusprechen. »Passanten haben ihn schwer verletzt im Straßengraben einer einsamen Landstraße gefunden. Jemand hat ihm die rechte Hand abgeschnitten. Er wäre fast verblutet.«

»Oh Gott!« Beinahe hätte Regina den Hörer fallen gelassen. Abgeschlagene Hände … Alte Erinnerungen an grausam gefolterte Menschen drängten sich mit Macht in ihr Bewusstsein. Sie brauchte eine Weile, bis sie sie zurückdrängen konnte. »Weiß man, wer das getan hat?«

Wieder ein kurzes Zögern, bevor die Antwort kam. »Er ist zurzeit nicht vernehmungsfähig, aber das Wenige, was er uns sagen konnte, deutet auf Rösch hin.«

»Was ist mit Anabel?«, schrie Regina ins Telefon.

»Wir wissen es nicht.« Riems Stimme war kaum mehr als ein Flüstern.

»Was soll das heißen – Sie wissen es nicht? Ich dachte, einer Ihrer Männer hat sie stets im Blick.«

»So war es auch. Aber er hat sie verloren.«

»Er hat *was*?«, brüllte Regina. »Wie konnte er sie verlieren?«

»Sie stieg vor der Schule in den Wagen ihres Freundes, aber der hat unseren Mann dann auf der Autobahn abgehängt. Nur wurde ihr Freund zu jenem Zeitpunkt gerade ins Krankenhaus eingeliefert.«

»Das heißt, Anabel ist zu Rösch in den Wagen gestiegen? Und Ihre Männer haben sie verloren? Sagen Sie mal, mit was für Idioten arbeiten Sie eigentlich?«

»Wir haben eine große Fahndung eingeleitet. Wir suchen mit zwei Hubschraubern nach dem Auto. Wir werden sie finden.«

»Wenn sie dann nicht mehr am Leben ist, werden Sie persönlich das noch bitter bereuen!«, schrie Regina und knallte den Hörer auf.

Unwillkürlich musste sie an Kashkas Meinung über die deutsche Polizei denken. Immer bemüht, immer zuverlässig, aber nicht immer effizient. Bevor sie noch wusste, was sie tat, hatte sie Kashkas Nummer gewählt. Nach dem zweiten Klingeln hob er ab.

»Rösch hat Anabel«, sagte sie sofort, anstatt sich mit ihrem Namen zu melden. »Die Polizei hat zwar eine Fahndung eingeleitet, aber ich fürchte, sie kommen zu spät.«

»Keine Panik!« Kashkas Stimme klang auf seltsame Art beruhigend. »Ich glaube nicht, dass Rösch sie sofort töten wird.«

»Wieso nicht? Bei Florence hat er auch nicht lange gefackelt!«

»Er spielt ein Spiel«, entgegnete Kashka. »Das hat er früher schon einmal getan.«

»Was soll das heißen?« Fast hätte sie auch Kashka angebrüllt.

»Sind Sie in der Klinik?«, fragte er statt einer Antwort.

»Ja.«

»Gut, ich komme zu Ihnen. Dann können wir reden.«

»Aber …«

»Ich komme zu Ihnen«, wiederholte er mit ruhiger Stimme und legte auf.

»Blödmann!«, zischte Regina in die tote Leitung. Dann rief sie Mark an.

»Kannst du schnell zu mir kommen?«, fragte sie ihn.

»Ich habe gleich Visite.«

»Rösch hat meine Tochter entführt.«

»Was?« Sie hörte, wie seine Stimme brach. »Aber ich dachte, sie stünde unter Polizeischutz …«

»Kommst du endlich, oder willst du lieber deine blöde Visite machen?«

»Ich bin sofort bei dir!«

Keine zwei Minuten später klopfte es kurz an der Tür, und Mark trat ein. Sein Gesicht zeigte den gleichen entsetzten Ausdruck wie nach Florence' Tod. Sie sah ihm die Fragen an, die Unsicherheit, doch er schwieg. Weil es vermutlich keine Worte gab, die etwas an den Tatsachen verändert hätten. Nie zuvor war sich Regina so hilflos vorgekommen. Nur die Polizei hatte die Möglichkeit, Anabel zu finden, sie musste den Beamten vertrauen. Leuten, die kurz zuvor einen tödlichen Fehler begangen hatten …

»Kann ich irgendetwas für dich tun?«, durchbrach Mark schließlich die Stille.

»Ich weiß nicht«, erwiderte sie leise. »Ich weiß im Moment gar nichts. Kashka ist auf dem Weg hierher.«

»Was kann er deiner Meinung nach ausrichten?«

Sie hob die Schultern. »Ich weiß es nicht. Aber er kennt Rösch. Besser als jeder andere. Er erwähnte etwas von einem Spiel.« Sie wiederholte die kurzen Wortwechsel mit Riem und Kashka. Mark hörte schweigend zu. Ihr fiel auf, dass er immer noch vor ihr stand.

»Willst du dich nicht endlich setzen?«, fragte sie.

Zögernd nahm er Platz.

»Weißt du, wo die Polizei nach ihm sucht, Regina?«

»Nein, ich habe Riem den Hörer aufgeknallt. War vielleicht ein Fehler, aber ich konnte nicht anders.« Sie seufzte.

»Seine Mutter erzählte doch, dass der Familie mehrere Immobilien gehören. Vielleicht hat er sich irgendwo dort versteckt.«

»Glaubst du nicht, dass die Polizei die Schlupfwinkel alle schon überprüft hat?«

»Wer weiß?«, fragte er zurück und erinnerte sie durch diese Wortwahl sofort an Kashka. »Du hast doch die Nummer von diesem Riem, nicht wahr?«

Regina nickte.

»Gib sie mir!«

»Du willst ihn anrufen?«

»Was wollen wir sonst tun?«

Sie seufzte wieder, kramte die Visitenkarte mit seiner Nummer aus ihrem Portemonnaie und reichte sie Mark. Er zog den Stuhl dichter an ihren Schreibtisch und griff nach dem Telefon. Die Art, wie er die Nummer wählte, zeugte von Entschlossenheit. Dann stellte er den Lautsprecher ein. Das Besetztzeichen ertönte.

»Immerhin scheint er sich zu kümmern«, meinte Mark und legte wieder auf. Dann wählte er abermals. Wieder besetzt. Erst beim vierten Versuch ertönte das Freizeichen. Riem nahm sofort ab.

»Doktor Birkholz hier«, meldete sich Mark. »Ich rufe für Frau Doktor Bogner an. Sie sitzt neben mir. Wir haben noch Fragen.«

»Fragen Sie!«, erwiderte Riem. Regina war sich nicht sicher, ob sie einen genervten Unterton in der Stimme des Polizisten wahrnahm oder ob sie sich das nur einbildete.

»Sie wissen, dass wir bei Röschs Mutter waren. Sie erzählte uns von den Immobilien ihrer Familie. Haben Sie die schon kontrolliert?«

»Selbstverständlich. Dort ist er nie gewesen.«

»Aber er muss sich gut vorbereitet haben, sonst hätten Sie ihn doch längst erwischt. Er ist bereits tagelang auf der

Flucht und hat in dieser Zeit zwei Morde begangen. Er wird wohl kaum als Obdachloser unter der Brücke hausen.«

»Herr Doktor Birkholz, seien Sie versichert, dass wir etwas von unserem Job verstehen.«

»Etwa so viel wie der Personenschützer, der sich vom Mörder abhängen ließ?«, zischte Mark.

Für einen Moment fühlte Regina sich ein wenig getröstet. Es tat gut, dass Mark Riem genauso hart anging, wie sie selbst es getan hatte.

»Zu Ihrer Beruhigung, Herr Doktor Birkholz,« – Riem betonte jede Silbe des Namens – »kann ich Ihnen versichern, dass meine Männer sich um alles kümmern. Die möglichen Zielobjekte sind erfasst, Durchsuchungsbeschlüsse liegen vor, sogar für das Haus von Röschs Mutter. Vermutlich sind meine Männer inzwischen schon vor Ort und stellen das Haus der alten Dame auf den Kopf. Wir haben wirklich jedes einzelne Objekt im Blick, das im Grundbuch auf den Namen der Familie Rösch eingetragen ist. Jedes. Und zwar nicht erst seit heute.«

Mark schwieg.

»Haben Sie noch weitere Fragen, Herr Doktor Birkholz?«

»Nein«, gab er zu.

»Gut, dann lassen Sie mich meine Arbeit erledigen und tun Sie die Ihre. Wir werden die Tochter von Frau Doktor Bogner finden. Und zwar lebend.«

Nachdem Riem aufgelegt hatte, war die Stille in Reginas Büro so bleiern, dass sie sich fast erdrückt fühlte. Irgendwo wurde eine Tür aufgeschlossen, sie hörte Stimmen und Lachen. Außerhalb dieses Büros ging das Leben ganz nor-

mal weiter. So wie immer. Nur sie war ausgeschlossen, ein-
gesperrt in eine Blase aus Angst und Verzweiflung. Und sie
konnte nicht das Geringste tun. Das war das Allerschlimmste.

»Darf ich mich in deinen PC einloggen?«, fragte Mark
plötzlich.

»Klar.« Sie rückte zur Seite, und er zog seinen Stuhl an ihren Schreibtisch.

Der Oberarzt meldete sich mit seinem eigenen Passwort an
und rief die Patientendateien auf.

»Was suchst du?«, fragte Regina, als er Röschs Datei und
dann das inzwischen als PDF eingescannte Gutachten öffnete.

»Ich will sehen, ob wir irgendetwas vergessen haben. Irgendeinen Hinweis.«

Sie sah, wie er das Gutachten überflog.

»Weißt du«, sagte er dabei, »wir sind die Sache immer nur
wie Psychiater angegangen, nicht wie Polizisten.«

»Die bekanntlich bislang auch keinen Erfolg hatte.«

»Mag sein. Aber wir haben versucht, in Röschs Vergangenheit Hinweise zu finden. Niemals in der Gegenwart. Er
war immer ein Einzelgänger. Aber hätte ein Einzelgänger so
lange durchhalten können? Erhielt er vielleicht doch Unterstützung?«

»Von wem?«

»Ich weiß nicht – das will ich ja herausfinden. Der Mann
hat seit seiner Rückkehr bereits wieder ein Jahr in Deutschland gelebt. In der Zeit lernt man doch Leute kennen, oder
man geht in Sportvereine. Ist vielleicht im Internet aktiv.«

Mark überflog noch immer das Gutachten.

»Er hat bei der Firma Wiesener gearbeitet. Hat eigentlich irgendjemand mit seinen Arbeitskollegen gesprochen?«

»Vermutlich hat die Polizei sie ebenfalls überprüft«, entgegnete Regina. »Aber du kannst Riem ja noch mal anrufen.«

»Der wimmelt mich nur wieder ab und behauptet, das hätten sie alles längst getan.« Mark schloss das Gutachten, ging ins Internet und googelte nach der Firma Wiesener.

»Wieso arbeitet ein Ingenieur eigentlich bei einer großen Spedition?«, murmelte er dabei. »Das finde ich seltsam.«

Regina sah ihm über die Schulter auf die Homepage. Nachdem der erste Adrenalinstoß verflogen war, fühlte sie sich wie ausgebrannt. So als sei ihr Kampfgeist gänzlich erloschen.

»Die Firma hat viele Kontakte nach Afrika. Vermutlich hat man ihn wegen seiner Auslandserfahrungen genommen«, erwiderte sie, um überhaupt etwas zu sagen.

»Aber in welcher Funktion? Er ist kein Kaufmann.«

»Warum beißt du dich daran so fest?« Regina musterte Mark mit einem kritischen Seitenblick. »Es ist im Grunde doch gleichgültig. Vermutlich war er froh, dass er so schnell einen neuen Arbeitgeber fand, als er aus Afrika zurückkehrte, weil er vor Kashka fliehen musste.«

»Vielleicht.« Mit einem Seufzen meldete Mark sich vom PC ab.

Reginas Pieper durchbrach die Stille. Sie blickte auf die Anzeige. Es waren die Schließer. Sie wählte die Nummer.

»Frau Doktor Bogner, Herr Kashka ist da«, meldete der Schließer.

»Sagen Sie ihm, ich bin unterwegs.« Sie legte auf. Dann sah sie Mark an. »Kashka ist da. Willst du mitkommen?«

»Warum nicht? Vielleicht kann Mini-James-Bond uns ja helfen«, spottete er.

»Du magst ihn nicht.«

»Ich kenne ihn viel zu wenig, um mir ein Urteil über ihn zu erlauben.«

Und eigentlich kenne ich ihn auch kaum, dachte Regina bei sich. Dennoch vertraute sie Kashka.

Der Afrikaner stand im Foyer und studierte aufmerksam die große Tafel, auf der die Stationen sowie die dazugehörigen Ärzte und Therapeuten aufgeführt waren. Beim Klappen der schweren Tür wandte er sich um. Fast schien es Regina, als würde er kaum merklich die Stirn runzeln, während sein Blick auf Mark fiel. Aber gleich darauf verflüchtigte sich dieser Eindruck wieder.

»Vielen Dank, dass Sie gekommen sind«, begrüßte sie ihn. Trotz der ernsten Situation huschte ein kurzes Lächeln über Kashkas Züge.

»Das ist doch selbstverständlich«, sagte er und nickte auch Mark zur Begrüßung zu. »Können wir uns irgendwo ungestört unterhalten?«

Regina warf Mark einen kurzen Blick zu.

»In meinem Büro«, schlug der Oberarzt vor. »Es sei denn, es soll ein Gespräch unter vier Augen sein.«

»Ich bin sehr neugierig auf Ihr Büro«, sagte Kashka mit einem vieldeutigen Blitzen in den Augen. Diesmal war Mark derjenige, der die Stirn kaum merklich runzelte.

»Dann kommen Sie mit!«

Marks Büro lag im hinteren Trakt des Gebäudes. Kashkas Blick schweifte neugierig umher. »Ziemlich viele Türen«, stellte er fest, als er sah, dass Regina ihn beobachtete.

»Wir haben einen hohen Sicherheitsstandard«, entgegnete sie und fügte in Gedanken »Normalerweise« hinzu. Die Katastrophe wäre nie passiert, wenn Löhner nicht erlaubt hätte, Röschs Status zu lockern und ihn ohne Handschellen ausführen zu lassen.

Schließlich erreichten sie Marks Büro. Es sah aus wie immer – zahlreiche Akten türmten sich auf dem Schreibtisch, und einige stapelten sich auch auf dem runden Tisch in der Mitte der Sitzgruppe. Mit geübtem Handgriff raffte Mark die Papiere zusammen, packte sie auf den Bürostuhl und bat seine Besucher, am Tisch Platz zu nehmen.

»Also?« Der Oberarzt musterte Kashka mit aufmerksamem Blick.

»Ich muss erst wissen, wie Rösch Anabel in seine Gewalt bekommen hat«, sagte der Afrikaner.

Regina fasste noch einmal kurz zusammen, was sie von Riem wusste.

»Er hat dem Jungen eine Hand abgeschnitten und ihn dann einfach liegen gelassen?«, hakte Kashka nach, nachdem Regina geendet hatte.

»Ja«, bestätigte sie. »Zum Glück hat Michael überlebt.« Sie schluckte. Trotz ihrer zermürbenden Sorge um Anabel mochte sie sich kaum vorstellen, wie Michael sich im Moment fühlen mochte. Am Morgen war er noch ein junger Mann gewesen, dem die Welt offenstand, jetzt machte ihn der Verlust der rechten Hand für alle Zeiten zum Krüppel.

Ob er wusste, dass Rösch Anabel in seiner Gewalt hatte? Sie hoffte, dass ihm bisher wenigstens diese Wahrheit erspart geblieben war.

Kashka nickte nachdenklich. »Ähnliches hat er bereits früher getan.«

»Was hat er früher bereits getan?« Marks Finger klopften ungeduldig auf den Tisch.

»Einem Mann die Hand abgeschlagen.«

Regina schluckte wieder. »Ich dachte, er habe sich immer nur an Frauen vergriffen.«

Kashka schüttelte den Kopf. »Anfangs hat er versucht, sich an den Männern zu rächen, die ihn in Juba überfallen hatten.«

»Ich dachte, da habe er in Notwehr getötet.«

»Anfangs«, wiederholte Kashka. »Später nicht mehr.« Seine Miene wurde hart.

»Und was ist aus dem Mann geworden, dem er die Hand abgeschlagen hat?«, fragte Regina weiter. »Lebt er noch? Sie erwähnten etwas von einem Spiel und meinten, dass er Anabel nicht sofort töten werde.«

»Es geht ihm nicht um Anabel. Es geht ihm um Sie«, erklärte Kashka und wandte sich an Regina. »Er will Sie in die Falle locken.«

»Warum sind Sie sich da so sicher?«, brauste Mark auf. »Der Kerl ist ein gemeingefährlicher Psychopath, der ohne zu zögern mordet.«

»Glauben Sie mir, ich weiß genau, wovon ich spreche«, beharrte Kashka. »Anabel schwebt in Lebensgefahr, aber er wird sich Zeit lassen. Er will Sie anlocken, Regina. Er wird

Ihnen eine Falle stellen. So hat er es damals auch gemacht. Damals hat der Lockvogel überlebt, aber das eigentliche Zielobjekt wurde brutal zu Tode gebracht.«

Plötzlich glaubte Regina den uralten Schmerz nachzuempfinden, den Kashka mit sich herumtrug.

»Warum verfolgen Sie Rösch so beharrlich?«, fragte sie deshalb. »Es hat mit Menschen zu tun, die Ihnen nahestanden, habe ich recht?«

»Das tut nichts zur Sache«, wehrte der Afrikaner ab. »Wichtig ist nur, dass er voraussichtlich wieder so handeln wird.«

Mark seufzte laut. »Könnten wir mit dieser ganzen Geheimniskrämerei vielleicht mal aufhören? Woher wissen Sie, dass Rösch mit Regina ein Spiel treibt und Anabel nicht einfach zur Befriedigung seiner Lust töten wird?«

»Ich weiß es nicht, aber ich vermute es mit ziemlicher Sicherheit. Die Parallelen sind zu groß.«

»Und was können wir bis dahin tun? Wie finden wir sein Versteck?«

»Er wird uns die Hinweise vermutlich sehr bald höchstpersönlich liefern.«

»Das ist nicht Ihr Ernst, oder?«, rief Mark. »Wir sollen darauf warten, dass uns ein irrer Psychopath Tipps gibt, wie wir seinen Schlupfwinkel finden, damit er Regina eine Falle stellen kann? Ich hätte mir echt mehr von Ihrer Hilfe versprochen als solchen Unsinn!«

Reginas Handy klingelte. Sie zog es aus der Hosentasche, um den Ton abzustellen, als sie die Nummer auf dem Display erkannte. Es war die Nummer von Marks gestohlenem Handy!

Wortlos zeigte sie das klingelnde Handy dem Oberarzt und Kashka. Mark keuchte auf.

»Gehen Sie ran!«, forderte Kashka sie auf. »Ich habe Ihnen doch gesagt, dass er sich melden wird.«

35

Durst war die erste Empfindung, die Anabel in die Welt der Lebenden zurückholte. Eine Weile spürte sie nur dieses unerträgliche trockene Gefühl im Mund, bevor sie genügend Kraft fand und die Augen öffnete. Doch was war das? Wieso bekam sie die Lider nicht auseinander? Es dauerte eine Weile, bis sie begriff, dass ihr Rösch die Augen mit Klebeband zugeklebt hatte. Sie versuchte sich zu bewegen, bis sie merkte, dass ihre Hände auf dem Rücken gefesselt und auch die Füße an den Knöcheln zusammengeschnürt waren. Sie atmete tief durch. Das Zeug, das er ihr gespritzt hatte, benebelte noch immer ihr Gehirn. Dennoch versuchte sie sich zu orientieren. Der Boden, auf dem sie lag, war kalt und glatt. Keine Unebenheit, es fühlte sich beinahe an wie Metall. Sie versuchte den Oberkörper aufzurichten. Beim ersten Mal fiel sie wieder zurück, erst beim zweiten Versuch gelang es ihr, sich aufrecht hinzusetzen. Dann lauschte sie. Aber da war nur Stille, ganz so, als befände sie sich in einer Gruft. Bei dem Gedanken daran fröstelte sie. Wie viel Zeit mochte vergangen sein? Das Schlimmste war die völlige Orientierungslosigkeit. Er hatte sie nicht geknebelt. Das bedeutete also, dass er ihre Schreie nicht fürchtete.

Eigentlich hätte ihr vor Angst der Verstand einfrieren müssen, aber sie konnte klar über ihre Lage nachdenken. Ob das eine Nachwirkung der Droge war? Sie erinnerte sich an das Gefühl von Ruhe und Sorglosigkeit, bevor sie weggedämmert war.

»Hallo?«, sagte sie vorsichtig. Ihre Stimme klang rau und spröde. Keine Reaktion. War sie wirklich allein? Oder war er irgendwo und beobachtete sie?

»Hallo?«, rief sie etwas lauter. Es fiel ihr schwer, ihr Mund war so trocken, dass ihre Zunge sich rissig wie trockenes Holz anfühlte. Wieder blieb alles ruhig. Keine Bewegung, kein fremder Atem, nichts war zu hören. Sie war allein, wo auch immer das sein mochte. Sie winkelte die Beine an und versuchte, durch den Raum zu robben, um sich einen Eindruck von ihrem Gefängnis zu verschaffen. Dabei stieß sie gegen eine Wand. Sie fühlte sich seltsam an, kalt und irgendwie grob geriffelt. Als sie mit den Füßen dagegenstieß, hörte sie einen hohlen metallischen Klang. Wo zum Teufel war sie? In einer großen Blechbüchse?

Nach und nach gelang es ihr, sich durch ihr Gefängnis zu tasten. Es war vollständig leer, schien ungefähr zwei Meter breit und etwa dreimal so lang zu sein.

Befand sie sich in einem LKW? Aber dann hätte sie doch irgendetwas hören müssen, Straßenlärm, den Wind, der am Auto rüttelte. Außerdem wäre es nicht so kalt gewesen. Es hätte heiß und stickig sein müssen.

»Hallo?«, brüllte sie, so laut sie konnte. »Hört mich jemand?«

Nichts.

Langsam verschwand die Ruhe, und die Furcht kehrte zurück. Sie spürte, wie ihr Tränen in die verklebten Augen schossen. Nein, ich werde nicht weinen!, schwor sie sich. Niemals! Das will der Mistkerl doch nur.

Ihre Gedanken flogen zurück in eine Zeit, an die sie sich freiwillig nie mehr erinnert hätte. Es waren die letzten Tage im Leben ihres Vaters gewesen. Doch damals hatte sie das nicht gewusst. In Nyala herrschte der Ausnahmezustand. Straßenkämpfe überall. Sie und ihre Eltern hatten ihr schönes Haus verlassen und sich mit den letzten Getreuen in der Klinik verschanzt. Die Klinik bot noch etwas mehr Sicherheit, aber die Granaten schlugen auch hier ein. Nie hatte sie das Geräusch vergessen, als der vorderste Trakt des Gebäudes einfach weggerissen wurde. Plötzlich war die Erinnerung so stark, als stünde sie wieder dort. Sah das Blut, die Verletzten. Ihr Vater trug eine der Krankenschwestern in den hinteren Bereich. Eine furchtbare Blutspur verriet, wo sie entlanggegangen waren. Erst beim zweiten Hinsehen begriff sie, dass die Frau keine Beine mehr hatte …

»Geh nach hinten! Versorg die Patienten mit Wasser!«, hatte ihr Vater sie aufgefordert, als er ihren bestürzten Blick bemerkte. Und zum ersten Mal hatte sie Sorge in den Augen ihres sonst so unbesiegbaren Vaters entdeckt. Sorge und Angst. Nicht um sich, sondern um sie, seine Tochter.

»Mir macht das nichts aus«, hatte sie geantwortet. »Ich kann dir auch hier helfen. Ich bin schon groß.«

»Das bist du, Anabel«, hatte er geantwortet. »Aber die Menschen dort hinten brauchen dich dringender. Geh und hilf deiner Mutter!«

Sie war seiner Bitte gefolgt und in den unversehrten Teil der Klinik geeilt. Die meisten Pfleger waren bewaffnet. Sogar ihre Mutter trug eine Pistole im Gürtel. Die ganze Szene hatte etwas Unwirkliches an sich, erinnerte sie an die Filme, die sie im DVD-Player ihrer Eltern gesehen hatte. Nun befand sie sich selbst in einem Actionfilm. Die Guten würden siegen, das war klar. Aber es würde Opfer kosten. Während der ganzen Zeit stellte sie sich vor, einfach nur in einem Film zu sein, wehrte die Angst ab, indem sie die Realität verleugnete. Sie sah viele Menschen sterben, doch sie schottete sich ab gegen das Leid. Einer der Pfleger, ein junger Mann aus Südafrika, nannte ihre Mutter in jenen Tagen erstmals Mamma Lipizi. Mutter der Vergeltung. Weil ihre Mutter sich nicht gescheut hatte, sich nach draußen zu kämpfen und Verwundete hereinzuholen. Genauso, wie ihr Vater es tat. Jeder bewunderte den Mut ihrer Eltern. Sie fürchteten den Tod nicht. Und Anabel schwor sich, den Tod ebenso wenig zu fürchten. Die Guten gewinnen, auch wenn es Opfer kostet, dachte sie. Sie dürfen nur niemals aufgeben.

Dann war die Erinnerung an ihren sterbenden Vater wieder gegenwärtig. Und an seine letzten Worte. »Alles im Leben hat seinen Sinn«, hatte er ihr zugeflüstert, während ihre Mutter wie eine Furie auf die Mörder einstürmte und mit einer *Uzi* im Anschlag jede Menschlichkeit verlor. Es hatte Anabel nicht erschreckt. So musste es sein. So musste das Böse ausgerottet werden. »Alles im Leben hat seinen Sinn«, hörte sie wieder ihres Vaters Stimme, blutend, den Leib zerfetzt von einer kompletten Gewehrsalve. »Du bist stark, so wie deine Mutter. Ihr werdet leben.« Blutiger Schaum quoll ihm aus Mund und Nase. Sie hielt seine Hände, spürte, wie die Tränen aufstiegen, doch sie weinte nicht. Auch die Guten müssen Opfer bringen, sagte sie sich in Gedanken. Er soll sehen, dass ich stark bin. Er soll stolz auf mich sein.

Die Bilder verschwanden, und Anabel wurde sich wieder der Gegenwart bewusst. Sie spürte, dass ihr Gesicht nass war von all den Tränen, die sie nie geweint hatte. Und sie bemerkte noch etwas. Das Salz der Tränen hatte das Klebeband gelöst. Sie kniff die Augen zusammen, versuchte sie wieder zu öffnen. Immer wieder. So lange, bis die Klebestreifen fielen. Doch als sie wieder sehen konnte, umgab sie nichts als Schwärze. Wo immer sich ihr Gefängnis befand – es war finster wie die Nacht.

36

»Hallo, Frau Doktor!«, hörte Regina Röschs Stimme. Sie hatte den Lautsprecher des Handys eingeschaltet, damit Kashka und Mark mithören konnten. »Ich wollte nur hören, wie es Ihnen so geht«, fuhr er fort.

»Und was wollen Sie jetzt hören?«, fragte sie zurück. Dabei überlegte sie krampfhaft, wie sie ihn in der Leitung halten konnte, denn Mark versuchte, mit dem PC die installierte Sicherheitssoftware seines Smartphones zu orten.

»Möchte nur wissen, wie der Kerl meine PIN geknackt hat«, murmelte er dabei vor sich hin.

»Oh, Frau Doktor, Sie enttäuschen mich! Ich dachte, Sie würden mich als Erstes nach Ihrem Töchterlein fragen.«

»Was haben Sie mit ihr gemacht?«

»Befürchten Sie, dass ich auch ihren Darm vermessen habe?« Er lachte. Regina wurde schlecht, aber sie beherrschte sich.

»Lebt sie noch?« Sie wunderte sich, wie ihre Stimme bei dieser Frage so ruhig bleiben konnte.

»Aber sicher, Frau Doktor. Ich habe Ihrem kleinen Augenstern kein Haar gekrümmt. Wissen Sie, ich glaube, es wird Zeit, dass wir uns wieder von Angesicht zu Angesicht gegenüberstehen. Und ich gebe Ihnen eine Chance, mich zu finden. Ich lasse dieses Handy eingeschaltet liegen, damit Sie es orten können. Ich glaube, Ihr Oberarzt wird sich freuen, wenn er es zurückbekommt. Da sind doch einige sehr … nun, sagen wir mal, bemerkenswerte SMS drauf.« Wieder dieses Lachen. »Wussten Sie, dass er einen schmutzigen Sorgerechtskrieg mit seiner Exfreundin um seinen zehnjährigen Sohn Frederik führt? Ich wusste gar nicht, wie schmutzig so ein Krieg sein kann.«

Unwillkürlich warf Regina Mark einen Blick zu. Bei der Erwähnung seines Sohnes war er kurz zusammengezuckt. Sie hatte nicht gewusst, dass er einen Sohn hatte. So trug wohl jeder von ihnen seine Geheimnisse mit sich herum.

»Ich hinterlasse Ihnen einen kleinen Tipp, Frau Doktor. Aber wenn Sie die Polizei einschalten, muss ich doch noch nachsehen, wie lang der Darm Ihrer Tochter ist.«

Dann legte er auf.

»Ich habe das Signal!«, rief Mark. »Bahrenfelder Straße zweihundertvierundfünfzig.«

Er öffnete Google Maps und gab die Adresse ein. »Das zentrale Fundbüro in Altona!«, sagte er dann.

Regina sprang auf. »Dann los! Nichts wie hin!«

»Nehmen wir meinen Wagen«, schlug Kashka vor.

»Warum Ihren?«, fragte Mark zurück.

»Dort gibt's kaum Parkplätze. Und Diplomaten kriegen keine Strafzettel.« Er grinste, doch Regina hatte das Gefühl, dass er aus ganz anderen Gründen mit dem eigenen Auto fahren wollte.

Mark rief kurz den Chef an und sagte, dass er wegen eines privaten Notfalls früher Feierabend machen müsse. Dann verließen sie das Gebäude des Maßregelvollzugs.

Kurz bevor sie in Kashkas kleinen Mercedes stiegen, fragte Mark, ob sie nicht doch lieber die Polizei informieren sollten.

»Nein«, widersprach Kashka. »Das ist zu gefährlich.«

»Aber wenn der Typ bewaffnet ist? Ich meine, er könnte ...« Mark brach ab, als er sah, wie Kashka aus dem Handschuhfach eine Pistole nahm und sie in das leere Holster unter seiner Jacke schob. »Ich hatte sie nur abgelegt, weil eine Waffe in der Eingangsschleuse den Alarm ausgelöst hätte«, erklärte er. »Glauben Sie wirklich, dass ich Rösch unbewaffnet entgegentrete?«

»Ich vergaß – Sie sind die ebenholzfarbige Ausführung von James Bond.«

»Falsch! James Bond ist die blasse Ausführung von mir.« Kashka lächelte breit.

»Können wir jetzt endlich losfahren, wenn das geklärt ist?« Regina wurde ungeduldig.

»Kein Problem.« Kashka tippte kurz die Adresse ins Navi, dann gab er Gas.

»Im Klinikgelände ist nur Tempo dreißig erlaubt!«, rief Mark.

»Ihr Deutschen seid zu sehr auf Regeln fixiert«, erwiderte Kashka, nahm aber den Fuß vom Gas und fuhr brav in Tempo dreißig bis zur Schranke.

Obwohl Kashka zügig fuhr, brauchten sie für die etwa fünfzehn Kilometer von Langenhorn nach Altona fast eine halbe Stunde. Vor Ort stellte Kashka sich einfach schräg auf den Fußweg.

»Ich warte im Auto auf Sie«, sagte er. »Nur für den Fall,

dass Rösch noch irgendwo in der Nähe lauert. Allerdings hat er sich vermutlich längst aus dem Staub gemacht.«

Mark und Regina nickten und stiegen aus.

Das zentrale Fundbüro war um diese Zeit leer. Mark fragte, ob jemand vor Kurzem ein Handy abgegeben habe.

»Ja, vor einer guten halben Stunde war jemand hier und hat ein Smartphone abgegeben«, sagte die Frau hinter dem Tresen. »Beschreiben Sie Ihres doch bitte etwas näher!«

»Ein schwarzes Samsung Galaxy SII.«

»Einen Moment bitte.« Die Frau verschwand und kam kurz darauf mit einem Handy zurück.

»Ist das Ihrs?«

»Ja.«

»Können Sie sich als Besitzer ausweisen?«

Mark zog seinen Ausweis hervor und reichte ihn der Dame vom Fundbüro. »Regina, rufst du mich mal an?«, fragte er dann. »Nur damit die Dame sieht, dass es wirklich mein Handy ist?«

Kurz darauf klingelte Marks Smartphone.

Die weiteren Formalitäten waren problemlos geklärt, und keine zwei Minuten später hatte Mark sein Handy zurück.

»Hat der Finder sonst noch etwas abgegeben?«, fragte er. »Einen Zettel oder so?«

»Nein, nur das Telefon.«

»Vielen Dank.«

Nachdem sie wieder im Auto saßen, ging Mark die Speicher durch. Aber er fand nichts, keine Nachricht, keinen Hinweis.

»Sehen Sie sich einfach mal die Fotogalerie an!«, schlug Kashka vor.

Mark öffnete die Fotos. Regina und Kashka starrten ebenfalls auf das Display. Da war noch das Essen von Florence, mehrere Fotos eines ungefähr zehnjährigen Jungen, vermutlich Marks Sohn.

»Da! Das Bild habe ich nicht gemacht!« Er zeigte es Regina und Kashka. Mehrere hohe Kräne standen am Wasser, ringsum bunte Vierecke.

»Der Containerhafen!«, rief Regina. »Verdammt, du hattest recht, Mark! Wir hätten mehr wie Polizisten denken sollen, nicht wie Psychiater!«

»Tut mir leid, wenn ich gerade nicht folgen kann«, mischte sich Kashka ein.

»Rösch hat bei einer Speditionsfirma gearbeitet. Firma Wiesener«, erklärte Regina. »Ich habe keine Ahnung, ob man sich einfach so am Hafen Container mieten kann oder ob die Firma irgendwo welche stehen hat. Aber ein Container wäre das ideale Versteck. Man kann darin hervorragend leben, wenn man ihn entsprechend einrichtet. Bei uns um die Ecke gibt es ein Asylbewerberlager, das besteht aus Wohncontainern.«

»Dann lasst uns die Polizei anrufen!«, sagte Mark und machte bereits Anstalten, die Nummer zu wählen.

»Nein!« Kashka umklammerte sein Handgelenk. »Das ist viel zu gefährlich. Wir wissen noch nicht, wo Anabel wirklich festgehalten wird. Noch müssen wir das Spiel zu Röschs Bedingungen spielen. Wenn er merkt, dass er in die Enge getrieben wird, tötet er Anabel und sucht sich einen neuen Lockvogel.«

»Kashka hat recht«, stimmte Regina zu. »Die Polizei können wir immer noch rufen.«

»Und was machen wir dann? Zum Hafen fahren und Sheriff spielen?«

»Nicht Sheriff.« Kashka grinste breit. »Sie wissen doch: James Bond.«

Er zog ein kleines Tablet aus dem Handschuhfach.

»Sagen Sie, wie hieß die Firma noch mal? Wiesener?«

Regina und Mark nickten gleichzeitig.

»Gut, dann wollen wir mal sehen, was ich darüber in Erfahrung bringen kann.« Die Finger des Afrikaners glitten erstaunlich rasch über das Tablet, zeigten Zahlen und Symbole, bis er auf eine englische Textdatei stieß.

»Das sieht aber nicht wie das übliche Internet aus«, bemerkte Mark.

»Ist es auch nicht«, bestätigte Kashka.

»Geheimdienstinterna, was?«

»Sie wissen doch, dass ich aus einem Schurkenstaat stamme, nicht wahr?« Kashka grinste so breit, dass Regina wieder die kleine Lücke zwischen seinen mittleren Schneidezähnen auffiel.

»Und ich dachte immer, der Südsudan sei ein Entwicklungsland«, grummelte Mark.

»Wir arbeiten noch an einer besseren Displayauflösung«, entgegnete Kashka immer noch lächelnd. Doch zugleich hatte sich eine steile Falte in seine Stirn gegraben.

»Ich hab's!«, rief er. »Ich weiß, wo die Firma Wiesener ihre Container gelagert hat.« Er schaltete das Tablet ab, legte es zurück ins Handschuhfach und startete den Motor.

»Wollen wir dann nicht doch die Polizei anrufen?«, versuchte Mark es noch einmal.

»Nein!«, riefen Regina und Kashka wie aus einem Mund.

»Ich meinte ja nur …«

»Wenn es dir zu riskant ist, kannst du gern aussteigen. Ich bin dir nicht böse«, sagte Regina.

»Kommt gar nicht infrage!«, widersprach der Oberarzt heftig. »Wir bringen das jetzt zu Ende. So oder so!«

Trotz aller Ängste und Sorgen um Anabel musste Regina lächeln. Wer hätte gedacht, was so alles in Mark steckte, wenn es hart auf hart ging?

37

Anabel hatte jegliches Zeitgefühl verloren. Je länger sie allein in der Dunkelheit verbrachte, umso größer wurde die Angst, die sich in ihr Herz schlich. Sie kämpfte dagegen an, mit allen Mitteln. Träumte sich in eine andere Welt, versuchte den Albtraum auszublenden, der Wirklichkeit geworden war.

Vor allem aber überlegte sie, auf welche Weise sie Rösch entgegentreten sollte, wenn er zurückkam. Sie erinnerte sich daran, was ihre Mutter ihr vor einiger Zeit erzählt hatte. Für gewöhnlich sprach ihre Mum selten über die Arbeit, aber eine Geschichte war Anabel im Gedächtnis geblieben.

Ihre Mutter hatte einen Serienmörder erwähnt, der lange nicht geschnappt worden war, obwohl er wegen einer Vergewaltigung bereits einmal ins Visier der Ermittler geraten und verurteilt worden war. Diese Vergewaltigung hatte zwischen der Mordserie stattgefunden, aber das Opfer war am Leben geblieben. Es war ihm gelungen, eine emotionale Beziehung zum Täter aufzubauen, und es hatte ihm aufrichtige Zuneigung vorgespielt.

Aber wie sollte sie eine emotionale Beziehung zu Rösch herstellen? Nach allem, was Anabel wusste, war er kein Sexualstraftäter, sondern ein Psychopath, der Freude am Töten und Quälen hatte. Womit konnte sie ihn lange genug hinhalten? Verhindern, dass er sie tötete? Was musste sie ihm bieten, damit er sie am Leben ließ? Wenigstens so lange, bis die Polizei sie endlich fand?

Bitten würde nichts nutzen. Das war er mit Sicherheit von seinen Opfern gewohnt. Frechheiten wären ebenfalls zwecklos. Die würden ihn höchstens zu Gewalttätigkeiten verleiten. So wie im Auto, als er ihr die Spritze in die Schulter gerammt und sie zum Schweigen gebracht hatte. Was blieb also noch?

Ihre Mutter hatte ihr erzählt, was sie über Röschs Kindheit herausgefunden hatten. Der Kult um seine tote Zwillingsschwester. Der Spott seiner Schulkameraden, als sie ihn in Mädchenkleidern beobachtet hatten. Ob sie damit etwas anfangen konnte? Verständnis dafür zeigen, dass die Frauen nie gut mit ihm umgegangen waren? Würde er so etwas überhaupt hören wollen?

Irgendwo knarrte etwas. Dann hörte sie Schritte und erstarrte. War es Rösch oder jemand anders? Was würde passieren, wenn sie schrie? Brächte es Rettung oder Verderben?

Noch bevor sie eine Entscheidung treffen konnte, hörte sie ein lautes metallisches Quietschen, und dann fiel Licht in ihr Gefängnis. So hell, dass es blendete.

Dann schob sich ein Schatten in das Licht. Nach und nach erkannte sie die Umrisse eines Mannes, denn obwohl die Klebestreifen sich von ihren Augen gelöst hatten, hingen sie noch lose an den Lidern und schränkten den Blickwinkel ein.

»Ausgeschlafen?«, fragte der Mann. Rösch! Der spöttische Unterton traf sie wie ein Faustschlag. Plötzlich war alle Kraft versiegt. Wie sollte sie gegen diesen Mann bestehen?

Er trat zu ihr. Nur mit Mühe widerstand sie dem Reflex, die gefesselten Beine anzuziehen und so rasch wie möglich davonzurobben. Aber sie wollte ihm keinen weiteren Grund zum Spott geben.

Er beugte sich zu ihr herunter, packte sie bei den Oberarmen und zog sie auf die Füße. Dabei fiel ihm auf, dass sich die Klebebänder von ihren Augen gelöst hatten.

»Tränen?« Beinahe zärtlich fuhr er mit einem Finger über die Spuren, die die Tränen auf ihren Wangen hinterlassen hatten. Diese Berührung war so widerlich, dass Anabels Wut für einen Moment die Furcht besiegte.

»Ich bin allergisch gegen billiges Klebeband«, zischte sie. »Das ist der einzige Grund.«

»So?« Er lächelte. »Hätte ich besseres Material nehmen sollen?«

»Soll ich Ihnen jetzt auch noch Tipps geben?«

»Warum nicht? Also, was sollte ich beim nächsten Mal besser machen?«

»Kommt drauf an, was Sie erreichen wollen.«

Rösch schüttelte kaum merklich den Kopf. »Ich frage mich gerade, ob du diesen Widerspruchsgeist von deiner Mutter oder von deinem Vater hast.«

»Sie kennen meinen Vater doch gar nicht.«

»Glaubst du?« Wieder strich er ihr mit seinen widerlichen Fingern über die Wange.

»Woher sollten Sie ihn schon kennen? Er ist seit vier Jahren tot.«

»Gestorben in Nyala, ich weiß. Zerfetzt von einer Gewehrsalve.«

Anabel zuckte zusammen. Niemand außer ihr und ihrer Mutter wusste, wie ihr Vater wirklich gestorben war.

»Ich sehe, du bist überrascht. Möchtest du erfahren, woher ich das weiß, mein Kind?«

Er will reden, das ist gut, durchzuckte es Anabel. Je länger er redet, umso mehr Zeit gewinne ich.

»Ja«, sagte sie.

»Auch wenn es schmerzhaft ist?«

»Ich dachte, das finden Sie gerade toll. Einem Menschen Schmerzen zuzufügen.«

»Du bist ganz schön frech.«

»Dann nennen Sie mir doch einen Grund, warum ich zu Ihnen nett sein sollte. Sie wollen mich doch sowieso umbringen.«

»Du könntest versuchen, mich umzustimmen. Mich bitten. Deine Jugend und Unschuld ins Feld führen. Dass du dein ganzes Leben noch vor dir hast.«

»Wollen Sie so einen Blödsinn wirklich hören?«, fragte Anabel und wunderte sich, dass ihre Furcht immer mehr in den Hintergrund trat. Eigentlich hätte die Angst sich wie eine eisige Faust in ihre Eingeweide graben müssen, aber sie spürte nichts dergleichen. Die Situation war so absurd wie in einem schlechten Film. Noch während sie redete, hatte sie das Gefühl, neben sich zu stehen. Vielleicht sollte sie lieber schweigen, ihn nicht provozieren, aber sie konnte nicht anders. Plötzlich erinnerte sie sich, wie sie vor knapp zwei Jahren auf der Geburtstagsfeier einer Schulkameradin zum ersten Mal zu viel getrunken hatte. Es waren nur vier Gläser Sekt gewesen, aber sie hatte einfach nicht aufhören können zu reden. Sie hatte die ganze Zeit neben sich gestanden und gedacht, warum sie nicht einfach den Mund hielt. Aber ihr

Mund führte ein Eigenleben, sprach jeden Gedanken unge-
filtert aus. So ähnlich war es auch jetzt, nur dass ihr Mund
sehr wohl filterte. Die Angst war weit weggesperrt. Ihre Angst
gehörte nur ihr. Die würde sie ihm niemals geben.

»Zugegeben, du bist eine amüsante Abwechslung. Aber
glaub mir, du klappst auch noch zusammen und wirst winzig,
wenn ich mit dir fertig bin.«

»Mein Vater, den Sie anscheinend kennen, pflegte zu sagen: ›Wo das Wort versagt, regiert die Faust.‹ Es ist keine
Kunst, einem Menschen Schmerzen zuzufügen und ihn dadurch scheinbar zu brechen. Ich weiß nicht, warum Sie so
geworden sind, dass Sie sich an Wehrlosen vergreifen müssen, um sich toll zu fühlen. Aber ganz gleich, was Sie tun, es
ändert nichts daran, dass ich Sie erbärmlich und feige finde.
Ganz gleich, was Sie mit mir anstellen, und ganz gleich, ob ich
später unter Schmerzen das Gegenteil behaupten werde. Es
wird nichts wert sein.«

»Das klingt gut.« Er lachte. »Fast so, als stammten die Worte aus einem Kinofilm.«

»Aus keinem Film!«, widersprach Anabel trotzig. Die Tatsache, dass er auf sie einging, bestärkte sie innerlich, auf dem
richtigen Weg zu sein. »Das habe ich von einem Mann in unserem Krankenhaus in Nyala gehört. Von jemandem, der bestialisch gefoltert wurde, aber überlebte.«

Einen Moment lang trafen sich ihre Blicke. Anabel hatte
den Eindruck, Röschs blaue Augen würden sie regelrecht
durchbohren, in ihre Seele spähen, ihr Gehirn scannen. Nie
zuvor hatte sie den Blick eines Menschen als so unangenehm
empfunden. Dennoch hielt sie ihm stand. Es war fast wie die-

ses alte Kinderspiel: Wer fängt zuerst an zu lachen, wenn man sich in die Augen starrt? Nur ging es hier nicht um Gelächter, sondern um Macht. Der Unterlegene senkt den Blick, erinnerte Anabel sich an ein anderes Spiel. Wenn ich ihn nicht senke, wird er ihn auch nicht senken. Dann können wir bis in alle Ewigkeit hier herumstehen, und ich gewinne weitere Zeit.

Letztlich war es Rösch, der das Spiel beendete – auf seine Weise. Er zog Anabel die lose hängenden Klebestreifen von den Augenlidern, durchbrach damit den Blickkontakt, ohne selbst den Blick gesenkt zu haben.

»Du willst also wissen, was ich über deinen Vater weiß?«, fragte er schließlich.

»Ja«, erwiderte Anabel mit fester Stimme.

»Dann sollst du es auch hören, aber nicht hier.«

Völlig unerwartet stieß er sie zu Boden. Sie prallte hart auf ihr Steißbein und befürchtete schon das Schlimmste. Doch Rösch nutzte die Gelegenheit nur, um die Kabelbinder zu durchtrennen, mit denen ihre Knöchel zusammengebunden waren. Danach zog er sie an den Oberarmen wieder auf die Füße.

»Komm, wir unterhalten uns an einem angenehmeren Ort!«

Er stieß sie vor sich her ins Freie. Einen Moment lang blinzelte Anabel. Die Sonne stand bereits tief. Wie spät mochte es sein?

Den zweiten Blick schenkte sie der Umgebung, in die Rösch sie entführt hatte. Es musste irgendwo am Hafen sein, denn überall standen Frachtcontainer. Nun begriff sie auch, wo sie sich die ganze Zeit befunden hatte. In einem dieser Container, der ganz unten stand. Darüber waren weitere aufgestapelt. Es war wie eine eigene Stadt, ein Labyrinth aus riesigen bunten Bauklötzen.

»Wohin bringen Sie mich?«, fragte sie.

»Das wirst du schon sehen. Aber ich warne dich. Wenn du Mätzchen machst, zögere ich nicht und schneide dir sofort die Kehle durch.«

»Nach allem, was Sie sonst so machen, klingt das eher wie eine Belohnung als wie eine Drohung«, sagte Anabel und bereute die Worte sofort. Zu ihrer Überraschung lachte Rösch.

»Du hast Humor! Ich glaube, wir haben noch eine Menge Spaß miteinander.«

Anabel fröstelte.

38

»Das ist nicht der Containerhafen«, stellte Regina fest, als Kashka seinen Wagen in der Nähe eines riesigen Güterbahnhofs einparkte.

»Doch, dieser Teil gehört noch dazu«, widersprach Kashka. »Dies ist der Umschlagplatz für den Bahnverkehr. Und dort hinten befindet sich der Hauptsitz der Firma Wiesener.« Er wies auf ein rotes Backsteingebäude, das an die alten Speicher erinnerte, die den Hafen säumten. Dann stieg er aus. Regina und Mark folgten ihm.

»Was wollen wir denen sagen?«, fragte Mark.

Kashka lächelte. »Wir bluffen.«

»Und wie?«

»Warten Sie einfach ab und überlassen Sie mir das Reden.«

Mark verdrehte die Augen, sagte aber nichts.

Kashka schritt so zielstrebig auf das Firmengebäude zu, dass sich Regina neben Mark wie sein Gefolge vorkam. Vermutlich war es auch so. Kashka war immerhin so etwas wie ein Polizist, und nach dem Desaster mit Anabels Überwachung vertraute sie ihm eher als den deutschen Beamten.

Die Eingangstür war nicht verschlossen. Kashka öffnete sie, und sie traten ein.

Hinter einem Tresen saß ein Mann und legte bei ihrem Eintreten eine Zeitung beiseite.

»Sie wünschen?«, fragte er.

»Wir wollen den Chef sprechen«, erwiderte Kashka.

»Haben Sie einen Termin?«

Kashka zog einen Ausweis hervor und hielt ihn dem Mann unter die Nase.

»Wir kommen im Auftrag von Interpol. Wir müssen Ihren Chef dringend befragen.«

Der Mann starrte auf den Ausweis, völlig verwirrt.

»Ja, aber …«, stammelte er.

»Hören Sie, Mann!« Kashkas englischer Akzent verlieh seinen Worten einen bedrohlichen Unterton. »Es handelt sich um eine internationale Aktion von höchster Wichtigkeit. Wollen Sie, dass die platzt?«

»Ähh …«

»Ihr Name?«, fragte Kashka streng und zog ein Notizbuch hervor. »Nur damit ich weiß, wer die Sache zum Platzen gebracht hat, wenn Sie uns nicht sofort Ihrem Chef melden. Das wird Konsequenzen haben.«

»Warten Sie einen Moment!« Der Empfangschef griff zum Telefon, und Kashka steckte das Notizbuch wieder ein.

»Soso, Interpol«, raunte Mark Kashka zu, während sie warteten.

»Ich habe eine ganze Sammlung hübscher Ausweise.« Kashka grinste breit. »Aber bei dem hätte auch ein Angelschein gereicht.«

Regina wurde unruhig, weil der Mann hinter dem Tresen so lange telefonierte.

»Was ist, wenn er die Polizei ruft und wir auffliegen?«, flüsterte sie.

»Was soll schon passieren?«, fragte Kashka. »Ist es verboten, einen Gesprächstermin mit dem Chef einer Speditionsfirma zu verlangen?«

Regina seufzte. Kashka war sich seiner Sache anscheinend sicher, und sie beschloss, ihm weiter zu vertrauen. Doch je länger sie untätig herumstand, umso weniger vermochte sie ihre Sorge um Anabel noch im Zaum zu halten. Am liebsten hätte sie ihre verdammte Hilflosigkeit aus sich herausgeschrien. Sie hatte es nie ertragen, nur abzuwarten. Ganz gleich, was in ihrem Leben bislang passiert war, sie hatte immer irgendetwas getan. Und sei es, ihrer Wut auf die Mörder ihres Mannes freien Lauf zu lassen. Plötzlich fühlte sie das Gewicht der *Uzi* in den leeren Händen. Nie zuvor hatte sie einen Menschen getötet, aber danach wusste sie nicht einmal mehr, wie viele im Kugelhagel gestorben waren. Und das Schlimmste – die Tat hatte sie mit tiefer Genugtuung erfüllt. Es hatte ihr nichts ausgemacht, die Mörder umzubringen. Die Welt ringsum war verroht gewesen, so verroht, dass sie selbst zur Waffe gegriffen hatte. Anabel gegenüber hatte sie behauptet, dies sei die einzige Möglichkeit gewesen, um zu überleben. Das war keine Lüge gewesen. Hätte sie diese Männer nicht erschossen, wären sie und ihre Tochter ermordet worden. Doch es war mehr als Notwehr gewesen. Es war das Gefühl gewesen, die Kontrolle zurückzugewinnen. Macht zu spüren und sich für den Schmerz zu rächen, den man ihr durch Thengas Tod zugefügt hatte.

In diesem Punkt waren sie und Rösch sich tatsächlich ähnlich. Das Töten hatte ihnen die Kontrolle zurückgegeben. Aber anders als Rösch hatte sie diesen Teil ihrer selbst danach an die Kette gelegt. Das Raubtier, das in ihr lebte, das angesichts von Trauer und Schmerz alles vergaß, durfte nie mehr ungezähmt die Herrschaft übernehmen. Nicht einmal wenn Anabels Leben auf dem Spiel stand. Sie musste ihre Selbstbeherrschung um jeden Preis wahren, jede Emotion sofort unterdrücken, kühl und berechnend bleiben. Wenn ihr das nicht gelang, würde sie wieder zur wilden Furie werden, die nicht mehr klar denken, sondern nur noch vernichten konnte.

War dies Röschs Ziel? Wollte er diese Wildheit in ihr zum Leben erwecken und sie so vernichten? Sie passte schließlich nicht in sein übliches Beuteschema.

Wenn Anabel etwas passiert, dachte sie, dann ist mir alles gleich. Dann zerreiße ich ihn höchstpersönlich, und nichts kann ihn dann noch retten.

Aber noch bestand Hoffnung, dass Anabel gerettet wurde. Und Hoffnung für sie selbst, im Schmerz nicht noch einmal ihre Menschlichkeit zu verlieren.

Endlich hatte der Mann sein geflüstertes Telefonat beendet.

»Herr Wiesener ist bereit, Sie zu empfangen. Sein Büro befindet sich im ersten Stock, Zimmer vierzehn.«

»Vielen Dank.« Kashka nickte dem Mann versöhnlich zu und ging voran. Regina und Mark folgten ihm.

Harald Wiesener erwartete sie hinter einem prächtigen Mahagonischreibtisch. Das ganze Büro war in Mahagoni gehalten, sogar der PC-Flachbildschirm war mahagonifarben, ebenso wie sein Stentofon und das Telefon, das den Stil der Zwanzigerjahre des letzten Jahrhunderts imitierte. Einzig die

Tasten anstelle der ursprünglichen Wählscheibe passten nicht so recht ins Bild.

An den Wänden hingen gerahmte Schiffsfotografien. Die ältesten waren noch schwarzweiß und zeigten Segelschiffe, dann folgten Dampfschiffe bis hin zu modernen Containerfrachtern. Unter jedem Foto war ein Messingtäfelchen befestigt, das den Namen des Schiffes trug.

Regina schätzte Wiesener auf Anfang sechzig. Bei ihrem Eintreten erhob er sich kurz, um sie zu begrüßen. Er war korpulent, trug ein kurzärmeliges weißes Hemd und eine dunkle Hose. Sein Gesicht hatte eine ungesunde tiefrote Gesichtsfarbe und bildete einen besonders starken Kontrast zu seinem schneeweißen Haar.

»Herr Berg sagte, Sie wollten mich sprechen.« Ein leichter Anflug von Unsicherheit vibrierte in seiner Stimme.

»So ist es.« Kashka zückte noch einmal seinen Ausweis. »Mein Name ist Kashka. Interpol.« Noch bevor Wiesener den Ausweis genauer betrachten konnte, ließ Kashka ihn bereits wieder verschwinden.

»Es handelt sich um Kokainschmuggel. Wir haben erfahren, dass es einer international operierenden Bande gelungen sein soll, Container mit doppelten Wänden unter Ihren Bestand zu schmuggeln.«

Wiesener schluckte.

»Ich … äh … davon weiß ich nichts.«

Regina war erstaunt, wie schnell der Mann sich durch eine derartige Lüge aus der Fassung bringen ließ. Allerdings musste sie zugeben, dass Kashka seine Rolle sehr überzeugend spielte.

»Davon gehen wir bislang auch aus«, beschwichtigte ihn Kashka. »Dennoch ist es wichtig, dass wir einen kurzen Blick in Ihre Container werfen dürfen.«

Der Mann zögerte. »Das ... das dürfte nicht so einfach sein ...«

»Wie Sie wollen.« Kashka hob die Schultern. »Wir wollten Ihnen eigentlich die Gelegenheit geben, die Sache schnell und unauffällig zu bereinigen. Aber wenn Sie nicht daran interessiert sind, bleibt uns nichts anderes übrig, als eine Hundertschaft der Polizei zu rufen, damit wir die Container untersuchen können.«

»Dazu brauchen Sie einen Durchsuchungsbefehl.«

Kashka lächelte. »Den haben wir längst. Also, zeigen Sie uns Ihre Container? Oder muss ich die Kollegen von der Bereitschaftspolizei anrufen?« Er zog sein Handy hervor und schickte sich an, eine Nummer einzutippen.

»Warten Sie! Wie lange würde diese Inspektion dauern?«

»Nicht lange. Es gibt eindeutige Hinweise im Innern der Container. Wir müssen nur einmal kurz in jeden hineinsehen und an der entsprechenden Stelle auf Hohlräume untersuchen.«

Wiesener dachte kurz nach, dann nickte er. »Zwei meiner Arbeiter werden Sie begleiten.« Er drückte die Taste des Stentofons. »Frau Palm, ich brauche Herrn West und Herrn Martell in meinem Büro.«

»Herr Martell hat schon Feierabend gemacht«, hörte Regina eine weibliche Stimme.

»Dann eben Herrn Braun.«

»Ich schicke die Herren sofort zu Ihnen.«

»Es wird ein paar Minuten dauern«, sagte Wiesener. »Möchten Sie inzwischen einen Kaffee?« Er blickte in die Runde. Regina und Mark schüttelten kaum merklich den Kopf, sodass Kashka für alle dankend ablehnte.

Die nächsten Minuten zogen sich wie Kaugummi. Um sich abzulenken, betrachtete Regina die Schiffsbilder an der Wand etwas genauer. Wiesener fiel das auf.

»Die Firma ist seit 1896 in Familienbesitz«, erklärte er. Trotz seiner Unsicherheit war der Stolz in seiner Stimme unüberhörbar.

»Dieser Segler war das erste Schiff, das für meinen Urgroßvater fuhr. Die *Barbara*. Ein hübscher Lastsegler, der die Route zwischen Hamburg und England mehrmals in der Woche zurücklegen konnte.«

»Gehören Ihnen diese Schiffe? Oder sind sie nur in Ihrem Auftrag unterwegs?«, mischte Mark sich in das Gespräch ein.

»Die *Barbara* gehörte meinem Urgroßvater. Aber inzwischen ist es kostengünstiger, nur Anteile zu besitzen.«

Endlich erschienen die Herren West und Braun. Sie waren leger in Jeans und T-Shirts gekleidet, an ihren Gürteln hingen schwere Funkgeräte. Regina fragte sich, wozu man im Zeitalter des Handys noch Funkgeräte brauchte, verkniff sich aber jede Frage. Sie wollte endlich die Container sehen.

Während sie gemeinsam nach draußen gingen, fragte sie sich, was wohl geschehen mochte, wenn sie Rösch dort tatsächlich überraschten. Aber ließ sich ein Mann wie Rösch überhaupt überraschen?

»Sind Sie sicher, dass er sich in einem Container dieser Firma versteckt?«, raunte sie Kashka zu.

»Nein«, antwortete er. »Aber es ist ein erster Anhaltspunkt.«

Plötzlich flammte tiefe Enttäuschung in Regina auf. Sie hatte geglaubt, Kashka habe einen Plan. Stattdessen schien er ebenso wie sie selbst im Dunkeln zu tappen. Hatte er sich nur ein bisschen wichtig tun wollen mit der Show, die er gerade abgezogen hatte?

»Was tun wir, wenn wir Rösch finden?«

»Das überlassen Sie mir!«, erwiderte er. Seine Stimme klang verdammt ernst. Sie musste an die Pistole unter seinem Jackett denken. Plante er womöglich Selbstjustiz? Auf einmal hatte sie wieder das deutliche Gefühl, dass er ihr etwas verschwieg.

Regina merkte, wie ihr schwindelig wurde. Was, wenn Kashka Anabels Verschwinden für seine eigene Rache nutzen wollte? Sie atmete mehrmals tief durch, zwang sich zur Ruhe. Sie hatte ihm bisher vertraut und wollte es weiterhin tun. Diese Zweifel entsprangen einzig ihrer Sorge um Anabel. Kashka war erfahren in solchen Angelegenheiten. Er würde sie nicht enttäuschen.

Und wenn doch? Der Zweifel schlich sich immer tiefer in ihr Herz.

Die Container der Firma standen in einem abgezäunten Areal. Regina wurde unsicher, denn sie zählte nur elf Frachtbehälter. Viel zu wenige, als dass ein Mann wie Rösch hier unbemerkt untertauchen konnte.

Nacheinander öffneten die Männer die Container. Jedes Mal hielt Regina kurz die Luft an, nur um enttäuscht wieder auszuatmen. Die Container waren zum Teil leer, zum Teil bis zur Hälfte mit irgendwelchen Kartons beladen. Kashka spielte seine Rolle bis zuletzt, klopfte bei jedem Container an einer bestimmten Stelle gegen die Wand, nur um nach dem elften Container zu erklären, dass alles in Ordnung sei. Herr Wiesener müsse sich keine Sorgen mehr machen.

»Das war wohl nix«, brummte Mark. Dann wandte er sich an einen ihrer beiden Begleiter. »Sagen Sie, Herr West, kann man sich eigentlich als Privatperson auch so einen Container mieten? Ich finde die Dinger ganz praktisch, um etwas zu lagern.«

»Klar, können Sie alles in Ihren Garten stellen«, erwiderte der Mann und steckte sich eine Zigarette an.

»Und wenn man keinen Garten hat? Gibt es irgendwo Plätze, auf denen man Container lagern kann?«

Der Mann nahm einen tiefen Zug und blies den Rauch aus den Nasenlöchern.

»Soweit ich weiß, gibt es in der Nähe des Freihafens einen Bezirk, wo man Stellplätze mieten kann. Ein Kollege hat das vor ein paar Jahren mal gemacht, als er die Wohnung seiner verstorbenen Mutter auflösen musste und die Möbel unterstellen wollte.«

»Wo genau?«, fragte Mark. West nannte ihm die Adresse.

Der Oberarzt bedankte sich und warf Kashka einen auffordernden Blick zu. »Kehren wir zum Auto zurück!«

»Du glaubst, Rösch hat sich dort einen Container gemietet?«, fragte Regina, nachdem sie das Gelände der Firma verlassen hatten.

»Das hätte ich an seiner Stelle jedenfalls getan«, erklärte Mark. »Vermutlich ist das schon eine ganze Weile her. Niemand käme auf den Gedanken, dort nach ihm zu suchen. Und ich bin mir ziemlich sicher, dass es die Gegend ist, die der Mann gerade nannte. Allzu viele Plätze, wo man Container unauffällig lagern kann, gibt es in Hamburg nämlich nicht.« Dann wandte er sich wieder an Kashka. »Ihre Geheimagentenspielchen mögen recht amüsant sein, aber nun ist es an der Zeit, dass wir die Polizei informieren.«

»Lassen Sie uns erst selbst vor Ort nachsehen«, widersprach Kashka. »Sie gefährden sonst Anabels Leben. Ich weiß, wie Rösch tickt.«

»Ach ja?« Mark tippte ungeduldig mit dem Fuß auf den Boden. »Dann erklären Sie es mir doch bitte so, dass ich es verstehe! Welche Verbindung gibt es zwischen Ihnen und Rösch?«

»Das tut nichts zur Sache.«

»Doch!«, mischte sich nun auch Regina ein. »Meiner Ansicht nach ist es an der Zeit, dass wir endlich offen miteinander reden. Weitere Geheimnisse können wir nicht gebrauchen. Woher glauben Sie so genau zu wissen, was Rösch plant und wie er tickt? Was haben Sie mit ihm erlebt? Warum sind Sie ihm so beharrlich auf der Spur, dass Sie ihm bis nach Deutschland gefolgt sind?«

»Das ist etwas Persönliches«, wich Kashka aus. Regina sah die Unsicherheit in seinem Blick und wurde wütend.

»Wir haben hier gerade alle etwas Persönliches mit ihm!«, schrie sie. »Er hat meine beste Freundin ermordet, während Mark vor der Tür stand und keine Ahnung hatte. Er hat meine Tochter in seiner Gewalt. Er hat ihrem Freund die Hand abgeschnitten. Ich habe verdammt noch mal ein Recht darauf, dass Sie uns jetzt endlich erzählen, was *Sie* mit ihm haben. Ansonsten höre ich auf Mark und alarmiere die Polizei.«

Die Schärfe in Reginas Stimme brach Kashkas Widerstand.

»Also gut«, sagte er und holte tief Luft. »Ich war selbst einmal als Lockvogel in Röschs Gewalt.«

»Sie?« Mark starrte ihn verblüfft an. »Das kann ich mir kaum vorstellen. Wie hätte er Sie überwältigen sollen?«

»Ich war damals erst zehn«, lautete die kühle Antwort. »Und nun lassen Sie uns hier nicht länger herumstehen, sondern ins Auto steigen!«

»Hören wir dann die ganze Geschichte?«, beharrte Regina

»Ja, verdammt!«, schrie Kashka. »Aber wir sollten nicht länger warten. Rösch weiß mit Sicherheit ganz genau, was er tut. Wir müssen mit allem rechnen.«

»Und warum rufen wir dann nicht die Polizei?«

»Weil er Anabel dann sofort töten würde, um zu fliehen und das Spiel anderweitig fortzusetzen.«

»Also gut.« Regina öffnete die Beifahrertür und stieg ein. »Lassen Sie uns losfahren, aber auf dem Weg dorthin erzählen Sie uns Ihre Geschichte.«

Kashka murmelte etwas, das klang wie »Die unerbittliche Mamma Lipizi«, dann stiegen er und Mark ebenfalls ein.

39

Rösch hatte Anabel in einen anderen Container geschafft. Doch im Gegensatz zu ihrem vorherigen Gefängnis war dieser Container doppelt so lang. Das war noch nichts Besonderes. Viel bemerkenswerter war die Tatsache, dass er innen möbliert war. Sie entdeckte ein einfaches Bett, einen Tisch, mehrere Stühle. Überall im Raum waren Petroleumlampen verteilt, zwei davon brannten und spendeten ein spärliches Licht. Auf dem Tisch standen ein zugeklappter Laptop und ein altmodischer Kassettenrekorder. Ein Kabel führte zu einem Adapter, der mit einer Autobatterie verbunden war. In der hintersten Ecke erkannte sie sogar eine jener Chemietoiletten, wie sie auf Campingplätzen Verwendung fanden. Davor waren einige Umzugskartons aufeinandergestapelt. Aus einem der Kartons hing der Ärmel eines Pullovers.

Neben dem Tisch stand die Kühltasche von Michaels Eltern. Eine heiße Welle des Zorns überschwemmte Anabel. Dieser Mistkerl hatte ihr und allen, die ihr am Herzen lagen, so viel genommen! Dafür sollte er büßen, ganz gleich wie!

»Wie ich feststelle, siehst du dich genau um. Nun, wie gefällt dir mein kleines Reich?« Wieder dieses widerliche Lächeln.

»Entzückend«, stieß sie hervor.

»Los, setz dich!« Er wies auf den Stuhl, der am weitesten vom Ausgang entfernt war.

Anabel zögerte kurz, bevor sie der Aufforderung nachkam. Rösch nahm ihr gegenüber Platz und behielt den Ausgang im Rücken. Dann schaltete er den Kassettenrecorder ein. Zunächst dachte Anabel, er wolle irgendetwas abspielen, aber dann begriff sie, dass er ihr Gespräch aufzeichnen wollte.

»Was soll das?«, fragte sie.

»Das wirst du schon noch erfahren. Also, du willst, dass ich dir von deinem Vater erzähle, nicht wahr?«

»Ich bin schon sehr gespannt darauf.«

»Weißt du, dass du ein faszinierendes Objekt bist, Anabel?«

Wären ihre Hände nicht gefesselt gewesen, hätte sie ihm für dieses widerliche Grinsen mitten ins Gesicht geschlagen.

»In dir kämpfen Furcht und Zorn um die Vorherrschaft. Du tust alles, um zu überleben.«

»Genau wie Sie«, entfuhr es Anabel. »Meine Mutter hat mir alles über Sie erzählt.«

»So?« Endlich schwand das Lächeln aus seinem Gesicht. »Was hat sie dir erzählt?«

»Erzählen Sie mir erst von meinem Vater!«

»Also gut.« Er lehnte sich auf seinem Stuhl zurück und betrachtete sie aus strahlend blauen Raubtieraugen. Wieder hielt Anabel seinem Blick stand. Du mieses Arschloch, dachte sie und spürte wieder, wie der heiße Zorn die Furcht in ihrem Herzen zerschmolz.

»Ich lebte zu der Zeit in Nyala und hatte dafür zu sorgen, dass die Evakuierung der europäischen Mitarbeiter meiner damaligen Firma reibungslos klappte. Nun, dabei hört man so einiges, denn man hat sein Ohr ganz nahe an den Botschaften und Konsulaten.« Wieder dieses verdammte Lächeln, bei dem Anabel die Fäuste ballte. »So erfuhr ich, dass dein Vater beschloss, sich den Rebellen entgegenzustellen. Weißt du, dass er ohne Weiteres hätte entkommen können? Die deutsche Botschaft hatte es ihm und deiner Mutter nahegelegt, aber er blieb in seinem verdammten Krankenhaus. Mit dir und deiner Mutter. Weil ihm seine Patienten wichtiger waren als eure Sicherheit.«

»Das weiß ich. Ich war dabei. Und es war richtig!«

»So? Was hat es euch gebracht? Man erschoss ihn, und das Krankenhaus wurde zerstört. Wir hielten ihn alle für einen armen Irren. Deine Mutter musste das Land schließlich doch verlassen, um euch beide zu retten. Wäre dein Vater klüger gewesen, hätte er mit euch fliehen können. Er hat sein Leben für nichts und wieder nichts weggeworfen.«

»Er hat für seine Ideale gelebt und ist dafür gestorben. Aber wie soll das einer wie Sie verstehen, der nie Ideale hatte?«, zischte Anabel. »Sie bringen doch bloß Frauen um, weil Ihre Eltern Sie gezwungen haben, die kleine Rosi zu sein.«

Für einen Augenblick erstarrte Rösch, und Anabel begriff, dass sie ihn bis ins Mark getroffen hatte.

»Wundert es Sie, dass ich alles über Rosi weiß?«, fuhr sie triumphierend fort. »Wollen Sie noch mehr hören, oder ist es zu schmerzhaft?«

»Du kleines Miststück!«, schrie er und schlug ihr so heftig mit der Faust ins Gesicht, dass Anabel ihr Nasenbein knacken hörte und der Stuhl nach hinten kippte. Im nächsten Augenblick war Rösch über ihr. Sie hatte keine Ahnung, wie er so schnell an das Messer gekommen war, spürte vor allem den Schmerz in der Nase und wie ihr das Blut in den Rachen lief. Sie würgte.

»Na los!«, keuchte sie. »Fangen Sie endlich an, Sie verdammter Feigling! Schlitzen Sie mich auf! Aber man wird Sie fassen, und dann weiß jeder alles über Rosi. Ich wette, das kommt sogar in die Zeitung. Was meinen Sie, wie sich die anderen Irren über Sie lustig machen!« Noch während sie sprach, wurde ihre Stimme immer lauter. Sie spie ihm die Worte geradezu entgegen, beobachtete, wie er seine Wut unter Kontrolle zu bringen versuchte. Schließlich durfte er sich nicht dazu hinreißen lassen, sie im Zorn sofort zu töten.

Weil er dann in seinen eigenen Augen verloren hätte!, durchzuckte sie die Erkenntnis. Er hatte sie in seiner Gewalt, aber sie reagierte nicht so, wie er es erwartet hatte. Sie war nicht die verschüchterte Siebzehnjährige, die voller Panik um Gnade winselte. Vor ihrem inneren Auge tauchte wieder das Bild ihres sterbenden Vaters auf, der Leib von der Gewehrsalve zerfetzt. Er hatte die Schmerzen ertragen, um ihr Trost zu spenden. Im Gegenzug hatte sie ihre Tränen unterdrückt. Um ihm zu zeigen, dass sie seiner würdig war. Und das würde sie auch heute tun. Ganz gleich, was der Schweinehund ihr antat. Nichts würde ewig währen, kein Schmerz, kein Leid. Ihre Gedanken flogen zurück zu den glücklichen Tagen ihrer Kindheit, die sie in der Hütte ihrer afrikanischen Großmutter verbracht hatte. Großmutter war eine weise Frau gewesen, die alles über die Welt der Geister und Ahnen wusste. Die

Ahnen wären immer um sie, auch wenn die Enkelin sie nicht sehen konnte, und nur die Schamanen vermochten die Welt der Geister zu betreten.

Immer mehr alte Erinnerungen strömten in Anabels Geist, schenkten ihr Kraft und Stärke. Auf einmal war sie sich ganz sicher, dass ihr Vater bei ihr war, hatte das Gefühl, seine Wärme und Kraft würden sich wie ein schützender Mantel um ihre Schultern legen.

Rösch kniete noch immer über ihr. Das Messer über ihrem Brustkorb. Aber seine wutverzerrte Miene hatte sich geglättet, und das spöttische Lächeln war zurückgekehrt.

»Ich glaube, es gibt einen anderen Weg.« Er schob das Messer in ihren Ausschnitt und durchtrennte mit einem Schnitt ihren BH und das T-Shirt. Anabel spürte den kühlen Hauch auf ihrem nackten Oberkörper, doch sie verzog keine Miene. Ganz gleich, was er tun würde, sie gönnte ihm nicht die Genugtuung, sich als Sieger zu fühlen.

Zu ihrer Überraschung ließ er von ihr ab und erhob sich. Sie folgte ihm mit den Blicken und versuchte gleichzeitig, das gestockte Blut aus ihrer geschundenen Nase zu schnauben.

Er öffnete die Kühltasche von Michaels Eltern und holte etwas heraus.

»Ich dachte, du sehnst dich vielleicht nach der zärtlichen Hand eines Menschen, den du liebst.«

Da erst erkannte Anabel, was es war – Michaels abgeschnittene Hand.

Als Rösch sie ihr auf die nackte Brust legte, kalt, steif und tot, verlor sie die Selbstbeherrschung und schrie laut los.

Rösch lachte zufrieden und hielt ihr den Kassettenrekorder vors Gesicht.

»Genau das wollte ich von dir«, flüsterte er.

40

»Ich habe Ihnen damals nicht die ganze Wahrheit gesagt«, begann Kashka, während er seinen Wagen zum Freihafen lenkte. Wie immer, wenn er viel sprach, war er ins Englische verfallen. »Ich habe Ihnen erzählt, mein Bruder Malek sei einer der Männer gewesen, die Rösch bei dem Überfall in Notwehr getötet hat. Tatsächlich ist mein Bruder abgehauen. Er hat feige den Schwanz eingekniffen, obwohl Rösch ernsthaft verwundet war, und ist einfach davongelaufen. Malek war nicht nur ein Verbrecher, sondern auch ein Feigling. Aber das rechtfertigt keinesfalls Röschs Taten, die er danach beging.« Der Afrikaner holte tief Luft. »Einige Wochen später lauerte Rösch meinem Vater und mir auf, als wir auf dem Weg zum Markt waren. Nun, ich mache es kurz – es gelang ihm, uns zu überwältigen. Er schlug meinem Vater die rechte Hand ab und sagte zu ihm, mein Bruder solle mich möglichst bald finden, sofern die Familie mich zurückhaben wolle, bevor er mich ausgeweidet habe.«

Regina hörte, wie Mark schluckte. »Das ist grauenvoll«, sagte er.

»Das ist Rösch«, entgegnete Kashka. »Mein Vater hatte Glück, dass er überlebte. Nun, Malek nahm die Herausforderung an, denn es nagte an seiner Ehre, dass er damals feige geflohen war. Die Schmach musste gesühnt werden. Aber

Rösch war ihm abermals einen Schritt voraus. Ich weiß nicht genau, wie es ihm gelang, Malek in die alte Hütte zu locken und zu überwältigen. Ich lag gefesselt in einem Hinterzimmer und versuchte verzweifelt, die Stricke mithilfe eines rostigen Nagels durchzuscheuern, der aus der Wand ragte. Währenddessen hörte ich, wie Rösch meinen Bruder nebenan folterte.«

»Abbiegung links vor Ihnen«, ertönte die automatische Stimme des Navis. Kashka hielt in seiner Erzählung inne und setzte den Blinker.

»Ich hätte mir nur zu gern die Ohren zugehalten«, fuhr er schließlich fort. »Aber dann hörte ich, wie mein Bruder mit letzter Kraft die Worte ›Weißer Mann wie kleines Mädchen‹ keuchte und schmerzverzerrt lachte. Rösch stieß einen Wutschrei aus, und ich hörte, wie er meinem Bruder ein Messer in den Leib rammte. In diesem Moment rissen endlich meine Fesseln. Ich setzte alles auf eine Karte und stürzte aus dem kleinen Raum, vorbei an Rösch, der noch immer wie ein Rasender auf meinen Bruder einstach, hinaus aus der Hütte. Ich war schnell, und bevor Rösch die Situation erkannte, war ich im Gewirr der anderen Hütten untergetaucht. Aber an jenem Tag schwor ich mir, dass ich ihn fassen würde. Irgendwie und irgendwann. Viele Jahre hörte ich nichts von ihm. Erst sehr viel später, als ich längst unserer Sondereinheit beigetreten war. Von da ab blieb ich ihm auf den Fersen, doch er war mir immer einen Schritt voraus. Heute werden wir das ändern!«

»Wollen Sie ihn erschießen?«, fragte Mark. Regina wunderte sich über den Tonfall seiner Stimme. Sie klang so verständnisvoll, ganz so, als sei das eine vernünftige Alternative.

»Nur dann, wenn er uns keine andere Wahl lässt«, erwiderte Kashka. »Ich habe genug von Fehden und Blutrache. Ich will ihn einfach nur aus dem Verkehr ziehen und hoffe, dass ihm dann nie wieder die Gelegenheit zur Flucht gegeben wird.«

»Jemand mit seiner Gefährlichkeit hat keine Chance, jemals wieder aus dem Maßregelvollzug zu fliehen, geschweige denn entlassen zu werden«, sagte Mark. »Der Fehler bestand darin, dass wir seine Gefährlichkeit unterschätzt und nicht auf Reginas Mahnungen gehört haben.« Der Oberarzt schluckte wieder.

Den Rest der Fahrt über schwiegen sie.

»Hier ist es.« Kashka stellte seinen Wagen am Straßenrand ab. Mitten im Halteverbot, aber das schien ihn mit seinem Diplomatenkennzeichen nicht zu stören.

Vor ihnen befand sich ein riesiges Areal, auf dem Hunderte von Containern standen.

»Wie sollen wir ihn da nur finden?« Regina spürte, wie der Mut sie fast verließ. Doch sofort kämpfte sie das Gefühl nieder. Es gab keinen Grund, so kurz vor dem Ziel aufzugeben. Sie würden Rösch fassen und Anabel retten! Nur das zählte.

»Wollen wir nicht doch lieber die Polizei rufen?«, versuchte Mark es noch einmal. »Okay, da gab es diese Panne mit Anabels Entführung, aber was wir jetzt vorhaben, ist eine Nummer zu groß für uns drei.«

»Es geht gegen einen einzelnen Mann«, erklärte Kashka bestimmt. »Mit dem werden wir fertig.«

»In seinem Revier und nach seinen Spielregeln?« Mark hob zweifelnd die Brauen. »Sind Sie sich sicher?«

»Also gut«, lenkte der Afrikaner ein. »Warten Sie beim Auto. Regina und ich gehen rein. Und wenn wir Hilfe brauchen, schicke ich Ihnen eine SMS, auf der SOS steht. Dann rufen Sie die Polizei.«

»Gut, das klingt vernünftig. Und wenn ich in einer halben Stunde nichts gehört habe, rufe ich ebenfalls die Polizei, klar?«

Kaskha verzog das Gesicht, nickte aber. Dann speicherte er Marks Nummer in seinem Handy.

Der Bezirk wurde durch einen hohen Maschendrahtzaun eingegrenzt, aber die Tür, die auf das Gelände führte, war unverschlossen.

»Wo fangen wir mit dem Suchen an?«, fragte Regina. Kashkas Blick schweifte über den Platz. Der Untergrund war nicht asphaltiert, sondern bestand aus Sand und Schotter. An einigen Stellen hatten sich Gras und Unkraut durch den dürren Boden gekämpft.

»Er muss diesen Container vor mindestens einem halben Jahr gemietet haben, vermutlich schon erheblich früher«, sagte Kashka. »Also ist es vermutlich einer von denen, neben denen hohes Gras wächst. Ich nehme auch an, er steht nicht dicht an der Straße.«

»Das klingt logisch«, bestätigte Regina.

»Dort.« Kashka zeigte auf einen Bereich mit besonders viel Unkraut. »Da fangen wir an.«

Regina kam sich vor wie während der dunkelsten Tage in Nyala. Hinter jedem Haus mochte ein Heckenschütze lauern. Die Sinne waren geschärfter als sonst, jeder Laut konnte der Hinweis auf eine Bedrohung sein. Regina sah auf die Uhr. Es war 20.30 Uhr. Obwohl die Sonne bereits tief stand und die Container lange Schatten warfen, war es immer noch sehr warm. Sie hatte gar nicht bemerkt, wie schnell die Zeit vergangen war, seit sie die Klinik verlassen hatten.

Ein Rascheln! Kashka riss die Pistole aus dem Holster. Doch es war nur eine fette braune Ratte, die sie aufgeschreckt hatten.

Es war ein verdammtes Labyrinth, und allmählich fragte sich Regina, ob sie sich hier wohl auch verlaufen konnten.

»Sehen Sie das Gebäude dort?«, raunte Kashka ihr zu.

»Ja. Was ist damit?«

»Es sieht aus, als stünde es schon lange leer. Und dahinter wuchert das Unkraut besonders hoch.«

»Sie meinen, dort könnte Rösch sein Versteck haben?«

»Wer weiß? Falls noch eine Wasserleitung funktioniert, wäre es ideal.«

»Stimmt«, gab Regina zu. »Aber falls dort nur ein verwahrloster Platzwart haust, sollten Sie Ihre Waffe nicht so auffällig vor sich hertragen.«

Kashka nickte und ließ die Hand mit der *Beretta* in der Jackentasche verschwinden.

Plötzlich blieb er unvermittelt stehen.

»Was ist?«, flüsterte Regina. Wortlos deutete Kashka auf das niedergetrampelte Gras zwischen der Hütte und einigen Containern.

»Das muss nichts zu bedeuten haben«, meinte Regina. »Es könnte auch …« Ein gellender Schrei schnitt ihr die weiteren Worte ab.

»Anabel!«

Sofort wollte sie in Richtung des Schreis losstürzen, doch Kashka packte sie am Arm.

»Genau das will er«, zischte er.

Sie riss sich von ihm los. »Er weiß gar nicht, dass wir hier sind. Wir müssen sie retten, bevor es zu spät ist!« Ein weiterer Schrei. Regina rannte los, hörte Kashka fluchen, aber er folgte ihr.

Die Schreie drangen aus einem dunkelblauen Container, der einen Spaltbreit offen stand. Regina musste sich mit aller Kraft zurückhalten, um nicht sofort hineinzustürzen. Stattdessen blieb sie draußen stehen und spähte ins Innere. Drinnen war alles dunkel. Anabel schrie noch immer. Doch je länger die Schreie andauerten, desto deutlicher spürte Regina, dass irgendetwas nicht stimmte. Es schien immer der gleiche Schrei zu sein. Sie riss die Containertür ganz auf.

Der Raum war leer. Kashka war sogleich an ihrer Seite.

»Da!« Er wies mit seiner Pistole auf einen altmodischen Kassettenrekorder, der die Schreie wahrscheinlich in einer Endlosschleife abspielte.

Schritte. Kashka warf sich herum. Rösch! Auf einmal begriff Regina. Der Mörder hatte versucht, sie in den Container zu locken, und wollte dann die Tür zuschlagen. Wäre sie in ihrer Panik sofort hineingerannt, wäre der Plan aufgegangen.

Als Rösch Kashka erkannte, wandte er sich auf der Stelle

um. Der Afrikaner folgte ihm. Sie hörte einen Schuss, dann das ihr so bekannte Geräusch, wenn die Kugel als Querschläger von etwas Metallenem abprallt.

Sollte sie ebenfalls die Verfolgung aufnehmen?

Nein, sie musste Anabel finden! Um jeden Preis.

Und inzwischen war es wirklich an der Zeit, die Polizei zu rufen. Noch während sie in Richtung der abgelegenen Container lief, zog sie ihr Handy und wählte die 110.

»Polizeinotruf – bitte legen Sie nicht auf!«, ertönte die Bandansage.

»Scheiße!«, brüllte Regina. Ausgerechnet an diesem Tag war die verdammte Leitung überlastet.

Sie musste die Ansage noch zweimal anhören, bevor jemand abhob. Am liebsten hätte sie dem Mann am anderen Ende der Leitung gehörig die Meinung gegeigt, aber sie blieb ruhig, nannte die Adresse und erklärte, dass sie Rösch aufgespürt hatten.

Nachdem das Telefonat beendet war, atmete Regina tief durch. Sie hatte inzwischen die weiter hinten liegenden Container erreicht.

»Anabel?«, rief sie. Keine Antwort. Die Sorge bohrte sich immer tiefer in ihre Eingeweide, schnürte ihr den Magen zu. Was, wenn sie zu spät kam? Wenn Rösch ihre Tochter bereits getötet hatte?

Nein, daran wollte sie nicht denken.

Plötzlich hörte sie ein rhythmisches Klopfen. Sie hielt im Laufen inne und lauschte. Das Geräusch kam aus dem roten Container vor ihr. Sofort spürte sie, wie neue Energie sie durchströmte. Diesmal konnte es keine Falle sein, Rösch war auf der Flucht vor Kashka. Sie eilte auf den Container zu, zog die Riegel aus den Verankerungen und öffnete ihn. Als Erstes entdeckte sie die kleine Petroleumlampe, die auf dem Tisch stand. Der Container war komplett möbliert. Dann sah sie Anabel, die gefesselt und geknebelt immer wieder mit den Füßen an die Wand des Containers stieß. In höchster Eile lief Regina auf ihre Tochter zu, nahm ihr den Knebel aus dem Mund und ergriff das große Messer, das neben der Lampe auf dem Tisch lag. Damit durchtrennte sie die Kabelbinder, mit denen Rösch Anabel die Hände auf den Rücken gefesselt hatte.

»Bist du verletzt?«, fragte Regina, während Anabel ihr zerschnittenes T-Shirt wie einen Bolero unter der Brust verknotete, um ihre Blöße zu bedecken.

»Nein«, sagte sie. »Aber er lauert auf dich. Er hat meine Schreie aufgenommen, um dich in eine Falle zu locken. Ich wollte nicht schreien, aber es war so grässlich.«

Regina nahm ihre Tochter in die Arme.

»Er wird dir nichts mehr tun. Kashka ist hinter ihm her, und die Polizei wird auch gleich da sein.«

»Weißt du, was mit Michael ist?«, fragte Anabel zitternd.

»Er … er ist im Krankenhaus. Rösch … er hat …« Regina brachte es nicht über sich, vor ihrer Tochter die schreckliche Wahrheit auszusprechen.

»Ich weiß«, sagte Anabel erstaunlich gelassen. »Sieh nur dort!«

Neben einem umgekippten Stuhl lag Michaels leblose Hand. Für einen kurzen Moment musste Regina selbst an sich halten, um nicht laut zu schreien.

»Das verdammte Schwein!«, keuchte sie.

»Ja«, sagte Anabel. »Und jetzt holen wir ihn uns und zahlen es ihm heim, nicht wahr?«

Der Hass, der aus den Augen ihrer Tochter flammte, erschreckte Regina mehr als alles, was sie zuvor gesehen hatte. Es war derselbe Hass, den sie selbst verspürt hatte, als sie Thengas Mörder hingemetzelt hatte. Die Wut, die alle anderen Gefühle auslöschte.

»Das müssen wir nicht, Anabel. Hier gibt es andere, die das für uns erledigen.« Mit diesen Worten half sie ihrer Tochter auf die Beine und führte sie nach draußen.

Sie hörten wieder einen Schuss, aber keinen Schrei. Wo zum Teufel steckten Kashka und Rösch? Und wo blieb die Polizei?

»Wir sollten besser in Deckung bleiben«, raunte Regina ihrer Tochter zu, während sie ihr einen Arm um die Schultern legte und sie fest an sich drückte.

»Zu dumm, dass du diesmal keine *Uzi* hast, Mum. Dann wäre es einfach.«

Anabel strich sich vorsichtig über die geschwollene Nase.

»Lass mich sehen!«, verlangte Regina.

»Nicht notwendig«, wehrte Anabel ab. »Da ist nicht viel passiert.«

Regina nickte. Sie wollte ihrer Tochter nicht durch mütterliche Fürsorge jene Stärke nehmen, die sie in den letzten Stunden am Leben erhalten hatte. Noch war der Adrenalinkick im Blut ihrer Tochter Schutz genug. Der Zusammenbruch käme erst später. Genau wie bei ihr selbst damals in Nyala, als der heiße Zorn erloschen war und nur Leere und

Verzweiflung zurückließ. Und den Wunsch, dem Sudan für immer den Rücken zu kehren.

Auf einmal schrie Anabel auf.

»Dort oben!« Sie wies auf vier übereinandergetürmte Container in der Nähe der Hütte. Irgendwie war es Rösch gelungen, nach ganz oben zu klettern. Kaum hatte er Anabels Schrei gehört, warf er sich zu Boden. Im nächsten Moment war wieder ein Schuss zu hören.

»Verdammt, jetzt habe ich den Mistkerl auch noch gewarnt!«, fluchte Anabel.

Aus der Ferne erklangen Martinshörner. Endlich! Regina atmete auf. Wenn die Polizei das Areal abriegelte, gab es kein Entkommen mehr für Rösch.

Doch noch kauerte er auf der höchsten Zinne der Containerburg, bereit, sich gegen jeden Angreifer zu verteidigen. Und er bot kein weiteres Ziel für Kashka.

Wo mochte der Afrikaner sein? Hatte Rösch ihn im Blick? Oder war Kashka im Gewirr der bunten Container unsichtbar geworden?

Die Sirenen der Polizeifahrzeuge waren jetzt ganz nahe. Was würde Rösch tun? Regina überlegte, ob er wohl bewaffnet war. Sie erinnerte sich an das Messer, mit dem sie Anabels Fesseln durchtrennt hatte. Warum hatte er es nicht mitgenommen? Weil er geglaubt hatte, sie schnell im Container einsperren und zu Anabel zurückkehren zu können?

Plötzlich sah sie Kashka. Auch ihm war es irgendwie gelungen, die Container zu erklimmen. Regina kniff die Augen zusammen, um besser sehen zu können. Wo war seine Waffe?

Hatte er sie zum Klettern wieder ins Holster unter die Jacke gesteckt?

Rösch bemerkte Kashka gleichzeitig mit Regina. Und ebenso wie sie hatte er gesehen, dass Kashka nichts in Händen hielt. Ein Panther hätte nicht schneller sein können. Mit einem Wutschrei stürzte Rösch sich auf den Afrikaner, packte ihn und riss ihn zu Boden. Regina verlor die beiden wieder aus den Augen.

Schritte. Regina fuhr herum. Mehrere uniformierte Beamte näherten sich im Eiltempo. Hatten sie ebenfalls erkannt, was über ihren Köpfen vor sich ging?

Einer der Polizisten kam auf sie und Anabel zu.

»Geht es Ihnen beiden gut? Wir haben für alle Fälle einen Rettungswagen geordert.«

Anabel nickte geistesabwesend, ohne den Blick von den Containern zu wenden. Dort oben rangen Rösch und Kashka offenbar miteinander. Undeutliche Geräusche waren zu hören – zu sehen war nichts.

»Der RTW ist unnötig«, antwortete Regina anstelle ihrer Tochter.

Ein Schrei. War es Kashka oder Rösch? Regina war sich nicht sicher. Was wäre, wenn Rösch Kashka überwältigte und ihm die Waffe abnahm? Wie viel Schuss Munition mochten noch übrig sein? Sie hatte nur drei Schüsse gehört. Fünfzehn Patronen passten in das Magazin seiner *Beretta*.

Dann entdeckte sie Rösch. Er hatte sich aufgerichtet, wich zurück. Diesmal war Kashka derjenige, der sich wie ein wildes Raubtier auf seinen Gegner stürzte. Regina sah, wie die Polizisten sich um die Container gruppiert hatten. Einige der

Männer hatten die Hände auf die Griffe ihrer Dienstwaffen gelegt. Drei der Polizisten versuchten gemeinsam, auf den obersten Container zu klettern, um Rösch von der anderen Seite zu packen, doch die glatten Metallwände erwiesen sich als hartnäckige Hindernisse. Alle übrigen verfolgten das Schauspiel über ihren Köpfen, schienen instinktiv zu wissen, dass die Entscheidung dort oben fallen würde und sie so lange zum Warten verdammt waren.

Es gelang Rösch, sich loszureißen. Er wollte Kashka einen Fausthieb verpassen, doch der Afrikaner wich geschickt aus. Rösch setzte nach. Im selben Moment versetzte Kashka ihm einen Stoß. Rösch schrie auf, kämpfte eine bange Sekunde lang um das Gleichgewicht – und verlor. Regina wusste sofort, dass sie das dumpfe Geräusch seines aufschlagenden Körpers niemals vergessen würde. Augenblicklich waren die Beamten bei Rösch, doch er rührte sich nicht. War er nur bewusstlos? Die Lage seines Kopfes beschrieb einen merkwürdigen Winkel zum Körper. Konnte er einen solchen Sturz überleben? Einer der Polizisten sprach hastig in ein Funkgerät. Plötzlich spürte Regina, wie sich eine Hand auf ihre Schulter legte. Erschrocken fuhr sie herum.

»Mark! Seit wann bist du hier?«

»Seit ein paar Minuten. Aber du warst so vertieft in die Vorstellung dort oben, dass du mich gar nicht wahrgenommen hast.«

Das Eintreffen des Rettungswagens verhinderte, dass er noch mehr sagen konnte.

»Lass uns nachsehen, ob er tot ist!«, rief Anabel, und genau das schien sie sich zu wünschen. Regina konnte das Mädchen gut verstehen, denn ihr ging es ebenso. Dennoch zuckte sie innerlich zusammen, erkannte sie doch, dass ihrer Tochter die Reinheit der kindlichen Seele, die sie auch nach den Schrecken von Nyala bewahrt hatte, für immer abhandengekommen war. Und sie als Mutter hatte sie nicht davor bewahren können.

Zwei Sanitäter kümmerten sich um Rösch. Kashka beantwortete unterdessen die Fragen eines Polizisten. Anabel hingegen starrte auf die Rettungssanitäter. Die Männer hatten Rösch eine aufblasbare Halskrause angelegt, mehrere Infusionen liefen in seine Armvenen, und eine Beatmungsmaske lag über seinem Gesicht. Noch während sie Rösch versorgten, erschien ein zweiter Wagen mit Blaulicht. Es war der Notarzt.

Regina hörte, wie die Sanitäter Bericht erstatteten. Es bestand Lebensgefahr, man ging davon aus, dass durch den Sturz mehrere Halswirbel gebrochen waren. Der Notarzt forderte sofort einen Rettungshubschrauber an.

»So viel Aufwand für einen Mörder«, zischte Anabel. »Warum lassen sie ihn nicht einfach verrecken?«

»Damit er für seine Taten zur Verantwortung gezogen werden kann«, erklärte Mark, der Anabels Worte gehört hatte. »Und weil uns genau das von diesem Mörder unterscheidet. Wir gestehen jedem das Recht auf Leben zu.«

Anabel murmelte etwas Unverständliches und wandte sich ab. Als Regina ihr folgen wollte, wehrte das Mädchen ab. »Lass mich, Mum, ich kann jetzt keine weiteren gut gemeinten Worte gebrauchen.«

Regina unterdrückte einen Seufzer und nickte.

»Warum hat unser schwarzer James Bond ihn eigentlich nicht erschossen?«, fragte Mark bissig.

»Das klingt ja so, als hättest du dir das gewünscht«, entgegnete Regina. »Ich dachte, wir seien anders, wie du eben so schön zu Anabel gesagt hast.«

»Notwehr ist was anderes als unterlassene Hilfeleistung.«

»Na, dann frag ihn doch!«, gab Regina ebenso bissig zurück, denn soeben hatte der Polizist Kashkas Befragung beendet, und der Afrikaner kam auf sie zu.

Anstatt darauf einzugehen, grummelte Mark etwas ebenso Unverständliches wie zuvor Anabel und zog sich gleichfalls zurück.

»Was ist denn hier los?«, fragte Kashka. »Wir haben gewonnen, und alle machen trübsinnige Gesichter.«

»Anabel ist verärgert, dass ein Rettungshubschrauber für Rösch angefordert wurde, und Mark fragt, warum Sie ihn nicht erschossen haben.«

»Ich wollte ihn lebend.«

»Warum haben Sie dann vorhin auf ihn geschossen?«

»Um ihn aufzuhalten. Ich habe auf die Beine gezielt. Als er dann nach oben kletterte und ich ihm folgte, habe ich das Magazin aus der *Beretta* gezogen, nur für den Fall, dass ihm die Waffe in die Hände gefallen wäre. Dann habe ich noch einen Schuss abgefeuert, damit die letzte Kugel aus dem Lauf war.«

»Und warum wollten Sie ihn lebend?«

»Wieso muss eigentlich *ich* Ihnen das erklären? Sie sind doch eine Frau, die in einem Rechtsstaat lebt, in dem alle Gewalt vom Staat ausgeht.«

»Und Sie weichen mir aus.«

Kashka nickte schwach. »Weil ich fand, dass der Tod keine ausreichende Strafe für ihn ist. Er soll damit leben. Und nie mehr freikommen.«

Regina schwieg. Sie dachte an das Leben der Patienten im Maßregelvollzug. Sofern Rösch überlebte, hätte er nie wieder eine Chance auf Entlassung. Wäre es eine Strafe, den Rest seines Lebens im Maßregelvollzug zu verbringen? Oder gäbe er sich weiter der Hoffnung hin, eines Tages erneut zu fliehen und Menschen zu töten, um die Kontrolle zu haben und das Leben zu spüren? Bei dem Gedanken daran wurde ihr übel.

Doch dann straffte sie sich innerlich. Darüber konnte sie sich immer noch Gedanken machen, wenn sie wusste, wie sich sein Zustand entwickelte. Noch war alles offen.

Der Rettungshubschrauber traf ein. Die Rotorblätter wirbelten den Staub auf. Regina hustete.

»Ich glaube, wir sollten jetzt gehen«, sagte sie zu Kashka. »Sammeln wir Mark und Anabel ein und verschwinden von hier!«

Kashka nickte schweigend, wirkte irgendwie geistesabwesend.

»Woran denken Sie gerade?«, fragte Regina.

»An nichts.«

»Das sah mir aber nicht so aus.«

»Es ist aber so. Ich dachte an das große Nichts. Jahrelang habe ich darauf gewartet, Rösch zu fassen. Als er nach dem Mord in Deutschland verhaftet wurde, glaubte ich schon einmal, am Ziel zu sein. Aber irgendwie hatte ich das Gefühl, dass es noch nicht vorüber wäre. Heute ist das anders. Im Grunde habe ich mein ganzes Leben damit verbracht, diesen

Mann zu jagen. Und ich frage mich gerade, was jetzt kommt. Aber da ist nichts.«

»Wir Psychiater haben dafür einen Fachbegriff.«

Kashka hob abwehrend die Hände. »Den möchte ich gar nicht erfahren. Vermutlich könnten Sie jedem von uns irgendeine Diagnose anhängen.«

»Könnte ich«, gab Regina mit einem Augenzwinkern zu. »Aber ich tue es nicht. Und nun lassen Sie uns aufbrechen.«

41

Die nächsten Tage verlebte Regina wie in einem dichten Nebel. Behutsam hatte sie versucht, mit Anabel über das Ge-
schehene zu sprechen, doch ihre Tochter hatte jeden Versuch
abgeblockt.

»Es ist vorbei, ich lebe noch«, sagte sie immer wieder.
»Wozu weiter darüber sprechen?«

Schließlich hatte Regina nachgegeben. Sie hasste es selbst,
wenn man sie mit noch so gut gemeinten Gesprächsangebo-
ten aus der Reserve locken wollte. Wenn Anabel derzeit kein
Bedürfnis hatte, darüber zu reden, würde sie das respektieren
und einfach abwarten.

Michael ging es körperlich besser. Er war nicht mehr auf der
Intensivstation, aber im Gegensatz zu Anabel war er in ein
tiefes Loch gefallen. Es war nicht nur der Verlust der rechten
Hand. Er litt auch unter schlimmsten Albträumen und immer
wieder auftretenden Flashbacks. Regina und Anabel hatten
ihn mehrfach besucht, aber Michael war immer nur kurz in
der Lage, sich auf ein Gespräch zu konzentrieren. Meist ver-
sank er nach wenigen Minuten in dumpfes Brüten und schottete sich von seiner Umwelt ab, so als gäbe es niemanden
außer ihm selbst. Seine Eltern, die Regina bis dahin immer
als stark und unangreifbar erlebt hatte, waren mit der Situ-

ation völlig überfordert. Michaels Mutter verbrachte täglich mehrere Stunden in der Klinik und redete auf Michael ein, als wäre er ein kleines Kind, das mit Babysprache getröstet werden musste. Manchmal fragte sich Regina, ob sich Michael gerade deshalb in sich selbst zurückzog. War es nur der Schock, die posttraumatische Belastungsstörung? Oder war es der hilflose Versuch, wieder etwas Privatsphäre zu bekommen? Nicht länger die verzweifelte Mutter an seinem Bett ertragen zu müssen?

Niemand wusste, ob und wann Michael sich psychisch von den Erlebnissen erholen würde. Auch das belastete Anabel, ohne dass sie es offen zugab. In den ersten Tagen war sie jeden Tag im Krankenhaus gewesen, aber nach einer guten Woche schränkte sie ihre Besuche auf die klassischen Besuchszeiten ein. Sie musste nichts sagen, Regina verstand sie auch so. Anabel konnte es nicht ertragen, dass Michael ihr kaum Beachtung schenkte. Und noch weniger ertrug sie seine Mutter, die jedes Mal in lautes Lamentieren ausbrach, ohne jedes Feingefühl dafür, was Anabel selbst widerfahren war.

Die nächsten Monate würden zeigen, ob es für die Liebe zwischen Anabel und Michael noch eine Zukunft gab oder ob Rösch auch diese Beziehung zerstört hatte.

Und Rösch selbst?

Er war mit dem Rettungshubschrauber sofort ins Unfallkrankenhaus Boberg geflogen worden. Dort hatte man sein Leben zwar retten können, aber er war nicht nur vom Hals abwärts gelähmt, sondern man hatte auch ein schweres Schädel-Hirn-Trauma sowie ein apallisches Syndrom diagnostiziert. Er war zu einem Wachkomapatienten geworden und würde den Rest seines Lebens in einem speziellen Pflegeheim verbringen.

Regina hatte gehofft, dass ihre Tochter erleichtert wäre. Niemals wieder konnte Rösch jemandem etwas antun. Aber Anabel hatte geflucht. »Wem nutzt es, dass er wie welkes Gemüse gehätschelt wird?«, hatte sie bitter hervorgestoßen. »Die Ärzte hätten ihn sterben lassen sollen. Das wäre für alle besser gewesen.«

Mehr Worte verlor sie nie wieder darüber.

Als der Nebel der ersten Tage sich langsam lichtete, wunderte sich Regina, wie schnell alle anderen zur Normalität zurückkehrten. Im Maßregelvollzug wurde kaum noch über den Fall gesprochen. Er war zu einer der Geschichten geworden, die alte Pfleger den unerfahrenen Neulingen erzählten und die man sich gern mit einem wohligen Grusel anhörte, sofern man sie nicht selbst hautnah miterlebt hatte.

Immerhin hatte sich ihre Arbeitsbeziehung zu Mark deutlich verbessert. Ganz im Gegensatz zu Löhner, der sich immer öfter über den neu erwachten Widerspruchsgeist seines Oberarztes wunderte und ihm deshalb riet, endlich seinen Jahresurlaub anzutreten.

»Er meinte, ich sei überarbeitet«, schloss Mark die Zusammenfassung seines letzten Gesprächs mit dem Chefarzt ab. »Überarbeitet! Ist das nicht eine Frechheit?«

Regina hob die Schultern. »Nun ja, ein bisschen was ist ja dran. Wir hatten viel um die Ohren.«

»Wie geht es Anabel?«, fragte Mark und wechselte das Thema.

»Wie gehabt. Nach außen hin hat sie es gut weggesteckt. Aber sie will nicht darüber reden.«

Mark nickte. »Immerhin müssen wir uns hier nicht mehr mit Rösch abgeben. Ich habe gehört, dass er demnächst in ein Pflegeheim kommt, wo man auf die Bedürfnisse von Wachkomapatienten eingerichtet ist.« Er atmete tief durch. »Es ist schon verrückt, dass man ihn in diesem Zustand am Leben erhält.«

»Ja klar, du hättest es lieber gesehen, wenn Kashka ihn erschossen hätte.« Regina versetzte ihm einen Knuff.

»Nein, das war nicht ernst gemeint und in der ersten Wut nur so dahingesagt.«

»Ich weiß«, bestätigte Regina. »In solchen Situationen kommen unsere dunkelsten Triebe zum Vorschein. Bewundernswert, dass Kashka sich trotz seiner schlimmen Erfahrungen mit Rösch so sehr zurücknehmen konnte.«

»Reist er nun zurück in den Sudan?«

»Nein, er hat mich gestern angerufen. Er bleibt dauerhaft in Berlin und würde sich freuen, weiterhin Kontakt mit uns zu halten.«

»Das klingt nicht schlecht. Es ist immer gut, einen Mann zu kennen, der Geheimdienstinfos anzapfen kann.« Trotz der ernsten Stimmung huschte ein Lächeln über Marks Lippen.

»Hast du dich also doch mit dem schwarzen Ersatz-James-Bond versöhnt?« Regina erwiderte sein Lächeln.

»Ich habe mich doch nie mit ihm gestritten.«

»Nur gefrotzelt.«

»So sollte es doch auch sein, oder?« Marks Lächeln wurde breiter. »Wer weiß, was die Zukunft bringt.«

»Ja«, erwiderte Regina. »Wer weiß das schon.« Aber auf einmal fühlte sie sich trotz der Schrecken, die hinter ihr lagen, so erleichtert wie schon lange nicht mehr. Was auch kommen mochte, es würde immer ein Morgen geben, und sie wusste, dass sie sich auf Mark und Kashka verlassen konnte.

Unfallkrankenhaus Hamburg
Boberg, September 2014

»Die Alte ist irgendwie rührend, findest du nicht? Jeden Tag besucht sie ihn und liest ihm vor.«

Er hörte die Stimme der Krankenschwester, die mit ihrer Kollegin sprach, während sie ihn umbetteten. Was genau sie taten, nahm sein gefühlloser Körper nicht wahr, nur wenn sein Kopf dabei ein wenig zur Seite fiel, spürte er es.

»Dabei kriegt er doch ohnehin nichts mit«, sagte die zweite. Ein Ruck, sein Kopf fiel zur anderen Seite, als sie ihn in das frische Bett hievten.

Wieder versuchte er sich zu bewegen, die schweren Lider zu öffnen, den Schwestern zu zeigen, dass er sie hörte, dass er noch da war. Vergeblich. Sein Körper weigerte sich, ihm zu gehorchen.

Er wusste nicht, wie lange er bereits wieder bei Bewusstsein war. Anfangs war die Zeit für ihn kaum messbar gewesen. Inzwischen kannte er den Rhythmus, in dem die Schwestern seinen nutzlosen Körper versorgten. Er wusste, wann die Ärzte kamen, um kurz nach ihm zu schauen, aber nie begriffen, dass er sie hören konnte. *Wachkomapatient* hatten sie ihn genannt. Er könne nichts hören, sei in einer anderen Welt. Er erinnerte sich, dass sie es auch seiner Mutter gesagt hatten.

Doch die resolute alte Dame hatte sich nicht davon abhalten lassen, ihn täglich zu besuchen.

Die Schwestern waren fertig. Er hörte, wie sich ihre Schritte zur Tür bewegten.

»Bleiben Sie!«, wollte er rufen, doch nichts kam. Sein Körper war tot, ein Gefängnis für seinen wachen Verstand.

»Frau Rösch, wir sind fertig«, sagte die Schwester. »Sie können jetzt zu ihm.«

Nie hatte er den Schritt seiner Mutter vergessen. Trotz ihres Alters noch immer fest. Vermutlich trug sie wieder diese Blockabsätze. Sie hatte immer Blockabsätze zu Faltenröcken getragen, solange er sie kannte.

»Ach, mein lieber kleiner Niklas.« Sie strich ihm über die Wange.

»Heute habe ich dir etwas besonders Schönes mitgebracht. Weißt du noch, wie gern du als Junge das Märchen vom Teufel mit den drei goldenen Haaren mochtest? Dabei haben wir immer auch an Rosi gedacht, weißt du noch? Und dein Vater, Gott hab ihn selig, der dir danach immer zwanzig Mark schenkte, wenn du für ihn ein bisschen wie sein verlorenes kleines Mädchen warst.« Sie seufzte wohlig. »Nun sind nur noch wir beide übrig. Aber keine Sorge, mein kleiner Niklas, ich bin für dich da, solange ich lebe, und erzähle dir jeden Tag von Papa und Rosi.«

Niemand hörte den stummen Schrei, der Röschs Denken ausfüllte. Niemand bemerkte, wie er sich innerlich vor Qual aufbäumte. Niemand würde ihn jemals wieder hören …

Nachwort

Der vorliegende Roman ist eine fiktive Geschichte, und die handelnden Personen entspringen allesamt meiner Fantasie. Ähnlichkeiten mit lebenden oder toten Personen wären rein zufällig und sind nicht beabsichtigt.

Ich habe selbst viele Jahre lang als Ärztin für Psychiatrie im Maßregelvollzug gearbeitet. Wenn man aber eine fiktive Geschichte entwickelt, muss man selbstverständlich einiges verfremden und abwandeln – schließlich soll dies keine Anleitung zur Flucht aus dem Maßregelvollzug sein, sondern ein Unterhaltungsroman.

Dennoch habe ich mich bemüht, den Ablauf im Maßregelvollzug inklusive der beschriebenen Sicherheitsvorkehrungen so realistisch wie möglich darzustellen. In diesem Nachwort möchte ich erklären, an welchen Stellen ich den Ablauf modifiziert habe und was der Unterschied zwischen dem psychiatrischen Maßregelvollzug und der Allgemeinpsychiatrie ist.

Bei dem Begriff *Geschlossene Station* denken die meisten Menschen sofort an gefährliche Irre und geisteskranke Mörder. Diese gedankliche Gleichsetzung einer geschlossenen allgemeinpsychiatrischen Station mit dem forensischen Maßregelvollzug führt leider immer wieder zur unnötigen Stigma-

tisierung und Ausgrenzung unbescholtener Bürger, nur weil
sie unter einer seelischen Erkrankung leiden.

Eine geschlossene Station in der Allgemeinpsychiatrie ist
etwas völlig anderes als der Maßregelvollzug. In der Allgemeinpsychiatrie ist einfach nur die Stationstür abgeschlossen,
damit man sicherstellen kann, dass ein kranker Mensch nicht
unbemerkt die Station verlässt. Die meisten Patienten sind
freiwillig auf einer geschlossenen Station und verlassen die
Station auch regelmäßig nach Absprache, um in den Park
zu gehen oder Einkäufe zu tätigen. Eine Unterbringung gegen den Willen des Patienten (Zwangseinweisung) kann nur
durch das Betreuungsgericht angeordnet werden, wenn ein
Facharzt für Psychiatrie eine akute Gefährdung attestiert.
Beispiele für derartige Gefährdungen wären z. B. Menschen
mit Depressionen, die ihren Suizid angekündigt haben, oder
alte Menschen mit Demenz, die im Winter wiederholt – nur
mit dem Schlafanzug bekleidet – auf die Straße laufen und
erfrieren könnten. Eine derartige Unterbringung gegen den
Willen der Betroffenen dauert nur so lange an, wie die akute
Gefährdung besteht, selten länger als vier Wochen, oftmals
nur wenige Tage. Man kann im Übrigen davon ausgehen,
dass die gefürchteten Pressemeldungen (»Wieder einer aus
der Geschlossenen entsprungen«) zu neunundneunzig Prozent Menschen betreffen, die keine Straftat begangen haben,
sondern in einem unbeobachteten Moment die Station beim
Öffnen der Tür verlassen haben. Denn die Allgemeinpsychiatrie ist kein Gefängnis. Sie ist ein Krankenhaus, das auf die
besonderen Bedürfnisse ihrer Patienten zugeschnitten ist.

Und dazu gehören auch Stationen, deren Türen zum Schutz der Patienten verschlossen sind.

Im Gegensatz dazu erfolgt die Unterbringung im Maßregelvollzug grundsätzlich im Rahmen eines Strafverfahrens vor dem Landgericht.

Wenn jemand eine schwere Straftat begeht, aber aufgrund einer psychischen Erkrankung nicht in der Lage ist, das Unrecht seiner Tat zu erkennen oder entsprechend zu handeln, kommt er weder ins Gefängnis noch in ein allgemeinpsychiatrisches Krankenhaus, sondern er wird in den psychiatrischen Maßregelvollzug überstellt. Dort herrscht ein Sicherheitsstandard wie im Gefängnis, aber da es sich um kranke Straftäter handelt, bekommen sie zugleich ärztliche und therapeutische Behandlung. Entgegen vieler landläufiger Vorurteile entscheiden nicht die Ärzte, wann jemand aus dem Maßregelvollzug entlassen wird, sondern die Richter der Strafvollstreckungskammer des Gerichts. Hierzu ist ein höchst komplizierter Vorlauf notwendig, der mehrere Gutachten erfordert, die die Ungefährlichkeit des therapierten Patienten belegen müssen. Man kann im Übrigen davon ausgehen, dass die Unterbringung im Maßregelvollzug in vielen Fällen sehr viel länger dauert als die Haftstrafe eines Gesunden bei vergleichbarer Straftat. Denn ein normaler Häftling sitzt seine Strafe ab. Im Gegensatz dazu wird der Maßregelvollzugspatient erst entlassen, wenn keine Gefährlichkeit mehr vorliegt. Zahlreiche Statistiken belegen, dass die Rückfallquoten entlassener Maßregelvollzugspatienten aus diesem Grund signifikant niedriger sind als die entlassener Gefängnisinsassen.

Der von mir im Roman dargestellte Alltag im Maßregelvollzug ist realistisch, aber zeitlich stark gerafft. In der Realität verbleiben Neuzugänge mehrere Monate lang auf der Aufnahmestation, bevor sie auf eine Wohnstation verlegt werden. Allerdings gibt es in seltenen Fällen Ausnahmen, gerade wenn der Belegungsdruck hoch ist und sich jemand auf der Aufnahmestation sehr angepasst verhalten hat.

Bei meinem Schurken Niklas Rösch liegt eine Psychopathie vor, die anfangs als Schizophrenie fehldiagnostiziert wurde. Derartige Fehldiagnosen sind nicht ausgeschlossen, aber in der Realität sehr selten. Als Ironie seines Schicksals habe ich Rösch am Ende der Geschichte erneut zum Opfer einer Fehldiagnose gemacht: Er hat kein apallisches Syndrom, sondern leidet unter einem Locked-in-Syndrom. Er bekommt mit, was um ihn herum geschieht, kann sich aber nicht mehr bemerkbar machen.

Psychopathen wie Rösch leiden unter einer Persönlichkeitsstörung, die ihnen jedes Mitgefühl mit ihren Opfern unmöglich macht. Durch dieses Defizit können sie sehr grausam sein, ohne etwas dabei zu empfinden. Die genauen Ursachen kennt niemand. Ungünstige Bedingungen in der frühen Kindheit spielen oft eine Rolle. Das muss nicht immer die klassische Gewalt- oder Missbrauchserfahrung sein. Ein narzisstischer Missbrauch durch die Eltern, wie ihn Rösch erleben musste, kann dabei viel nachhaltiger wirken, zumal ein Kind in dieser Situation erheblich größere Schwierigkeiten hätte, sein Dilemma zu offenbaren, als wenn es körperliche

Misshandlungsspuren aufwiese, die möglicherweise von Dritten entdeckt werden könnten.

Die Schizophrenie hingegen ist die von Laien am häufigsten falsch verstandene Erkrankung. Es handelt sich hierbei nicht, wie fälschlich so oft behauptet, um eine Spaltung der Persönlichkeit. Gespalten ist einzig der Bezug zur Realität.

Ausgelöst wird die Schizophrenie durch einen Überschuss an Dopamin, einem wichtigen Botenstoff im Gehirn. Niemand kennt die genauen Ursachen. Es kann jeden treffen. Durch diesen Überschuss an Dopamin werden verschiedene Zentren des Gehirns mit falschen Reizen überflutet – meistens das Hörzentrum. Die Menschen nehmen Impulse wahr, das Gehirn versucht sie zu deuten und verbindet sie mithilfe unbewusster Gedanken zu sinnvollen Mustern. Die Betroffenen hören dann Stimmen, die ihnen etwas sagen. Diese Stimmen sind für die Betroffenen von realen Stimmen nicht zu unterscheiden, weil sie im gleichen Zentrum des Gehirns entstehen, wo echte akustische Reize verarbeitet werden. Man kann den Betroffenen diese Stimmen deshalb nicht ausreden, und im akuten Stadium einer Schizophrenie ist eine Psychotherapie deshalb sinnlos. Die einzig wirksame Therapie besteht darin, den Dopaminüberschuss im Gehirn wieder auf das Normalmaß abzusenken – dies geschieht durch spezielle Medikamente. Dadurch verschwinden die Halluzinationen in einem Großteil der Fälle, und die Betroffenen erkennen, dass sie sich in einem Wahnerleben befunden haben. Wird die Erkrankung jedoch zu spät behandelt oder liegt gar ein jahrelanger unerkannter Verlauf vor, passiert es leider immer wieder, dass die Betroffenen sogenannte Residuen zurückbehalten, das heißt, sie erreichen nicht mehr ihr früheres intellektuelles Ausgangsniveau, sondern behalten im schlimmsten Fall eine seelische Behinderung nach, die sich wie eine geistige Behinderung auswirkt. Um dies zu verhindern, liegt es allen Psychiatern am Herzen, dass ihre Patienten die Medikamente rechtzeitig bekommen und sie regelmäßig einnehmen.

Abschließend möchte ich noch erwähnen, dass Menschen mit psychischen Erkrankungen nicht häufiger straffällig werden als gesunde Menschen. Das Bild vom gefährlichen Irren ist ein Zerrbild, das auch durch die einschlägige Literatur gefördert wird, in der haufenweise irre Serienmörder ihr Unwesen treiben.

Serienmörder sind als Romanfiguren spannend. In der Realität sind sie glücklicherweise höchst selten.

Antonia Fennek, Februar 2014

Glossar

Antipsychotika:
Medikamente, die zur Behandlung von Psychosen eingesetzt werden. Die alte Bezeichnung, die von manchen Ärzten noch heute verwendet wird, lautet Neuroleptika. Antipsychotika machen nicht abhängig, haben aber z. T. starke Nebenwirkungen wie z. B. Appetitsteigerung und damit verbundene Gewichtszunahme, weshalb viele Patienten die notwendige Medikation nur äußerst ungern einnehmen.

Apallisches Syndrom:
Neurologisches Krankheitsbild, bei dem es zum Ausfall der Großhirnfunktion kommt. Auch Wachkoma genannt.

ICD-10:
International Statistical Classification of Diseases – das weltweit wichtigste anerkannte Diagnoseklassifikationswerk der Medizin.

Locked-in-Syndrom:
Zustand, in dem der Mensch zwar bei Bewusstsein, aber vollständig bewegungsunfähig ist und sich seiner Umwelt nicht bemerkbar machen kann.

Lorazepam:
Medikament aus der Stoffgruppe der Benzodiazepine. Hat einen ausgezeichneten beruhigenden und angstlösenden Effekt, aber auch ein hohes Abhängigkeitspotenzial, weshalb es nur in ausgewählten Fällen zum Einsatz kommen sollte.

Parathymie:
Symptom der Schizophrenie – das Verhalten entspricht nicht den tatsächlichen Gefühlen, z. B. albernes Lachen bei einer Trauerfeier.

Psychopathie:
Dieser Begriff wird nur in der forensischen Psychiatrie verwendet und ist nicht in der ICD-10 verschlüsselt. Er bezeichnet eine schwerwiegende Persönlichkeitsstörung mit dissozialen und sadistisch/narzisstischen Zügen. Mithilfe der Psychopathie-Checkliste lässt sich eine Psychopathie mit großer Sicherheit diagnostizieren.

Psychopathie-Checkliste nach Hare:
Von Robert Hare entwickeltes Diagnoseverfahren (PCL-R) zur Diagnostik einer Psychopathie. Häufig eingesetzt bei Gerichtsgutachten zur Frage der Schuldfähigkeit oder Gefährlichkeitsprognose.

Psychose:
Bezeichnung für eine psychische Störung, die mit Realitätsverlust und Wahnvorstellungen einhergeht. Die häufigste Ursache der Psychose ist die Schizophrenie; allerdings können

Psychosen auch durch organische Erkrankungen wie z. B. Hirntumore oder Hormonstörungen sowie durch Drogenkonsum ausgelöst werden.

Residuum:
Das Zurückbleiben von Restsymptomen einer Erkrankung nach der Genesung.

Risperidon:
Modernes Antipsychotikum, zur Behandlung psychotischer Zustandsbilder und insbesondere der Schizophrenie geeignet.

Schizophrenie:
Psychische Erkrankung, die mit Psychosen einhergeht. Schizophrenie und Psychose werden oft synonym verwendet, Ärzte sprechen deshalb von einer schizophrenen Psychose oder einer Psychose aus dem schizophrenen Formenkreis, um sie von anderen Psychosen abzugrenzen.

Tavor®:
Bekanntester Handelsname des Lorazepam, wird von Patienten oft synonym verwendet.

Leseprobe

John Burley

Unschuld des Todes

Dies ist nicht der Anfang.

Da vorn schlendert ein junger Mann in Jeans und einem schwarzen T-Shirt lässig den Bürgersteig entlang. Er summt im Gehen leise vor sich hin und bahnt sich seinen Weg, seine Nikes fädeln sich rhythmisch tappend durch den spätnachmittäglichen Fußgängerstrom. Er ist vielleicht sechzehn, noch nicht wirklich ein junger Mann, aber auf dem besten Weg dahin, einer zu werden, und bewegt sich mit der Energie und Lässigkeit eines Menschen, der über das Geschenk der Jugend verfügt, jedoch noch nicht über die Reife, ihren Wert zu schätzen oder sich ihrer Vergänglichkeit bewusst zu sein.

Der Menschenjäger sieht den jungen Mann um eine Ecke biegen und vorübergehend hinter der Backsteinfront eines angrenzenden Hauses verschwinden. Doch der Menschenjäger wahrt einen gebührenden Abstand, denn auch wenn er, was sein weiteres Vorgehen angeht, über einen untrüglichen *Instinkt* verfügt, überlässt er die Kontrolle jetzt etwas vollkommen anderem. Etwas, dessen Gegenwart er, solange er sich zurückerinnern kann, immer gespürt hat. Etwas, das hinter dem durchsichtigen Vorhang der Belanglosigkeiten lauert, die sein alltägliches Leben ausmachen. Dieses Etwas wartet darauf, dass er sich zu ihm gesellt, es umarmt. Es beobachtet ihn mit seinen dunklen, treuen Augen. Doch es gibt Momente, Momente wie diesen, in denen es nicht länger wartet, in denen der Vorhang zur Seite gleitet und es zum Vorschein kommt und nach Beachtung verlangt.

Der junge Mann im schwarzen T-Shirt erreicht das Ende der Straße und überquert ein Stück Brachland. Auf der anderen Seite befindet sich ein kleines Wäldchen, durch das sich ein jetzt im Frühling überwucherter Trampelpfad schlängelt, der nach knapp zweihundert Metern das Wohnviertel direkt hinter dem Wäldchen erreicht.

Der Menschenjäger beschleunigt seinen Schritt und verringert die Distanz zwischen sich und dem Jungen. Er spürt, wie das Stakkato seines Herzschlags in den dritten Gang hochschaltet, in dem Kraft und Tempo kurz miteinander ringen. Das Etwas, das hinter dem Vorhang lebt, ist jetzt bei ihm, ist zu ihm *geworden*. Sein feuchter, schwerer, vor Schmutz rasselnder Atem gleitet in seine Lunge und wieder heraus und vermischt sich mit seinen eigenen schnellen Atemzügen. Sein ununterbrochen rasender Puls trommelt begierig gegen seine Schläfen und trübt mit jedem Schlag ein wenig seine Sicht. Vor ihm geht der Junge, sein schlanker Körper schwingt bei jedem Schritt leicht hin und her; fast sieht es aus, als würde er tanzen, als baumelten seine langen Arme und Beine wie grazile Marionettenglieder von einem Drahtkleiderbügel herab. Während der Menschenjäger die letzten Schritte zurücklegt, die ihn von dem Jungen trennen, und ihn von hinten betrachtet, ist er für einen kurzen Moment regelrecht überwältigt von der schieren Schönheit dieser Bewegung, und ein unbewusstes Lächeln huscht über sein Gesicht.

Das Geräusch seiner Schritte veranlasst den Jungen, sich

umzudrehen und ihn anzusehen; die Arme hängen schlaff an seinen Seiten herab. Im gleichen Moment saust die linke Hand des Menschenjägers, die gerade noch hinter seinem Bein verborgen gewesen war, in die Höhe. Die Hand umfasst mit aller Kraft einen Gegenstand, dessen Griff in einem dünnen, langen Metallstab mündet, der sich zum Ende hin zu einer feinen Spitze verjüngt. Die Spitze erreicht den höchsten Punkt des im Bogen ausgeführten Schlags und bohrt sich in den Hals des Jungen, genau in die Mitte, direkt unter dem Kiefer. Ein leichter Rückstoß durchzuckt den Arm des Menschenjägers, als die Spitze des Stabs auf den Schädelknochen des Jungen trifft. Er spürt die Wärme der Haut des Jungen an seiner Hand, als das Instrument vollkommen versenkt ist. Der Junge öffnet den Mund, um zu schreien, doch der Schrei wird von dem Blut erstickt, das sich in seiner Kehle sammelt. Der Menschenjäger zieht die Hand nach unten weg, spürt, mit welcher Leichtigkeit das Instrument aus dem Hals gleitet.

Er hält einen Moment inne, sieht zu, wie der Junge kämpft, mustert den schockierten, verwirrten Ausdruck in seinen Augen. Der Mund vor ihm öffnet und schließt sich lautlos. Der Kopf bewegt sich langsam hin und her, ungläubig, es nicht wahrhaben wollend. Der Menschenjäger beugt sich näher heran, behält den Jungen fest im Blick. Die Hand, die das Instrument umfasst, zieht sich ein wenig zurück, macht sich bereit für den nächsten Stoß; dann schießt sie vor, und die lange Metallspitze bohrt sich durch das Zwerchfell des Jungen und in seine Brust. Er sieht zu, wie der Junge erstarrt, wie seine Lippen sich zu einem stillen Schrei formen, die Augen weit aufgerissen, mit einem Ausdruck totaler Abwesenheit.

Der Junge sackt zusammen, und der Menschenjäger sinkt mit ihm zu Boden, wobei er mit der rechten Hand sanft die Schulter seines Opfers hält, den Blick starr auf dessen perplexes, blasses Gesicht gerichtet. Er sieht das Bewusstsein des Jungen jetzt dahinschwinden, spürt, wie die Muskeln, die er umfasst hält, erschlaffen. Er versucht nach wie vor, den Blickkontakt zu halten, und fragt sich, was die Augen in diesen letzten Lebensmomenten wohl sehen mögen. Er stellt sich vor, wie es wohl ist, wenn einem am Ende die Welt entgleitet, wie es sich anfühlt, wenn sich die Bühne verdunkelt und man blind in die Leere zwischen dieser und der nächsten Welt tritt, nackt und allein, und darauf wartet, was danach kommt – sofern danach überhaupt noch etwas kommt.

Seine Finger spüren die kühle Erde, eine leichte Bewegung, und innerhalb der nächsten Sekunde ist der Junge verschieden, lässt nur seinen nutzlosen, geschundenen Körper zurück. »Nein«, flüstert der Menschenjäger, denn der Augenblick ist zu schnell vorübergegangen. Er schüttelt den Körper, sucht nach Anzeichen von Leben. Doch es gibt keines mehr. Er ist jetzt allein in dem Wäldchen. Diese Erkenntnis macht ihn maßlos wütend. Das Instrument in seiner Hand hebt sich und stößt zu, wieder und immer wieder, wie im Rausch, in der Absicht zu bestrafen, zurechtzuweisen, zu verletzen. Als ihn der Gebrauch des Instruments nicht länger befriedigt, wirft er es weg und benutzt die Hände, die Fingernägel und die Zähne, um die Wunden zu vertiefen. Der Körper lässt die Attacken teilnahmslos über sich ergehen, das weiche Fleisch gibt gleichgültig nach, das sich in einer Lache sammelnde Blut ist bereits leblose Substanz. Irgendwann lässt die Heftigkeit der

Attacke nach. Er hält inne, auf Hände und Knie gestützt, und japst hechelnd nach Luft.

Beim nächsten Mal mache ich es besser, verspricht er dem Etwas, das hinter dem Vorhang lebt. Doch als er sich dem Etwas zuwendet, ist es verschwunden. Der Vorhang ist wieder einmal zugezogen.

1

Auch wenn Freitagabend war, fand Ben Stevenson, dass auf dem Sunset Boulevard, der ihn wie immer in westlicher Richtung aus Steubenville hinaus nach Hause führte, ungewöhnlich dichter Verkehr herrschte. Dr. Colemans Fall war früher abgeschlossen gewesen, als er erwartet hatte. Die letzte Gewebeprobe von Mrs Granchs partieller Thyreoidektomie war um zwanzig vor fünf im Labor angekommen. Die Ränder des operativ entfernten Schilddrüsengewebes waren frei von Krebszellen, und er hatte im Operationssaal angerufen.

»OP 3«, meldete sich die Stimme der Krankenschwester am anderen Ende.

»Marsha, ich bin's, Dr. Stevenson. Kann ich bitte mit Dr. Coleman sprechen?«

»Oh, hallo, Dr. Stevenson«, antwortete sie. »Einen Moment, ich stelle Sie laut.«

Nach einer kurzen Pause war Dr. Colemans Stimme zu hören. Über die Freisprecheinrichtung klang sie fern und blechern. »Wie sieht es aus, Ben?«

»Die Resektionsränder sind sauber, Todd«, erwiderte er. »Von meiner Seite sieht es gut aus.«

»Okay«, erwiderte der Chirurg. »Das ist alles, was ich heute für Sie habe. Ich mache jetzt Feierabend.«

Feierabend. Das war immer eine gute Nachricht und erst

recht an einem Freitag, wenn das Highschool-Baseballteam seines ältesten Sohnes einen Wettkampf hatte. Thomas hatte die Saison als mittlerer Außenfeldspieler begonnen, doch sein kräftiger Arm hatte die Aufmerksamkeit seines Trainers erweckt, und Thomas hatte schnell bewiesen, dass er auf dem Wurfhügel eine noch größere Bereicherung für die Mannschaft war. An diesem Abend würde er als Werfer zum Einsatz kommen. Das Spiel war für sechs Uhr angesetzt, und Ben hatte nicht die Absicht, es zu verpassen.

In den folgenden zehn Minuten hatte Ben im Labor Klarschiff gemacht. Als er überzeugt war, dass alles in Ordnung war, hatte er seine Jacke genommen, die Tür hinter sich abgeschlossen und war zu seinem Auto gegangen. Beim Verlassen des Parkplatzes des Trinity Medical Centers hatte er sein XM-Radio eingeschaltet und mit den Beatles mitgesummt, als John Lennon verkündete: »Nothing's gonna change my world«.

Er passierte den John Scott Highway, und während er sich Wintersville näherte, begann der Verkehr zu stocken. Ben war vor dreizehn Jahren mit seiner Familie aus Pittsburgh in diese Kleinstadt gezogen. Susan hatte er während seines Medizinstudiums an der Loyola University in Chicago kennengelernt. Sie hatten gleichzeitig ihren Abschluss gemacht und es beide hinbekommen, ihre weitere Ausbildung im University of Pittsburgh Medical Center absolvieren zu können. Ben hatte sich auf Pathologie spezialisiert, während Susan sich für Allgemeinmedizin entschieden hatte. Am Ende ihres ersten Jahres heirateten sie. Es gab eine kleine Feier mit den engsten Familienangehörigen und ein paar Freunden. In der darauffolgenden Woche erkundeten sie wandernd und per Kajak einen guten Teil der ländlichen Gebiete des Bundesstaates New York – es war tatsächlich Susans Idee gewesen –, bevor sie wieder zurückkehrten zu ihrer anstrengenden, nervenzehrenden Arbeit als Assistenzärzte. Die Woche hatte ihnen genau das geboten, was sie brauchten, nämlich ungestörte Zeit, die sie ausschließlich miteinander verbringen konnten, fernab von den ununterbrochenen Anforderungen und Aufregungen, die die Ausbildung im Krankenhaus mit sich brachte. Es hatte sich gut angefühlt, ihre Körper zu trainieren, die mangels Bewegung bereits erste Erschlaffungserscheinungen aufwiesen. Die frische Luft und das zartgrüne Blattwerk hatten ihre Sinne belebt, und sie hatten begeistert Zukunftspläne geschmiedet. Die Nächte waren, soweit er sich erinnerte, meistens wolkenlos gewesen, und sie hatten sich fast jeden Abend unter den Sternen geliebt, bevor sie sich unter den dünnen Nylonschutz ihres Zeltes zurückgezogen hatten. Am Ende der Woche waren Bens empfindliche Köperregionen mit Mückenstichen übersät. Susan war nach der Reise schwanger gewesen, was sie jedoch erst sechs Wochen später bemerkt hatten. Neun Monate später wurde Thomas geboren.

Es war eine schwierige Zeit für sie gewesen, so früh in ihrer Ehe. Die Phase als Assistenzarzt war natürlich nicht gerade der ideale Zeitpunkt, um ein Baby großzuziehen, und das Krankenhaus änderte die anstrengenden Dienstzeiten auch nicht einfach nur aus dem simplen Grund, dass es zu Hause einen drei Monate alten Schreihals gab, der versorgt werden musste. Keiner von ihnen beiden hatte Familienangehörige in der Nähe, und Susan brachte es einfach nicht übers Herz,

Thomas im Anschluss an ihren sehr kurzen Mutterschutz in eine Krippe zu geben. Letztlich beschloss sie, ein Jahr auszusetzen, um Zeit für das Baby zu haben, was sich im Rückblick für sie alle als gute Entscheidung erwies.

Zu seiner Rechten passierte Ben jetzt die Canton Road und wurde sich einen Augenblick zu spät dessen bewusst, dass er hier besser abgebogen wäre, um einen Teil des Staus zu umfahren. Der Sunset Boulevard, der inzwischen in die Main Street übergegangen war, war die Hauptverbindungsstraße zwischen den Städten Steubenville und Wintersville, zwei kleine Flecken auf der Landkarte des Mittleren Westens, unmittelbar am Westufer des Ohio River. Achtzig Kilometer östlich lag Pittsburgh und etwa zweihundertvierzig Kilometer westlich Columbus. Abgesehen von ein paar kleinen Ortschaften, die auch nicht mehr Einwohner hatten als Steubenville oder Wintersville, sondern eher weniger, gab es zwischen den beiden Städten nicht viel. Jedenfalls bestimmt nicht genug, um einen derart dichten Verkehr zu rechtfertigen – was einer der Gründe gewesen war, aus denen sie Städten wie Chicago und Pittsburgh den Rücken gekehrt hatten.

Muss ein Unfall sein, dachte Ben. *Und diesem Stau nach zu urteilen, ein schlimmer*. Das kam natürlich ungelegen und war lästig – und für einen Moment ertappte er sich dabei, dass er sich auch noch aus einem anderen Grund über einen etwaigen Unfall ärgerte. Ein Unfall, der einen derartigen Stau verursachte, könnte Todesopfer gefordert haben. Und das wiederum zog oft eine gerichtsmedizinische Untersuchung nach sich, was bedeutete, dass er vielleicht noch an diesem Abend oder spätestens morgen früh dem Coroner's Office, dem rechtsmedizinischen Institut, des Jefferson County einen Besuch würde abstatten müssen, um eine Obduktion durchzuführen. *Na super. Absolut perfekt*, dachte er und hatte sofort Gewissensbisse. Als Pathologe einer Kleinstadt war er nun mal die einzige Anlaufstelle, sobald rechtsmedizinische Untersuchungen anstanden. Es gab ihn, und dann gab es achtzig Kilometer östlich in Pittsburgh das Coroner's Office des Allegheny County und das forensische Labor. Doch das war ihm bekannt gewesen, rief er sich ins Gedächtnis, als er sich für die Stelle hier entschieden hatte.

Die Beatles waren inzwischen von The Band abgelöst worden, die gerade mit der ersten Strophe von *The Weight* loslegten – ein ominöses Zeichen, dachte Ben. Er schaltete das Radio aus. Der Verkehr kam nur noch im Schneckentempo voran, und er sah jetzt direkt vor sich auf der rechten Seite den Eingang der Indian Creek High School. Dort schien sich zumindest die Ursache für einen Teil des Verkehrsstaus zu finden. Er konnte auf dem Parkplatz der Schule zwei Streifenwagen der Polizei, einen Krankenwagen und einen Übertragungswagen erkennen. Rechts standen zwei Autos am Straßenrand, deren Fahrer ihre Versicherungsdaten austauschten. Wie es aussah, handelte es sich um einen Auffahrunfall Schaulustiger bei niedriger Geschwindigkeit. Die Fahrer waren in eine erhitzte Diskussion verwickelt, und ein Polizeibeamter war gerade auf dem Weg zu den beiden, um einzuschreiten, bevor die Dinge weiter aus dem Ruder liefen.

Weiter vorn löste sich der Stau auf, und Ben beschleunigte seinen Wagen erneut in Richtung Zuhause. Er hatte immer noch ausreichend Zeit, es rechtzeitig zu Thomas' Baseballspiel zu schaffen, obwohl es jetzt ein wenig knapper werden würde, als er ursprünglich gedacht hatte. Er schaltete das Radio wieder an und lächelte vor sich hin. The Band lag gerade in den letzten Zügen des Schlussrefrains, und dann war *The Weight* auch schon zu Ende.

John Burley

Unschuld des Todes

Thriller

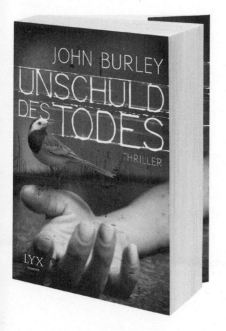

Der Tod ist noch längst nicht das Ende …

Ben Stevenson lebt mit seiner Frau und zwei Söhnen in einem beschaulichen Städtchen in der Nähe von Detroit. Eines Tages bekommt die Idylle Risse, als ein Jugendlicher in einem Waldstück brutal überfallen und ermordet wird. Die ganze Stadt ist in Aufruhr, und eine fieberhafte Suche nach dem Täter beginnt – doch alle Spuren enden im Nichts. Da wird abermals ein Mädchen angegriffen. Sie überlebt. Aber was die Ermittlungen dann ans Tageslicht bringen, ist schlimmer als jeder Albtraum …

»Dieses Buch lässt das Blut in den Adern gefrieren. Ein unglaublich intensiver Thriller!« *Alice Lapante*

416 Seiten, kartoniert mit Klappe
€ 9,99 [D]
ISBN 978-3-8025-9373-4

www.egmont-lyx.de

Jens Østergaard

Bis ans Ende ihrer Tage

Thriller

Und sie lebten glücklich und zufrieden …

Blutüberströmt bricht eine junge Frau mitten in Kopenhagen zusammen. Seltsamerweise ist sie völlig unverletzt. Kommissar Thomas Nyland steht vor einem Rätsel, denn die Frau schweigt beharrlich über die Geschehnisse. Kurze Zeit später wird die Leiche eines Mannes entdeckt – von einem eisernen Speer durchbohrt. Ist es sein Blut, mit dem die Frau bedeckt war? Nyland versucht Licht ins Dunkel zu bringen, doch seine Ermittlungen führen ihn in die kranke Welt eines wahnsinnigen Mörders …

»Ein Debüt weit über das Gewöhnliche hinaus. Atemlos, spannend, überraschend anders.« *Horsens Folkeblad*

Band 1 der Serie
288 Seiten, kartoniert mit Klappe
€ 9,99 [D]
ISBN 978-3-8025-9267-6

Oliver Kern

Die Kälte in dir

Thriller

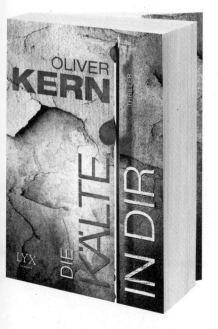

Rasant, mörderisch und gnadenlos spannend

Der Schädel gespalten, der Bauch aufgeschlitzt … Jäh wird Stuttgart von einem abscheulichen Verbrechen aus seiner hochsommerlichen Trägheit gerissen, als eine grausam verstümmelte Leiche gefunden wird. Kommissarin Kristina Reitmeier ist ratlos. Egal in welche Richtung sie auch ermittelt, alle Spuren scheinen im Sande zu verlaufen. Erst als weitere Leichen auftauchen, lässt sich ein Muster erkennen: Ein Serienmörder ist am Werk, und er hat es auf Übergewichtige abgesehen …

Gerissen, draufgängerisch und kaltschnäuzig – dieses Duo ist unschlagbar!

448 Seiten, kartoniert mit Klappe
€ 9,99 [D]
ISBN 978-3-8025-9289-8

vw.egmont-lyx.de